EL UNIVERSO EN TUS OJOS
ANNA CASANOVAS

Editado por Harlequin Ibérica.
Una división de HarperCollins Ibérica, S.A.
Núñez de Balboa, 56
28001 Madrid

© 2016 Anna Turró Casanovas
© 2016 Harlequin Ibérica, una división de HarperCollins Ibérica, S.A.
El universo en tus ojos, n.º 209

Todos los derechos están reservados incluidos los de reproducción, total o parcial. Esta edición ha sido publicada con autorización de Harlequin Books S.A.
Esta es una obra de ficción. Nombres, caracteres, lugares, y situaciones son producto de la imaginación del autor o son utilizados ficticiamente, y cualquier parecido con personas, vivas o muertas, establecimientos de negocios (comerciales), hechos o situaciones son pura coincidencia.
® Harlequin, TOP NOVEL y logotipo Harlequin son marcas registradas por Harlequin Enterprises Limited.
® y ™ son marcas registradas por Harlequin Enterprises Limited y sus filiales, utilizadas con licencia. Las marcas que lleven ® están registradas en la Oficina Española de Patentes y Marcas y en otros países.
Imágenes de cubierta utilizadas con permiso de Dreamstime.com y Shutterstock.com.

I.S.B.N.:978-84-687-8136-5
Depósito legal: M-7420-2016

Para Marc, Ágata y Olivia

PRIMERA PARTE

«El amor es un humo que sale del vaho de los suspiros; al disiparse, un fuego que chispea en los ojos de los amantes; al ser sofocado, un mar nutrido por las lágrimas de los amantes; ¿qué más es? Una locura muy sensata, una hiel que ahoga, una dulzura que conserva».

Romeo y Julieta
William Shakespeare

CAPÍTULO 1

Nick
Little Italy, 1926

Yo no existiría si mi hermano no hubiese muerto.

Es extraño el dolor que puede llegar a causar ser un sustituto, un premio de consolación. No recuerdo si existió algún momento en que no lo supe, ¿cuándo fue la primera vez que oí a mi padre hablar de Luca? ¿O qué sentí el primer día que me di cuenta de que mi madre tenía que recordarse mi nombre para no pronunciar antes el de mi hermano?

Luca Valenti.

Gianluca Valenti, un nombre perfecto para el que sin duda habría llegado a ser el hombre perfecto.

En cambio Nick, Nick es un nombre cualquiera, aunque a mí no me lo pusieron por un motivo cualquiera. Jamás olvidaré el día que llegué del colegio y le dije a mamá que la profesora me había dicho que mi nombre, Nicholas, era el patrón de los marineros y de los investigadores. Crucé las calles de Little Italy con Jack y Sandy, mis mejores amigos, al lado explicándoles que Nicolás (ya que compartíamos nombre tenía derecho a tutearlo) había sido un investigador como yo. Jack y Sandy eran los únicos que conocían mi fascinación por las estrellas y, aunque a ellos el tema del nombre les pareció una tontería, me escucharon con una sonrisa.

Entré en el restaurante de papá por la puerta de atrás, estaba tan contento que ni siquiera me di cuenta de que Sandy se cogía de la mano de Jack y le pedía que la acompañase a su casa. Normalmente era yo el que subía con ella hasta el apartamento. Los tres nos queríamos como hermanos, más aún y, aunque entonces Jack y yo solo teníamos ocho años y Sandy seis, sabíamos qué papel teníamos que desempeñar cada uno.

Dentro de la cocina de La Bella Napoli olía tan bien que tardabas unos segundos en darte cuenta de que había una gotera en una esquina o de que si en invierno te alejabas de los fogones corrías el riesgo de helarte. En el comedor, donde estaban los clientes, era distinto, allí era donde mis padres invertían todo el dinero, y todo lo demás. Papá no estaba en la cocina, probablemente estaría hablando con alguno de sus clientes habituales, o quizá sirviendo uno de esos plantos de pasta que solo servía él porque decía que mamá, o yo cuando ayudaba, no sabíamos poner la cantidad exacta de salsa.

—Llegas tarde —se quejó mamá—. Ponte el delantal y péinate antes de ir al comedor.

Esa tarde no me dolió que no me preguntase qué había estado haciendo durante todo el día. Dios, más de la mitad de los niños del barrio de mi edad formaban parte de alguna pandilla y habían hecho algún que otro recado para algún esbirro de la Mafia.

—Hoy nos han hablado de san Nicolás en la escuela. Es el patrono de los marinos y de los científicos —empecé mientras dejaba en el armario de la esquina el libro que me había llevado ese día del colegio—. Por eso me gustan tanto las estrellas. De hecho, creo que empezaré a llamarme Nicolás en vez de Nick.

—No digas tonterías y date prisa. Hay gente esperando y tu padre tiene que acabar esta masa cuanto antes.

—Claro, solo digo...

—Tu padre y yo no te pusimos Nicholas por eso, y cuántas veces te hemos dicho que dejes de tener la cabeza en las nubes. Tienes catorce años, Nick, ya no eres un niño.

Detuve las manos en el aire. No sabía qué hacer con ellas, un horrible presentimiento prendió fuerza dentro de mí.

—¿Por qué me pusisteis Nicholas?

Mi madre sacó una bandeja del horno y después se secó la frente con un extremo del delantal. Inclinó la cabeza y detuvo la mirada en la medalla que llevaba en el cuello; la tocó con cariño. Dentro había una diminuta fotografía. No quería odiar el rostro que había encerrado en ese colgante de plata, pero una parte de mí no podía evitar sentir un profundo resentimiento.

—Hay una pequeña basílica en honor a san Nicolás en Tolentino, el pueblo de tu padre, no tu san Nicolás, otro.

—¿Otro? —me costó tragar. Quizá no fuera tan malo.

—Sí, es el protector de las almas del purgatorio —acarició la medalla con la fotografía de mi hermano muerto— y de la infancia.

No quería odiar a Luca. Joder, ni siquiera había llegado a conocerlo, pero no podía arrebatarme también eso.

—¿Qué creíais que ibais a conseguir? ¿Que tal vez Luca volvería? Está muerto.

Mi madre soltó la medalla de golpe y caminó hacia mí con los ojos enrojecidos por la furia. Me alegré, podía contar con los dedos de una mano las veces que había visto alguna emoción reflejada en los ojos de mi madre, al menos mientras me miraba a mí.

—No hables así de tu hermano.

Sonreí, no pude evitarlo. Mi hermano. Un fantasma, un niño perfecto de doce años que había muerto por unas fiebres. Solo les importaba él.

—Tendrías que haber elegido otro nombre, mamá —la desafié— o quizá podrías haberme puesto también Luca, así tal vez...

Me abofeteó. Caí al suelo justo en el mismo instante en que mi padre entraba en la cocina. Solo vi sus zapatos negros y gastados, con harina esparcida por encima como las estrellas que yo observaba cada noche.

—¿Qué le has hecho a tu madre, Nicholas?

Sin levantarme, me sequé una gota de sangre que me resbalaba por la comisura del labio. Sonreí porque no quería llorar. Mi padre ni siquiera se había planteado durante un segundo que yo pudiera ser la víctima.

«Existir, pensé. No ser Luca».

—Nada —farfullé.

Cuando me puse en pie, les encontré abrazados. Mi padre tenía el rostro de mi madre en el pecho y le acariciaba cariñoso el pelo. Eran inaccesibles, cerré los ojos y me negué a imaginarme la figura de Luca en medio de ellos, una familia en la que yo era un extraño.

—Hay gente esperando —me dijo papá al separarse de mamá—. Sal fuera y asegúrate de que todas las mesas tienen las copas llenas de vino.

—Sí, señor.

Cogí un poco de hielo del bloque que había en la cocina y me lo pasé por el rostro. Lo aguanté allí hasta que dejé de sentir la piel y el hueso de la mandíbula y después me metí lo que quedaba en la boca. El frío me dolió tras los ojos y noté rastros del sabor de la sangre. Salí al comedor y cumplí con la tarea que me había asignado papá.

Una señora me preguntó qué me había pasado al ver mi mejilla enrojecida y le contesté que me había caído.

—Los chicos de hoy en día siempre andáis merodeando por la calle. Si hubieras estado en la escuela, esto no te habría pasado, jovencito.

—Tiene razón, señora.

No le dije que en realidad yo odiaba merodear por las calles. Lo odiaba con todo mi ser. Las calles de la ciudad me asfixiaban, me sentía atrapado con la misma desesperación que si me hubieran encerrado dentro de un armario bajo una escalera, y de noche aún era peor. Solo las estrellas lograban tranquilizarme lo suficiente para volver a respirar. Nunca se lo había dicho a nadie, ni siquiera a Jack o a Sandy.

Mis dos mejores amigos sí que tenían problemas de verdad, me sentiría como un débil y un egoísta quejándome a ellos. El padre de Jack había estado en la cárcel no sé cuántas veces y, aunque él intentaba ocultarlo, cada vez que volvía era peor; cada vez bebía más y le pegaba más. Y Sandy, me estremecí solo con pensar en cómo estaba Sandy la última vez que la encontré.

No, a ellos dos no podía decirles que me sentía desgraciado porque mis padres no me querían ni me entendían o porque mi madre me daba un sopapo de vez en cuando. Jack y Sandy estaban a mi lado, con ellos podía ser yo de verdad, podía contarles mis absurdas teorías e incluso me acompañaban a la biblioteca o a la librería Verona de vez en cuando. Además, teníamos un plan.

Jack y yo trabajaríamos en el taller mecánico y ahorraríamos hasta poder abrir el nuestro. Juntos cuidaríamos de Sandy. Lo teníamos todo previsto, solo teníamos que esperar y seguir adelante con el plan. Quizá incluso entonces, cuando fuéramos mayores, podría comprarme uno de esos aparatos para ver las estrellas.

Atendí las mesas en el comedor, pasé de una a otra. Fingí que no veía ni oía a Silvio, uno de los matones del barrio, amenazar al señor Petrori antes de irse. Mi padre siempre se hacía el ciego, decía que enfrentarse a la Mafia no era bueno para el negocio, yo sencillamente no quería hacer nada que pudiese hacer enfadar a papá.

Jamás me acercaría a la Mafia. En realidad, con mis catorce años, apenas sabía en qué consistía, pero sabía que era peligroso y que moría gente. No quería tener nada que ver con eso, sentía una reacción visceral siempre que Silvio aparecía por La Bella Napoli y le insinuaba a papá que podría ganarse un dinero extra si le permitiera hacer negocios en nuestro restaurante, y tenía arcadas cada vez que Silvio me miraba y le decía a papá que de acuerdo, que no haría nada en el restaurante, pero que tal vez yo podría hacer recados para él de vez en cuando.

Papá se había negado.

Dudaba que lo hiciera siempre.

Tenía que irme de allí antes de que llegara el día en que papá aceptara la petición de Silvio y me pidiera que hiciera recados para él.

A Luca no se lo habrían permitido.

—No te quedes allí mirando las musarañas, Nicholas. Ayuda a la señora Micaela a ponerse el abrigo.

—Por supuesto, papá. —Dejé la escoba apoyada en la pared—. Perdóneme, señora Micaela, estaba distraído.

—No pasa nada, Nick. Yo a tu edad también soñaba despierta a todas horas.

La mujer me sonrió y la ayudé a levantarse y a ponerse el abrigo. Después, recogí su bastón, que se le había caído al suelo, y se lo acerqué. La señora Micaela era viuda y tenía la piel más blanca y arrugada que había visto nunca. Tenía los ojos verdes, las cejas blancas y llevaba el pelo blanco, casi plateado, recogido en un moño. De joven protagonizó todo un escándalo, me lo contó ella misma, se enamoró de un policía y vivió con él en pecado, término cuyo significado yo desconocía hasta que ella me lo explicó. Al parecer él estaba casado, pero ni la señora Micaela ni el señor Detective (no sé su nombre, ella siempre lo llama así) ocultaron nunca su amor. Él murió y la señora Micaela estuvo a punto, pero al final sucedió algo, algo misterioso, que la empujó a seguir viviendo.

La señora Micaela tenía dinero, probablemente procedía de su familia, de la que nunca hablaba, y vivía en una de las casas más bonitas de Little Italy. Todo el barrio la respetaba, había gente que incluso le tenía miedo. Yo mismo lo había presenciado, aunque jamás entendería por qué una anciana causaba ese efecto. Sí, en ocasiones era cascarrabias, pero nunca era cruel y era una de las personas más listas que conocía.

—¿Qué te pasa esta noche, Nicholas? —me preguntó mientras la acompañaba cogida del brazo hacia la puerta del restaurante.

—Nada, señora Micaela.

—¡Massimo! —llamó a mi padre—. ¿Os importa que Nicholas me acompañe a casa? Es tarde y estoy cansada.

Esa mujer nunca estaba cansada.

—Por supuesto que no, señora Micaela. Ponte el abrigo y acompaña a la señora, Nicholas —respondió papá acercándome la prenda—. Tu madre y yo cerraremos. Nos vemos en casa.

Eso significaba que iba a tener que dejar mi libro en la cocina, pero dudaba mucho que esa noche tuviese ganas de leer.

—De acuerdo, señor.

A mi padre no le gustaba que le llamase papá delante de los clientes.

La señora Micaela y yo caminamos en silencio durante un rato. El único sonido que nos acompañaba era el golpe seco que producía el bastón al rozar el suelo rítmicamente. La señora Micaela solía ir acompañada de Camilo, algo así como un mayordomo, conductor y guardaespaldas, y de repente me percaté de su ausencia.

—¿Dónde está el señor Camilo?

—Me gustan tus modales, Nicholas. El señor Camilo está visitando a su hermana, le diré que has preguntado por él.

—No tendría que ir sola por la calle, señora Micaela.

—No voy sola, voy contigo. —Nos detuvimos en una esquina—. ¿Qué te pasa hoy, Nicholas?

—¿Usted sabe que hay dos san Nicolás?

—¿Solo dos? —Reanudamos la marcha—. Como si hay cientos, Nicholas, tú no eres ninguno de ellos. —No tendría que dolerme que esa señora se burlase de mí, aunque supongo que no logré disimularlo—. Oh, vamos, no seas idiota, Nick. Realmente hoy estás raro. —La señora Micaela se detuvo en medio de la calle y me obligó a hacer lo mismo—. Tú eres Nick y serás exactamente lo que quieras ser.

—¿Cómo lo sabe?

—Por tus ojos, Nick. —La señora Micaela era la única que me llamaba así a parte de Jack y Sandy—. Tus ojos tienen un brillo que conozco demasiado bien.

—¿Ah, sí? Con todo el respeto, señora Micaela, eso es una tontería.

La señora Micaela sonrió y me despeinó. Eso sí que no se lo permitía a casi nadie.

—Tienes toda la razón, Nick. Vamos, acompáñame a casa.

Me despedí de la señora Micaela y volví a casa mirando las estrellas. La sonrisa de la señora Micaela al decirme adiós me había dejado con una extraña sensación, esa mujer creía que la edad le daba permiso para meterse dentro de mi cabeza y llenármela de incógnitas.

La mañana siguiente no fui al colegio, no había dormido en toda la noche. Solía ser capaz de cerrar los ojos y no pensar en nada o, cuando no lo conseguía, cogía un libro y dejaba que mi mente se concentrase en esa información, la que fuese. Pero la noche anterior no había podido, sentía la presencia de Luca encima de mí como una enorme losa que me impedía respirar y había estado a punto de ahogarme.

Abandoné la casa sin oír a papá o a mamá. Quizá no estuvieran, no sería la primera vez que se iban sin asegurarse de si yo había ido a la escuela.

—O si sigo respirando.

Cogí el abrigo de lana marrón y me aseguré de llevar en el bolsillo el cuaderno y un lápiz. Caminé por la calle, sabía adónde iba. Habría podido ir a buscar a Jack y a Sandy; él estaría en el colegio o en el taller, había un taller en el barrio donde nos dejaban trastear de vez en cuando. Jack parecía tener un don para los coches. Sandy seguro que estaba en la escuela, no estaría en clase, eso seguro, pero no tardaría en encontrarla en el desván sentada frente a ese viejo piano.

No fui a buscarlos, ellos no tenían la culpa de mi mal humor o de lo que fuera que me estaba pasando.

La librería del señor Belcastro apareció justo entonces. Verona era mi lugar preferido, un pequeño local lleno de estanterías repletas de libros a cuyo propietario no le importaba que me pasase horas allí, leyendo en un rincón o quizá detrás del mostrador mientras él repasaba las cuentas y maldecía.

—Buenos días, Nicholas, no esperaba verte hoy —me saludó.

—Yo tampoco, señor Belcastro. —Me encogí de hombros y caminé directamente hacia un pasillo en concreto.

Iba tan decidido que cuando vi que no estaba solo tardé varios segundos en reaccionar—: Estás en mi pasillo.

Frente a mí había una niña, un niña con el pelo tan rubio que parecía blanco y con un abrigo tan limpio y tan perfecto que hacía que Verona pareciese mucho más vieja y raída que de costumbre.

Ella levantó la cabeza del libro que estaba sujetando y me miró con las cejas arrugadas.

—¿Tu pasillo?

Bajó la cabeza de nuevo hacia el libro, ahora abierto, y yo pensé que era imposible que existiesen unos ojos de ese azul tan oscuro. Eché los hombros hacia atrás, era absurdo que me quedase allí plantado, y me acerqué a la estantería en busca de mi libro.

—¿Qué estás leyendo?

—*El libro de la selva*, son...

—Cuentos de animales —terminé la frase—. Tendrías que estar en el colegio —añadí con la autoridad que sin duda me confería ser mayor que ella.

—Tú también. —Cerró el libro y me miró igual que hacían las monjas cuando no prestaba atención—. ¿Cuántos años tienes?

—Catorce. —Me crucé de brazos—. ¿Y tú?

—Doce.

Sonreí. No solo era dos años más pequeña que yo sino que apenas me llegaba al pecho y era tan pálida que comparada conmigo parecía etérea.

—¿Juliet? —Una señora asomó por el pasillo acompañada del señor Belcastro—. Ah, estás aquí. Vamos, tenemos que irnos. Di adiós a tu amigo.

La señora era tan rubia como Juliet, el nombre era tan etéreo como su extraña propietaria, e iba elegantemente vestida. Me fijé en el color rosa de sus labios y en las arrugas que tenía en las comisuras. Mamá jamás tendría arrugas de reír.

—¿Cómo te llamas? —la voz de la niña me sorprendió porque sonó justo delante de mí y entonces vi que ella había dejado el libro en la estantería y había eliminado la distancia que nos separaba.
—Nick.
Juliet volvió a arrugar las cejas. No lo entendí, mi nombre, a diferencia del suyo, era de lo más común y corriente. Como yo. Después, y sin abandonar la mueca de confusión, extendió una mano.
—Adiós, Nick.
Sonreí, ella era la criatura más rara que había visto nunca, y acepté el apretón.
—Adiós, Juliet.
Las observé marcharse y cuando las campanillas que había colgadas encima de la puerta tintinearon fui en busca del libro sobre estrellas que llevaba tardes leyendo, aunque de camino también cogí *El libro de la selva*. No sabía nada de él, excepto lo que le había dicho a Juliet y ese detalle de información había aparecido en mi mente porque había escuchado al señor Belcastro hablar de los cuentos de Kipling.
Estuve unas horas leyendo, había empezado con mi libro sobre Astronomía y había acabado dejándolo a un lado para perderme en la selva.
—Es hora de comer —el señor Belcastro habló desde el mostrador de la entrada—. ¿Tienes hambre?
A juzgar por el ruido de mi estómago la tenía. Guardé los libros en sus respectivas estanterías y fui hacia el librero, que tenía dos platos preparados como si se tratase de un restaurante.
—Gracias, señor Belcastro. —La pasta no olía ni de lejos tan bien como la que cocinaba mi padre, pero no era capaz de recordar la última vez que él me había preparado un plato solo para mí.
—Come.

Me senté en la silla a la que el señor Belcastro había colocado dos cojines para que pudiera llegar a la altura del mostrador y vi que en la puerta de cristal de Verona colgaba el cartel de cerrado.

—¿Quién era esa señora?

—Una irlandesa —respondió y se sirvió un poco de vino. En mi vaso había agua—. Está buscando un libro.

—Ya —sonreí—, ¿por qué si no habría venido a verlo, señor Belcastro?

Él detuvo el tenedor en el aire durante unos segundos.

—Exacto.

CAPÍTULO 2

Nick

Una semana más tarde estaba entrando en el colegio cuando oí algo que me heló la sangre.
—Mira qué tenemos aquí, una ratita irlandesa.
—Sí, parece asustada.
Eran Lui y Pato, los dos matones del último curso. Eran tan tontos que prácticamente era un milagro que siguiesen vivos, pero por desgracia su estupidez solo la sobrepasaban sus músculos y sus ganas de meterse con todo el mundo. Eran crueles y la poca inteligencia que poseían estaba toda concentrada en hacer daño.
Las voces provenían del jardín que había en el lateral de la escuela que también hacía las veces de parroquia. En nuestro barrio había muchos edificios que servían para más de un uso, esa parte de Little Italy no podía permitirse lujos, y bastante hacían las monjas intentando educarnos cuando la mayoría de familias que vivíamos allí ni siquiera podíamos pagarles.
Seguí los comentarios jocosos y aceleré el paso cuando oí el distintivo sonido de una bofetada.

—Vas a pagar por eso, zorra.

Giré y me quedé helado al encontrar a Lui sujetando a Juliet por los brazos mientras Pato se disponía a... La ira me cegó y corrí hacia Pato. Lo derribé de un puñetazo y después, antes de que ni Lui ni yo supiéramos qué estaba pasando, me abalancé sobre él y lo aparté de Juliet.

—¿Qué diablos estás haciendo Nick? —balbuceó sujetándome por el jersey—. Es una putita irlandesa.

Le golpeé directamente en la mandíbula y la sangre que brotó de la herida del labio me manchó los nudillos.

Nunca había golpeado a nadie así.

No podía parar.

—Para, Nick.

Noté que tenía algo en el brazo, una presión extraña pues empezaba allí y después subía por el hombro y se me metía por la garganta. Tuve que tragar varias veces para poder respirar y al parpadear vi dos cosas. La primera, yo estaba sentado encima de Lui, que estaba casi inconsciente en el suelo con el rostro lleno de sangre por culpa de la nariz rota. Me dolían las manos. La segunda, Juliet me estaba tocando. Esa presión era ella y me decía que parase.

—¿Estás bien? —le pregunté. Me parecía muy importante saberlo—. ¿Estás bien?

—Sí.

Vi que tenía el cuello de la camisa manchado de barro, probablemente de las manazas de Lui, y las mejillas con lágrimas.

—Ven.

Me aparté de Lui y lo dejé allí al lado de Pato. Los dos se recuperarían y vendrían a por mí. En otras circunstancias me habría asustado, yo rehuía las peleas, que eran más que frecuentes allí, y ni Jack ni yo acostumbrábamos a meternos en ellas. Teníamos un plan, el plan perfecto para salir de Little Italy y tener una vida y en esos planes no entraba convertirnos en matones. Supongo que por eso Lui se había sorprendido tanto.

No era el único, mi mente seguía sin comprender qué diablos estaba pasando conmigo.

Empecé a caminar y adapté mis pasos a los de Juliet. No la toqué, pero me coloqué lo bastante cerca de ella para que supiera que podía contar con mi protección. Entré en el colegio por la puerta de atrás, la que conducía a la cocina y a las habitaciones privadas de las monjas.

—No nos verá nadie —le aseguré en voz baja. Entonces sucedió algo extraño, más aún, Juliet me cogió de la mano y entrelazó nuestros dedos—. ¿Qué estás haciendo aquí?

Tenía que decir algo, la mano me temblaba por la pelea. Solo por la pelea.

—Mi madre está hablando con la directora. Me dijo que me esperase en el jardín con sor Maria, pero a un niño le sangró la nariz y me dejó allí sola.

—¿Vas a venir a este colegio?

—No, voy a ir al Saint Patrick.

Solté el aliento aliviado y le apreté los dedos.

—Ven, te ayudaré a limpiarte y buscaremos a tu madre, ¿de acuerdo?

—¿Qué pasará contigo?

—No te preocupes por mí.

Si sor Maria estaba ocupándose de un sangrado de nariz lo más probable era que estuviese en la pequeña habitación que habían habilitado como enfermería, así que llevé a Juliet a la cocina y empapé un paño con agua.

—No quiero que tengas problemas por mi culpa, Nick. —Ella se sentó en una de las sillas que había frente a la mesa de madera y al observarla vi que aunque intentaba contener las lágrimas le temblaba el mentón.

—No te preocupes por mí —le repetí—. No me pasará nada.

Le lavé el rostro con cuidado y al volver a meter el paño bajo el agua la sangre de mis nudillos manchó el líquido. Me sequé las manos sin prestar atención a las heridas.

—No sé qué está haciendo mi madre aquí —empezó ella de repente—. Echo de menos Chicago.

Eso explicaba que no la hubiese visto nunca y la sensación de soledad que desprendía.

—¿Eres de allí?

—Sí. —Se encogió de hombros como si no tuviese importancia—. Acabamos de mudarnos.

Oímos que se abrían varias puertas del pasillo.

—Tenemos que darnos prisa. Ven.

Esta vez fui yo el que le tendió la mano y ella la cogió enseguida. Conocía el camino hacia el despacho de sor Brigita, la directora de la escuela, y llegamos justo cuando ella y la madre de Juliet lo abandonaban.

—¿Qué está haciendo aquí, señor Valenti?

—He acompañado a Juliet —le respondí a la directora. Quería soltarle la mano a Juliet, pero ella me lo impidió.

—¿Ha sucedido algo, señorita Murphy? ¿Dónde está sor Maria?

—¿Estás bien, Juliet?

La madre de Juliet y sor Brigita hablaron al mismo tiempo y las dos desviaban la mirada de mí a Juliet en busca de respuestas. Yo no quería delatar a Lui y a Pato, haberles dado una paliza me ponía en peligro, si además me convertía en un chivato mi vida en esa escuela, y probablemente en el barrio, se convertiría en un infierno.

—Sor Maria ha tenido que ir a atender a un niño al que le sangraba la nariz y yo... —Juliet me soltó la mano y desvió la mirada hacia el suelo— me he perdido en el jardín y me he asustado.

—Oh, gracias, señor Valenti. Ya puede irse a clase, estoy segura de que lo están esperando. —Sor Brigita me observó atentamente y estoy seguro de que vio los nudillos ensangrentados aunque no hizo ningún comentario al respecto.

—Claro. Adiós, Juliet.

—Adiós, Nick. Gracias.

Asentí, ella seguía mirando al suelo, y caminé pasillo abajo con las manos en los bolsillos. No me di cuenta de que me costaba respirar hasta que Jack apareció a mi lado y me dio una palmada en la espalda.

—Eh, me han dicho que les has dado una paliza a Lui y a Pato, ¿es cierto?

—Sí, lo es.

—También me han dicho que nos esperan esta tarde en el callejón.

Me detuve y miré a Jack.

—¿Nos?

—Claro, a ti y a mí.

Reanudé la marcha.

—Tú no estabas, Jack. No tienes por qué meterte en este lío por mi culpa.

—Por supuesto que tengo, eres mi mejor amigo, imbécil.

Sonreí y respiré.

—Eso es verdad —le confirmé.

—Pero tenemos que asegurarnos de que Sandy no se entera hasta que haya pasado. Se pondrá furiosa si nos metemos en nuestra primera pelea sin ella.

—Tienes razón.

Salimos de la escuela, lo decidimos sin hablar, así eran las cosas entre nosotros. Caminamos hasta la calle en la que de pequeños habíamos empezado a jugar, la misma en la que nos reuníamos siempre junto con Sandy y en la que habíamos encontrado una vieja moneda italiana que era nuestro amuleto de la suerte. Nos repartíamos su custodia, cada mes la tenía uno de nosotros. Ese mes la tenía Sandy.

—¿Por qué lo has hecho?
Jack no tuvo que explicarme a qué se refería. Estábamos sentados en los escalones de un portal, en el balcón de encima acababan de colgar la colada y gotas de agua caían rítmicamente a mi lado.
—Iban a hacerle daño a una niña.
—Joder —farfulló Jack. Tanto él como yo odiábamos por distintos motivos esa clase de comportamiento—. Hiciste bien, Nick.
Solté el aire y me miré los nudillos, los tenía destrozados.
—No paré.
—¿Qué quieres decir?
—Que no quería parar. Lui y Pato estaban en el suelo y yo quería seguir pegándoles.
Jack me miró a los ojos y lo que vio nos asustó a ambos.
—Yo a veces tengo miedo de empezar —dijo Jack con los ojos clavados ahora en el suelo—. ¿Conocías a la niña?
Iba a decirle que sí, no tenía ningún motivo para mentirle a Jack y sin embargo lo hice.
—No.
—Vamos, será mejor que vayamos al encuentro de Lui y Pato.
—Sí, cuanto antes acabemos con esto mejor.
Durante la pelea comprendí lo que Jack había querido decir con lo de que a él a veces le daba miedo empezar porque, si bien mi mejor amigo siempre rehuía las peleas, esa noche no dudó en golpear a los matones de la escuela. Jack era preciso, metódico, y de vez en cuando permitía que Lui o Pato le asestasen algún puñetazo. Sonreía por entre la sangre y después se lanzaba encima de ellos sin parpadear.
No sé cuánto rato habríamos estado pegándonos, rompiéndonos costillas, narices, dedos y dientes si no hubiese

aparecido Sandy hecha una furia y nos hubiera obligado a separarnos. Lui y Pato se fueron a sus casas con el cuerpo maltrecho y el orgullo satisfecho, era innegable que Jack y yo, aunque seguíamos en pie, habíamos recibido una paliza, y los cuatro dimos por concluido el conflicto.

Sandy era ya otro cantar.

—No puedo creerme que no me hayáis avisado —se quejó por enésima vez—. Creía que erais mis mejores amigos.

—Y lo somos —le aseguró Jack tocándose los dientes para asegurarse de que seguía teniendo los más importantes.

—Lo que sois es unos idiotas. Lui y Pato podrían haberos matado.

—Eh, empieza a dolerme que no confíes en nosotros —me quejé.

—Confío en vosotros, pero esos dos matones no tienen honor —farfulló Sandy acercándose a mí con un paño que apestaba por culpa del ungüento con el que ella lo había empapado—. Ponte esto aquí, contendrá la hinchazón, sé de lo que hablo.

—Joder, Sandy. —Jack escupió sangre y se limpió el rostro con agua—. ¿Qué ha sucedido esta vez?

—No ha pasado nada, Jack. Solo era una forma de hablar. —Nos miró a ambos. Yo no sabía si nos estaba diciendo la verdad, pero iba a tener que creérmelo. La tensión era tan palpable que temía que la mecha prendiese y saltásemos los tres por los aires.

—Bueno, así que crees que Jack y yo tenemos honor —bromeé—. Jamás lo habría dicho.

—Sí, y ese es vuestro peor defecto.

A pesar de los miedos de Sandy, Lui y Pato se mantuvieron alejados de nosotros en el colegio y ninguno de los implicados en esa pelea volvimos a mencionarla. Las cicatrices tardaron un poco más en desaparecer, mis padres se pusieron furiosos por que tuviese que atender a los clientes del restaurante con ese aspecto.

Sandy fue la única que se preocupó por si la cabeza me dolía más de lo normal o por si desaparecía la presión en las costillas. Jack se burló de mí y yo de él, era nuestra manera de cuidarnos. Sor Brigita nos encerró a los dos una tarde en su despacho y nos dijo lo decepcionada que estaba de nosotros, y nos aseguró que no se creía la historia que le habíamos contado. Lo llamó un cuento para viejas. Nos enteramos de que nuestros némesis también habían sido sometidos al interrogatorio de la directora, pero, dado que ninguno fuimos expulsado, tampoco le contaron la verdad.

Cada mañana me miraba en el espejo del baño de casa, esperaba que el ojo se me deshinchara y desapareciera el moratón. Quería recuperar mi aspecto normal.

Uno no puede colarse en un colegio religioso para niñas con cara de monstruo. Había averiguado dónde se encontraba el colegio Saint Patrick, no estaba lejos de Little Italy, lo suficiente para que en ciertos aspectos la distancia fuese infranqueable.

No sabía por qué quería volver a ver a Juliet Murphy, solo que iba a hacerlo. La sensación de sus pequeños dedos apretando los míos había reaparecido más de una vez en mi mente y, aunque me decía que era lo mismo que me pasaba con Sandy, una parte de mí sabía ya entonces que no era verdad. Pero no estaba preparado para entenderlo, así que no le di vueltas y sencillamente esperé a recuperar mi aspecto normal.

El Saint Patrick, a pesar de su catolicismo exagerado y sus aires de grandeza, tenía el mismo horario que mi escuela de barrio. Esa mañana le dije a Jack y a Sandy que tenía que ocuparme de unos asuntos que me había encargado mi madre y que me cubriesen las espaldas con sor Brigita. Odiaba mentirles a mis amigos, y más cuando sabía que no tenía por qué hacerlo, sin embargo algo me impulsaba a mantener la existencia de Juliet, y la necesidad que sentía por verla, en secreto. No corría ningún riesgo de que Jack o Sandy me descubriesen; Jack apenas hablaba nunca con mi madre, él sabía que a ella él no le gustaba y aunque Jack nunca me lo había dicho podía imaginarme que el sentimiento era mutuo. El caso de Sandy era un poco distinto, odiaba abiertamente a mi madre y nunca me había explicado el porqué.

Llegué al pretencioso edificio y salté sin ningún problema la verja de hierro negra que lo rodeaba. El jardín, como era de esperar, tenía más árboles y flores que el de nuestra pequeña escuela. Elegí un roble y esperé allí, no había previsto qué haría llegado este momento. Pasados unos minutos, las puertas del Saint Patrick se abrieron y empezaron a salir niñas con uniforme; faldas azul marino, blusas y calcetines blancos. Era como estar en medio del mar rodeado de criaturas extrañas. De momento no me había visto ninguna, pero no podía quedarme allí demasiado tiempo. Empezaron a sudarme las palmas de las manos, lo mejor sería que me fuera.

—¿Nick?

Giré la cabeza y la vi frente a mí. Llevaba el pelo rubio en una trenza medio deshecha y una sonrisa ladeada en el rostro.

—Hola, Juliet.

—¿Qué estás haciendo aquí? —Arrugó las cejas—. Si te ven, tendrás problemas.

Me cogió de la mano y tiró de mí hacia el muro de piedras que marcaba el final del jardín y del Saint Patrick.

—Quería saber cómo estabas —le dije mientras esquivábamos las ramas de los árboles. Había tenido mucha suerte de que no me hubiese visto nadie—. ¿Cómo me has encontrado?

—Suelo sentarme a leer bajo ese roble.
Sonreí como un idiota.
—¿No tienes amigas?
—Aún no. Sois muy peculiares los de Nueva York.
—Claro, porque en Chicago todo el mundo es adorable, ¿no?
Juliet se detuvo y me soltó la mano.
—Echo de menos Chicago, aquí no tengo amigos. —Me señaló el muro como si yo no lo hubiese visto—. Tienes que irte. Este es el mejor lugar para saltar.
—Vaya, vaya, Juliet, no me digas que te escapas del colegio. —Ella se sonrojó y no me contestó—. No es cierto eso de que no tienes amigos. Me tienes a mí.
Sonó una campana seguida por risas y por los pasos de las alumnas del Saint Patrick.
—Tengo que volver, si no estoy en clase, alguien saldrá a buscarme. —Entonces me miró a los ojos y levantó una mano para tocarme la cicatriz que me había quedado en la ceja—. Tienes que tener más cuidado, Nick. No puedes hacerte daño.
Le cogí la muñeca sin apartarle la mano del rostro. Nunca había tocado nada tan suave y fuerte al mismo tiempo. Sandy también tenía la piel suave, pero cuando la tocaba yo no sentía nada. La piel de Juliet era completamente distinta, era como si se pegase a la mía.
—Yo soy tu amigo —insistí, molesto porque antes no me había contestado.
—No podemos ser amigos. Tienes que irte antes de que te vea alguien, por favor.
—Me iré. —Ella me soltó la mano aliviada—. Pero antes dime por qué no podemos ser amigos.
—¿Señorita Murphy?
Alguien la estaba buscando.
—¿Por qué no podemos ser amigos?

—Vete.

—Contéstame o dejaré que me encuentren. —Me crucé de brazos.

—No creo que mamá vuelva a ir a Verona y dudo que papá me deje visitar Little Italy.

—¿Señorita Murphy?

Me giré y puse un pie en una roca que sobresalía para coger impulso, realmente ese era el mejor lugar para saltar.

—Yo sí puedo venir a verte. —Trepé hasta la parte superior del muro.

—¡No puedes volver a colarte aquí! Te pillarán y papá...

—Dime dónde vives.

—¡Señorita Murphy! ¿Puede saberse qué está haciendo aquí? —Una mujer se plantó frente a nosotros con la mirada horrorizada y se puso a gritar en cuanto me vio—. ¡Ayuda! Llamen a la policía. Venga a mi lado ahora mismo, señorita Murphy.

Los católicos irlandeses siempre han sido muy dramáticos.

—Vete —vocalizó Juliet sin hacer ruido.

—Tu dirección —la imité.

—Rutgers con Broadway.

Sonreí y salté.

Salté.

CAPÍTULO 3

Juliet
Rutgers Street 1929

Aún me costaba pensar en Nueva York como en mi casa y seguía añorando Chicago, no solo la ciudad, sino también la vida que mamá, papá y yo llevábamos allí. Al principio ni a mamá ni a mí nos gustó la idea de mudarnos, recuerdo que el día que papá nos dio la noticia pensé que si mamá no quería irse no existía ni la más remota posibilidad de que nos fuéramos de Chicago. Pero papá y ella se pasaron noches hablando, no delante de mí, por supuesto, y de repente un día mamá se puso a hacer las maletas.

—El trabajo de papá es muy importante, Juliet —me dijo—. Tenemos que estar a su lado.

Yo tenía doce años y mi respuesta fue encerrarme en mi dormitorio y pasarme semanas sin hablarles y llorando cada vez que mis amigas del colegio mencionaban los días que faltaban para que tuviéramos que separarnos.

Hacía tres años que estábamos allí. Todavía me carteaba con Vera y Christine, pero ya no sentía que ellas dos fuesen mis únicas aliadas. Tenía un amigo en Nueva York, un muy buen amigo, uno que precisamente ahora estaba trepando por el árbol que había en la calle hasta llegar a mi ventana.

—Algún día podrías utilizar la puerta —le reñí mientras le dejaba entrar.

—Tus padres me odian —contestó metiendo sus largas piernas por la ventana—. Además, es una costumbre.

Sí, una costumbre que había empezado apenas un mes después de mi llegada a la ciudad, después de que él se colase también en mi colegio. A Nick se le daban bien esa clase de cosas como colarse en lugares cerrados.

—Feliz aniversario. —Sonrió y sacó de detrás de la espalda un sencillo ramo de rosas. Eran pequeñas, delicadas, y de un color rosa empolvado. Nunca había visto unas flores tan bonitas. .

A Nick también se le daba bien acelerarme el corazón y hacer que me dolieran los brazos de las ganas que tenía de abrazarle.

—Hoy no es mi cumpleaños —conseguí decirle tras soltar el aire.

—Ya lo sé. —Se acercó a mí y con una sonrisa de oreja a oreja sujetó las flores frente a mi rostro—. Hoy hace tres años que te mudaste a Nueva York.

Estuve a punto de decirle que no era verdad, pero lo pensé durante unos segundos y comprobé que tenía razón. Ni siquiera recordaba habérselo contado, aunque no dudé de que lo había hecho. A Nick se lo contaba todo a pesar de que él a mí no me contaba nada, sabía que si se lo echaba en cara —cosa que hacía de vez en cuando— se quejaría y me diría que me lo explicaba todo, pero yo sabía que no era así. Sabía que había secretos que Nick no le contaba a nadie.

—Gracias —balbuceé emocionada al aceptarlas—. Las pondré en agua.

—¿Tu madre no está en casa? —Estaba sentado en la silla

que yo tenía frente al tocador y que en realidad utilizaba para acumular libros, la había girado y tenía los antebrazos apoyados en lo alto del respaldo.

—No, ha salido.

—¿Y ha dejado sola a su princesa? —Se burló. No me ofendí, sabía que él lo había dicho solo para provocarme.

—Volverá enseguida y hoy papá también llegará pronto. Espera aquí, voy a buscar un jarrón con agua.

Nick eligió uno de los libros que había en el tocador y lo abrió sin importarle el título. Le observé un segundo, él era dos años mayor que yo y aunque no era el único chico de diecisiete años que conocía ninguno de los hijos de los amigos de papá podía compararse a él. Nick era mucho más alto que ellos, como si tuviese tanta vida dentro que necesitase más espacio que los demás para poder contenerla. Tenía la piel de un increíble color tostado. Al principio, cuando le conocí, siempre que le veía pensaba en atardeceres y en playas en las que nunca había estado. Después estaban sus ojos, eran peligrosos, había días que los adoraba, cuando me miraban de verdad y me permitían ver sin reservas lo que sentía. Eran azules, aunque no siempre lo parecían. Había días que los odiaba, cuando los utilizaba como barreras. El pelo lo llevaba corto por los lados y un poco más largo en la frente, donde unos mechones insistían en rizarse. No era ni rubio ni moreno, su pelo hacía cosquillas.

—¿Quieres que vaya yo a buscar el jarrón? —me preguntó sin apartar la vista del libro—. Si tu madre no está, puedo bajar yo.

Me sonrojé, me había quedado embobada mirándole, algo que para mi vergüenza me sucedía cada vez más a menudo.

—No, ya voy yo.

En los tres años que hacía que Nick y yo éramos amigos

jamás me había sentido incómoda con él, sin embargo a lo largo de los últimos meses las cosas habían empezado a cambiar. Para mí. Él era el mismo de siempre, aparecía sin avisar y poseía un sexto sentido para adivinar si me sucedía algo malo o si, sencillamente, me moría de ganas de verlo. El día que se coló en el Saint Patrick no me equivoqué al decirle que mamá no volvería a llevarme a la librería Verona. Aún no sé qué fuimos a hacer allí esa mañana, pero la única vez que intenté preguntárselo no acabó muy bien.

Papá nos prohibió a las dos acercarnos a Little Italy. Esa noche, la de la discusión por la librería, oí que papá le decía a mamá que no podía ponerse en peligro de esa manera y que tenía que dejarle hacer su trabajo a su manera. Ella no podía protegerle a él. Pero mamá es así, en Chicago era profesora y aquí creo que se ha ofrecido como voluntaria en todas las escuelas y parroquias irlandesas de Nueva York.

Mamá no iba a permitir que papá le dictase lo que tenía que hacer, por eso él estaba loco por ella. Desde pequeña les había visto besarse y abrazarse y esas muestras de afecto me sonrojaban y avergonzaban un poco, pero desde hacía unos meses siempre que les veía no podía evitar pensar en Nick.

—¿Necesitas ayuda?

Virgen santa, ¿qué me estaba pasando? Tenía que serenarme y dejar de pensar en qué sentiría si los labios de Nick rozasen los míos. No sucedería nunca.

—No, enseguida subo.

Cogí un viejo jarrón, ese que mamá nunca utilizaba y subí a mi dormitorio. Nick seguía sujetando el libro cuando entré.

—¿Puedo llevármelo?

—Claro —le respondí. Nick siempre se llevaba mis libros, debía de ser el chico que más había leído de Nueva York, y el más rápido, porque me los devolvía a los pocos días. Y no tenía ninguna duda de que los leía porque si hablábamos de ellos —cuando yo conseguía leérmelos semanas más tarde— era capaz de responder a todas mis preguntas.

—¿Qué quieres hacer para celebrar tu tercer aniversario como ilustre ciudadana de Nueva York?

Puse las rosas en el agua dándole la espalda, aún no había conseguido dejar de pensar en sus labios.

—¿Qué sueles hacer tú con tus amigos?

—¿Con Jack y Sandy? No demasiado, Jack y yo estamos todas las horas que tenemos libres en el taller y Sandy no da abasto con los gemelos y el colegio.

Nick hablaba con tanto afecto de Jack y Sandy que no podía evitar sentir celos de ellos. Yo no los conocía. A pesar de mí insistencia por lo contrario, Nick había decretado que era mejor así. Si mi padre llegaba a enterarse de que yo había puesto un pie en Little Italy... A mí me sonaba a excusa, a veces creía que Nick se avergonzaba de mí o, mejor dicho, de ser mi amigo. Jack y Sandy eran para mí como dos unicornios, dos criaturas mágicas que cuando aparecían hipnotizaban a Nick con su belleza mitológica y se lo llevaban lejos de mí.

Les odiaba un poco, lo cual hacía que me sintiese miserable y como una niña malcriada. Tal vez Nick guardase muchos secretos respecto a su vida, pero sabía que no era un cuento de hadas y que sus padres no le entendían, ni siquiera les importaba. Me alegraba de que Nick tuviese a Jack y a Sandy, aunque me devorasen los celos.

—Quiero ir al puente de Brooklyn —afirmé decidida dándome media vuelta para mirarle.

—¿En serio?

—Sí. —La idea me había surgido de repente, pero quería ir. Quería ir al puente de Brooklyn con Nick.

—Pues vamos. —Me cogió de la mano y tiró de mí hacia la ventana.

—Podemos salir por la puerta —me quejé entre risas.
—No, así es más divertido.
Bajamos por el árbol, cuando llegamos al suelo una señora que paseaba con su perro por la calle nos miró de arriba abajo y Nick le dijo:
—Se nos ha estropeado la puerta.
La frase no tenía ningún sentido, obviamente, pero la señora, quien por fortuna no me conocía, reanudó el paseo y nos tomó por locos.
—¿Cuándo volverá tu madre?
—Ha dicho que estaría fuera tres horas; ha ido a la parroquia a dar clases, hay un grupo de señoras recién llegadas de Irlanda que quieren aprender a leer.
—Lo que hace tu madre es muy importante —declaró solemne—. Tenemos que darnos prisa, tenemos que estar de vuelta antes que ella. —Apresuró el paso y me estrechó los dedos que no había soltado en ningún momento—. ¿Estás segura de que tu padre no volverá antes de tiempo?
—Estoy segura, está trabajando en un caso muy importante.
Nick y yo apenas hablábamos de mi padre, él, Niall Murphy, era abogado y trabajaba para la fiscalía de la ciudad. Mi padre y Nick coincidieron una sola vez, fue justo al principio, cuando ni Nick ni yo intuíamos que papá y mamá iban a estar tan en contra de nuestra amistad.
Fue al principio, Nick no se colaba por la ventana con tanta frecuencia, sino que a veces aparecía por casualidad cerca de casa o del Saint Patrick. Ese día lo encontré al salir del colegio y él vio que yo estaba enferma, llevaba días con una tos muy profunda y cuando él me vio estaba ardiendo en fiebre. No recuerdo qué le dije, solo recuerdo que me desperté en mi cama y oí a papá gritando, echando a Nick de casa.
Ni Nick ni papá me contaron jamás qué había sucedido.

Mamá no odiaba a Nick, con ella a veces sí me atrevía a hablar de él, pero sé que jamás se opondría a papá y la verdad era que no quería ser un motivo de discusión entre ellos. Nick lo entendía, en realidad creo que incluso me dolía lo comprensivo que era Nick con ese tema.

—Iremos por aquí, la vista desde esta calle es preciosa.

Nick me contó la historia del puente de Nueva York, a él le fascinaban las obras de ingeniería, podía pasarse horas leyendo sobre cómo se construían las edificaciones más complejas y su sueño, aunque apenas hablaba de él, era ser capaz de diseñar una de ellas algún día.

Él decía que quería ser mecánico, pero yo sabía la verdad.

Por eso había elegido ir al puente de Brooklyn ese día.

—¿Sabes que no existe ningún puente igual a este en toda América?

—Lo sé.

—¿Y sabes que los pilares de las dos torres están hundidos hasta el fondo del río?

—No, no lo sabía.

Los ojos de Nick brillaban cada vez más a medida que nos acercábamos al puente y mi corazón se aceleraba al mismo ritmo. Él se detuvo de repente y se giró hacia mí, hasta entonces le había visto la espalda pues andaba mucho más rápido que yo y prácticamente me había arrastrado desde que habíamos salido de casa.

—Cierra los ojos.

Los cerré, confiaba en él plenamente.

Dimos unos cuantos pasos más y cuando volvimos a detenernos Nick me soltó la mano para colocar las suyas en mis hombros y girarme hacia donde él quería.

—Ya puedes abrirlos.

El puente apareció por entre mis párpados, lo había visto varias veces, siempre dentro del coche de papá o en el tranvía con mamá. El sol estaba justo encima de una de las torres e iluminaba los cables hasta convertirlos en telarañas. Era precioso, casi mágico, y causaba un profundo respeto. Era un monstruo de acero y piedra que colgaba encima del río.

—Murió mucha gente para construirlo. Los pilares están llenos de pasadizos y en uno hay incluso una bodega y al lado de una de las entradas hay una capilla en honor a la virgen María.

—Me estás tomando el pelo.

—No, es verdad. La bodega la he visto.

—¿Y la capilla?

Nick me guiñó el ojo y volvió a cogerme de la mano para acercarnos aún más a la entrada del puente. El paisaje era sobrecogedor. Si algún día me iba de esa ciudad sin duda esa sería la vista que más recordaría.

Y a Nick.

—Deberías ser arquitecto o ingeniero —le dije al ver cómo le brillaban los ojos.

—No digas tonterías —se rio, pero noté que era una risa forzada—. ¿Yo, ingeniero? Tendré suerte si llego a mecánico.

Dejé de caminar y Nick tuvo que detenerse.

—No, deberías ser arquitecto o ingeniero. —Me miró y los ojos se oscurecieron igual que hacían siempre que su propietario quería ocultarse—. Tienes que serlo, Nick. Tienes que ir a la universidad.

Durante un segundo pensé que volvería a burlarse, pero Nick, siendo como era imprevisible, me sorprendió.

—¿De verdad lo crees?

Era extraño y maravilloso verlo inseguro.

—De verdad lo creo.

Nick se frotó la nuca con la mano que tenía libre, la otra la apretó alrededor de mis dedos.

—El señor Belcastro me ha prestado unos libros —me sorprendió Nick—, lleva meses diciéndome que, si me lo propongo, podría presentarme a una beca.

—¡Eso es maravilloso, Nick!

No lo pensé, le solté y le rodeé el cuello con los brazos. Lo hice tan rápido y con tanta alegría que Nick tuvo que dar un paso hacia atrás para evitar que cayésemos al suelo. Sus manos aparecieron en mi cintura y noté que los dedos temblaban. ¿Podía ser que para él también hubiesen cambiado las cosas? ¿Podía Nick sentir lo mismo que yo? El corazón me golpeaba las costillas, el sol había bajado hasta el río y el cielo estaba de un color anaranjado que parecía mágico. No sabía que iba a besarle, creo que ni siquiera sabía qué era un beso hasta que temblando acaricié los labios de Nick con los míos.

Él se quedó quieto.

Inmóvil.

No respiró.

Apretó la mandíbula.

Me prometí que no lloraría, era obvio que mi beso había sorprendido a Nick y que no le había gustado nada. Tenía que apartarme y disculparme.

Nick apretó los dedos que tenía en mi cintura. Los apretó y me acercó a él.

—Juliet... —suspiró mi nombre y cerró los ojos. Los había mantenido abiertos hasta entonces.

—Nick —sonreí por entre el temblor y estreché los brazos alrededor de su cuello.

—No... —Se apartó sin alejar las manos de mí—, no podemos besarnos.

—¿Por qué?

—Tienes quince años. —Estaba enfadado, conocía perfectamente la voz de Nick enfadado.

—Cumplo dieciséis dentro de unos meses.

Nick me soltó y dio un paso hacia atrás.

—Tú no lo entiendes. —Volvió a frotarse la nuca igual que antes—. No lo entiendes. Tú y yo no podemos besarnos.

Si le dejaba hablar, acabaríamos discutiendo. Yo probablemente acabaría llorando y él tal vez haría algo estúpido y se mantendría lejos de mí.

—Está bien —concedí—. No podemos besarnos.

Él soltó el aliento aliviado y volvió a acercarse a mí y a cogerme la mano. Tuve que hacer un esfuerzo para no sonreír.

—Vamos a buscar esa capilla. Tiene que estar por aquí.

Encontramos la capilla. Nick no dejó de hablar del puente y poco a poco fui introduciendo en nuestra conversación preguntas sobre la universidad. Nick tenía que ir, no podía ser mecánico. Tenía que hacer algo con esa mente tan hambrienta de conocimiento. Supe que las respuestas que me daba eran sinceras, que no escondía sus dudas ni sus miedos y supe que jamás se había sincerado tanto con nadie.

Ese fue mi regalo.

Volvimos a casa corriendo, nos subimos a un tranvía y cruzamos la última calle con el corazón en un puño. Nick me acompañó hasta el árbol que había bajo mi ventana y entrelazó los dedos para que pudiera colocar el pie en ellos y empezar a trepar.

—Date prisa, tu madre no tardará en llegar —dijo nervioso. Cuando le miré vi que tenía los ojos fijos en mis piernas.

—Gracias por acompañarme a ver el puente, Nick. —Le acaricié el pelo, aparté la mano como si lo hubiese hecho sin querer, como si me hubiese tropezado con esos rizos de camino a la rama de la que iba a sujetarme.

—Teníamos que hacer algo para celebrar tu llegada a Nueva York.

Allí estaba uno de los motivos por los que Nick se había metido en mi corazón. Siempre hablaba de nosotros, de los dos, como si nuestra indivisibilidad fuese un hecho científico.

—Dime una cosa, Nick.

Oímos el ruido de la puerta de la entrada.

—Métete en tu dormitorio, Juliet.

Recordé lo que me había hecho él tres años atrás en el muro del colegio.

—No entraré hasta que me contestes.

Le vi apretar la mandíbula y probablemente hubiera soltado una maldición, pero jamás maldecía frente a mí.

—¿Qué quieres saber?

—Has dicho que no podíamos besarnos. Si pudiéramos... —oí la escalera—, ¿me besarías?

—Pregúntamelo cuando tengas dieciocho años. Buenas noches, Juliet. Gracias por venir a Nueva York.

CAPÍTULO 4

Juliet
Rutgers Street 1930

Papá estaba trabajando en un caso muy importante. Él no solía llevarse el trabajo a casa, pero a lo largo de las últimas semanas se había encerrado varias veces en su despacho con un policía. Yo no quería curiosear, lo que sucedió fue que oí que hablaban de Little Italy y mi cuerpo se puso en alerta.

Tal vez fuese mi aspecto el que llevaba a pensar a todo el mundo que yo era demasiado frágil para comprender la realidad de Nueva York, mis padres nunca habían llegado a verbalizar el verdadero motivo de nuestra mudanza, pero no era así. Hacía tiempo que sabía por qué nos habíamos ido.

Nos habíamos ido de Chicago porque papá había sido elegido por la fiscalía de Nueva York por sus conocimientos sobre la Mafia. Necesitaban un buen abogado para evitar que ciertos arrestos fuesen declarados nulos y papá no era bueno, era el mejor.

Ese caso, el que nos llevó a abandonar Chicago e instalarnos en Nueva York, había concluido meses atrás. Una noche oí que mamá le preguntaba a papá si volveríamos a casa y recuerdo que dejé de respirar porque mi primera respuesta fue «No, por favor. No podemos irnos. Nick».

¿Cuándo había empezado a considerar Nueva York como mi casa?

¿Por qué me dolía todo el cuerpo solo de pensar en que tenía que alejarme de Nick?

¿Por qué pensaba en Nick antes que en papá o mamá?

Yo sabía que mamá echaba de menos Chicago. Aunque en Nueva York también había encontrado su sitio, ella seguía añorando a los abuelos y la escuela. ¿Y si mamá se iba y dejaba a papá?, pensé horrorizada.

Esa noche, escuché a hurtadillas la íntima conversación entre papá y mamá. No íbamos a volver a Chicago, el amigo de papá, el capitán Anderson, lo necesitaba. Tenía que hacer en Nueva York lo mismo que en Chicago. No me fui del pasillo hasta que oí que mi padre le decía a mi madre que la amaba y que sin ella no podía seguir adelante, y ella lo besó.

Mientras caminaba de regreso a mi dormitorio pensé por primera vez que un amor tan grande como ese exigía muchos sacrificios.

Nos quedábamos en Nueva York, lo que significaba que tenía tiempo. Tiempo para hacerme mayor y para estar con Nick. Tiempo para descubrir si lo que sentía por él era un encaprichamiento o el principio de un amor como ese que tanto me aterrorizaba; un amor de los que marcan cada paso de tu vida.

Papá y el capitán Anderson abandonaron el despacho y me pillaron en el pasillo. Por suerte, llevaba en la mano una tetera, que había ido a guardar en la alacena, y disimulé.

—Oh, papá, capitán Anderson, ¿va a quedarse a cenar?

—No, gracias Juliet —me respondió el capitán—. Nos vemos mañana, Niall, dale recuerdos a Saoirse de mi parte —se dirigió a mi padre mientras se colocaba bien su abrigo negro. No iba vestido de policía, aunque dudaba que hubiese alguien que se cruzase con él y no lo supiese.

—Un día de estos, William, tendrás que quedarte a cenar y responder las preguntas de Saoirse —papá le sonrió. Me gustó comprobar que su amistad con el capitán era sincera y se remontaba al pasado.

—Tu esposa quiere hacer de casamentera y presentarme a alguna de sus amigas solteras. No, gracias. Creo que antes prefiero entregarme a la Mafia.

Mi padre sonrió y acompañó al capitán a la puerta.

La Mafia.

La Mafia.

Nick.

Nick siempre había luchado por mantenerse alejado de ella. Lo sabía, me lo había contado y le creía. Le creía porque sabía que era verdad y porque necesitaba creerle. Nick tenía un plan y tanto él como yo nos aferrábamos a él como un clavo ardiendo. Desde que fuimos al puente de Brooklyn habíamos hablado muchas veces del futuro. Nick abriría un taller con Jack. A pesar de que yo seguía insistiendo en que fuera a la universidad, él había decidido posponer ese sueño. Nick decía que iría más adelante, cuando tuviera dinero para pagarse los estudios. Yo insistía en que lo intentara ahora, podría incluso pedirle ayuda a la señora Micaela, él me había hablado mucho de ella y era obvio que esa señora sentía verdadero afecto por él. Habíamos discutido por ese tema, así que los dos nos habíamos convertido en verdaderos expertos en detectar cuándo debíamos dejarlo. Había habido ocasiones, sin embargo, en que él o yo no nos habíamos mordido la lengua a tiempo y nos habíamos gritado. Nick siempre terminaba abrazándome y yo hundía el rostro en su pecho para ver si así conseguía meterme dentro de él. No habíamos vuelto a besarnos (me estremecí al recordar ese beso, el único que nos habíamos dado o que le había dado yo, mejor dicho), pero cuando nos abrazábamos Nick me besaba la frente o las mejillas, o incluso el cuello cuando se apartaba. Una vez se quedó dormido en mi cama. Se coló por la ventana y estaba muy alterado por una discusión con sus padres, y me abrazó y me pidió que no dijera nada durante un rato.

Se durmió conmigo entre los brazos y cuando se despertó se pasó varios minutos besándome el cuello. Eran besos lentos, con los labios cerrados, y contuve la respiración tanto como pude porque cuando la solté y él detectó que me había despertado, salió de la cama y saltó por la ventana como si esa noche, y esos besos, no hubiesen existido.

Nick no tiene nada que ver con la Mafia. Nada en absoluto. Sin embargo está allí, su padre le ha exigido alguna que otra vez que haga alguna entrega para un tal Silvio y cuando me lo ha contado yo he odiado no poder decírselo a papá.

No lo he hecho porque creo, creo con todas mis fuerzas, que llegará el día en que podré volver a presentar a Nick a papá y a mamá y decirles lo que siento por él y no quiero que entonces puedan echarle su pasado en cara.

Sé que Nick ha hecho entregas para Silvio y sé que Nick me oculta cosas.

Me falta poco más de un año para los dieciocho, me recuerdo, entonces todo cambiará.

Unos meses más tarde

Las ramas del árbol se movieron, una golpeó el cristal de la ventana y me desperté sobresaltada. Me llevé una mano al corazón y parpadeé para enfocar la vista.

—No te asustes, soy yo.

—Nick —suspiré.

Corrí a ayudarle y encendí una lámpara. Entonces le vi y me asusté, me asusté como nunca me había asustado antes.

—Dios mío, Nick. —Tenía sangre en el rostro, la camisa y los nudillos, y la mirada completamente perdida—. ¿Qué te ha pasado?

Me acerqué a él e iba a tocarle, pero Nick se tensó y me detuve. Fue como si levantase un muro invisible entre los dos.

—No tendría que haber venido —dijo casi para sí mismo—. Será mejor que me vaya. Mierda. —Sacudió la cabeza—. Tengo que irme.

—¡No! —Le cogí de la mano y le llevé hasta su silla (siempre la utilizaba él)—. Siéntate. Iré a buscar una toalla.

Él estaba tan aturdido que no opuso resistencia y se dejó caer en la silla. Cuando le solté, apretó mis dedos un instante, los miró durante un largo segundo y solo aflojó los suyos tras descubrir que la sangre había manchado los míos.

—Enseguida vuelvo.

Vivíamos en una casa muy espaciosa y, aunque de pequeña había lamentado no tener hermanos o hermanas con las que jugar, esa noche me alegré de ser hija única y de tener mi propio baño. Cogí una toalla y la empapé con el agua que había dejado yo antes en un barreño. Volví junto a Nick y se me partió el corazón al ver de nuevo el vacío en sus ojos.

—¿Qué ha pasado? —Coloqué la toalla con cuidado en su rostro.

—Jack.

—¿Le ha sucedido algo malo a Jack? —No conocía al mejor amigo de Nick, pero sabía que él se moriría si lo perdiese.

Nick esbozó una sonrisa horrible y se me heló la sangre.

—¿Malo? Jack se ha alistado en el cuerpo de policía. Mi mejor amigo es un jodido traidor y va a convertirse en un jodido policía.

El odio de Nick hacia la ley me sobrecogió. Nunca antes le había oído hablar así.

—¿Qué tiene de malo que Jack quiera ser policía? —le pregunté nerviosa.

—Se suponía que era mi mejor amigo, que íbamos a abrir nuestro taller juntos. —Estaba furioso, le temblaba la mandíbula y no dejaba de flexionar los dedos con los nudillos maltrechos—. Y, zas, de la nada decide hacerse policía y abandonarnos.

—Quizá tenga sus motivos. —Le limpié la herida del labios—. Tú también tienes planes, ¿recuerdas? Tú quieres ir a la universidad.

—Jack y yo nos hemos peleado. Yo he dado el primer puñetazo. Quería hacerle daño.

Me temblaba la mano y el corazón gritaba por el dolor de Nick. Sus ojos no estaban vacíos, había cometido un error al pensarlo, estaban perdidos.

—Él también te ha pegado. —Y varias veces a juzgar por las heridas de Nick—. Seguro que haréis las paces.

—No, no creo que vuelva a ver a Jack nunca más. —Levantó la mano y sujetó la mía por la muñeca. Tiró de mí hacia abajo y no se detuvo hasta que nuestras miradas se encontraron—. Jack tiene razón, lo del taller es una estupidez. Un sueño imposible. Seré un matón de la Mafia, Juliet.

Noté las lágrimas y me negué a derramarlas.

—No, no digas eso. No serás un matón —tragué saliva y me obligué a seguir—, serás ingeniero.

Me soltó la mano y me empujó hacia atrás. Aunque se aseguró de no hacerme daño su tacto carece de la ternura habitual.

—Mírame, Juliet. —Se puso en pie y se señaló a sí mismo con las manos—. ¡Mírame! Esta noche he dado una paliza a mi mejor amigo y después he ido a buscar a Silvio para hacerle unos recados y ganarme un dinero. Ya soy un matón de la Mafia. No sirve de nada que intente engañarme. Y tú tampoco deberías hacerlo.

—No lo eres —afirmé rotunda—. No lo eres.

—Claro que lo soy. Es lo mejor que puedo ser, lo único que puedo ser. Sin Jack jamás conseguiré ahorrar lo suficiente para tener mi propio taller y mis padres —se apretó el puente de la nariz—, mis padres jamás me ayudarán. Es mi única opción.

Corrí hacia él y le cogí las manos.

—No, no lo es. Tú no eres un matón, eres increíblemente listo, Nick. Puedes conseguir todo lo que te propongas, solo tienes que cambiar tu plan. Puedes pedirle ayuda a la señora Micaela, incluso a sor Brigita. O podemos hablar con mis padres —sugerí aterrorizada. Tenía que convencerle de que no todo estaba perdido. No podía permitir que el abandono de Jack derrotase a Nick, no después de tanto tiempo. No después de lo mucho que él necesitaba su sueño. O de lo mucho que yo le necesitaba a él. A lo largo de esos años había aprendido que Nick siempre reaccionaba al dolor con indiferencia y el que esa noche estuviese de todo menos indiferente me asustaba porque significaba que una parte del alma de Nick estaba herida de verdad. Tenía que alcanzarla y curarla, pero, si él no me lo permitía, no lo lograría jamás.

—¿Tus padres? —Se apartó con los hombros tensos—. Tu padre ayuda a la policía a encerrar a hombres como yo, Juliet. No puedes ser tan inocente como para creer que tu padre, el abogado estrella de la fiscalía de Nueva York, estaría dispuesto a ayudarme.

—Tú no eres como los hombres que encierra mi padre. Tú no eres y no serás nunca de la Mafia, Nick.

—¿Eso crees? —Levantó una ceja.

—Claro que lo creo, Nicholas. —Me acerqué de nuevo a él y me atreví a hacer algo que hacía mucho tiempo que no hacía, le acaricié el pelo. Tenía que hacerle reaccionar y ni él ni yo podíamos mantener nunca nuestras barreras cuando nos tocábamos, aunque fuese solo el pelo—. Encontraremos la manera de salir adelante. No puedo imaginarme lo dolido que te sientes por la decisión de Jack, pero tienes que intentar aceptarla.

—Nos abandona, Juliet, a mí, a Sandy, a nuestro sueño.

—Búscate otro, Nick.

«Búscame a mí»

—Dios santo. —Se apartó de repente—. Tengo que irme. He sido un estúpido.

—¿Por qué has venido, Nick? —me sorprendió escuchar mi voz, la pregunta había salido de mis labios sin pedirme permiso.

Durante un instante temí que Nick no fuera a responderme, que saliera por la ventana y desapareciera de mi vida para siempre.

—Jack ha dicho que me convertiré en un matón o que acabaré muerto en una esquina.

—No, Nick. —Le abracé con todas mis fuerzas—. Eso jamás.

Él soltó el aliento muy despacio y creí que iba a soltarme, pero entonces me rodeó con los brazos y agachó la cabeza hasta apoyarla en la mía.

—Dios, Juliet, sin ti estoy completamente perdido.

Moví la cabeza hasta que mis labios rozaron su camiseta y deposité allí un beso.

—Deja de hacer recados para Silvio —le pedí—. Por favor.

Se tensó unos segundos, pero me acarició la espalda y poco a poco volvió a relajarse.

—Está bien. No será fácil, Silvio no me dejará marchar sin más, pero lo haré. Te lo prometo.
—Gracias.

Volví a besarle en la camiseta, justo encima del corazón y las manos de Nick temblaron bajo mi pelo.

—Tengo que irme. Lamento haberme presentado así de esta manera. —Me besó en lo alto de la cabeza—. Lamento haberte asustado.

—No, no digas eso. Yo... me alegro de que hayas venido.

«Significa que me necesitas tanto como yo a ti».

—El señor Belcastro me ha dicho que en la biblioteca de la ciudad han abierto una sección nueva de libros de Arquitectura. ¿Crees que podríamos encontrarnos allí mañana?

Nick y yo apenas nos veíamos en público. A lo largo de esos años podía contar con los dedos de una mano las veces que nos habíamos visto fuera de mi habitación. Yo lo entendía, entendía que teníamos que ser cautos y la verdad era que me encantaba tenerlo allí. Tenía el presentimiento de que Nick jamás me abrazaría o me besaría fuera de esas paredes. Pero también me moría de ganas por hacer cosas con él, quería estar en el mundo real con él. Tenía miedo de que Nick y yo solo fuésemos un sueño.

—Creo que haré lo imposible por conseguirlo.

Nick se apartó y soltó los brazos. Agachó lentamente la cabeza y me dio un beso en la mejilla, después otro en la barbilla, cerca de los labios. Aguanté la respiración. Quería que me besara, lo deseaba tanto que incluso empecé a temblar.

Nick agachó la cabeza y me dio tres besos más, todos en el cuello.

—Buenas noches, Juliet.

—Buenas noches, Nick —susurré cuando él ya había desaparecido por la ventana.

CAPÍTULO 5

Nick
Little Italy 1932

Estaba a punto de conseguirlo, en pocos meses tendría el dinero necesario para abrir mi propio taller mecánico. Al principio sería difícil, tendría que buscarme mis propios clientes sin robarle ninguno al señor Torino, el hombre que me había enseñado todo lo que sabía sobre coches. El señor Torino había insistido en que me quedase, pero él tenía dos hijos y yo sabía que jamás me harían propietario. Necesitaba tener mi propio taller, necesitaba ganar dinero para poder asistir a esos cursos nocturnos de la universidad.

Y para Juliet.

Dios, cómo la quería. Estaba completa, absurda, loca y perdidamente enamorado de ella. Ella me había salvado, ella era el motivo por el que con apenas catorce años había decidido que el desinterés de mis padres no podía derrotarme. Ella me había obligado a luchar. Ella lo era todo.

Y yo iba a hacerlo todo por ella, empezando por besarla.

Me moría por besar a Juliet. Lo había soñado tantas veces, me había despertado excitado tantas veces pensando en sus besos que un dolor permanente se había instalado en mi entrepierna desde ese único beso que me dio cuando ella tenía quince años.

Había estado a punto de besarla cientos de veces. Miles de veces. Cada día. Cada segundo. Era un milagro que hubiese podido contenerme sin perder la cordura. Pero para mí era importante conseguirlo, para ella... sonreí al pensar en todas las veces que ella me había mirado furiosa y me había exigido que la besase. Al final siempre conseguía hacerme perdonar besándole el cuello y abrazándola hasta que los dos nos quedábamos dormidos.

No la había besado en los labios, pero mis labios conocían cada rincón de su cuello, su rostro, sus manos, incluso su pelo. Su pelo rubio me volvía loco.

La partida de Jack echó a perder nuestro sueño de tener un taller juntos y de cuidar de Sandy, pero Juliet tenía razón, los sueños pueden cambiarse. Me costó, no voy a negarlo, y si Jack hubiese estado aquí todo habría sido más fácil. Supongo que por eso jamás podré perdonarle que nos abandonase.

Mi padre estaba furioso de que no quisiera quedarme el restaurante. Esos últimos años lo había intentando todo, pero hacía tiempo que había dejado de sentirme culpable por estar vivo en lugar de mi hermano. La Bella Napoli funcionaría bien sin mí, yo seguiría ayudando, pero necesitaba mi propio sueño.

Juliet y la universidad.

El taller era solo el medio necesario para conseguirlo.

El señor Belcastro me había ayudado mucho durante este tiempo y la señora Micaela también, aunque ella, igual que Juliet, estaba furiosa conmigo porque no le había permitido ayudarme, o no tanto como ella habría querido.

Tenía orgullo, era uno de mis peores defectos, pero gracias a él le había plantado cara a Silvio y había sobrevivido a todas las palizas y malas jugadas que sus desgraciados esbirros y él me habían hecho desde que le había dejado plantado hacía dos años. Lui y Pato habían disfrutado especialmente haciéndome la vida imposible. Por eso cada día me alegraba más de haber mantenido a Juliet en secreto, solo la señora Micaela y el señor Belcastro sabían de su existencia. Aunque Sandy estaba a punto de saberlo.

Iba de camino a casa de Sandy, ella no trabajaba en la cafetería esa tarde y me había pedido que fuese a ayudarla con sus hermanos gemelos y a repasar una de esas obras de teatro que ella insistía en aprender.

Supe que algo iba mal en cuanto llegué al edificio y me crucé por la escalera con el vecino de Sandy. El hombre sacudió la cabeza y se esforzó por mantener la mirada lejos de la mía.

Subí los escalones de dos en dos. La puerta estaba abierta y los gemelos, Derek y Luke, estaban sentados en el suelo frente a Sandy. A pesar de que solo tenían seis años parecían dispuestos a arrancar la cabeza a cualquiera que osase hacerle daño a su hermana mayor.

Más daño.

—Dios mío, Sandy. —Me agaché delante de ellos—. ¿Qué ha pasado? ¿Dónde está el hijo de puta que te ha hecho esto?

Tenía un ojo morado y el labio partido y —me hirvió la sangre— la manga del vestido arrancada.

—Se ha ido con mamá —contestó ella aguantando el temblor del labio—. Les he echado a los dos. El muy cerdo quería que me metiese en la cama con ellos.

—Joder, Sandy, esto no puede seguir así. Vamos, levántate del suelo. Tenemos que limpiarte esta herida.

Derek y Luke se levantaron y me ayudaron a levantar a su hermana. Los niños apenas hablaban con nadie, yo era de los pocos que les había oído la voz en alguna ocasión. En ese momento no insistí porque vi lo alterados que estaban. Sandy era lo más importante, tanto para ellos como para mí.

—¿Tu madre está bien?

—Mi madre —se burló y escupió sangre en el cuenco con agua que estaba utilizando para limpiarla—, mi madre está *enamorada*. Me ha echado las culpas a mí, ha dicho que he malinterpretado a Bob.

Había recibido un buen puñetazo y tenía arañazos en la mejilla de cuando había caído al suelo. El ojo debía de dolerle muchísimo.

—Bob ha tocado a Sandy. —Derek sujetó la mano de Sandy.

—Bob no volverá a tocar a vuestra hermana, os lo prometo.

—Bob es policía —decretó justo entonces Sandy—, y tú no vas a hacer ninguna tontería, Nick. Podemos cuidarnos solos.

—Mierda. —Solté el trapo en el cuenco y me pasé las manos por el pelo—. ¿El tipo que te ha hecho esto es policía?

—Sí.

—¿Crees que ha entendido el mensaje o que volverá a intentarlo? Necesito saber qué clase de hijo de puta es Bob el policía.

—Volverá a intentarlo —respondió Luke—. Siempre está observando a Sandy, incluso cuando está con mamá. Siempre la mira.

Se me erizó la piel y sentí arcadas ante la breve descripción de Luke.

—Entonces no hay más que hablar. Tenéis que iros de aquí.

—¿Irnos dónde? ¿Cómo? ¿Con qué dinero? Mamá se lo gasta todo y tengo que pensar en los niños.

Ni a Luke ni a Derek les gustó esa descripción.

—Tengo dinero, podéis iros a vivir con tu abuela. Allí estaréis bien y ella te ayudará con Luke y Derek. Ellos ya son mayores —añadí para ganarme su apoyo— y yo seguiré estando a vuestro lado.

—Oh, Nick. —Entonces Sandy se puso a llorar. Esa chica podía aguantar una paliza sin derramar una lágrima y lloraba cuando alguien era amable con ella—. No puedo permitirlo. Ese dinero es para tu garaje y para la misteriosa chica por la que llevas años luchando.

Le sequé las lágrimas y la miré con una ceja en alto.

—¿Cómo lo sabes?

—¿Lo de la chica? —Sorbió por la nariz y se encogió de hombros—. Eres mi mejor amigo, Nick.

—Lamento no haberte hablado de ella antes.

—No importa.

—Pero si Juliet estuviera aquí...

—¿Se llama Juliet? —me interrumpió—. Es un nombre precioso.

—Si Juliet estuviera aquí haría lo mismo. Quédate con mi dinero, por favor. Tenéis que iros de aquí.

—Nick tiene razón, Sandy —intervino Luke.

—Bob es peligroso y mamá... —a Derek se le quebró la voz—, mamá está cada vez más borracha.

—Está bien —accedió Sandy, sabía que no iba a poder resistirse a sus hermanos—, iré a hablar con la abuela y si ella accede iremos a vivir con ella. Te prometo que te devolveremos el dinero, Nick, solo nos hará falta un poco, lo justo para instalarnos y cambiar a Luke y a Derek de colegio.

—Haz lo que tengas que hacer, Sandy, pero por mí no te preocupes. Mi dinero es tuyo.

—Gracias. —Volvió a llorar.

—Vamos, chicos vais a ayudarme a poner cerraduras

nuevas en vuestros dormitorios y siempre que Bob esté en casa os encerráis allí con vuestra hermana, ¿de acuerdo?
—De acuerdo, Nick.
Estuve en casa de Sandy varias horas. Ella se quedó dormida en el sofá y me quedé jugando con los gemelos y cuidando de los tres. En momentos como ese odiaba de verdad a Jack por habernos abandonado. Se suponía que él era el sensible de los dos, él sabía qué decirle a Sandy cuando sucedían esas cosas, yo era la fuerza física. Aunque supongo que, si Sandy se había relajado lo bastante para dormirse, no lo había hecho mal del todo.
Había sido sincero con ella, si le hacía falta podía quedarse con todo mi dinero. Lo único que significaba era que mi plan para asistir a la universidad iba a retrasarse un poco más, pero por Sandy y esos dos niños valían la pena. Eran mi familia, ella era mi hermana, no de sangre pero sí de corazón, y los pequeños también.
Y Jack, aunque seguía odiándole.
Jack seguía en la academia de policía, lo sabía porque me había encargado de mandarle allí nuestra moneda y él siempre la devolvía pasado un mes. Cuando éramos pequeños, Jack, Sandy y yo nos encontramos una vieja lira italiana en medio de nuestro callejón y decretamos que era nuestro amuleto de la suerte. Nos alternábamos para guardarla y ese mes la tenía yo. Luke y Derek también acabaron dormidos en la alfombra del pequeño comedor, había manchas en ella que no me atrevía a identificar y si la madre de Sandy hubiese estado allí en ese momento habría tenido que contenerme para no gritarle. Tenía tres hijos magníficos y ella se pasaba el día bebiendo y cambiando de hombre, iba de mal en peor, probablemente no tardarían en volver a despedirla de donde fuera que estuviese trabajando ahora.
Mis padres me ignoraban y para ellos yo era una gran decepción, pero al menos no se destruían delante de mí.

Metí la mano en el bolsillo y toqué la moneda. Habíamos sido unos ingenuos al creer que ese ridículo trozo de metal nos traería suerte. Sin embargo los tres seguíamos aferrándonos a ella, a lo que simbolizaba. Solo nos teníamos a nosotros. Juliet.

Yo también tenía a Juliet.

Cogí en brazos a Luke y a Derek y los llevé a sus camas. Estaban tan exhaustos emocionalmente que no se despertaron, lo cual agradecí porque los tres nos habríamos sonrojado. Aunque tuvieran seis años seguro que su incipiente hombría se habría resentido al saber que habían ido en mis brazos como unos bebés. Después hice lo mismo con Sandy. Mientras la había curado me había parecido fuerte y casi invencible, en ese instante me pareció frágil y delicada, pero yo conocía a mi amiga, sabía que era una mujer increíble y me sentía muy orgulloso de ella. Años atrás, recordé al meterla en la cama, Jack me preguntó si me sentía atraído hacia Sandy. La pregunta me cogió tan desprevenido que contesté sin pensar.

—No, Dios santo, no. Es como mi hermana. ¿Y tú? —le pregunté entonces a Jack.

—No, yo tampoco.

—No le digas a ella que hemos hablado de esto —recuerdo que le dije—. Sandy nos tiraría de las orejas si supiera que hemos dicho estas cosas de ella. No me malinterpretes, soy un chico y tengo ojos, sé que Sandy es preciosa, pero cuando la veo siento que es familia. ¿Me entiendes?

—Sí, a mí me pasa lo mismo —declaró Jack dando una patada a una piedra que había en medio de la calle—. Pero espero que cuando sea mayor encuentre a un buen tipo, de lo contrario tendrá que vérselas conmigo.

—Y conmigo.

Supongo que ese día Jack y yo establecimos sin decirlo una especie de juramento entre nosotros para cuidar juntos de Sandy. Jack, el muy canalla, lo había roto y me había dejado solo. Yo no iba a abandonar a Sandy, iba a ayudarla y a protegerla. Mi sueño podía esperar, mientras tuviese a Juliet, lo demás podía esperar.

Esa noche me tocaba trabajar en el restaurante, seguía ayudando a mis padres porque una parte de mí sentía que era mi deber aunque ellos nunca fueran a agradecérmelo. Estaba sirviendo vino en una mesa cuando vi entrar a Silvio, él tenía un antro, un restaurante de mala muerte donde más que servir comida hacían negocios los estratos más inferiores de la Mafia. Su presencia me inquietó, nunca auguraba nada bueno, y me esforcé por ignorarla.

—Vaya, Nick —se acercó a mí mientras yo estaba en la barra buscando una botella—, veo que sigues siendo un chico para todo.

—¿Qué estás haciendo aquí, Silvio?

Se apoyó en la barra y me observó, sabía algo y estaba disfrutando torturándome.

—Me han dicho que tu chica ha recibido una paliza.

No le corregí, Sandy y yo sabíamos que todo Little Italy daba por hecho que éramos pareja y no nos importaba.

—¿Quién te lo ha dicho? —fingí completa indiferencia.

—Un pajarito.

—¿Y por eso estás aquí? ¿Para chismorrear?

—No. —Se apartó de la barra—. He venido a decirte que, si trabajas para mí, no tendrás que preocuparte por Sandy. Cuidaremos de tu chica.

—No voy a trabajar para ti.

—Oh, vaya, es una lástima. —Caminó hacia la salida de La Bella Napoli—. Es una lástima que tu preciosa chica y esos dos niños pequeños tengan que pasarse tantas horas solos en ese apartamento.

No me di cuenta de que había roto el vaso que tenía en las manos hasta que noté la sangre resbalándome entre los dedos.

Tenía que sacar a Sandy y a los gemelos de allí cuanto antes.

Una semana más tarde

Salí del taller del señor Torino a las seis de la tarde, el buen hombre no me interrogó cuando le dije que quería seguir trabajando con él y que no abriría mi taller hasta más adelante. Ni tampoco cuando lo pedí que me diese todas las horas extras que pudiese. Se limitó a sonreírme y a decirme que se alegraba de tenerme de vuelta, a mí y a mis planos de científico chiflado.

Había evitado ir a la librería Verona desde la noche que Sandy recibió la paliza. El señor Belcastro estaba muy pendiente de mis avances y no quería tener que decirle que ese invierno no iba a poder asistir a las clases nocturnas de la universidad. A Juliet tampoco se lo había dicho, no quería decepcionarla y quizá, si el señor Torino seguía teniendo tanto trabajo como hasta ahora, conseguiría recuperar el dinero a tiempo para matricularme.

No me gustaba ocultarle la verdad a Juliet, pero aún me gustaba menos discutir con ella y no quería contarle lo que había pasado con Sandy. No quería que esa parte de mi vida la tocase. Estaría dispuesto a morir antes de que la violencia, la miseria y la crueldad de Little Italy se acercase a mi Juliet.

Pensar en ella hizo que mis pies cediesen y cambiasen de rumbo. Íbamos a vernos al día siguiente, habíamos quedado para encontrarnos en la biblioteca. Esos encuentros, por necesarios e intensos que fuesen, no nos bastaban. Juliet insistía en que teníamos que ser valientes y decir la verdad a sus padres, y a nosotros mismos. Yo quería esperar, le decía que era para protegerla, pero en realidad tenía miedo.

Tenía miedo de que Juliet me dejase en cuanto sus padres le explicasen lo verdaderamente difícil que sería estar conmigo. Porque lo sería.

Llegué a Rutgers, conocía la calle casi mejor que la mía, había noches en que no podía dormir —y estaba demasiado alterado para subir a la habitación de Juliet— y caminaba hasta allí solo para sentir que estaba cerca de ella.

Patético.

Necesario.

Esa tarde, sin embargo, no iba a quedarme fuera. Me aseguré de que el vehículo del señor Murphy no estaba en el garaje ni en la calle. El abogado estrella de la policía de Nueva York no dudaría en echarme de allí si me viera. Aún recuerdo lo que me dijo la única vez que nos vimos, esa noche que Juliet estaba enferma y yo pensé que moriría si le pasaba algo a ella.

Iba a demostrarle que se había equivocado conmigo, yo no era un «maldito italiano» ni un «aprendiz de gánster», pero necesitaba tiempo, más del que había creído en un principio.

Miré por las ventanas del piso inferior, sabía dónde tenía que colocarme para ver sin ser visto y tras varias comprobaciones deduje que la señora Murphy tampoco estaba en casa. De todos modos, no iba a arriesgarme, así que trepé con cuidado por el árbol. Adoraba ese árbol y daba gracias al cielo y a los jardineros de Nueva York por haber decidido plantar allí un arce tan robusto como aquel. Tanto él como yo habíamos crecido mucho en los últimos años, un limonero se habría roto bajo mi peso actual.

Llegué a la ventana y golpeé el cristal con los nudillos. Juliet estaba tumbada en la cama leyendo y la sonrisa que se dibujó en su rostro al verme me detuvo el corazón.

¿Cómo había podido pasar esos días sin verla?

—¿Qué haces aquí, Nick? —Me abrazó por la cintura

como hacía siempre y yo le besé el pelo. Me aparté al instante, a ella no le gustó, pero mi capacidad para resistirme a ella estaba agotándose.

—Quería verte.

Juliet sonrió y me acarició el brazo antes de apartarse.

—Yo también.

Estaba nerviosa, más de lo habitual, ¿había sucedido algo? La conocía y sabía que si se lo preguntaba de inmediato no me contestaría. Juliet siempre necesitaba unos minutos para acostumbrarse a mi presencia y a mí me sucedía lo mismo. Quizá era porque teníamos que vernos a escondidas o quizá sencillamente era porque éramos nosotros y desde hacía un tiempo ninguno de los dos sabíamos cómo contener lo que sentíamos.

—¿Qué libro estabas leyendo?

—No vas a creértelo —sonrió más relajada y caminó hasta la cama para levantar la novela en cuestión—. *El libro de la selva*. —Era el libro con el que nos habíamos conocido—. Lo he elegido para la clase de debate.

—¿Debate?

—Sobre la imposición de las normas.

Era tan lista que no podía creerme que se hubiese fijado en mí. Sí, Juliet me repetía constantemente lo listo que yo era y las grandes cosas que haría cuando fuese a la universidad y me convirtiese en ingeniero, pero ella aún lo era más. Juliet iba a cumplir dieciocho años en pocas semanas, podía conseguir todo lo que se propusiera, sus padres la apoyarían, podía ir adonde quisiera.

No podía respirar.

¿Iba a retener allí a Juliet? ¿Iba a cortarle las alas de esa manera? Yo tenía que quedarme allí, en Little Italy, trabajar en el garaje, en el restaurante, cuidar de Sandy y de sus hermanos y, si tenía suerte, mucha suerte, y me quedaban fuerzas, tal vez acudir a la universidad nocturna.

Ella podía tener el mundo. El universo.

—¿Te encuentras bien, Nick? —La mano de Juliet acarició mi rostro—. Estás pálido.

—Estoy bien —carraspeé. Y no me aparté, fui un egoísta y no me aparté.

Juliet se puso de puntillas y me dio un beso en la mejilla.

—Juliet...

Ella apoyó los pies en el suelo y me miró. Había aprendido a reconocer todas sus miradas y esas, las que estaban llenas de amor y de confianza, me mataban.

—¡Hola, Juliet! Ya estoy en casa.

Oímos a su madre en el piso inferior y Juliet giró la cabeza hacia la puerta para asegurarse de que estaba cerrada. Hacía unos meses había conseguido convencer a sus padres de que le dejasen colocar un pestillo.

Di gracias a Dios otra vez. Lo había hecho varias veces desde que el señor Murphy lo había instalado. Si supiera el motivo, seguro que lo arrancaría. Seguro que arrancaría la puerta.

—¡Hola, mamá! —gritó Juliet.

—Recuerda que tenemos una cena esta noche —siguió hablando su madre en voz alta—. Tienes el vestido detrás de la puerta. Yo voy a darme un baño.

—Claro, mamá, descuida.

Los dos escuchamos cómo la señora Murphy subía canturreando por la escalera y se metía en su dormitorio. Entonces, y para ver si así me calmaba un poco, observé el interior de la habitación de Juliet y vi el vestido. Y los zapatos. Y un ramo de flores.

—¿Tenéis una cena?

¿Por qué me costaba tanto hablar?

—Sí, un amigo de papá, otro abogado, quiere que deje la fiscalía y vaya a trabajar con él. Vamos a cenar con su familia.

—¿Y las flores?

Mierda, ¿de verdad era el clase de hombre que pregunta eso? Sí, al parecer sí, pensé frotándome la nuca nervioso. Unos nervios que aumentaban con cada segundo que Juliet tardaba en contestar.

—Las flores son de Josh Landon, el hijo del señor Landon, el amigo de papá.

—Las flores son de Josh.

—Sí, bueno, el señor Landon y papá nos presentaron el otro día en la ciudad y Josh me mandó flores. Mamá las puso aquí, yo las había dejado en la cocina con la tarjeta.

—Había una tarjeta.

—Sí, Nick, las personas que no tienen que verse a escondidas pueden mandarse flores y tarjetas.

Me aparté y caminé hasta la ventana. ¿Por qué no podía respirar? ¿Por qué no podía pensar? ¿Qué podía decirle? No podía decirle la verdad, porque la verdad era que quería coger a ese tal Josh Landon por el pescuezo y apretar hasta que dejase de respirar.

«Aprendiz de gánster».

No, no podía pensar eso. No podía permitir que Juliet supiera que estaba pensando eso. Pero Juliet podía ver dentro de mí, siempre había sido así, y se acercó a mí y me acarició el pelo.

—No quiero ir a cenar con Josh, Nick. No quiero tener las flores de Josh en mi habitación, Nick. Quiero... —puso la mano en mi mejilla—... te quiero a ti.

CAPÍTULO 6

Nick

Tenía que besarla.
La besé.
La besé.
Dios mío, la besé y supe que moriría por sus besos.
Enredé los dedos en esa melena rubia que aparecía cada noche en mis sueños y busqué los labios de Juliet con los míos. Cuando se encontraron. Cuando nos encontramos, dejé de existir y solo sentí.
Sentí el sabor de Juliet en mi boca.
Sentí la respiración de Juliet en mi cuerpo.
Sentí que perdía el corazón para siempre y se lo entregaba a ella, a esa chica que siempre había sido su propietaria.
Era nuestro primer beso, el mío, el de ella, el nuestro. Yo tampoco había besado nunca a nadie, pero mi cuerpo, mi imaginación, y haber crecido en Little Italy me daban mucha más experiencia que a ella.
Había visto besos, los había oído, los había tenido a centímetros de distancia en el Blue Moon, el bar donde Jack y

yo nos habíamos colado años atrás, en la Bella Napoli, pero era imposible que esas parejas sintieran lo que sentíamos Juliet y yo.

No podía apartarme de ella. No. Mataría a cualquiera que intentase alejarme de ella.

Suspiré, Juliet separó los labios.

Deslicé la lengua hacia el interior de su boca y apreté las manos. Estaba allí, el resto de mi vida estaba allí, con ella. La lengua de Juliet se movió insegura y buscó la mía. Los dos temblábamos, nos buscábamos, nos pegábamos el uno al otro. Ella enredó los dedos en mi nuca, yo bajé los míos por su espalda. Movimos los labios, las lenguas, chocaron los dientes.

—Nick —susurró mi nombre y volvió a acercar los labios a los míos.

Los separé con la fuerza de los míos, necesitaba estar dentro, necesitaba sentirlo todo. El sabor, el aliento, el alma. La boca de Juliet era mía, iba a necesitarla el resto de mi vida, su forma, el modo en se adaptaba a la mía y la completaba. Moví las manos, quería acariciarla, tocar esa piel que llevaba años torturándome.

Busqué los botones del sencillo vestido de Juliet y cuando llegué al primero me detuve.

¿Qué estaba haciendo?

—Yo... —balbuceé rozando sus labios de nuevo, incapaz de distanciarme—... yo.

Juliet me rodeó la cintura con los brazos y apoyó la mejilla en mi torso.

—Nick.

Solo mi nombre, mi corazón recuperó la calma al oír mi nombre en sus labios.

—Estaba... —me corregí—, estoy celoso.

Noté que Juliet sonreía, noté cómo levantaba las comisuras de los labios sobre mi acelerado corazón.

—No tienes motivos, Nicholas.

Suspiré en medio de una sonrisa y me atreví a acariciarle la espalda y el pelo.

—Claro que los tengo, vas a ir a cenar con ese repipi de nombre perfecto. Vas a ponerte un vestido y vas a estar preciosa.

—Y voy a estar pensando en ti todo el rato. Me has besado antes de mi cumpleaños —dijo sin ocultar lo satisfecha que se sentía de sí misma.

—Sí, pero ha habido circunstancias atenuantes.

Me gustaba estar así con ella, tenerla en mis brazos y bromear juntos. La tensión seguía existiendo, ese beso, por increíble y maravilloso que hubiera sido, no había bastado para saciar lo que sentíamos, pero era un principio.

Iba a poder besar a Juliet cada día.

La besaría cada día.

Cada noche.

La besaría siempre.

—Yo también tengo celos— confesó entonces escondiendo de nuevo el rostro en mi camiseta.

—¿De quién? —le pregunté confuso de verdad. Mi cerebro era incapaz de imaginarse a otra mujer.

—De Sandy.

Durante un segundo pensé que bromeaba, pero noté que tensaba los hombros y la aparté de mí para poder mirarla a los ojos.

—No tienes motivos para tener celos de Sandy. Ningún motivo. —Agaché la cabeza y volví a besarla. Porque sí. Porque lo necesitaba, y ella también. Nos besamos, mis labios recorrieron los de Juliet con asombro y ternura. Nuestras lenguas se movieron despacio, se acariciaron. Nos separamos lentamente y seguimos abrazados—. No tienes motivos para tener celos de Sandy —repetí—. Tienes que saberlo. Tienes que sentirlo.

Juliet respiró y movió la cabeza, me acarició el torso con ella. Era como si quisiera meterse dentro de mí (en realidad ya lo estaba).

—Pero tú la quieres —confesó angustiada—. La quieres y puedes hacer cosas con ella. Vas a su casa, conoces a su familia. La ayudas con sus obras de teatro.

A Sandy había podido ocultarle la verdad sobre Juliet. A Juliet no podía ocultarle nada.

—Sí, quiero a Sandy. —Juliet iba a soltarme, pero le cogí los brazos por las muñecas y coloqué las manos en mi torso. No iba a soltarla—. Quiero a Sandy como a una hermana. Aquí dentro —presioné sus manos sobre mi corazón— es mi hermana. Aquí dentro —moví sus manos hasta mi cabeza— también. A ti no solo te quiero, Juliet. Estoy enamorado de ti. —Volví a mover sus manos hasta mi pecho—. Aquí te amo. —Las llevé de nuevo a mi frente—. Aquí te amo.

Agaché la cabeza antes de que pudiera responder a mi declaración, quería besarla. Quería sentir sus labios después de decirle que la amaba. Juliet me devolvió el beso, se puso de puntillas y me acarició el rostro y el pelo. La besé hasta que pensé que mi cuerpo moriría de deseo allí mismo o se rebelaría en mi contra.

—Tengo que irme —susurré pegado a ella— y tú, tú tienes que vestirte para ir a esa cena.

Juliet me sonrió, una sonrisa peligrosa pues pertenecía a una chica que sabía que podía hacer conmigo lo que quisiera.

—¿Nos vemos mañana en la biblioteca?

—Por supuesto.

—Nick, ¿puedo pedirte algo antes de que te vayas?

—Claro.

—¿Me desabrochas el vestido?

Se dio media vuelta y me mostró la espalda. Levantó una mano para apartarse el pelo y la fila de botones quedó al descubierto.

—Virgen santa —farfullé—. Vas a matarme.

Me acerqué y desabroché los botones. Resultó ser una tarea hercúlea de lo mucho que me temblaban los dedos y me torturé deslizando los nudillos por la piel que iba quedando al descubierto.

—Nick...

Juliet dejó caer la cabeza hacia un lado y no pude resistirme a su cuello. Lo besé igual que llevaba años besándolo. Esos besos habían sido a la vez un alivio y un cruel suplicio.

—Ahora voy a irme —dije tras darle un último beso y un paso hacia atrás—. No, no te des la vuelta. Nos vemos mañana en la biblioteca. Di «buenas noches, Nick» para que pueda irme, mis pies se niegan a moverse.

—Buenas noches, Nick —suspiró sonriendo.

—Buenas noches, Juliet. —Caminé hasta la ventana—. Y una cosa más, dentro de unas semanas, cuando sea tu cumpleaños, vuelve a pedirme que te desabroche el vestido. Por favor.

Al día siguiente nos vimos en la biblioteca. Juliet estaba esperándome en el primer piso cuando llegué y durante unos minutos hablamos como habíamos hecho siempre. Hasta que nos quedamos solos en un pasillo y nos lanzamos el uno a brazos del otro para besarnos. El ruido del carrito de la biblioteca nos separó y fuimos capaces de recuperar cierta calma.

Yo elegí un libro sobre la construcción del puente de Brooklyn, Juliet me acarició la mano al verlo. Ella cogió una novela inglesa y un libro sobre Millicent Fawcett, la creadora de las sufragistas, ya fallecida. Sonreí y me sentí, como siempre, orgulloso de ella. Juliet haría grandes cosas, cualquiera que se propusiera.

«Si yo no la retenía allí».

La universidad de Nueva York era de las pocas que aceptaba mujeres como alumnas y seguro que Juliet sería una abogada magnífica.

—Tú también deberías ir a la universidad.

Juliet se sonrojó y giró la página que estaba leyendo.

—Serías una abogada excepcional —insistí.

—Tal vez.

Cerré el libro de Arquitectura y me giré hacia ella. Le cogí las manos y esperé a que comprendiese que quería que me mirase.

—Lo digo en serio, Juliet.

—Lo he pensado, pero primero quiero ayudarte. Cuando tú estés terminando los estudios, lo haré. Entonces entraré yo en la universidad y tú tendrás que cuidar de mí y aguantar que digan que tu mujer es una revolucionaria.

Abrí los ojos y le apreté tanto las muñecas que Juliet vio que me había cogido completamente por sorpresa, y malinterpretó mi respuesta.

—Es... no lo he dicho en serio.

Tiré de ella sin importarme que pudiera vernos alguien y la besé.

—Dios mío, Juliet, te quiero tanto. —Apoyé la frente en la de ella—. No podemos hablar de esto aquí y ahora, pero lo que has dicho es... es lo que más deseo en esta vida.

—¿De verdad?

—De verdad. Lo único que quiero es estar contigo.

—Pues date prisa en empezar, señor arquitecto, porque yo estoy impaciente por empezar nuestro futuro.

¿Impaciente?

Mierda.

Tenía que decirle la verdad, no podía seguir retrasándolo. Tenía que decirle que yo no iba a poder ir a la universidad hasta dentro de uno o dos años. «Y ella dejará su futuro a un lado por ti». No, aún tenía tiempo. Encontraría el modo de solucionarlo.

Acompañé a Juliet hasta Rutgers, en momentos como ese me encantaba que sus padres le diesen esa clase de libertad. Cuando pensaba en lo que podía pasarle sola a Juliet en según qué barrios, no tanto. No le pregunté por la cena, no quería saber lo bonito que era el restaurante ni lo agradable que había sido la compañía.

Ella odiaba que yo cuidase de Sandy.

Yo odiaba que el señor Repipi pudiese mandarle flores y cenar con ella, y que contase con la aprobación del señor y la señora Murphy.

Volveríamos a vernos al cabo de dos días. Yo tenía turno doble en el garaje del señor Torino y en el restaurante y ella aprovecharía para estudiar.

Bajé por el árbol, al llegar a la calle levanté la vista hacia el cielo y vi las estrellas. Ahora sabía muchas cosas más sobre ellas que cuando tenía catorce años y conocí a Juliet. Sabía sus nombres, que se agrupaban en constelaciones, que eran profundamente distintas entre sí y que había un grupo de científicos que creían que algún día podríamos viajar hasta ellas. Guardé las manos en los bolsillos, quería evitar la tentación de volver a trepar y darle un último beso a Juliet. Cerré los ojos y me la imaginé desnudándose, poniéndose ese precioso vestido azul. Tragué bilis al recordar que yo no iba a vérselo puesto, sería el perfecto Josh Landon el que le diría lo preciosa que estaba.

«A mí me ha besado».

«A mí me quiere».

Abrí los ojos y, tras lanzar un beso hacia la ventana de Juliet, di media vuelta y caminé de regreso a Little Italy.

Esa noche iba a trabajar en el restaurante. Entré por la puerta de atrás como hacía siempre y al oírme mi padre abandonó los fogones y se acercó a mí.

—Menos mal que has llegado, Nick. —Colocó una mano en mi hombro como si fuera a abrazarme y se me anudó la garganta.

Las muestras de afecto de mi padre conseguían reducirme a un niño pequeño que añoraba sentirse especial y no como un mero reemplazo o premio de consolación.

—Claro, papá. —Le cogí la mano que tenía libre y le di un apretón—. Ya sabías que iba a venir, como todas las noches.

Massimo parecía no escucharme o no entenderme. Vi que estaba pálido y que el sudor que le cubría la frente era frío, no el producto del calor del horno.

—Necesito tu ayuda, Nick.

¿Cuántos años había esperado ese momento? El momento en que papá acudiese a mí para hablar y para estar a su lado.

—Por supuesto, papá. —Tiré de él hacia la mesa que hay en la cocina y aparté una silla para que pudiese sentarse—. ¿Qué sucede?

—Es Silvio.

La sangre se me heló y me negué a creer que la aparición de Silvio fuera casualidad.

—¿Qué pasa con Silvio?

—La Bella Napoli pasó por unos meses muy malos, ocurrió ese pequeño incendio y tuvimos que cerrar durante semanas.

—Ahora estamos bien, papá.

Mi padre se secó el sudor de las manos y desvió la vista hacia la puerta que comunicaba la cocina con el comedor donde se encontraban los clientes y mi madre.

—Le pedí dinero a Silvio. —Me tensé y me crucé de brazos—. Iba a devolvérselo, pero él insistió en que me lo quedara y viviese un poco.

Sí, seguro que Silvio actuó guiado por la bondad de su corazón.

—¿Cuánto le debes?
—Mucho. Demasiado. —Recorrió la cocina con la mirada—. Vamos a perderlo todo. Si nos quedamos sin el restaurante, ya no nos quedará nada. No podemos perder nada más.

Tragué saliva. ¿No podían perder nada más? Les quedaba yo, aunque supuse que yo no era importante ni suficiente.

—Dime cuánto le debes a Silvio. —Necesitaba centrarme en los hechos.

—Silvio dice que me perdonará la deuda, quedará todo olvidado si...

—¿Sí?

—Si vas a trabajar para él.

—No voy a trabajar para Silvio.

Era imposible que mi padre quisiera que me convirtiese en un delincuente, en un jodido matón de tres al cuarto, porque eso era lo que eran los hombres que trabajaban para Silvio. Matones, nada más. Él nunca había entendido mi obsesión por leer ni mi pasión por el conocimiento, pero siempre me había hablado de lo importante que era ser un hombre honrado y tener un trabajo decente.

No.

NO.

Mi padre no acababa de sacrificar el resto de mi vida a cambio de un maldito restaurante.

—Cuánto dinero, papá —farfullé—. Encontraremos una solución. No voy a ir a trabajar para Silvio.

Mi padre tenía la mirada perdida, borrosa. Estaba sobrepasado. ¿Cómo no me había dado cuenta antes de que le había pedido dinero a ese jodido usurero? Tendría que haberme dado cuenta. Pero yo me pasaba el día yendo de un trabajo al otro y el poco tiempo libre que tenía lo dedicaba a Juliet. Mi mente estaba tan llena de Juliet que no había espacio para nada más.

—No lo sé, hijo. —Odié que me llamase eso entonces, esa palabra que no usaba nunca para referirse a mí. Luca era su hijo, yo era sencillamente Nick—. Al principio le pedí lo que necesitaba para arreglar la cocina, después me dio más para que hiciese esa pequeña reforma en el comedor y después, cuando iba a devolvérselo, me dijo que me quedase con el dinero como un segundo préstamo. Los intereses —se frotó la frente—. Puede quedarse con La Bella Napoli. Va a quedarse con todo, Nick, si tú no vas a trabajar para él.

—Hablaré con él, papá.

No iba a trabajar para Silvio. Entregar mi futuro a ese despreciable me haría perder a Juliet, me perdería a mí mismo.

—¿Has hablado con Nick? —Mi madre entró entonces—. Ah, estás aquí. Silvio te espera esta noche.

Apreté los dientes. Al menos mi padre había hablado conmigo, había fingido que mi opinión importaba un poco. Había sido una farsa, en ningún momento me creí la ilusión de que papá me estuviera pidiendo ayuda. Miento, sí que me lo había creído durante un segundo.

Papá y mamá se fueron de Italia porque vivir allí tras la muerte de Gianluca les resultaba demasiado doloroso. Me tuvieron a mí porque su nueva vida en el «nuevo mundo» exigía un nuevo hijo. Jamás había estado a la altura. Jamás me habían dado la menor oportunidad. Y allí, en la mesa de la cocina de La Bella Napoli, ni mi padre ni mi madre habían dudado en sacrificarme para salvar un restaurante. Un maldito restaurante.

Mis sueños no importaban.

Mi vida no importaba.

Yo no importaba.

Y yo iba a hacer todo lo que estuviera en mi mano para ayudarles.

Ojalá pudiera odiarles.

—Será mejor que atendamos a los clientes con normalidad —dije tras carraspear—. Vuelve al comedor, mamá. Yo saldré enseguida.

No me dio las gracias, asintió y el alivio en su rostro fue tan evidente que incluso me sacudió.

Mi padre se levantó de la mesa, quedó de pie frente a mí y volvió a colocar una mano en mi hombro. Lo apretó durante unos segundos y se dio media vuelta. Con la mirada fija en los fogones, habló antes de soltarme.

—Gracias, Nick.

CAPÍTULO 7

Juliet

Si Nick no existiera, probablemente la sonrisa de Josh me habría acelerado el pulso.

Si Nick no existiera, probablemente me habría sonrojado nerviosa cuando Josh me preguntó si podía invitarme a pasear con él una tarde.

Si Nick no existiera, no se me habría retorcido el estómago cuando tuve que aceptar la invitación de Josh para no parecer una maleducada. Tampoco podía despertar las sospechas de mis padres, me dije. Además, Nick se veía asiduamente con la misteriosa Sandy.

No me gustaba sentir celos de Sandy, me hacía sentirme mezquina e insegura y una parte de mí sabía que no tenía motivos para estar celosa. Nick me había besado. Nick se colaba por la ventana de mi dormitorio solo para verme, desde siempre, desde el principio. Nick soñaba con un futuro conmigo, Nick creía en nosotros.

Y yo iba a salir a pasear y a tomar un helado con Josh Landon.

Papá y mamá se pasaron la cena hablando con los señores Landon sobre lo distinta que era Nueva York de Chicago y lo mucho que había cambiado nuestra vida desde la mudanza.

—Tu trabajo aquí es muy importante, Niall —le dijo el señor Landon a papá—. Pero tú ya has cumplido con la sociedad. Lo que hiciste en Chicago —se produjo el silencio que se producía siempre que alguien evitaba mencionar que gracias a papá varios miembros de la Mafia irlandesa estaban en la cárcel— ha significado un cambio en la historia. Ha llegado el momento de que pienses en ti.

—Pienso en mí, y en mi familia. —Le cogió la mano a mamá y me imaginé a Nick haciendo lo mismo conmigo dentro de unos años—. Por eso estamos aquí. Cuando la fiscalía me pidió que viniese…

—Sí, lo sé, no pudiste negarte. De eso hace años, Niall, tú mismo acabas de decir que ya sientes que Nueva York es tu hogar. —El señor Landon era hábil, esto había que reconocerlo—. El bufete va viento en popa, necesitamos otro socio. Aceptaremos tus condiciones, las que sean. Piénsatelo. Dile que se lo piense, Saoirse —se dirigió a mi madre con una sonrisa.

—Dudo que Niall haga otra cosa a partir de esta noche —sonrió mamá.

Tras ese comentario, la señora Landon, sincronizada a la perfección con su marido, tomó las riendas de la conversación y pasó a centrarla en mí y en su hijo. Josh parecía tan incómodo como yo, aunque él supo adaptarse con rapidez al cambio y me ayudó en más de una ocasión a sortear los descarados intentos casamenteros de su madre.

Josh tenía la misma edad que Nick, era encantador y lo cierto era que no me importaba conocerlo mejor. No tenía demasiados amigos. Estudiaba Medicina en la universidad y a juzgar por el brillo de sus ojos y la sonrisa casi perenne sabía disfrutar de la vida. Me lo imaginaba ejerciendo de hijo perfecto con los Landon y al mismo tiempo aprovechando al máximo su apartamento de soltero cerca de la universidad, detalle que la señora Landon se había encargado de resaltar:

—Josh estudia demasiado, se pasa los fines de semana encerrado en su piso —había dicho.

Nos despedimos de los Landon en el mismo restaurante, papá estuvo callado en el trayecto de regreso a casa y mamá me preguntó por mis clases. Era mi último curso.

—Tal vez podrías pedirle a Josh que te acompañase al baile de graduación —sugirió.

El Saint Patrick organizaba cada año un baile para festejar con honores que una generación más de chicas irlandesas salíamos al mundo a convertirnos en esposas y madres perfectas (seguían ignorando que algunas de nosotras nos atrevíamos a pensar que podíamos ir a la universidad). El baile del Saint Patrick era todo un evento en la vida social de los irlandeses de Nueva York, las alumnas podían asistir solas o bien acompañadas, y era habitual que meses después empezasen a celebrarse bodas en todo Manhattan.

Nick y yo no habíamos hablado nunca del tema. Lo cierto era que hasta hacía poco me daba vergüenza sacarlo, pero después de los besos de esa noche de ningún modo iba a asistir a ese baile sin él.

—Aún faltan meses para el baile, mamá —evité responderle—. Acabamos de conocernos.

—Parece un buen chico.

—Lo parece.

Mamá me observó por el retrovisor del vehículo. A esos ojos de maestra se le escapaban muy pocas cosas.

—¿Sucede algo, Juliet?

—No, nada. —Carraspeé—. No suelo estar despierta a estas horas.

Mamá no se creyó mi excusa, porque era eso, una excusa, pero dio por zanjada la conversación y volvió a mirar hacia delante.

Por un lado, yo quería que papá dejase su trabajo en la fiscalía. No sabía exactamente qué hacía allí, aunque no hacía falta ser demasiado listo para saber que era peligroso. Además, ese trabajo le llevaba constantemente a Little Italy y no quería que viese a Nick y se llevase la idea equivocada. Por otro lado, si papá aceptaba la oferta de Landon, seguro que Josh pasaría a formar parte de mi vida tanto si los dos queríamos como si no.

Papá aminoró la velocidad y mamá tensó los hombros.

—¿Qué sucede, Niall?

—Hay alguien delante de casa. —Cogió la mano de mi madre y le dio un beso—. Es Anderson, no te preocupes.

El capitán de policía estaba efectivamente esperándonos frente al portal. Llevaba su habitual abrigo negro y el ala también negra del Fedora le ocultaba la mitad del rostro. Había intercambiado muy pocas palabras con el capitán Anderson, sin embargo me transmitía confianza y sabía que la amistad que lo unía a papá era profunda. Bajamos del coche y me bastó con ver los ojos del capitán para saber que las cosas estaban a punto de cambiar.

—¿Ya? —preguntó papá a Anderson.

—Sí, ya. —Anderson se apretó el puente de la nariz. Fuera lo que fuera lo que estaba a punto de suceder, no iba a resultarle fácil a ese hombre—. Los hechos se han precipitado. Los irlandeses no están dispuestos a tolerarle a Silvio que siga jugando con ellos. Little Italy es un hervidero, Cavalcanti...

—Será mejor que entremos, William —papá lo detuvo, vio que les estaba escuchando.

—Por supuesto, Niall. Lo siento.

Mamá saludó al capitán Anderson con un beso en la mejilla e insistió en que podía quedarse a dormir en la habitación de invitados si acababan trabajando hasta tarde. Yo subí a mi dormitorio tras dar las buenas noches a mis padres y al capitán. Los tres respondieron sin prestarme demasiada atención, algo que agradecí porque las manos no dejaban de temblarme.

Silvio era un matón de Little Italy que se las daba de gánster, así me lo había definido años atrás Nick una noche que se coló en mi ventana con el labio partido. Nick odiaba hablar de ese tema, intentaba escondérmelo porque tenía la absurda idea de que yo no debía mezclarme con esa parte de su vida. Por más que había intentado hacerle entender que lo quería todo de él, hasta el último rincón de su alma, su corazón y sí, también su vida, Nick no había cedido en ese aspecto.

Yo no estaba conforme, por supuesto, pero le había seguido el juego e intentaba no preguntarle muy a menudo por Silvio o hacerlo disimuladamente, cuando Nick estaba despistado. Esperaba que con el tiempo Nick fuese entendiendo que no tenía que ocultarme nada, que no tenía que protegerme, y me lo contase todo.

Nick estaba decidido a abrirse camino y nunca había querido tener nada que ver con Silvio o con los grupos de matones que había en su barrio y que solo servían de escuela preparatoria para la Mafia. Él había tomado esa decisión mucho antes de conocerme, algo que a mí me llenaba de orgullo, era como si desde lo más profundo de su ser supiera que él no podía formar parte de algo así, de una organización tan violenta. Él quería crear, no destruir, me había confesado una noche mientras mirábamos las estrellas desde la ventana de mi dormitorio.

A pesar de sus intenciones, Nick había hecho alguna entrega para Silvio. Él mismo me lo había contado; habían sido ocasiones esporádicas y solo porque su padre, Massimo, se lo había pedido. Nick, aunque él intentara negarlo, haría cualquier cosa que le pidieran sus padres. Silvio tenía una especie de obsesión con Nick, sentía que Nick lo despreciaba (lo cual era cierto) y odiaba que Nick se sintiera superior a él (lo cual no lo era). Nick no se sentía superior a nadie, él quería irse de allí y tener su propia vida, ser él mismo, no un hijo de reemplazo o un matón intercambiable con otro. El hecho de que los esbirros de Silvio no fuesen otros que los niños que tanto me habían asustado ese día en el colegio no ayudaba demasiado. Nick había humillado a Pato y a Lui y ellos disfrutaban acorralando a Nick siempre que este tenía que cumplir con uno de los recados de Silvio.

Nick llevaba meses sin encontrarse con Silvio o sus hombres, por fin habían entendido que él no iba a ceder y le habían dejado en paz. Faltaban pocos meses para mi cumpleaños y para que terminase el colegio, entonces les diríamos a mis padres que Nick y yo estábamos juntos y empezaríamos a dar forma a nuestros planes. Nick abriría el taller, yo le ayudaría y seguro que encontraríamos la manera de que pudiese empezar las clases nocturnas de la universidad cuanto antes.

Estaríamos juntos. Juntos.

Tenía que hablar con Nick para advertirle que se mantuviera alejado de Silvio. No había oído nada más excepto esa frase de Anderson, pero aún recuerdo lo que sucedió en Chicago cuando la policía fue a arrestar a los hombres que papá y el resto de abogados de la fiscalía estaban investigando; todos acabaron muertos. No quedó ningún irlandés con vida, unos murieron en el tiroteo que tuvo lugar en plena avenida Michigan, el resto durante la persecución. También murieron unos cuantos policías, dos habían sido grandes amigos de papá y sus muertes influyeron en que papá aceptase hacerse cargo del misterioso caso que nos había llevado a vivir en Nueva York.

No, Nick no tenía nada que ver con esto, pero tenía que asegurarme de que no se acercase a Silvio ni a Lui o Pato.

La noche siguiente estaba sentada en la cama leyendo un libro cuando oí unos ligeros golpecitos en la ventana y se me aceleró el corazón. Si no teníamos una cita acordada en la biblioteca, Nick intentaba venir a verme cada noche, pero había días en que no lo conseguía y yo intentaba no hacerme ilusiones.

Cerré la novela y me puse en pie para abrirle, él podía hacerlo desde fuera, pero estaba impaciente por besarlo. En cuanto tuvo el espacio necesario para alargar los brazos, tiró de mí y me besó. Fue precipitado, desesperado, un beso tan fuerte y apasionado que tuve que sujetarme de los hombros de Nick y, cuando él se apartó, me recorrió los labios despacio con la lengua y me acarició la mejilla con tanta ternura que los ojos se me llenaron de lágrimas.

—Te he echado de menos —susurró Nick— y he estado muerto de celos.

—¿Celos?

No podía pensar. Me aparté de la ventana y le dejé entrar. Había poca luz en el dormitorio. Papá y mamá se habían acostado hacía un rato, esa noche papá había estado muy callado durante la cena y mamá había intentado distraerle hablándole de las mujeres que formaban su actual grupo de alumnas.

—Me he pasado el día torturándome con imágenes tuyas con ese tal Landon. Dime que es un engendro baboso incapaz de articular dos palabras con sentido.

Se me escapó la risa. A Nick le costaba bromear y cuando lo hacía me encogía el corazón.

—Lo siento, «cariño», Josh no es un engendro baboso incapaz de articular... —No pude acabar porque Nick me sujetó el rostro con las manos y me besó de golpe.

—Me has llamado «cariño» —dijo a modo de explicación al suavizar el beso—, creo que podré soportar que Landon tenga forma humanoide. Vuelve a decírmelo.

—Cariño. —Sonreí en medio del beso y rodeé a Nick por el cuello.

Él hizo una mueca de dolor.

—¿Qué pasa? —Le solté y cogiéndole de la mano le guie hacia la ventana. No podía encender la luz del dormitorio, pero la noche era muy clara y la luna nos proporcionaba luz suficiente—. Dios mío, Nick.

Vi que tenía una herida en la mejilla y un moratón en el cuello que se escondía bajo la camiseta. Debía de haberme apoyado en esa zona sin querer y le había hecho daño.

Nick soltó el aliento y se frotó la nuca; lo hacía siempre que estaba nervioso.

—Mi padre tiene problemas.

—Oh, lo siento. —Una garra fría me oprimía el corazón—. ¿Qué clase de problemas?

—Me ha pedido que le ayude.

—¿Qué clase de problemas, Nick? —La garra apretó más fuerte.

—Le pidió dinero a Silvio y ahora no puede devolvérselo. —Apartaba la mirada, Nick nunca se alejaba de mis ojos y sin embargo los estaba esquivando—. Silvio le dijo que le perdonaría la deuda si yo iba a trabajar con él.

—No... no puedes ira a trabajar para Silvio.

Tuve que sentarme en la cama. Respiré profundamente para contener las lágrimas y ser capaz de esperar. Nick apareció a mi lado y me cogió la mano, debió de notarla helada porque la acercó a sus labios y tras besar los nudillos sopló aire para intentar calentarlas.

—No voy a trabajar para Silvio. Esto me lo ha hecho esta tarde cuando he ido a decirle que encontraré la manera de devolverle el dinero pero que no voy a trabajar para él.

Pude volver a respirar, aún me dolía, el terror que había

sentido al pensar que Nick podía entrar en el círculo de delincuencia de Little Italy seguía estando dentro de mí. Giré la cabeza hacia él y levanté la mano que tenía libre para acariciarle el rostro.

—¿Te duele mucho?

—Un poco.

Solté el aliento y acerqué los labios a la zona golpeada.

—Lo siento mucho.

—No es culpa tuya —susurró él, parecía haberle costado pronunciarlo.

—No quiero que te hagan daño.

La respiración de Nick se alteró un poco y despacio bajó la cabeza para apoyarla en la mía. Le abracé, sentí la necesidad vital de protegerle, siempre era él el que me protegía a mí, y de asegurarle que conmigo estaba a salvo.

—Encontraré la manera de devolverle el dinero a Silvio, no te preocupes por mí.

Le di un beso en el cuello y apreté los brazos. Nos quedamos allí unos minutos, Nick parecía necesitar tocarme, sus músculos iban relajándose a medida que sus manos me acariciaban la espalda o que su mejilla se movía por encima de mi pelo.

—Quizá podrías darle a Silvio el dinero que tienes ahorrado para el garaje —se me ocurrió. No me detuve a pensar. Era una idea brillante, así que seguí hablando—: Falta poco para mi cumpleaños, cuando tenga los dieciocho les diremos a papá y a mamá que estamos juntos. Caerán rendidos a tus pies, lo sé. Estoy segura. Ellos nos ayudarán a empezar y así tú...

—No, para, Juliet. No.

Me soltó y se puso en pie, yo hice lo mismo, me acerqué a él y le cogí las manos; estaban heladas igual que las mías antes.

—Saldremos de esta, Nick. Mi padre...

—No tengo el dinero.

El zumbido empezó en las orejas y se extendió hasta llegar al cerebro. Nick estaba mirando por la ventana, solo podía verle la espalda y la cabeza agachada, agotada de soportar un peso demasiado grande.

—¿Qué has dicho?
—No tengo el dinero.
—No te entiendo.
—No tengo el dinero que tenía ahorrado para el garaje.

Me acerqué de nuevo a Nick. La postura de su cuerpo, el tono de voz, que se negase a mirarme, me estaba asustando mucho más que lo que me estaba contando.

—¿Cómo que no lo tienes? —La garganta me dolía—. ¿Lo ha cogido Silvio? Tenemos que ir a la policía, Nick. El mejor amigo de mi padre...

Nick se dio media vuelta y me miró. Durante unos segundos fue el Nick de siempre, el que tenía mi corazón en la palma de la mano junto con mi vida.

—No, Juliet, Silvio no tiene el dinero. Se lo di a Sandy.

—¿A Sandy? —Los celos iban a ahogarme del todo, ¿por eso no podía mirarme, porque le había dado el dinero a Sandy? No, no era posible, Nick me había besado al entrar. Él no me traicionaría de esta manera.

—Sí, se lo di hace semanas.

Nick levantó una mano para apartarme el pelo de la cara, pero me separé de él. Si me tocaba, me pondría a llorar.

—Le diste el dinero a Sandy. —Tanto la frase como mi voz sonaron extrañas—. ¿Por qué?

—Porque lo necesitaba. —La nuca otra vez—. Tú no lo entenderías.

El dolor de mi pecho fue en aumento. A pesar de los besos estaba claro que Nick seguía considerándome solo como una muñeca de porcelana, algo delicado, precioso, quizá incluso algo que deseaba. Pero yo, a pesar de mi ignorancia, sabía que no podía conformarme con eso.

Me mataría amarle y que él me mantuviese encerrada en una vitrina.

—Puedo entenderlo, lo único que tienes que hacer es explicármelo. —Erguí la espalda, entonces Nick me miró a los ojos como si yo le hubiese hecho daño. No tenía derecho a mirarme así cuando era él el que me mantenía lejos de su vida de verdad.

—Sandy y sus hermanos tienen que irse de Little Italy. De momento pueden instalarse con su abuela, pero no pueden quedarse mucho tiempo. Tienen que mudarse a otra ciudad, Sandy tendrá que encontrar un nuevo trabajo y un nuevo colegio para los gemelos.

—¿Qué les ha pasado, puedo hacer algo para ayudar?

Negué mis celos, casi no los sentí, y ofrecí sinceramente mi ayuda. Nick la rechazó de inmediato.

—No, no hace falta.

Los ojos me escocieron. No era tan estúpida como al parecer todos creían y sabía perfectamente que Nick no me había contado toda la verdad sobre lo que le había sucedido a Sandy. Quería gritarle, pero había optado por seguir preguntándole.

Y Nick había vuelto a rechazarme y había levantado otra barrera entre nosotros.

—Si Sandy aún está aquí, quizá yo podría...

—Sandy aún está aquí, pero no será por mucho tiempo. Ya le he dado el dinero. No quiero que te mezcles en esto, Juliet.

—Entiendo.

Nick suspiró aliviado y se acercó a mí. El dolor de su rostro cuando levanté una mano para detenerle consiguió hacerme derramar las lágrimas que había contenido hasta entonces.

—Dime una cosa, Nick, ¿cuándo ibas a contarme que le habías dado a Sandy el dinero del garaje, el dinero con el que íbamos a empezar nuestro futuro?

Nick se detuvo en seco, sus pies dejaron de moverse, su torso dejó de subir y bajar. La respuesta fue tan evidente en su mirada, en todo su cuerpo, que deseé no haber hecho esa pregunta.
—Juliet, yo...
—Vete de aquí. —Lloré—. Por favor.
—Juliet...
—Vete, Nick.

CAPÍTULO 8

Juliet

A la mañana siguiente todavía quedaban lágrimas en mi interior.

Fui al colegio porque no quería quedarme en casa y fingir que estaba enferma. No quería preocupar a papá y a mamá y quería demostrarme a mí misma que era tan fuerte como creía.

Estar en clase fue extraño. Miraba a mis compañeras y me preguntaba si alguna de ellas tenía el corazón tan roto como yo, si alguna sabía lo que era el amor y lo doloroso que podía llegar a ser. Todas parecían felices, las conversaciones que flotaban a mi alrededor giraban alrededor del baile de final de curso. Faltaba muy poco. Semanas atrás lo había esperado impaciente, ahora solo quería detener el tiempo. Quizá así dejaría de dolerme tanto pensar en Nick.

Intenté ser objetiva, no lo conseguí. Cerraba los ojos y veía a Nick, oía su voz y sus besos reaparecían en mi piel. Quería hablar con él, necesitaba preguntarle por qué no me dejaba entrar de verdad en su vida, necesitaba decirle que tuviese cuidado con Silvio. La noche anterior se había ido sin que pudiera decirle que la policía estaba vigilándolo.

Pero no podía ponerme en contacto con él. En el instante en que comprendí que ni siquiera sabía dónde vivía Nick, me fallaron las piernas. Tuve que apoyarme en la pared del pasillo del colegio para no caerme.

—¿Está bien, señorita Murphy?

—Sí, gracias, sor Claire.

—Hay un joven esperándola fuera. —Nick, tenía que ser Nick. El corazón volvió a latirme—. Sabe perfectamente que la escuela no tolera esta clase de comportamiento, señorita Murphy. El Saint Patrick es uno de los colegios más prestigiosos de la ciudad. Pero, teniendo en cuenta que el joven ha explicado las circunstancias excepcionales de su visita, por esta vez lo pasaremos por alto.

—Gracias. Gracias, sor Claire.

Estuve a punto de abrazarla. Lo habría hecho si mi profesora de francés no me hubiese mirado horrorizada.

Corrí por el pasillo, el mismo que unos segundos antes había estado a punto de presenciar mi caída. Iba a ver a Nick, iba a besarlo y a decirle que encontraríamos el modo de salir de esta. La horrible discusión de anoche solo había servido para que fuéramos más fuertes, ahora él sabría que podía contar conmigo siempre.

Nick por fin había dejado de escondernos.

Abrí la puerta, el gris había desparecido y los rayos del sol me hicieron cosquillas en los ojos. Los cubrí con una mano y busqué a Nick, ¿dónde estaba? Sor Clarie había dicho que...

—Hola, Juliet.

Josh Landon.

Josh estaba allí.

Nick no.

No conseguí disimular la decepción.

—Josh, no esperaba verte aquí.

Él sonrió y se metió las manos en los bolsillos.

—Nuestros padres están juntos, creo que mi madre les ha engañado para que participen en uno de sus actos benéficos. Me han pedido que viniera a buscarte y no he sabido negarme.

—Oh, lo siento.

Josh sonrió, tenía hoyuelos a juego con sonrisa del alumno del año.

—¿Por qué? —Se encogió de hombros—. Tenía ganas de verte.

Me sonrojé, no sabía cómo reaccionar a la frescura y naturalidad de Josh Landon. Nick siempre había sido intenso, incluso el día que lo conocí cuando los dos apenas éramos dos niños en la librería Verona.

Verona.

Allí podía dejarle un mensaje a Nick, él me había contado que solía ir a menudo para buscar libros o para hablar con el señor Belcastro.

—¿Te apetece dar un paseo? Tus padres me han dicho que podía llevarte a casa dentro de dos horas. —Señaló un coche y, al ver que yo seguía sin moverme, añadió—: Si lo prefieres, puedo acompañarte ahora. Tus padres aún están en mi casa, así que...

—No. Me apetece dar un paseo. —Solté el aliento al bajar la escalera de la escuela—. ¿Qué le has dicho a sor Claire?

Josh volvió a sonreír, se mantuvo enigmático al abrir la puerta del vehículo.

—Nada del otro mundo. Le he dicho que nuestros padres estaban reunidos con el alcalde y que me habían pedido que viniera a buscarte.

—¿Le has mentido a una monja? —Sonreí algo horrorizada.

—No, solo le he contado la verdad en el orden equivocado y he dejado que ella dedujera el resto. Nuestros padres van a reunirse con el alcalde. Algún día.

—Y yo que creía que eras un buen chico. —Era fácil bromear con él.

—Y lo soy. —Me guiñó un ojo—. ¿Adónde quieres ir?

Habría podido decirle que quería ir a comer un helado o a pasear por el parque. Habría podido decirle que me apetecía ver un museo. Habría podido decirle muchas cosas, cosas que no me habrían hecho sentir como la peor persona del mundo por estar utilizándolo.

—Me gustaría comprar un libro. Lo necesito para mi clase de Literatura. —Bajé la vista—. Iba a ir mañana, no quiero molestarte.

—No es molestia, además ya te he dicho que tenía ganas de verte.

—¿No te molesta que tus padres intenten emparejarnos?

Quizá Josh y yo podíamos llegar a ser amigos y él accedería a ayudarme, pensé esperanzada.

—No es la primera vez que mis padres hacen algo así. Créeme. Si no quisiera estar aquí, habría encontrado una excusa para no estar.

—Oh. Gracias.

No podía seguir adelante. Acababa de conocer a Josh y, aunque no le entendía del todo, algo me decía que él no se merecía que lo engañase.

—Ya sé a qué librería voy a llevarte —dijo con otra de sus sonrisas—. Después, si te apetece, podemos dar un paseo.

—Claro.

Suspiré y me dije que era imposible que Josh me llevase a la tienda del señor Belcastro, como mínimo había una docena de librerías en la ciudad y seguro que Josh no conocía esa parte de Little Italy. Elegiría cualquier libro y saldría de esa. Durante el paseo encontraría la manera de darle las gracias a Josh y de pedirle que de momento fuese solo mi amigo. Josh conducía igual que caminaba y comía, relajado y sin prisa. Durante el trayecto le pregunté por sus clases en la universidad y por qué no estaba en su apartamento. Si hubiese estado, nuestros padres no le habrían embaucado.

—Mi madre exige que pase por casa de vez en cuando —confesó— y hoy me ha parecido tan buen día como cualquier otro. He tenido suerte, supongo.

Iba a decirle que tenía un extraño concepto de la suerte si de verdad creía eso cuando el cartel de *Verona* se balanceó frente a mis ojos.

—¿Conoces esta librería? —preguntó él al detener el vehículo—. Es preciosa, yo la descubrí hace unos años por casualidad. A mi padre no le gusta que visite Little Italy —me explicó todo eso mientras abría la puerta y me ayudaba a salir—, así que será nuestro secreto.

Oh, no, iba a ponerme a llorar. Verona era mi secreto con Nick.

—Creo que estuve una vez de pequeña con mi madre— balbuceé—. No estoy segura.

Dudaba mucho que el señor Belcastro fuera a reconocerme. Solo había estado allí en esa única ocasión y yo entonces tenía doce años, no casi dieciocho como ahora. Aun así habría preferido no arriesgarme.

—Ven, te gustará.

No me cogió de la mano, caminó a mi lado y se comportó como el perfecto caballero. Las campanillas que colgaban del techo de la librería tintinearon y Josh saludó con un «buenas tardes» al caballero del mostrador. El señor Belcastro le devolvió el saludo y levantó las cejas al verme.

Era imposible que me hubiese reconocido, imposible.

Aguanté la respiración.

—Buenas tardes, ¿en qué puedo ayudarlos?

—La señorita está buscando un libro.

—Espero que lo encuentre, señorita. ¿Necesita mi ayuda o prefiere pasear sola por mi modesta Verona?

—Pasearé, si no le importa. —Me costaba hablar.

—Ni mucho menos. ¿Y usted, caballero? ¿Puedo tentarle con una novela de aventuras de cierto detective? Son muy populares.

Josh, amable, se acercó y escuchó las sugerencias del señor Belcastro. Yo respiré un poco más tranquila. No sucedía nada, compraría una novela y nos iríamos de allí.

Las campanillas volvieron a sonar e instintivamente me giré hacia la puerta.

Nick.

Nick.

Nick sonriendo durante un instante al verme allí y obligándose a apagar esa sonrisa, tan preciosa y única, cuando habló el señor Belcastro.

—Buenas tardes, Nicholas, ¿te importa ayudar a la señorita a encontrar su libro mientras yo atiendo al caballero que la acompaña?

—Por supuesto que no, Emmett.

El señor Belcastro seguía hablando con Josh, que permanecía ajeno al tumulto de emociones que viajaban de los ojos de Nick a los míos. Nick caminó hasta donde yo estaba y le vi cerrar los puños a ambos lados del cuerpo.

—Lo siento mucho, Nick —susurré.

—Deduzco que ese es Josh Landon, ¿me equivoco? —Mantenía la mirada fija en la estantería como si de verdad estuviera buscando un libro.

—Es Josh, pero...

—¿Qué libro está buscando, señorita?

—No me hagas esto, Nick —farfullé en voz muy baja—. Por favor. Quería verte, quería decirte...

—¿Qué? ¿Qué querías decirme?

—Yo... ¿puedes venir a verme más tarde, por favor?

—Claro, yo no puedo ir contigo a ninguna parte. Tengo que colarme en tu dormitorio como si fuera un ladrón.

—¿Has encontrado ya tu libro, Juliet? —La voz de Josh se interpuso y me atreví a tocar la mano de Nick. Él la apartó.

—Por favor, Nick.

—«El amor es un humo que sale del vaho de los suspiros; al disiparse, un fuego que chispea en los ojos de los amantes; al ser sofocado, un mar nutrido por las lágrimas de los amantes; ¿qué más es? Una locura muy sensata, una hiel que ahoga, una dulzura que conserva». —Puso un libro en mi mano—. Es de *Romeo y Julieta*.

Se apartó de repente, yo no podía respirar, la cita seguía rascándome la piel, la voz dolida de Nick había abierto pequeñas heridas a su paso.

—¿Ya tienes el libro? —Josh apareció detrás de Nick. Este se tensó, fue casi imperceptible, y con una agilidad a la que ya debería estar acostumbrada (le había visto trepar por un árbol durante años), cambió el ejemplar de *Romeo y Julieta* por una absurda novela de relatos irlandeses—. Estupendo.

Nick se apartó y caminó sin despedirse hasta el final de Verona para desaparecer tras una puerta. Josh pagó por nuestros libros y se despidió del señor Belcastro. Yo no pude decir nada. El ejemplar de *Romeo y Julieta* me quemaba en el bolsillo del abrigo donde lo había deslizado Nick al alejarse.

—¿Te encuentras bien? Estás muy pálida —señaló Josh de nuevo en el coche.

—Estoy bien.

¿Bien?

No estaba bien, quería llorar y correr detrás de Nick. Quería besarle y gritarle por haberme mirado con el corazón destrozado. Quería exigirle que confiase en mí cuando yo no había confiado en él.

Acepté la invitación de Josh para dar un paseo, no podía llegar a casa en ese estado. Él volvió a hablarme de la universidad y también me contó cosas sobre sus padres. Aunque se quejaba de los actos sociales a los que su madre le obligaba a asistir para «subastarlo» entre las mamás casamenteras de su círculo, era obvio que sentía un profundo afecto por ella y un gran respeto por su progenitor. Josh tenía la vida perfecta esperándole y quizá en algún momento estaría dispuesto a invitarme a formar parte de ella.

Yo jamás aceptaría, pero esa tarde quise hacerlo.

Josh me acompañó a casa, saludó a mis padres y se despidió tras asegurarme que le encantaría volver a verme. Josh lo había hecho todo bien. Le había pedido a mi padre permiso para visitarme y había esquivado con elegancia las insinuaciones (nada veladas) de mi madre sobre el inminente baile del Saint Patrick.

Fui a acostarme pronto. Mis padres interpretaron mi silencio durante la cena como señal inequívoca de las emociones que Josh había empezado a despertar en mí y, de nuevo, deseé que fuese cierto.

Josh era fácil.

Nick no.

Nick me hacía sentir, a él quería besarle, gritarle, tocarle. Quería hacer cosas que no comprendía y sin embargo necesitaba.

Me desnudé y me puse el camisón despacio, desesperada por oír las ramas del árbol golpeando mi ventana. No oí nada y, aunque sabía que acabaría llorando, me acosté con la novela que Nick había colado en el bolsillo del abrigo esa tarde.

Él había elegido ese verso. Durante unos instantes lo había pronunciado mirándome a los ojos como si quisiera tocarme y abrazarme, ceder a esa locura que nos tenía a los dos temblando. Pero solo había durado un instante. Al llegar a la última palabra sus ojos se habían cerrado y se había alejado de allí sin despedirse.

Dormí acompañada de mis lágrimas hasta que soñé que Nick me besaba el cuello y me rodeaba con los brazos.
—¿Nick?
—Perdóname, Juliet. —Estaba pegado a mi espalda, notaba cómo le subía y bajaba el torso detrás de mí. Estaba encima de la sábana, yo, debajo, y su brazo derecho caía pesadamente sobre mi cintura en un fuerte y necesario abrazo—. Perdóname, Juliet. Por favor.
—Nick.
Quería darme la vuelta, mirarle a los ojos sin ocultar que los míos volvían a tener lágrimas, pero él apretó el brazo y me lo impidió. Quizá necesitaba esa distancia, saber que no podía verle, para hablarme.
—Perdóname. No quería hacerte daño.
Que supiera que me lo había hecho me hizo llorar.
—¿Por qué lo has hecho?
Saqué como pude una mano de debajo de la sábana y la coloqué encima de la que Nick tenía encima de mi estómago. Él atrapó los dedos y volvió a besarme el cuello, eran besos que yo no comprendía del todo, los labios de él estaban separados y marcaba mi piel con la caricia de su lengua.
—¿Por qué ibas a ocultarme que le habías dado el dinero a Sandy?
—Porque no soporto pensar que esa parte de mi vida, de mí, se acerque a ti y pueda… —Apretó los brazos, él estaba temblando y apoyó la frente en la parte posterior de mi cabeza.
—¿Que pueda qué?
—Pueda hacerte daño —farfulló—. Pero no es solo eso. Joder, si fuera solo eso, quizá podría contenerlo. Tengo miedo de que veas esa parte de mí y te preguntes qué demonios están haciendo conmigo.
—Nick. —Intenté darme la vuelta sin éxito—. Te quiero. Te he querido siempre y siempre te querré.

—Dios, no sabes lo mucho que desearía que eso fuera cierto, lo mucho que lo necesito. —Sus labios buscaron de nuevo mi cuello, apartó el pelo con la nariz y besó la nuca—. Pero lo cierto es que soy un jodido egoísta y que apenas has conocido a nadie. Nos conocimos cuando eras una niña y ahora... Joder, Juliet, ahora puedes tener a cualquiera y cualquiera es mejor que yo.

—¿Qué estás diciendo, Nick? —susurré con la poca respiración que me quedaba—. ¿Quieres que...? —Ni siquiera podía pronunciarlo—. ¿Es por lo de Josh de esta tarde? Él se ha presentado en el Saint Patrick, nuestros padres se conocen y...

—No, Juliet, no. No tienes que explicármelo, lo sé. Lo entiendo, es como tener un puñal retorciéndome el jodido estómago con algún hijo de puta echándome whisky en la herida al mismo tiempo, pero lo entiendo. —Nick nunca decía esas palabras cuando estaba conmigo, el que las utilizase ahora me preocupaba—. Te mereces a Josh Landon, te mereces al mejor de los hombres. Yo voy a tener que encontrar la manera de salvar el restaurante de mi padre y de no acabar trabajando para Silvio.

—¡No! Tienes que mantenerte alejado de Silvio, es peligroso.

—No tengo intención de acercarme a Silvio, pero voy a tener que hacer todos los turnos posibles en el garaje del señor Torino y buscarme además otro trabajo. La universidad, si es que algún día lo consigo, tendrá que esperar y no... —Intentó soltarme la mano, presentí el instante exacto y apreté los dedos de su mano para impedírselo—. No puedo pedirte que esperes conmigo, que me esperes a mí.

—Sí que puedes pedírmelo, pero no tienes que hacerlo. Quiero esperarte, esperar contigo. No me pidas que viva sin ti.

—Juliet... te quiero demasiado para hacerte esto.

—Quiéreme más. Confía en mí.

CAPÍTULO 9

Nick

Estuve horas bajo el árbol, incapaz de treparlo y subir al dormitorio de Juliet, muerto de miedo, desesperado por verla y temiendo al mismo tiempo lo que ella me diría en cuanto me viese. La noche anterior habíamos discutido por primera vez. A lo largo de los años había habido ocasiones en las que no habíamos estado de acuerdo, pero siempre estaban relacionadas con sus padres, los míos o algún libro.

Nunca habíamos discutido por nosotros, y la posibilidad de que ese plural desapareciera me aterrorizaba. Juliet era mi sueño y mi vida, mi locura y mi sensatez, yo había vivido y perdido lo suficiente para saber que nunca jamás encontraría a alguien como ella. Pero ella no. Joder. Juliet apenas tenía dieciocho años y yo me había metido en su vida y la había encerrado en ella.

Yo sabía que ella creía que no le había contado lo de Sandy porque no la creía capaz de entenderlo y sí, yo mismo me había aferrado a esa excusa, pero no era verdad. Juliet era la persona más inteligente y comprensiva que existía. No le había contado la verdad porque no quería que viera lo complicada y sucia que podía llegar a ser mi vida.

Ya había decidido que esa noche iría a verla. Solo habían pasado unas horas y habían sido las más largas y tristes de mis veinte años. La echaba de menos, tenía un miedo atroz de perderla y necesitaba pedirle perdón por mi estupidez y por mi egoísmo. Había salido del taller del señor Torino y había decidido pasarme por Verona para comprarle un libro a Juliet y regalárselo esa noche cuando la vi allí de pie... cuando la vi fui tan feliz durante unos segundos que me escocieron los ojos, el corazón me explotó en el cuerpo y pensé que todo iba a salir bien, que mi universo existía.

Entonces vi al chico que estaba hablando con el señor Belcastro y las palabras de este sacudieron el suelo en el que yo había levantado mis ilusiones. Creo que adiviné que esa espalda pertenecía a Josh Landon antes de que Juliet me lo confirmase; así era como tenían que ser las cosas. Juliet estaba destinada a conocer a un chico perfecto como Josh, el hijo perfecto de unos «amigos de la familia» (yo ni siquiera tenía familia), futuro médico o abogado o jodido alcalde de la ciudad. Con Josh, Juliet tendría la casa perfecta, el futuro perfecto. Sin embargo sería un futuro vacío en el que ella jamás sería de verdad ella misma.

No sabía cómo estaba tan seguro de ello, pero mis entrañas no dejaban de gritarme que Juliet no podía acabar con un tipo perfecto como Landon. Mi Juliet tenía que volar, que sentir en todos y cada uno de los poros de su piel, y yo iba a estar a su lado para verlo, para hacer lo que fuera necesario por ella y para amarla.

Antes tenía que pedirle perdón y contarle la verdad, al menos la verdad que me pertenecía.

Trepé por las ramas del árbol, me detuve antes de entrar. La habitación estaba a oscuras, la luz de la luna iluminaba la silueta de Juliet acurrucada bajo la sábana. Quizá debería irme. Esa tarde había visto que Juliet tenía los ojos rojos, me había matado no poder abrazarla, y le iría bien dormir.

Entonces vi el libro, el ejemplar de *Romeo y Julieta* que esa tarde furioso, dolido y muerto de celos, le había metido en el bolsillo porque quería que se acordase de mí, de nosotros. Porque quería que sintiera parte de la angustia y de la ira que a mí me carcomían. Levanté la ventana con cuidado de no hacer ruido, la cerré protegiéndonos del frío de la noche y creando la falsa ilusión de que allí dentro no podía sucedernos nada malo.

Juliet era preciosa. Me odiaba por haberle hecho daño. Me tumbé a su lado sin apartar la sábana, sabía que ni mi cuerpo ni mi corazón soportarían la tortura de tenerla en brazos con apenas nuestra ropa separándonos. La sábana iba a tener que bastarme como barrera.

La abracé, deslicé un brazo por encima de su cintura y la pegué a mí. Si existiera el modo de meter el cuerpo de Juliet dentro el mío, lo habría hecho. Quizá así podría sentir que por fin estaba completo, ser real.

No iba a besarla, mis labios sencillamente la necesitaron, la buscaron igual que siempre. Necesitaba su piel, su olor, el calor que conseguía recordarme que con ella estaba vivo. Cuando susurró mi nombre, le pedí que me perdonase.

—Confío en ti. —¿De verdad creía que no confiaba en ella?—. Solo confío en ti.

—Entonces confía en que sé lo que siento. —Apretó mis dedos y levantó nuestras manos unidas para besar mis nudillos. Sentí cada uno de esos pequeños besos recorriéndome el cuerpo—. No necesito vivir diez vidas para saber que la única que tengo quiero vivirla contigo. Sí, nos conocimos cuando éramos unos niños. —Hablaba con los labios pegados a mi mano, besándola, volviéndome loco—. Y no soy tan ingenua como para no saber que tu vida en Little Italy es distinta a la mía aquí en la calle Rutgers. Sé que quieres

protegerme, sé que incluso crees que necesitas hacerlo, Nick.
Giró nuestras manos y me besó la muñeca, donde latía acelerado mi pulso.
—Dios santo, Juliet. No me beses más, vas a matarme.
Sonrió, noté su sonrisa en la piel.
—No quiero matarte, Nick, solo quiero que dejes de ocultarme cosas. No me protejas, déjame estar contigo igual que yo te dejo estar conmigo.
Esos besos, tenerla en mis brazos allí tumbados en la cama, derribaron mis defensas.
—¿Y si te vas? ¿Y si descubres que no valgo la pena?
—No podemos escondernos del mundo, Nick. Quizá no sepa nada de la vida, pero sé que si nos quedamos encerrados aquí para siempre acabaríamos perdiéndonos.
—Lo sé.
Solté el aliento despacio y volví a besarle el cuello, detuve los labios encima de su pulso igual que había hecho ella antes en el mío. El de Juliet se aceleró y aunque seguía acariciándome la mano podía sentir que había algo que seguía preocupándole.
—¿Cuándo es el baile del Saint Patrick? —Me apoyé en el codo que tenía en la cama y la miré. Juliet estaba tumbada de lado con la mirada fija en el ejemplar de *Romeo y Julieta*. No podía permitir que creyera que ella y yo estábamos destinados al mismo final trágico de los amantes de Verona.
—Dentro de una semana, ¿por qué?
Aguantó la respiración tras la pregunta. Yo moví la mano que ella tenía en la suya y Juliet la soltó. Temblaba, igual que el resto de mí, y le acaricié el rostro apartándole el pelo. Dibujé el pómulo con el índice y me prometí que haría lo imposible por que las próximas lágrimas que lo cubrieran fueran de alegría.
—Porque me gustaría acompañarte. —Me agaché y de-

posité un beso tras el camino de mis dedos—. ¿Crees que esa noche podrías presentarme a tus padres?
—Claro que sí. —Su voz baja me acarició los labios y los sellé con un beso.
—Duérmete.
Volví a tumbarme detrás de ella y la abracé. Respirábamos despacio como si así pudiéramos alargar esa noche.
—¿Te esperarás a que me quede dormida?
—Yo cuidaré de tus sueños. Confía en mí, Juliet.
Le besé la nuca y el cuello hasta que se quedó dormida en mis brazos.

A la mañana siguiente fui a visitar a Sandy y a los gemelos, aún no habían podido irse y tenía miedo de que el desgraciado de Bob hubiese sospechado algo y la hubiese tomado de nuevo con Sandy. El piso era deprimente. Yo nunca habría definido mi casa como acogedora, pero el apartamento de la madre de Sandy era un antro. A menudo el pasillo apestaba a tabaco y a alcohol, eso los días buenos, porque en los malos el perfume barato y el olor agrio del vómito delataban qué sucedía allí exactamente.
Hasta la llegada de Bob, Sandy se había negado a abandonar a su madre. No importaban los argumentos que Jack o yo pudiésemos esgrimir ni que le repitiésemos que contaba con nuestro apoyo incondicional, ella siempre nos miraba a los ojos y nos decía «yo no soy de las que abandona». Por suerte, tampoco era de las que se empeñan en confiar en una persona cuando esta te ha hecho daño demasiadas veces. Sandy quería a los gemelos, haría cualquier cosa por ellos, y yo estaba seguro de que ellos eran el motivo por el que finalmente Sandy había accedido a irse de Little Italy. Ella temía por ellos, tenía miedo de que un día intentasen

protegerla de Bob o del cretino de turno que estuviese follándose a su madre, y les sucediera algo malo.

Llegué al apartamento y por entre el desagradable olor de la miseria vi el pequeño ramo de flores que Sandy insistía en colocar en la entrada porque decía que eran alegres. La encontré encerrada en su dormitorio. Había sido lo bastante precavida como para echar el cerrojo, pero lo había hecho demasiado tarde: tenía un moratón en el ojo.

—¿Quién te ha hecho esto?

—Bob.

—Joder, Sandy. Tenéis que iros esta misma noche. —No había ninguna maleta por ningún lado—. ¿A qué estás esperando, a que te mate?

—Los niños tienen que terminar el colegio.

Empezaba a estar harto de esos finales de curso.

—Nosotros le hemos dicho que podemos irnos —aportó Derek.

—Lo sé, cariño, pero los dos habéis trabajado mucho para la exposición del último día. Además, ahora sé que tengo que ser más rápida. —Bajó la vista hacia la cama donde estaba sentada—. Y que no puedo contar con que mamá esté de mi parte.

Exhalé resignado. Sabía que no lograría convencer a Sandy, y me senté a su lado.

—¿Qué pasó?

—Bob insultó a mamá y yo intenté defenderla. No volverá a pasar.

—Ten cuidado, solo tienes que aguantar unos días más, ¿de acuerdo?

—De acuerdo. Ayer Silvio se pasó por la cafetería. —Sandy me miró.

—¿Qué quería?

—Se tomó una hamburguesa y me dio las gracias. Me dijo

que estaba encantado de que gracias a mí hubieses entrado en razón y hubieses empezado a trabajar para él.

Se me anudó el estómago. Busqué la moneda que llevaba en el bolsillo. Si de verdad era un amuleto de la suerte, estaba haciendo un trabajo pésimo. Pensé en Jack y durante unos instantes eché de menos al que había sido mi mejor amigo. Después le odié por habernos traicionado y abandonado. Quizá él sabría cómo proteger a Sandy o me ayudaría a encontrar la manera de saldar la deuda de mi padre con Silvio.

—¿Tú qué le contestaste?

—Le dije que eras mayorcito para tomar tus propias decisiones y me fui a otra mesa. No estarás trabajando para él, ¿verdad?

—No, es complicado. Mi padre le pidió dinero prestado y...

Sandy se levantó de la cama y se plantó frente a mí.

—Tienes que darle el dinero que me prestaste, Nick, no puedes trabajar para Silvio.

—Ese dinero es tuyo. —Le cogí las manos y le sonreí como cuando éramos pequeños—. Encontraré una solución, no te preocupes.

—Pero no trabajarás para Silvio.

—No trabajaré para Silvio.

—Júralo por nuestra moneda —me ordenó.

Sandy, Jack y yo nos habíamos inventado un juramento. Hacía años que no hacíamos ninguno, de pequeños los habíamos considerado sagrados.

—Está bien. —La solté y saqué la moneda del bolsillo del pantalón para sujetarla con dos dedos frente a mis labios—. Lo juro. Juro que no trabajaré para Silvio—. Besé la moneda y volví a guardarla. Sandy me observaba muy satisfecha consigo misma.

Me había prometido que jamás sería un gánster.

Le había prometido a Juliet que confiaría en ella y en nuestro sueño.

Podía romper el juramento de la moneda, podía mentirle a Sandy y engañarme a mí mismo, pero jamás haría nada que pudiera hacerme perder a Juliet. Jamás.

—¿Sabes algo de Jack?

Apenas hablábamos de él, así que la pregunta me cogió por sorpresa.

—Sigue en la academia de policía. Al menos eso pone en los sobres cuando me devuelve la moneda.

—¿Crees que algún día volveremos a verle?

—No lo sé, ¿y tú?

—Yo sí. Estoy segura de que un día volveremos a reunirnos.

—Vaya —le sonreí—, no sabía que eras una soñadora, Sandy.

—Soñar es lo único que me queda. —Dejó la mirada perdida unos segundos, hasta que de repente cerró los ojos y sacudió la cabeza—. Vamos, Luke y Derek quieren que les lea un cuento y a ti se te da mucho mejor.

Les leí un cuento a esos dos niños que quería como a mis hermanos y cuando me despedí deseé que Juliet estuviese allí para conocerlos y darles un abrazo. Tenía el presentimiento de que Sandy y ella se harían amigas enseguida y de que juntas se encargarían de señalarme todos mis defectos. Estaba impaciente por que empezasen.

Tal vez que Sandy y los gemelos no se hubiesen ido todavía era una buena noticia al fin y al cabo, así tenía tiempo de organizar un encuentro y de presentarles a Juliet.

Los días se sucedieron a mayor velocidad. El señor Torino me consiguió otro trabajo y aunque iba a tardar más tiempo del que creía en conseguirlo iba a poder saldar la deuda de mi padre con Silvio y abrir mi propio garaje. Juliet tenía razón, la confianza cambiaba mucho las cosas. Había decidido arriesgarme y contarle la verdad al señor Torino (no toda, únicamente la parte sobre La Bella Napoli) y él me había recomendado en el puerto. No me pagaban mucho y me dolía la espalda, pero prefería eso a trabajar para Silvio.

Había ido a visitar a Juliet cada noche. Me colaba por la ventana de su dormitorio y el dolor del cuerpo desaparecía solo con verla. Nos hablábamos en voz baja en medio de la oscuridad, entre besos que me reconfortaban tanto como torturaban. Después, cuando la dejaba dormida, volvía a casa y soñaba con que le hacía el amor. Despertaba sudado, exhausto, gritando, porque el sueño se convertía siempre en una pesadilla.

Juliet y yo nos besábamos. Me temblaban las manos al acariciar por primera vez su piel desnuda. Nunca nadie había significado tanto para mí, pero la silueta de su cuerpo empezaba a desaparecer, mis manos quedaban heladas y un grito de terror escapaba de mis labios porque Juliet se desvanecía y yo no podía hacer nada para retenerla. Durante ese infierno, Juliet no dejaba de mirarme a los ojos, ojos que se iban llenando de lágrimas hasta quedar convertidos en hielo.

Abría los ojos y descubría que estaba solo en la cama, que Juliet no corría peligro y que mi mente estaba demasiado cansada y mi corazón (y mi cuerpo) demasiado ansiosos. A Juliet no iba a sucederle nada malo, mi misión en la vida era asegurarme de ello.

Habíamos hablado sobre la noche del baile del Saint Patrick, pero cuando llegó el día estaba nervioso y sudé tanto en el taller que el señor Torino me preguntó si no estaba enfermo. Esa noche no iba a ir al restaurante. Mis padres no me preguntaron el motivo de mi ausencia. Desde que había aceptado hacerme cargo de la deuda de Silvio me miraban con otros ojos, no me atrevía a hacerme ilusiones sobre ocupar el lugar de Luca. Había sobrevivido a suficientes decepciones para saber que eso era imposible, pero quizá con el tiempo conseguiría que me viesen como era de verdad y no como el sustituto que no había estado a la altura de sus sueños.

Iba a quedarme en el taller hasta el mediodía, después iría a casa y me prepararía para ir a buscar los dos ramos de flores que había encargado, uno para la señora Murphy y otro para Juliet. Tenía también otro regalo. Hacía meses que estaba en mi poder, un anillo con una aguamarina colgado de una larga y fina cadena dorada. El único que sabía de la existencia de ese collar, y de lo que yo pretendía hacer con él, era el señor Belcastro. Él me había ayudado a elegirlo cuando me acompañó a la joyería de un viejo amigo de Italia que igual que él había emigrado a Estados Unidos. Sí, quería pertenecernos el uno al otro, pero estaba dispuesto a esperar todo el tiempo que fuese necesario, ese anillo, el que iba a regalarle esa noche, simbolizaba eso, que por ella estaba dispuesto a todo. La piedra me pareció preciosa porque era del mismo color que los ojos de Juliet y, cuando el joyero me contó que en la antigüedad los marinos solían llevarla encima porque creían que les protegería del mar, supe que era el anillo que debía comprarle. Al final añadí el detalle de la cadena porque quería que Juliet supiera que yo iba a esperar, podía llevarlo colgado del cuello hasta que accediera a llevarlo en la mano y casarse conmigo. A pesar de lo que me había dicho mi madre, yo estaba convencido de que mi san Nicolás era el patrón de los marinos y de los científicos. El señor Belcastro no se burló de mí ni un momento, ni tampoco me preguntó si estaba seguro o si sabía lo que iba a hacer. Me miró al salir de la joyería y me dijo:

—El aguamarina simboliza la felicidad —yo le sonreí— y la eterna juventud. Juliet y tú siempre me habéis recordado a Romeo y Julieta. Vi que elegiste ese libro para ella el día que vino a Verona.

—Nosotros no somos Romeo y Julieta, no vamos a morir jóvenes y sin vivir nuestro amor de verdad.

Belcastro masticó el cigarro que llevaba colgando del labio.

—Los dos sois muy jóvenes y vais a tener que enfrentaros a muchas dificultades.

—Podemos hacerlo. La quiero.

—Lo sé, hijo, lo sé, pero tal vez tengas que hacer mucho más que quererla. Ella es la hija de ese abogado irlandés que está en la fiscalía; su padre ha metido en la cárcel a muchos hombres de Little Italy y asestó un golpe mortal a la Mafia de Chicago.

—Y yo soy un mecánico que quiere ir a la universidad y no tiene nada que ver con la Mafia. Nada que ver y, perdone que se lo pregunte, señor Belcastro, usted siempre me ha ayudado, ¿cómo sabe eso del padre de Juliet?

—Sé que nadie puede desligarse de la Mafia así como así.

—Yo no estoy ligado a la Mafia.

Nos detuvimos. La mirada del señor Belcastro escondía secretos y más de una tragedia.

—Sí lo estás, Nick, aunque no te guste o no quieras reconocerlo, lo estás. Lo estás desde el día que entregaste el primer paquete en nombre de Silvio, lo estás desde el día en que tu padre le pidió prestado dinero a ese desgraciado.

—Pues voy a dejar de estarlo.

—Te creo, hijo, y haré todo lo que pueda para ayudarte. Pero ten presente dos cosas.

—¿Cuáles?

—La primera; no confíes en nadie.

—¿Y la segunda?

—No confíes en nadie.

Salí de debajo del coche en el que estaba trabajando porque el señor Torino gritó mi nombre diciéndome que alguien había ido a verme. Pensé que sería mi padre o quizá el señor Belcastro atraído extrañamente por mi mente. No había podido quitarme esa conversación de la cabeza.

Pero los zapatos que se detuvieron ante mí mientras me limpiaba la grasa de los manos no pertenecían ni a Belcastro ni a mi padre.

—Hola, Nick.

Cerré los puños para no coger una llave inglesa y acabar con él allí mismo.

—¿Qué estás haciendo aquí, Silvio?

—He venido a preguntarte si quieres saldar la deuda de tu padre de una vez por todas.

—No me interesa. —Por supuesto que me interesaba, pero sabía que no podía fiarme de Silvio.

Él sonrió y se apoyó en la puerta del Buick.

—No solo eso —siguió—, y si te dijera que si haces esto por mí desapareceré para siempre de tu vida.

Caí en la trampa.

—¿Para siempre?

—Para toda la eternidad. No tendrás que volver a verme ni a mí ni a mis chicos.

—¿Qué tengo que hacer?

CAPÍTULO 10

Juliet
La noche del baile del Saint Patrick

Nick y yo habíamos planeado esa noche hasta el último detalle. Él había encontrado otro trabajo y apenas podía descansar, lo que hacía que yo me sintiese culpable y como una malcriada buena para nada. Nick insistía en que no era así. Yo me consolaba diciéndome que a partir de esa noche todo iba a cambiar.

Íbamos a contarles la verdad a papá y a mamá. Les presentaría a Nick y les diría, por fin, que le amaba y que quería pasar el resto de la vida a su lado. Sabía que ellos al principio se sorprenderían, quizá incluso se enfadarían, y una pequeña parte de mí podía entenderlo; todo sería mucho más fácil si Nick fuese Josh. Pero mis padres estaban enamorados, yo creía en el amor porque les veía a ellos a diario, y acabarían por entender que Nick y yo nos queríamos del mismo modo.

Iríamos al baile. Papá y mamá seguro que aceptarían a Nick. Después, dentro de una semanas, yo cumpliría los dieciocho y buscaría un trabajo para ayudar a Nick. Quizá podría preguntarle al capitán Anderson si en la policía necesitaban secretarias, o tal vez en algún despacho de abogados. Sí, un despacho de abogados sería probablemente lo mejor, así, cuando cambiasen las cosas, quizá podría entrar en la facultad de Derecho.

Durante la semana, mamá me había preguntado varias veces por mi «acompañante del baile». En todas esas ocasiones yo le había sonreído y había contestado sin decir su nombre; «está impaciente» o «seré la chica más feliz de la escuela porque él estará a mi lado». No me gustaba mentirle a mamá, pero Nick había insistido en que quería estar presente cuando les contásemos qué estábamos juntos.

Estábamos los tres en casa, mamá, papá y yo. Papá había salido de su despacho para tomarse otro café, llevaba días muy preocupado por algo y las visitas del capitán Anderson se habían intensificado. Mamá empezó a hablar, probablemente para distraer un poco a papá, cuya mirada delataba su agotamiento.

—Juliet va a estar preciosa esta noche y seguro que Josh será el acompañante más guapo y brillante de todos los asistentes. He estado pensando —siguió antes de que yo consiguiera aflojar el nudo que tenía en la garganta— que podríamos invitar a los Landon a comer este domingo. Si nuestros hijos van a estar juntos, lo...

—No voy a ir al baile con Josh.

Mi madre dejó la taza que sujetaba en la mano y miró a mi padre, confusa durante unos segundos antes de dirigirse a mí.

—¿Le ha sucedido algo a Josh?

Había hablado porque no podía seguir engañándoles y, aunque aún faltaban horas para que Nick fuese a buscarme, tenía que contarles la verdad.

—No, a Josh no le ha sucedido nada. En realidad —tomé

aire— no sé nada de Josh desde la última vez que le vi. —El silencio de mis padres me permitió continuar—. Josh Landon es un chico encantador y me encantaría que llegásemos a ser amigos y, si las circunstancias fuesen distintas, tal vez habríamos podido llegar a ser algo más.

—¿Las circunstancias? —Mi padre entrecerró los ojos—. ¿Qué circunstancias?

Tragué saliva y retorcí las manos nerviosa.

—Voy a ir al baile con Nick.

Mamá se dejó caer en la butaca que por suerte tenía tras ella y buscó de nuevo la mirada de papá.

—No, no vas a ir al baile con Nick —sentenció papá—. Si es necesario, te encerraré en tu dormitorio.

—¡Papá!

—¿Niall?

Mis padres y yo siempre habíamos tenido una relación excelente, exceptuando lo relacionado con Nick, no teníamos secretos y hablábamos de cualquier tema. No me imponían castigos de forma dictatorial y yo les trataba con respeto y no incumplía sus normas.

Excepto por Nick.

—No puedes hacerme esto, papá. Ni siquiera conoces a Nick. —Tenía que controlarme. Si me ponía a llorar o a gritar, solo empeoraría las cosas—. Nick es maravilloso, es listo, muy listo, va a ser ingeniero. Ayuda a sus padres y... estoy enamorada de él.

—No puedes estar enamorada, eres solo una niña.

—No soy una niña, mamá. Voy a cumplir los dieciocho en unas semanas. Tú te casaste con papá antes de cumplir los diecinueve. Además, Nick y yo no solo nos queremos, sino que somos amigos.

—¿Amigos? ¿Cómo es posible que seáis amigos si yo nunca te he visto con él?

—Me viste con él una vez. Nick es el chico al que conocí

en esa librería de Little Italy cuando nos mudamos a Nueva York.

El rostro de mamá demudó al recordar ese día.

—Ya te dije que no te acercaras a Little Italy. No sale nada bueno de ese barrio. —Mi padre caminó hacia el mueble donde guardábamos el whisky y se sirvió una copa.

—Fui a esa librería porque en Chicago me dijeron que el propietario estaba muy vinculado a los grupos de lecturas para mayores y solo fui esa única vez, Niall. Ya hablamos del tema.

—A juzgar por lo que nos está contando Juliet, esa única vez fue más que suficiente. —Vació la copa de un trago—. Creía que Valenti había desaparecido de tu vida.

—¿Tú le conoces? —Mamá miró entre confusa y enfadada a papá—. ¿Cómo es posible? ¿Por qué no me lo habías contado?

—Le vi una vez hace años, cuando Juliet estuvo enferma. Tú estabas en la habitación de Juliet. Ella se había pasado la noche con fiebre y no conseguíamos bajársela, el doctor Lutz nos había dicho que presentaba signos de neumonía y que si no mejoraba pronto… Tenía que desahogarme, salí a la parte trasera de casa para fumar y le encontré allí. Estaba de pie frente al árbol, tenía los ojos inyectados en sangre y se acercó a mí y empezó a preguntarme por Juliet. Le pregunté quién era y cuando me respondió le di un puñetazo. Me desahogué y le exigí que no volviese por aquí.

—Oh, Dios mío —balbuceé al recordar esa época. Tardé varias semanas en recuperarme y cuando lo hice Nick tardó varios días en venir a visitarme. Cuando lo hizo tenía una cicatriz nueva en la ceja que se negó a explicarme. Fue a partir de entonces cuando empezó a ser más precavido con nuestros encuentros.

—Nick Valenti es un aprendiz de matón de la Mafia italiana.

—¡No es verdad!
—No es posible, Juliet, no puedes verte con ese chico —intervino mamá casi tan aturdida como yo.
—Nick Valenti no es un «chico». Nick Valenti trabaja para Silvio Lorenzo, el gánster más despreciable de Little Italy.
—No es verdad. Nick no trabaja para Silvio. Él trabaja en el taller del señor Torino y en el restaurante de sus padres La Bella Napoli. Nick no es gánster.
—Lo es. Quizá sí que vaya por el taller o por ese ruinoso restaurante, pero solo es una tapadera.
—Te estás inventando esta sarta de mentiras porque quieres que salga con Josh Landon y así podrás ofrecerle un premio de consolación a tu amigo. Tú no dejarás la fiscalía para ir a su bufete, pero tu hija se casará con su hijo. Es el plan perfecto, papá, pero no funcionará. —Me sequé una lágrima—. Y me decepciona que seas así, creí que tú... que vosotros me entenderíais, que vosotros estaríais del lado del amor.
—Eres muy joven para saber lo que es el amor. —Papá estaba a escasos centímetros de mí—. Y me duele que tengas esta opinión de tu madre y de mí. Si nos hubieras dicho que el hijo del pescadero iba a acompañarte al baile del Saint Patrick, no nos habríamos opuesto. Cierto, Josh nos gusta, pero jamás te obligaríamos a salir con él en contra de tu voluntad y deberías saberlo. Siempre te hemos dado libertad, Juliet, te hemos educado para que pensaras y decidieras por ti misma.
—Pues he decidido que quiero a Nick.
—Nick Valenti te está utilizando, va a hacerte daño. —Papá levantó una mano para tocarme la mejilla y me aparté.
—¿Por qué iba a utilizarme?
Me rodeé la cintura con los brazos.
—No lo sé, pero no creo que su interés por ti sea casualidad. ¿Le has hablado alguna vez del capitán Anderson?
Se me heló la sangre. No, era imposible.

—No. —Mentí a mi padre, lo hice para proteger a Nick, no porque dudase de él. Él no me estaba utilizando.

—Quizá tu padre se equivoque, Juliet. Quizá Nick Valenti no te esté utilizando —la voz de mamá se entrometió entre papá y yo. Iba a darle las gracias por estar de mi lado, pero entonces siguió hablando—: Quizá solo quiere divertirse contigo.

El insulto, la duda, me atravesó el pecho.

—¿Por qué no creéis que Nick y yo estamos enamorados de verdad?

—¿Cómo sabes que estás enamorada de él? —Mamá se levantó y se acercó adonde estábamos papá y yo.

—Lo sé. Lo sé aquí dentro —me llevé una mano al pecho—, sé que él está aquí y que sin él no podré ser feliz. Nick me entiende, me escucha, me hace reír y hace que me lata el corazón. No me imagino el futuro sin él. Si me obligáis a elegir, se me romperá el corazón. A vosotros os quiero mucho, pero a él le amo. Si me obligáis a elegir, le elijo a él.

Mamá se llevó una mano a los labios para sofocar el grito y papá la rodeó con el brazo.

—Está bien —convino mi padre dolido—, si el señor Valenti demuestra ser digno de ti, no nos opondremos, Juliet.

—¿Digno de mí?

Mi padre besó a mi madre en la frente.

—Esta noche es el baile. Deduzco que él será tu acompañante. Si se presenta aquí, nos encantará conocerlo y hablar con él.

—¿Si? Por supuesto que vendrá. Nick no va a dejarme plantada.

—¿Sabes cómo sé tantas cosas del señor Valenti?

El corazón trepó por mi garganta.

—No.

—Anderson tiene una carpeta con el nombre de Nick.

—No es verdad.

¿Por qué iba a tener el capitán de policía una carpeta con el nombre de Nick? Papá se lo estaba inventado.

—No voy a discutir contigo. Es obvio que ahora mismo no serviría de nada. Si el señor Valenti viene a buscarte esta noche, hablaré con él e intentaré esclarecer el asunto.

—Nick vendrá, papá. No va a dejarme plantada. Él sabe lo importante que es el día de hoy.

—Me alegro, porque en Little Italy hoy también es un día muy importante y, si el señor Valenti tiene que elegir, no sé de qué lado estará, ¿del tuyo o del de la Mafia?

—Nick siempre está de mi lado.

—Eso espero, Juliet.

Vi que mi madre iba a decir algo más, pero papá la cogió de la mano y dejaron que me fuese del salón. Caminé despacio y sin llorar. No quería parecer la niña que me habían acusado de ser y conseguí mantener la compostura hasta llegar a mi dormitorio.

Odiaba que papá no hubiese dudado ni un segundo. Aunque al final había accedido en cierta manera a que Nick fuese mi acompañante y a hablar con él, yo sabía perfectamente que en su cabeza ya lo había juzgado y condenado.

Me sequé las lágrimas porque no iban a servirme de nada. Al menos ahora mis padres ya estaban al corriente de la verdad y Nick y yo podíamos dejar de escondernos.

¿Qué había en la carpeta del capitán Anderson?

Sacudí la cabeza. No, papá se lo había inventado, pero él no era un mentiroso. Jamás mentía a mamá y ellos dos siempre habían intentado explicarme las cosas del mejor modo. Por muy enfadada que estuviese ahora con ellos, eso tenía que reconocérselo.

La carpeta del capitán Anderson tenía que tener otra explicación; Nick vivía en Little Italy y yo sabía que el capitán y papá estaban trabajando en un caso muy importante vinculado a ese barrio. También sabía que Nick había tenido contacto con Silvio, en contra de su voluntad y solo para ayudar a sus padres. Supuse que en cierta medida era lógico que el capitán tuviese esa carpeta. Se lo contaría esa noche a Nick cuando estuviésemos solos —se me erizó la piel— y encontraríamos la manera de hablar con el capitán Anderson para aclarar las cosas.

«Cuando estuviésemos solos».

Nick y yo siempre hemos estado solos, él lleva años colándose por mi ventana, sentándose en la cama para hablar conmigo o pasándose horas leyendo alguno de sus libros sobre máquinas o estrellas en el sofá que hay frente a mi tocador. Si mis padres hubieran llegado a enterarse de esto, no lo habrían entendido. Nick jamás me había utilizado, como había insinuado papá, de hecho, quizá le había utilizado yo a él cuando nos mudamos aquí y Nueva York me intimidaba.

Nick no me ha utilizado en ningún sentido, jamás. Nunca me ha preguntado por el trabajo de papá ni por los casos que estaba llevando, jamás me ha pedido nada a pesar de que sé (aunque él ha intentado escondérmelo) que en momentos podría haberlo hecho. Y físicamente... seguro que, si me desnudase y me ofreciese descaradamente, me rechazaría e insistiría en esperar a que yo cumpla los dieciocho.

Oh, sé que Nick me desea, él jamás ha intentado esconderlo, pero también sé que su corazón y su carácter, su alma, le exigen que me cuide y me proteja, incluso cuando yo no necesito que me cuide o me proteja.

Mis padres, sin embargo, no lo saben. No lo saben porque no le conocen.

Tenía el vestido sobre la cama, era de un color azul claro como el cielo, en la cintura había bordadas flores, que la recorrían y subían por la espalda. Parecía sacado de un cuento de hadas. Me vestí y peiné. No salí del dormitorio hasta unos minutos antes de que llegase Nick. Bajé la escalera y fui al comedor, donde me encontré a mi padre esperándome en el sofá. Mamá también aparecería, aunque en ese instante estaría en alguna otra parte.

—Falta poco para que llegue Nick.

—No quiero hacerte daño, Juliet. —Esa frase hizo que me escocieran los ojos—. No quiero que ese chico, Nick, te haga daño. Por nada del mundo quiero tener razón y te juro que haría cualquier cosa por estar equivocado. Pero no lo estoy.

—Sí lo estás, papá.

—Tú aún eres demasiado joven, sé que no te gusta oírlo, pero lo eres.

—No lo entiendes, papá. Nick y yo nos queremos.

—Y por eso, porque estoy convencido de que de verdad crees que le quieres, voy a escucharle.

—Gracias, papá.

Me acerqué a él y le deposité un beso en la mejilla. Él levantó una mano y me secó la lágrima que se me había escapado.

Pasaron los minutos y esperamos a Nick.

Esperamos.

Esperamos.

Esperamos.

—Lo siento, Juliet.

Nick no se presentó. Papá intentó abrazarme, corrí a mi dormitorio para impedírselo. Las primeras lágrimas resbalaron por las mejillas antes de que cerrase la puerta a mi espalda. Lloré triste y asustada, nerviosa. Decepcionada. Lloré porque había esperado ese momento durante años y no solo durante esas últimas horas.

Las lágrimas fueron en aumento, se aceleraron al igual que los latidos de mi corazón. Hasta que de repente se detuvieron y mi mente reaccionó en medio de esa bruma de nervios y de dolor.

A Nick le había sucedido algo.

Nick no me había dejado plantada. Él jamás me haría

algo así. Yo había reaccionado como la niña que papá y mamá me habían acusado de ser y durante esos minutos había cedido a la presión y me había derrumbado. Ya no.

A Nick le había sucedido algo y yo iba a averiguarlo e iba a ayudarle.

Con los ojos aún rojos, pero ya sin lágrimas abandoné la seguridad de mi dormitorio para ir en busca de mi padre. Le pediría que me llevase a Little Italy, al restaurante de los padres de Nick, y que me ayudase a buscarlo. Papá no me negaría su ayuda. Él me había dicho que estaba dispuesto a darle una oportunidad a Nick y seguro que en cuanto viese lo importante que era para mí encontrarlo estaría a mi lado. Bajé la escalera, oí voces y me detuve; no quería correr el riesgo de encontrarme con alguien que pudiese detenerme, como por ejemplo Josh o sus bienintencionados padres.

—Va a suceder esta noche —era la voz del capitán Anderson.

—¿Estás seguro? —papá parecía preocupado.

—Sí. Creo que esta vez deberías venir con nosotros.

—Oh, no, Niall, es muy peligroso.

—No me pasará nada, Saoirse. Además, seguro que William no me dejará acercarme demasiado. Solo quiere que les acompañe para evitar que los abogados de esos gánsteres utilicen cualquier detalle de la redada en nuestra contra.

—Tú eres abogado, Niall —la tensión que emanaba de la voz de mi madre era idéntica a la que dominaba mis dedos. Me había detenido y estaba sentada en un escalón con los dedos alrededor de la barandilla de la escalera, los estaba apretando tan fuerte que podía sentir cómo las aristas de la columna de madera se clavaban en la palma.

—No permitiré que Niall corra peligro, Saoirse —intervino el capitán con firmeza—. Pero esta noche es muy importante. El trabajo de los últimos años depende de lo que suceda hoy, y también parte de lo que queremos conseguir en el futuro.

—Pero Niall...

—No me sucederá nada, cariño. Los hombres de Anderson son los mejores y el bar de los irlandeses está vigilado.

El bar de los irlandeses, había oído a Nick hablar de él.

—¿Por qué tienes que ir, Niall?

Sonreí, típico de mamá no darse por vencida.

—Porque si esta noche sale bien la Mafia irlandesa de Nueva York desaparecerá o quedará tan debilitada que no tardará en hacerlo.

—Y la italiana también —añadió el capitán Anderson—. El agente Tabone, uno de mis mejores hombres, me ha confirmado que Silvio y sus hombres también estarán esta noche en el bar de los irlandeses. Cavalcanti no goza de la simpatía de Silvio y sus seguidores, les parece demasiado flojo. No lo creerían si supieran toda la verdad, pero su error es nuestra ventaja. Esta noche podemos arrestar a los irlandeses y a la facción más violenta de la Mafia italiana. No debería contarte esto, Saoirse, pero sé que tú puedes entenderlo. Tú sabes lo importante que es eliminar la violencia de los barrios para que la gente pueda prosperar. Vivir.

El apasionado discurso del capitán Anderson convenció a mi madre. Le había hablado con sinceridad y con pasión de algo en lo que ella creía firmemente. Yo no pude oír la respuesta de mamá o de papá. La sangre me retumbaba en los oídos desde que Anderson había mencionado el nombre de Silvio.

«Silvio y sus seguidores»

Nick me ha dejado plantada.

Le ha sucedido algo a Nick.

Me puse en pie, las piernas me temblaron unos segundos, solo hasta que mi cuerpo comprendió que Nick iba a estar esa noche en el bar de los irlandeses y yo decidí que iba a impedir que papá y Anderson lo arrestasen por error.

SEGUNDA PARTE

«Los placeres violentos terminan en la violencia, y tienen en su triunfo la propia muerte, del mismo modo que se consumen el fuego y la pólvora en un beso voraz»

Romeo y Julieta
William Shakespeare

CAPÍTULO 11

El bar de los irlandeses

Nick Valenti se había jurado que jamás se convertiría en un gánster, pero en el caso de que lo hiciera jamás sería un matón, un asesino a sueldo, un animal. Él quería crear, observar las estrellas y el mar y crear máquinas que llevasen al hombre de hoy al futuro. Él moriría si sus manos, esas que se morían por dibujar planos y escribir teorías imposibles, le quitaban la vida a alguien, por muy despreciable que fuese ese individuo. Él, sin embargo, se había planteado matar varias veces, y en todas y cada una de ellas se odiaba a sí mismo.

Habría sido capaz de matar a ese desgraciado que le rompió el labio a Sandy y le dejó un ojo morado durante semanas. Habría podido matar a cualquiera de los hombres que asustaban a Sandy y a sus hermanos. Habría arrancado los brazos y las piernas a Lui y a Pato cuando se atrevieron a tocar a Juliet, les habría mantenido vivos durante horas para torturarlos y después, quizá, les habría matado del modo más doloroso posible. Habría matado a Josh Landon por atreverse a soñar con la posibilidad de estar con Juliet.

Esa última posibilidad le aterrorizaba. Le aterrorizaba saber que en el fondo sería capaz de matar a un hombre inocente solo por el mero hecho de desear algo suyo, algo que él solo tenía porque el destino había cometido la estupidez de poner a Juliet en su camino esa tarde, años atrás, en la librería Verona.

Había tardado años en reconocerse a sí mismo que podía matar, que su interior no era tan puro y generoso como le gustaría. No solo eso, Nick sabía que esa oscuridad tenía mucha fuerza y desde que la había descubierto había luchado con uñas y dientes para mantenerla encerrada dentro de él. Esa oscuridad era el único motivo por el que de verdad odiaba a su hermano mayor Luca. Aunque él no lo había conocido nunca, pues había muerto antes de que él viniese a este mundo, estaba seguro de que Luca era solo luz. Él, sin embargo, tenía sombras. Demasiadas.

Hasta que una tarde entró en Verona y conoció a Juliet y comprendió que lo más bonito que había visto nunca no eran las estrellas, sino el universo que había en los ojos de ella.

Siempre había creído que viviría por ese universo.

Esa noche iba a matar por él.

Silvio había ido a buscarlo al taller del señor Torino, Nick había cometido el error de subestimarlo y el otro había sabido esperar la jugada perfecta. Nick se frotó la nuca, la noche era fría y su piel estaba cubierta de sudor. No temblaba, tenía el pulso firme y el corazón casi había dejado de latirle.

Tenía que irse. No podía seguir adelante.

Pero las piezas ya habían cambiado de lugar.

Él había dejado plantada a Juliet la noche más importante de su vida. Seguro que ella ahora mismo lo odiaba, que había llorado por él —«Dios, por favor, que sienta algo por mí»— y que después había jurado olvidarle. Él no podía presentarse así en casa de Juliet, no podía pedirle perdón sin más. Si iba, iba a tener que contarle la verdad y entonces ella comprendería que Silvio tardaría mucho tiempo en desaparecer de sus vidas.

Juliet comprendería que era capaz de matar.

No podía matar a ese hombre, ese hombre despreciable que sin duda se merecía morir.

«Si mato a ese policía, perderé a Juliet para siempre».

«Si no mato a ese policía, perderé a Juliet para siempre».

«Perderé a Juliet».

«Para siempre».

Tocó la pistola y comprobó que estaba cargada. Él tenía muy buena puntería. De pequeños, Jack y él habían practicado mucho más de lo recomendable y a él siempre se le había dado bien calcular distancias y combinarlas con arcos de giro o la fuerza del viento. La física y la ingeniería que tanto le apasionaban podían ser armas letales.

Él había oído a hablar del bar de los irlandeses en muchas ocasiones, incluso había estado una vez unos años atrás para entregar uno de los paquetes de Silvio, aunque en aquel entonces no había logrado comprender el alcance de ese acto. Era solo un niño.

Ya no.

La Mafia existía en Little Italy, crecía y se reproducía. Se extendía hasta meterse en cada rincón de las familias que vivían allí. Primero las seducía, después las destrozaba. Nick había visto a la Mafia pagar los sueldos de los profesores de la escuela, dar mantas a los ancianos que pasaban frío y dar trabajo a los hombres que algún otro barrio de la cruel y hambrienta ciudad de Nueva York escupía.

Siempre a cambio de algo. El precio que la Mafia pedía a cambio de cuidar de ti era impredecible y esa falta de concreción solía ser peligrosa. No solo eso, una parte de los hombres y mujeres que cedían y permitían que la Mafia entrase en su alma se quedaban sin ella y Nick sabía que no podía perder ni un gramo de su alma.

La necesitaba toda si quería sobrevivir a su propia oscuridad.

Silvio se había presentado en el garaje del señor Torino con una oferta; tenía que matar a un policía esa misma noche. No era un policía al azar. Si hubiera sido así, Nick no habría tenido ningún problema para rechazar la generosa oferta de Silvio. El policía era Robert Hearst, Bob, el último novio de la madre de Sandy, el mismo que había dado una paliza a Sandy cuando esta se había negado a ocupar el lugar de su madre y que había aterrorizado a los gemelos.

Bob se merecía morir.

Silvio había sonreído satisfecho tras pronunciar el nombre de Bob frente a Nick. Sabía que le tenía. Si Nick mataba a Bob consideraría saldada la deuda de Massimo Valenti y La Bella Napoli volvería a ser completamente suya.

—¿Por qué? —le había preguntado Nick a Silvio.

Esa tarde comprendió, quizá demasiado tarde, que Silvio no era el bravucón sin cerebro que él había creído durante años.

—Me interesa, eso es lo único que necesitas saber. El agente Hearst estará esta noche en el bar de los irlandeses. Ve allí y cárgatelo.

—¿Y ya está?

—Elimina a Hearst y asegúrate que nadie, absolutamente nadie, puede relacionar su muerte conmigo, ni la policía ni Cavalcanti —una flexión en la voz. Allí estaba el motivo—. Si haces lo que te pido, ni tu padre ni tú tendréis que volver a verme nunca más.

Nick aceptó.

En ese instante aceptó porque era un hombre, porque llevaba demasiados años enamorado de una chica que tenía su vida en sus manos y en sus ojos y necesitaba estar con ella y salir de ese barrio sin ningún remordimiento. Dejaría a sus padres, que nunca le habían considerado un hijo de primera categoría, con su precioso restaurante y eliminaría a ese monstruo de la vida de Sandy. Cuidaría así de ella tal como Jack y él habían prometido que harían siempre.

Sandy era la única familia que le quedaba, la muerte del agente Hearst le daría libertad y evitaría que tuvieran que mudarse a otra ciudad.

Sandy estaría a salvo y en Little Italy.

Él podría irse.

La Bella Napoli quedaría libre de deudas y sus padres quizá creerían que él servía para algo bueno.

Él podría irse.

«Voy a matar a un hombre».

Vomitó en medio del callejón que conducía al bar de los irlandeses. Podría soportarlo, se dijo tras limpiarse los labios. Tenía el resto de la vida por delante para hacer las paces con su conciencia, para tener remordimientos y hacer todas las buenas obras que se le ocurriesen para compensar la muerte de Robert Hearst.

Un hombre que merecía morir.

Un hombre que iba a matar él.

«No puedes hacerlo».

Tenía que hacerlo, había llegado demasiado lejos. El bar de los irlandeses empezaba a llenarse de gente. Tenía que entrar ahora y buscar un lugar en donde pasar desapercibido y esperar a que llegase el momento preciso. Podía seguir a Bob al baño o esperar a que se produjese una pelea, siempre las había en el bar de los irlandeses, y matarlo entonces.

Silvio se había ido del taller con las manos en los bolsillos y la certeza de que él iba a cumplir con el encargo. Al fin y al cabo, le había ofrecido desaparecer de su vida. Nick se había metido bajo el coche que estaba reparando porque necesitaba pensar. Su primer impulso había sido salir de allí corriendo e ir en busca de Juliet, necesitaba hablar con ella, verla, encontrar esos ojos que le daban la vida. Pero sabía que si le contaba a Juliet lo que Silvio le había pedido ella insistiría en pedirle ayuda a su padre, el abogado de la policía, y a la policía. Nick no podía correr ese riesgo, él sabía que la policía jamás conseguiría arrestar a Silvio y a sus hombres a tiempo y, cuando Silvio se diese cuenta de que él era el chivato, no tardaría en deducir la relación que existía entre Juliet y él.

No, Nick jamás pondría a Juliet en peligro.

Jamás.

Iría a ver a Juliet después y rezaría para que Dios le diese las fuerzas necesarias para contarle la verdad de lo que iba a suceder allí esa noche. No se imaginaba mintiéndole a Juliet. Después, cuando esa pesadilla acabase, le confesaría a la mujer a la que amaba que había matado a un hombre y le suplicaría que lo ayudase a perdonarse y a salir adelante.

«Quizá ella no me perdone».

Le explicaría toda la verdad, le contaría qué le había hecho Robert Hearst a Sandy, que era un policía corrupto que trabajaba para la Mafia irlandesa y que había conseguido engañar a Silvio y sonsacarle información sobre el próximo envío de whisky de Cavalcanti.

Nick no había ido a ver a Juliet, pero había aprovechado esas horas para averiguar el motivo por el que Silvio quería ver muerto al agente Hearst de esa manera.

Hearst le había engañado. Le había hecho sentirse como un estúpido, un bufón, y Silvio le quería muerto y quería que los irlandeses supiesen que con él no se jugaba. Nick también había deducido que Silvio quería evitar a toda costa que Luciano Cavalcanti, el jefe más respetado de la Mafia italiana de Little Italy, se enterase de que había metido la pata de esa manera y aprovechase para tomar represalias.

En el barrio no era ningún secreto que Silvio y Cavalcanti no se llevaban bien. Gracias a las conversaciones que Nick había mantenido a lo largo de los años con el señor

Belcastro, el propietario de la librería Verona, Nick conocía en cierto modo la historia de Cavalcanti. Luciano Cavalcanti había asistido a la reunión de Chicago, la que convirtió a la Mafia en el sindicato más poderoso de América, y era uno de los hombres más respetados por su mente fría, su instinto por los negocios y su carácter justo y letal. Cavalcanti podía hacer negocios en el Upper Side y en el East End, sus manos nunca se habían visto manchadas de sangre y había llegado incluso a decretar que entregaría él personalmente a la policía a cualquiera de sus hombres que se comportase como un asesino.

Nick no quería ser como Cavalcanti, no quería trabajar para él. A pesar de que no se supiese de ningún cadáver en su pasado, nadie se convertía en el jefe de Little Italy sin ensuciarse. Pero tenía que reconocer que sentía respeto por ese hombre. Silvio, Tabone, el padre del que había sido el mejor amigo de Nick, Lui, Pato y otros italianos no coincidían con la visión de Cavalcanti y, aunque no le hacían ascos al dinero que les hacía ganar, le criticaban por ser débil y echaban de menos los días en que las palizas y los asesinatos proliferaban por las calles.

Silvio había metido la pata con Hearst y sabía que en cuanto Cavalcanti se enterase de que había sido él el que había facilitado la información de ese envío a los irlandeses, tomaría medidas. Hearst tenía que morir esa noche frente a los irlandeses para que ellos captasen el mensaje y para no dejar ningún cabo suelto.

Nick lanzó el cigarrillo al suelo y apagó la colilla con el zapato. Quedó a oscuras, los faros de dos coches pasaron de largo. Dos coches más los siguieron pasados unos segundos. Nick los observó. Durante medio segundo le pareció extraño, había algo, un patrón que se repetía en esos vehículos, la misma forma, el mismo color, los mismos faros, y no le gustaba.

«Estás nervioso».

Se subió el cuello del abrigo, se caló el sombrero y caminó hasta el bar.

Entró y se despidió de parte de su alma.

Había humo, mucho humo, y mucha más gente de la que esperaba o de la que le habría gustado encontrarse. Demasiada gente, demasiadas cosas que podían salir mal. Vio a un par de tipos a los que conocía y los saludó con un movimiento de cabeza. Pidió un whisky en la barra y se sentó en un extremo, casi en la esquina del local. La puerta le quedaba a la izquierda y podía ver la ventana que daba al callejón trasero sin ser visto.

Esperó.

Llegó más gente y un escalofrío le recorrió la espalda. Silvio y sus hombres, entre los que se encontraban dos miembros de la familia Tabone, entraron en el bar de los irlandeses. Silvio le sonrió y Nick tuvo que clavarse las uñas en las palmas de las manos para no ir a darle un puñetazo. El muy cabrón había ido a asegurarse de que cumplía con su parte del trato... o a disfrutar viendo cómo Nick se traicionaba a sí mismo y se convertía en algo que siempre había rechazado.

Los hermanos O'Donnell entraron entonces acompañados por Robert Hearst, iban hablando, parecían relajados. Estaban en su barrio, en el local donde solían reunirse y hacía años, desde que Cavalcanti había asumido el mando de Little Italy, que no se producían vendettas sin sentido. No tenían nada que temer.

Excepto Nick.

La puerta volvió a abrirse y entró otro grupo de hombres, parecían trabajadores recién salidos de una fábrica, todos llevaban la ropa manchada de grasa. Todos menos uno, observó Nick, uno que no parecía encajar allí pues iba poniéndose de puntillas como si estuviera buscando a alguien. Nick solo podía verle la espalda, pero sonrió. Si ese pobre chico había acudido allí con la esperanza de seducir a una de las camareras irlandesas del local, lo tenía claro, los hombres de los O'Donnell se reirían de él.

Nick pensó en lo que iba a hacer; matar a un hombre. En cuanto él disparase, se desataría un infierno. En ese bar había más pistolas y rifles que en una comisaría de policía y muchísimo más alcohol. Iba a morir gente. Quizá él.

Tenía que sacar de allí a ese chaval.

Iba a ponerse en pie cuando la gorra del chico desapareció por entre los cuerpos de los irlandeses. Lo buscó con la mirada y al tropezarse con la ventana vio seis faros. ¿Qué hacían tres coches allí?

Tuvo un mal presentimiento.

Era la policía.

Se levantó y se abrió paso hasta el último lugar donde había visto la espalda del chico. Tenía que encontrarle. Alguien le cogió por la manga de la camisa.

—¿A qué estás esperando? Mata a Hearst —le recriminó Silvio—. No tienes toda la noche.

Vio la gorra del chico por el rabillo del ojo, pero cuando Silvio lo soltó había vuelto a desaparecer.

Los faros de los coches se apagaron. Nick detectó el cambio en el ambiente y notó el sabor de la sangre en la boca. El corazón le latía muy rápido y tenía la camisa pegada al pecho por el sudor.

La puerta del bar se abrió y los gritos empezaron a sonar casi más alto que los disparos.

—¡Policía de Nueva York! ¡Están todos arrestados!

Vio caer a varios hombres que estaban cerca de él. Todos desenfundaron. Los irlandeses que estaban tras la barra sacaron de debajo de ella rifles, astillas de madera salían volando por los aires cuando las balas atravesaban las sillas o las mesas del local, que ahora estaban todas tumbadas a modo de precarias barricadas.

Hearst estaba allí de pie, indeciso, no sabía en qué bando colocarse. El capitán Anderson había entrado liderando el asalto y le bastó con cruzar una mirada con él para adivinar que el otro hombre estaba al tanto de su relación con la Mafia irlandesa. Pero quizá no tenía pruebas. Por otro lado, los irlandeses parecían estar perdiendo y Silvio, aquel estúpido italiano al que él había sonsacado sin ninguna dificultad la información sobre el envío de Cavalcanti, era un sádico. Tenía que huir de allí antes de que fuese demasiado tarde.

Ajeno al duelo de miradas entre Hearst y el policía que parecía tener el mando, Nick comprendió que había llegado el momento. Apuntó el arma en esa dirección. Tenía un tiro relativamente fácil a pesar del caos y de la muerte que los rodeaba. El destino no iba a tomar la decisión por él, ninguna bala perdida iba a eliminar a Hearst y ninguna iba a herirlo a él para impedirle disparar.

Iba a tener que tomar una decisión, mataba a Hearst y era libre o no le mataba y se conservaba a sí mismo.

—Solo esta vez, Nick —susurró.

Apretó el gatillo. Vio el humo salir del cañón de la pistola y la mirada de Hearst al comprender que él era el objetivo de esa bala.

Pero no lo fue.

El chico de antes se lanzó frente a Hearst y lo protegió con su menudo cuerpo. Llevaba una gorra de lana calada hasta la frente que le cayó cuando la cabeza se golpeó con el suelo.

Una melena rubia se esparció por la madera sucia de sangres, cristales y whisky.

Juliet.

Juliet.

Juliet.

—¡NO!

El grito de Nick salió de su corazón al romperse.

—No. No. No. No. NO. NO. NO

Corrió hacía allí y se arrodilló a su lado. Tenía que estar equivocado, tenía que estarlo. Se lo repitió cuando sus ojos reconocieron el rostro de la chica a la que amaba.

—Juliet... —No entendía nada, ¿qué estaba haciendo ella allí? ¿Había muerto y estaba en el infierno? ¿Se había vuelto completamente loco? La piel de ella era real, la sangre que brotaba de la herida que tenía en el pecho también—. Juliet...

—No... —Era su voz, la voz de Juliet—... no podía dejar que matases a ese hombre, Nick.

—Juliet... no hables.

—Nick... yo te... —escupió sangre.

—No, Juliet. NO.

—¡Apártate de ella! —Unos brazos tiraron de él y estaba tan aturdido que consiguieron alejarlo de ella.

—¡NO! —gritó con todas sus fuerzas.

—Tranquila, princesa, voy a llevarte a un hospital. —Era el padre de Juliet. Niall estaba allí, agachado en medio de los disparos, también llevaba un arma y tenía un agente de policía al lado.

Nick cogió la mano de Juliet, no podía encontrar el pulso, pero si la soltaba seguro que la perdería para siempre.

No iba a soltarla.

Silvio le levantó por el cuello de la camisa y le dio un puñetazo. Lui le sujetó por los brazos. Tenía que soltarse, tenía que soltarse y salir de allí para ir con Juliet. Echó la cabeza hacia atrás y rompió la nariz de Lui. Se peleó con todos los que se entrometían en su camino, en algún momento también empezó a disparar.

No le importaba nada, nadie, no sentía los golpes ni los cortes ni nada en absoluto excepto el miedo atroz de llegar demasiado tarde.

El bar de los irlandeses estaba lleno de cadáveres. La barra empezó a arder y las llamas del fuego se extendieron en cuestión de segundos. Nick no sabía si Hearst seguía con vida y no sintió ningún alivio cuando vio que Silvio caía sin vida tras un disparo de un policía.

Él solo tenía que salir de allí y estar con Juliet.

«He disparado a Juliet».

Vio una motocicleta en la calle y la puso en marcha. Sabía cómo hacerlo y en cuanto vio la melena rubia de Juliet en el suelo perdió cualquier tipo de brújula moral que hubiera podido tener hasta entonces.

«He disparado a Juliet».

Condujo como un loco hasta el hospital más cercano. Se estremeció al pensar que era allí donde probablemente había llevado Niall Murphy a su hija porque ella estaba perdiendo mucha sangre. Demasiada.

—¿Dónde está Juliet? —preguntó a gritos al entrar—. ¿DÓNDE ESTÁ?

Varias enfermeras y médicos se acercaron a él.

—Cálmate, chico. Cálmate. ¿A quién estás buscando?

—A mi Juliet —farfulló—. Ella...

—Estás sangrando —dijo otra enfermera—. La herida que tienes en la pierna no tiene buen aspecto y el brazo tiene que dolerte, y me imagino que la cabeza también.

Él no sentía ninguna de esas heridas.

—¿Dónde está Juliet? —miró a esa mujer, la que le había hablado como si él fuese alguien—. Ella... tengo que verla. Está herida... había mucha sangre.

Oyó una puerta y vio salir al padre de Juliet. Corrió hacia él sin pensar, sin preocuparle nada excepto ver a Juliet.

Juliet.

Niall le dio un puñetazo que lo tiró al suelo.

—¿Dónde está Juliet? —Nick se incorporó. Solo le importaba ella.

—Juliet está muerta.

Juliet está muerta.

CAPÍTULO 12

El infierno

Hicieron falta cuatro policías para echar a Nick del hospital y aun así tuvieron que darle una paliza. Nick quería ver a Juliet, aunque estuviera muerta.

Quería verla y morir con ella.

Nick quería morir.

Se peleó con esos policías con uñas y dientes y por dentro suplicó que uno de ellos desenfundase y le disparase.

Quería morir, no quería vivir sin Juliet. Se negaba a hacerlo, no se lo merecía y no iba a poder soportarlo.

No se defendió de los golpes, respondió a ellos lo justo para que esos policías se los devolviesen más fuerte. Quería morir, quería morir allí mismo, en ese hospital donde estaba el cuerpo sin vida de Juliet.

¿Para qué quería el la vida si Juliet ya no la tenía?

Niall Murphy se alejó por el pasillo. Volvió al lado de su hija mientras le impedía a ese chico con el corazón destrozado hacer lo mismo. Dejó que esos cuatro policías, los agentes que el capitán Anderson había designado para que lo acompañasen al hospital con su hija malherida, le diesen todos los golpes que él no podía. Murphy, aunque odiaba a Nick por haber hecho ese disparo, no dudaba de que este estuviera profundamente enamorado de su hija. Le había bastado con mirarle a los ojos para saberlo. El alma de Nick Valenti murió en cuanto escuchó la noticia de la muerte de Juliet. Niall se alegró de ello, ese chico, si no moría esa misma noche en manos de la policía o en la cárcel donde seguro le encerrarían, se pasaría el resto de la vida en el infierno.

Los gritos de Nick le persiguieron hasta que se encerró de nuevo en la habitación donde estaba aún Juliet cubierta por una manta.

—Dios mío, Juliet, ¿qué hemos hecho? —sollozó también desesperado aunque allí no había nadie para escucharle.

Uno de los agentes de policía, el más alto y al que Nick le había roto dos dientes con un puñetazo, consiguió dejarle inconsciente lanzándole contra la acera que había frente al hospital. Después, lo levantaron entre los cuatro y lo llevaron a la comisaría, donde les estaba esperando el capitán Anderson. Lo metieron en una celda sin que Valenti abriese los ojos y volvieron al bar de los irlandeses.

La operación de esa noche había acabado convirtiéndose en una carnicería, en un infierno. El bar de los irlandeses prácticamente había desparecido en medio del fuego que había prendido cuando apenas quedaban supervivientes. La calle estaba regada de cadáveres y de balas y el hedor del humo y la muerte impregnaba el muelle que había cerca. El chivatazo que había recibido Anderson había estado en lo cierto; esa noche iban a estar allí los hermanos O'Donnell y Silvio con sus secuaces. Pero nadie había previsto que estuvieran también los trabajadores de la fábrica y los del sindicato, ni que uno de los camareros mirase por la ventana en el instante preciso en que la policía iba entrar.

El polvorín había estallado.

Nadie había podido hacer nada para evitarlo.

Los agentes de la ley habían sido los que habían salido mejor parados. Ellos habían entrado preparados con las armas en alto y su bando era el que había sufrido menos bajas. Los O'Donnell estaban muertos y también la gran mayoría de irlandeses. Los italianos, Silvio y sus dos esbirros habían caído casi al principio y los Tabone también. Anderson no se atrevía a confirmar los datos, tenía que esperar a que los bomberos apagasen el fuego y a inspeccionar con calma los cadáveres o lo que quedase de ellos.

Solo había una cosa que Anderson no lograba comprender, ¿qué hacía allí Juliet, la hija de Murphy? Cuando vio a su amigo, el serio y académico abogado de Chicago, arrodillado en el suelo junto al cuerpo de un chico, pensó que le habían herido y corrió a ayudarlo. Se suponía que Murphy solo había ido allí para asegurarse de que después ningún abogado de la Mafia pudiese utilizar las circunstancias de los arrestos que iban a llevar a cabo en contra de la policía. Nada más. Anderson se arrodilló junto a Murphy buscando cualquier herida en su cuerpo, pero, cuando vio que su amigo estaba bien pero con la mirada fija en el suelo, se quedó sin aliento.

Ese chico que estaba desangrándose por segundos era Juliet, la hija de Niall, y se estaba muriendo.

—Tienes que sacarla de aquí, Niall —le ordenó. Entonces vio que también había un joven, un chico del que él tenía una carpeta llena de información pero al que aún nunca había visto en persona. Él estaba llorando, aunque seguro que no se había dado ni cuenta.

Silvio tiró del joven entonces, de Nick Valenti, y le golpeó, y Niall aprovechó para sacar a Juliet de allí en brazos.

Anderson buscó con la mirada a sus hombres más de fiar y les ordenó sin palabras que protegiesen a su amigo abogado. Detuvo al último agente, un buen hombre de origen irlandés que había elegido para esa misión.

—Ese chico —señaló a Nick por entre las peleas que seguían sucediéndose en el bar— irá al hospital. Cuando lo haga, asegúrate de llevártelo contigo a la comisaría.

—Le arrestaré con los demás.

—No, no le arrestes. Enciérralo en una celda y búscame.

—De acuerdo, capitán.

El agente Rourke siguió a Niall Murphy y se aseguró de cumplir con el cometido que le había ordenado su capitán sin hacer más preguntas. Rourke, al igual que los hombres que formaban ese escuadrón, y otros que estaban destinados en otros departamentos, obedecían a Anderson sin rechistar porque sabían que estaba haciendo lo que nadie más se atrevía a hacer.

Anderson se había quedado en el bar de los irlandeses hasta el final, consciente de que de allí no iba a salir nadie que poseyese información con vida. Estaba exhausto, herido, le habían partido una ceja, probablemente tenía dos costillas rotas, y una bala le había pasado rozando un brazo y el corte no dejaba de sangrar. Lo que había sucedido allí dentro era una prueba más, una prueba macabra, de por qué debía acabar con las guerras entre mafias en Nueva York: moría gente inocente por estar en el lugar equivocado en el momento equivocado. Si esa noche ese grupo de trabajadores no hubiese estado allí, quizá la policía habría logrado contener la reyerta, pero estaban y al final habían muerto.

El capitán de policía se negaba a pensar que esas muertes eran daños colaterales. Aunque hubiesen muerto los irlandeses y los italianos responsables de la mayoría de asesinatos de la ciudad, no compensaba.

Y Juliet, nada compensaba la muerte de la hija de Murphy. Esa chica iba a cumplir dieciocho años en días, se suponía que esa noche iba a estar en un baile de graduación. Joder.

—Capitán, el chico está en el calabozo al final del pasillo tal como me pidió —le dijo Rourke al cruzarse con él en el pasillo de la comisaría—. Debería dejar que le viesen esa herida, capitán.

—Después —farfulló. Antes tenía que hablar con Nick Valenti y cumplir con una promesa que había hecho varios años atrás.

Nick Valenti no lo sabía, y seguiría sin saberlo incluso después de hablar con el capitán Anderson, pero años atrás Jack, su mejor amigo, el mismo que él creía que le había traicionado, hizo un trato con Anderson. Jack era policía, no había participado en la operación del bar de los irlandeses por decisión del capitán; estaba seguro de que Tabone, el padre de Jack, estaría allí esa noche y por eso había enviado a Jack a otra parte de la ciudad. De camino a esa celda, Anderson recordó que cuando Jack Tabone, que había llegado a convertirse en uno de sus mejores agentes, decidió alistarse lo hizo en un circunstancias cuando menos excepcionales y le exigió que protegiese a Nick y a Sandy, sus dos mejores amigos.

Anderson aceptó la condición y hacía años que estaba al tanto de quiénes eran Nick y Sandy. Hasta esa noche no había tenido motivos para acercarse a ninguno de los dos y no había sucedido nada que exigiese su intervención, pero en cuestión de minutos la situación iba a cambiar.

Abrió la puerta de la celda y encontró a Nick sentado en el suelo, en un rincón, con el rostro lleno de lágrimas y cubierto de sangre, igual que los nudillos.

—Nick Valenti.

Nick abrió los ojos, estaban vacíos, sin vida...

—He matado a una chica, dígale al juez que soy culpable y que tiene que aplicarme la pena máxima.

—Quieres morir. —Anderson apartó la silla que había frente a la mesa. Había encerrado a Nick en esa celda porque ya nadie la utilizaba con esos fines. En realidad, él mismo o alguno de sus hombres iban allí a trabajar cuando necesitaban silencio. El último preso que había estado allí, se dio cuenta de repente, había sido Jack.

—No quiero vivir.

—¿Por qué has disparado a Juliet? —la llamó por su nombre adrede y la reacción de Nick fue dolorosa.

—Disparaba a Robert Hearst.

—¿El agente Robert Hearst?

—El mismo. Le gusta pegar a las mujeres y a las niñas.

—¿Estás seguro de eso? —Anderson llevaba tiempo convencido de que Hearst era un policía corrupto y de que trabajaba para la Mafia irlandesa, pero lo que le estaba diciendo Valenti era aún más reprobable.

—Lo he visto con mis propios ojos. Claro que usted no va a creerme.

—Convénceme.

—¿Para qué? Ya nada importa.

—¿A quién ha pegado Hearst? —Anderson era muy bueno en su trabajo y había detectado que fuera quien fuese esa persona le importaba a Nick.

—A Sandy.

Nick recitó la dirección casi sin darse cuenta. Si él iba a morir —Dios, cómo deseaba morir— bien podía asegurarse de que Hearst desapareciese de la vida de Sandy.

—¿De qué conocías a Juliet?

Nick se puso en pie. Temblaba tanto que Anderson temió que fuera a partirse por la mitad.

—¡¡¡No hable de ella como si estuviera muerta!!!

—Juliet está muerta.

Nick se lanzó encima de Anderson, el capitán, aunque era mayor que él y también estaba herido, no tenía el alma destrozada y probablemente le importaba vivir, así que no tardó en reducir a Nick y en tenerlo de nuevo contra el suelo.

—Juliet Murphy está muerta. Los hermanos O'Donnell está muertos. Silvio y sus hombres están muertos. Los Tabone están muertos. Tú estás vivo y vas a seguir estándolo.

Nick miró con rabia a Anderson, ese hombre no podía estar hablando en serio. Él merecía morir. Él quería morir.

—NO.

—SÍ. Nadie te ha visto disparar a Juliet Murphy. Todos los testigos están muertos y no quiero tener que ir a juicio. No quiero que la masacre de esta noche salga a la luz y un niñato como tú no va a fastidiarme. ¿Entendido? Si de verdad quieres morir, busca el modo de hacerlo lejos de mi comisaría.

—El padre de Juliet no lo permitirá. Juliet... —No podía pronunciar su nombre sin que se le llenasen los ojos de lágrimas—. Tengo que morir. Por favor.

Se odiaría durante el resto de la vida por esa súplica.

—No.

Anderson empezó a soltarle. El capitán iba a tener que hablar con Murphy sobre esa decisión. Sería difícil, pero su mejor amigo acabaría por entenderla. Nada devolvería la vida a Juliet y él, aunque acababa de conocer a Nick, tenía la intuición, basada en la información que llevaba años recopilando, de que ese chico valía la pena. Cumpliría con la promesa que le había hecho a Jack años atrás cuando este entró en la policía y tendría una pieza más con la que negociar en el futuro. Algo le decía que Nick Valenti volvería a aparecer en él.

El capitán se puso en pie y se preparó para el ataque que

sin duda acabaría recibiendo. Nick no le decepcionó e intentó golpearle, pero el chico estaba hecho polvo, física y anímicamente y Anderson no tardó en dejarlo inconsciente.

—Adiós, Nick Valenti.

Abrió la puerta y fue en busca de Rourke.

—Déjale allí encerrado dos días. Asegúrate de que está bien y de que le dan de comer, pero entonces suéltale.

—Por supuesto, capitán.

—Y asegúrate de que no queda ni rastro de la visita de Valenti, ¿de acuerdo? Nadie excepto tú y yo lo sabemos, ¿está claro?

—Por supuesto, capitán.

—Tú también tienes muy mal aspecto, Rourke —sonrió Anderson al ver que la nariz ya desproporcionada del hombre tenía el doble de su tamaño habitual.

—Pues usted está peor.

—Sí, será mejor que vaya al hospital. ¿Murphy sigue allí?

—Sí, no quiere separarse de su hija. Una lástima.

—Una jodida lástima.

—¿Sabe qué hacía allí?

—No, no tengo ni idea. Quizá siguió a su padre. No lo sé. ¿Cuánta gente sabe que Juliet Murphy estaba en el bar de los irlandeses? —preguntó entonces Anderson.

—Usted, yo, Murphy y los otros tres agentes que vinieron conmigo al hospital.

Todos eran hombres de fiar y todos iban a ser destinados a otra ciudad en breve para seguir adelante con el estudiado plan de Anderson.

—Perfecto. Mantengámoslo así.

—Por supuesto, capitán.

Anderson dio una palmada en el hombro a Rourke, satisfecho de poder contar con un hombre como él en el equipo y abandonó la comisaría para ir al hospital. No iba a ir a que le cosiesen la ceja o le vendasen el brazo, iba a escuchar a su mejor amigo y a pedirle que a pesar de su enorme pérdida siguiese luchando a su lado para eliminar a la Mafia.

Nick despertó horas más tarde. Tenía un horrible dolor de cabeza y lo primero que hizo tras abrir los ojos fue vomitar. Apenas le quedaba una parte del cuerpo que no le doliese. A lo largo de la noche había recibido tantos golpes, puñetazos y patadas que su piel era casi toda azul o púrpura. Pero no sentía nada. Ningún dolor era comparable a la agonía que le rompía el corazón. Juliet estaba muerta. Su corazón no se había roto de golpe, no se había detenido, no había estallado. Seguía entero y tenía un pico encima que lo iba golpeando sin cesar, lo iba resquebrajando y cada vez que se producía una grieta la llenaba de veneno y le obligaba a tragárselo. Ojalá se le hubiese parado el corazón, así solo habría sufrido un segundo. No, su corazón moría lentamente, se pudría al comprender que ya no tenía ningún motivo para seguir latiendo y que él era el único culpable.

Él había matado a Juliet.

Se puso en pie y se pasó la sucia manga de la camisa por la boca. Observó a su alrededor. Quizá si rompía la silla podía clavarse una estaca en el corazón apoyándose contra la pared.

Se abrió la puerta y se preparó para atacar. Le quitaría el arma al policía y se dispararía. Apareció un hombre enorme, el que lo había dejado inconsciente en el hospital, con una bandeja de comida y ropa en la mano.

—Desnúdate y ponte esto mientras voy a buscar algo con lo que limpiar.

Le dejó la bandeja y Nick comprobó que allí no había nada que pudiese utilizar; ni cuchillo ni vaso de cristal ni plato de cerámica. Era la bandeja que le habrían servido a un loco suicida, que era lo que él era.

El policía reapareció con una fregona y limpió mientras Nick seguía sin decir nada.

—Quítate la ropa.

—No.

El policía sonrió.

—Venid, chicos, al parecer Valenti sigue con ganas de juerga.

Aparecieron los tres policías que también habían estado en el hospital. Rourke le había dicho a Anderson que tal vez necesitaría ayuda con Nick, y el capitán le había autorizado que les incluyese en esa situación tan peculiar.

—Te estás haciendo viejo, Rourke.

Los cuatro agentes lo redujeron, le golpearon y se defendieron cuando Nick intentó atacarles, pero al final consiguieron cambiarle de ropa y se fueron de la celda dejándole solo la comida. Rourke atinó a llevarse la silla y entre los otros tres se llevaron la mesa.

—¡Dejadme salir, hijos de puta! ¿Acaso os habéis vuelto locos? He matado a una chica —se odió por sonar tan desesperado—. Matadme. Tengo que morir.

Nick estuvo así varios días, Anderson cambió de opinión y decidió retenerlo allí una semana. No le dio ninguna explicación, sencillamente le llevaban las bandejas de comida (sin nada que pudiese utilizar como arma) y ropa limpia. Nick gritaba, lloraba, se volvía loco, pero incluso eso no lo consiguió porque siempre retuvo una parte de cordura.

Una madrugada, cuando Nick estaba rezando para coger alguna enfermedad en esa húmeda celda, lo que fuera con tal de morir, la puerta se abrió y Rourke le acompañó a la calle. A Nick le dolían los ojos y las piernas. Estaba tan débil que ni siquiera se le ocurrió la posibilidad de arrebatarle el arma al policía.

Nick ya no tenía fuerzas para vivir, pero esos días le habían arrebatado también las fuerzas para morir.

—¿Por qué? —fue lo único que le preguntó a Rourke.

—Adiós, Nick Valenti. Espero que algún día consigas hacer las paces contigo mismo.

CAPÍTULO 13

La locura

Nick no fue a su casa, nunca había sentido que tuviera una excepto el dormitorio de Juliet y a él no podía volver. No fue a casa de sus padres. A pesar de que la muerte de Silvio implicaba que ellos ya no tenían que sufrir por su futuro o por el de La Bella Napoli, Nick tenía el presentimiento de que si iba a allí sus padres solo le dirían lo decepcionados que estaban con él y lo poco que le querían y necesitaban como hijo.

Había perdido a la única persona que él había amado y que amaría jamás, perder al hombre y a la mujer que le habían dado esa vida que ahora tanto odiaba no le hacía sentir nada.

Caminó por las calles de Nueva York sin rumbo fijo, pasó por el puente de Brooklyn y se quedó horas de pie frente a la barandilla. Podía saltar. Si saltaba, todo acabaría y estaría con Juliet.

No pudo.

Intentó levantar un pie y pasarlo por encima de la barandilla. No era demasiado alta, un pequeño esfuerzo y estaría en el otro lado.

No pudo.

No dejaba de ver a Juliet sonriéndole, besándole, diciéndole que le quería.

Gritó con todas sus fuerzas. ¿Por qué no saltaba? ¿Por qué no se suicidaba y acababa con ese tormento para siempre? Se derrumbó, le fallaron las piernas y quedó sentado en el suelo del puente de Brooklyn. Lloró desconsolado, sacó lágrimas que no sabía que le quedaban, sollozó, gritó. Parecía un loco, un animal salvaje y herido mortalmente. Nadie se acercó a él, desprendía tanto dolor que la gente se apartaba y lo miraba con lástima.

—No me hagas esto, Juliet —lloró furioso—. No me impidas estar contigo.

Esa era la verdad. No podía saltar porque sabía que Juliet no querría que lo hiciera.

—Por favor —farfulló—. Por favor. No me hagas esto, Juliet. No puedo estar aquí sin ti.

Hundió el rostro entre los brazos que tenía apoyados en las rodillas levantadas y lloró hasta que no le quedó nada dentro. Él jamás se despediría de Juliet. Ella sería siempre la mejor parte de él, la única, pero tenía que vaciarse de pena. No podía quedar nada. Horas más tarde, se levantó, le quemaban los ojos, y caminó hasta casa de Juliet. Necesitaba hablar con sus padres, entender qué había pasado esa noche y, si tenía suerte, pensó esperanzado, quizá el padre de Juliet lo matase y pusiese punto y final a su sufrimiento.

Llegó a la calle Rutgers, la cruzó decidido porque si se detenía caería de rodillas y volvería a gritar y a llorar como un loco.

La casa estaba vacía y había un estúpido cartel que declaraba a los cuatro vientos que estaba en venta. En cuanto lo vio, Nick se puso a correr y abrió la puerta de la entrada con el hombro.

Vacía, completamente vacía.

Subió la escalera y se precipitó hacia el dormitorio de Juliet. Cerró la puerta tras él y allí se dejó caer de nuevo hacia el suelo. Le importaba una mierda ser prácticamente incapaz de mantenerse en pie o de dejar de llorar.

La cama seguía allí. El motivo por el que los Murphy no se la habían llevado adonde quiera que hubiesen ido le hizo gritar. No podía acercarse allí. Si tocaba ese colchón, uno de los postes, si olía el perfume de Juliet, que seguro que aún seguía allí, enloquecería. Si no lo había hecho ya. Se frotó la nuca y el rostro. A lo largo de la semana que había estado encerrado en esa comisaría muchas heridas habían cicatrizado, y vio que estaba temblando. Agachó de nuevo la cabeza, abatido y con ganas de cerrar los ojos y no volver a abrirlos jamás.

Entonces vio el libro debajo de la cama y su cuerpo reaccionó antes de que él pudiese evitarlo. Se agachó y alargó un brazo hasta tocar la cubierta de cartón forrada de tela. Era el ejemplar de *Romeo y Julieta*, el que él le había dado el día que la encontró en Verona con Josh Landon. Qué estúpido había sido, qué engreído.

Tendría que haber dejado que Juliet se fuese con Josh, tendría que haber desaparecido de su vida. Ella no habría muerto con Josh.

Abrió el libro por una página cuyo extremo estaba doblado.

—«Los placeres violentos terminan en la violencia, y tienen en su triunfo la propia muerte, del mismo modo que se consumen el fuego y la pólvora en un beso voraz»

Tenía que morir, era absurdo intentar lo contrario. En realidad, pensó poniéndose en pie, ya estaba muerto, lo único que tenía que hacer ahora era dejar que su cuerpo dejase de respirar. Cerró el libro y se lo guardó en el bolsillo trasero del pantalón, pero al meter allí la mano encontró algo.

No. Dios no. Por favor.

Rodeó la cajita con los dedos y tiró de ella hacia fuera. Alguno de esos policías la había encontrado en sus viejos pantalones y se la había metido en los nuevos sin avisar. Hijos de puta. Abrió la cajita y vio el collar, lo giró sobre los dedos y leyó la inscripción: *En tus ojos encontré mi universo*. Vio a Juliet de nuevo, no pudo detener las imágenes, le sacudieron con tanta fuerza que incluso dejó de respirar durante unos segundos.

Juliet en esa cama, Juliet leyéndole, Juliet escuchándole, Juliet colocándose frente a ese desgraciado para que él no tuviese que matar a nadie.

—No, Juliet, por favor. No puedo.

Cerró los ojos y se apoyó contra la puerta del dormitorio, notó como si la madera le abrazase, como si Juliet se plantase frente a él y le apartase el pelo que el sudor frío le había pegado en la frente. Dejó caer la caja al suelo y se colocó el collar en el cuello, la cadena era larga, la había elegido así por si Juliet decidía seguir ocultando su relación a sus padres y a él le llegaba a la mitad del pectoral.

Durante unos segundos sintió alivio, el corazón le latió y el aire fluyó por sus pulmones. Pero el dolor no tardó en reaparecer, la imagen de Juliet desangrándose en el suelo se clavó en sus entrañas, la voz de ella escupiendo sangre, su última mirada.

Huyó, salió corriendo de esa casa sin importarle si alguien le había visto entrar o salir. Ya nada le importaba. No podía vivir y no podía morir. Volvió a caminar sin rumbo, aunque sus pies decidieron llevarlo al Blue Moon, el bar donde se había reunido con Silvio. El porqué estaba allí y no en cualquier otra parte se le escapó, pero entró y pidió un whisky.

Igual que en el puente, nadie se acercó a él. La semana que había pasado desde la masacre del bar de los irlandeses había eliminado el suspense del aire y todos los clientes y camareros del Blue Moon sabían que los O'Donnell, Silvio y los Tabone habían muerto, lo que no sabía nadie era que Nick también había estado allí o que había perdido los motivos para vivir.

—¿Dónde has estado metido esta semana? —le preguntó el barman.

Nick se terminó el whisky y pidió otro.

—Tienes un aspecto lamentable —insistió el tipo—. ¿Has estado fuera haciendo algún trabajito?

—Déjame en paz y sírveme otro. —Golpeó la mesa con el vaso.

—Joder, Nick, está bien. —Descorchó la botella y la dejó allí—. Torino pasó a preguntar por ti.

—¿Solo él?

—Creo que Belcastro también preguntó por algún lado, pero aquí no vino. Ya sabes cómo es. ¿Dónde has estado? ¿En el infierno? ¿En la cárcel? ¿A punto de convertirme en un esbirro de Silvio? ¿Matando al amor de mi vida?

—Por ahí. ¿Has visto a Sandy?

—No, ella nunca viene por aquí. ¿Por qué lo preguntas? ¿Problemas en el paraíso?

Le molestó que lo relacionasen con Sandy, no quería que su nombre se asociase jamás al de ninguna otra mujer.

—Sandy y yo no estamos juntos. Ella jamás estaría con alguien como yo. Deja aquí la botella y vete a interrogar a los demás.

El camarero se fue con cara de pocos amigos y le dejó allí solo. Nick se terminó esa botella y se pidió otra. A pesar de que tener el estómago vacío seguía consciente y apenas se tambaleaba. La agonía bastaba para mantenerle sobrio y en pie. Se despidió de Thomas, el barman del Blue Moon, diciéndole que volvería al día siguiente y saldaría la cuenta. Volvió a la calle, la luz le cegó y comprendió que estaba amaneciendo. No se había fijado en que estaba solo en el bar o en que se había pasado allí toda la noche. No recordaba nada, solo el estupor y haber visitado el puente de Brooklyn y el dormitorio de Juliet.

Caminó por Little Italy, la gente lo miraba sin extrañarse. Había estado fuera una semana y todos daban por hecho que se había ausentado para «hacer un trabajito». No comprendía que a esa gente no le bastase con mirarle para saber que había muerto por dentro, que jamás volvería a estar vivo ni a ser un hombre entero. Supuso que debería ir en busca de Sandy, ella seguro que se había preocupado por él, pero no se sintió capaz. Con Sandy seguro que se derrumbaría del todo y su amiga ya tenía bastantes problemas. No, eso no era cierto del todo. No quería ir a ver a Sandy porque no quería que nadie intentase hacerle sentir bien, no quería compasión, no quería que lo abrazasen o le dijesen que él no era el culpable. Lo era. No se merecía nada de eso.

Caminó hasta la librería Verona y fue en busca del único hombre que probablemente le había entendido siempre, Emmett Belcastro. Nick desconocía la verdadera historia del pasado del señor Belcastro, pero siempre había sentido una conexión especial con él y en ese instante era el único ser humano con el que se sentía capaz de enfrentarse. Abrió la puerta de la librería, las campanillas tintinearon encima de su cabeza y Nick tuvo que sujetarse del marco de madera.

—Dios santo, Nick, ¿qué ha pasado?
—Juliet ha muerto. Yo la he matado.

Belcastro salió de detrás del mostrador y se acercó a él con el paso pausado. Clavó la mirada en los ojos de Nick y encontró la verdad y el dolor que habitaba en su propietario. Al llegar allí, cerró la puerta con la mano y giró el cartel de cartón que indicaba que el establecimiento estaba cerrado.

—Ven conmigo.

Sujetó a Nick del codo y lo llevó a la parte trasera de la librería, donde había las escaleras que conducían a la vivienda del piso superior. Tiró de Nick hacia arriba, lo obligó a subir los escalones y se sacó la llave que llevaba siempre colgando del bolsillo para obligarle a entrar en casa. Nick parecía un fantasma. Había gastado las pocas fuerzas que le quedaban para pronunciar esas dos frases, casi había esperado que después de hacerlo Dios decidiese apiadarse de él y matarlo con un rayo.

No había sido así.

—Túmbate, Nick. Estás a punto de desmayarte y no podré levantarte del suelo.

Belcastro sentó a Nick en la cama de la habitación de invitados como si se tratase de un niño pequeño y bastó con darle un empujoncito en el hombro para que quedase tumbado.

—Cuéntame qué ha pasado, Nick.

Nick iba a mandar a Belcastro al infierno, pero de repente las palabras empezaron a fluir con la misma rabia e intensidad que las lágrimas. Fue horrible, no omitió nada. Le contó a ese hombre que Silvio había ido a buscarlo al taller, que había decidido matar a Hearst porque así Sandy no tendría que temer por ella y por los gemelos y porque así él quedaría libre de ese asqueroso barrio. Le contó que había tenido miedo, que se había planteado irse, pero que al final se había quedado y le había disparado.

Y había matado a Juliet.

Seguía sin saber qué había ido ella a hacer allí. Cómo había aparecido. Esa parte seguía sin tener sentido para él, pero su mente le había obligado a asimilar que realmente

Juliet había aparecido allí y había muerto por culpa de su disparo.

Nick habló hasta que las palabras le rascaron la garganta, hasta que su voz se confundía con las lágrimas y hasta que los ojos se le cerraron por el agotamiento. Belcastro apagó la luz y lo tapó con una manta. Después, bajó a Verona y llamó a uno de sus pocos amigos, el único hombre al que respetaba de Little Italy.

Cuando Nick despertó, tardó varios minutos en saber dónde estaba. No reconoció el lugar, no recordaba haber estado nunca allí, haber dormido en esa cama o haber visto esas cortinas. Pero reconoció los libros y al hombre que estaba dormitando en la butaca que había junto a la ventana.

—¿Señor Belcastro?

El hombre parpadeó mostrando lo mal que había descansado allí doblado y se quitó las gafas para frotarse los ojos.

—Creo que ya va siendo hora de que me llames Emmett, ¿no crees, Nick?

—Lamento haberme presentado así, me iré enseguida.

Belcastro se puso en pie.

—¿Adónde vas a ir?

—No lo sé. Ya pensaré en algo.

—Nadie sabe dónde has estado esta semana, Nick, pero la gente de Little Italy no es idiota. Todo el mundo sabía que tu padre le debía mucho dinero a Silvio y que estaba a punto de perder La Bella Napoli.

—Nadie puede demostrar que estuve en el bar de los irlandeses. —Se levantó de la cama y le fallaron las piernas. No recordaba la última vez que había comido.

—Siéntate, te traeré algo de comer. Nadie puede demostrar que no estuviste, Nick. Piénsalo. Ellos están muertos, tú estás vivo y la policía ni siquiera se ha acercado a interrogarte.

—Me he pasado una semana encerrado en una comisaría.

—Ya, seguro. No me malinterpretes —le habló desde la cocina, el piso era lo suficientemente pequeño para que pudiesen mantener una conversación sin estar en la misma habitación—, yo te creo. Pero no lo hará todo el mundo, ¿acaso quieres que te consideren un chivato? —Belcastro volvió a entrar en el dormitorio con una taza de café en una mano y un plato con tostadas en la otra—. ¿O prefieres que crean que eres un cobarde?

—No me importa. —Esa era la pura verdad.

—Si eres un cobarde, nadie te dará trabajo y tarde o temprano alguien te desafiará y te eliminará. Irás de pelea en pelea hasta que te maten. —A Nick no le pareció mal plan—. Si eres un traidor, alguno de los amigos de Silvio te encontrará y te matará. No será agradable.

—¿Qué quieres que te diga, Emmett? Me importa una mierda. Si hubiera sido capaz de saltar del puente de Brooklyn, me habría tirado.

—Pero no lo hiciste.

—Eso no implica que no me parezca buena idea dejar me maten. Déjame en paz, Emmett. Te agradezco que ayer estuvieras aquí, que me escucharas y que me hayas dejado dormir aquí, pero lo cierto es que no me importa lo más mínimo lo que pueda pasarme.

—No saltaste, Nick, y tampoco has dejado que esos policías te matasen. Sabes provocar a la gente, te conozco desde que eras un niño y Jack, Sandy y tú podéis agotarle la paciencia a un santo. Créeme, si hubieras querido morir, estarías muerto.

—No quiero vivir sin Juliet.

—Eso no es lo mismo.

Maldición, a Nick se le había olvidado lo bien que se le daba la filosofía a Belcastro.

—Mira, Emmett. Quiero ir a ver a Sandy, me despediré de ella y después me iré de Little Italy.

—¿Adónde irás? ¿Vagabundearás por allí, irás de botella en botella hasta quedar sin vida en un callejón? Es eso, ¿no? Ah, claro, por eso Juliet se lanzó frente a ese tipo, para que tú vivieras una vida de mierda.

Nick cogió a Belcastro por la chaqueta de lana y le pegó contra la pared.

—No hables de ella.

—No todo te da igual, Nick. Reconócelo. Estarás jodido toda la vida, serás incapaz de funcionar como un hombre normal. Sé de lo que hablo, pero no quieres morir. Quieres vivir. Quieres vivir por ella.

Nick soltó a Belcastro y se apartó, apoyó las manos en las rodillas y separó las piernas. Le costaba mucho respirar y tenía la frente empapada de sudor.

—Voy a ir a ver a Sandy.

—Ve. —El librero ni se inmutó por el altercado—. Cuando vuelvas, quiero presentarte a alguien.

Nick abandonó Verona por la puerta de atrás. No se veía capaz de cruzar el interior de la librería sin ver a Juliet por entre los libros. En la calle se levantó el cuello del abrigo y agachó la cabeza. Ahora que no tenía la mente tan aturdida por el alcohol sí podía distinguir una mirada aquí y allí de inquietud e incertidumbre. ¿De verdad desconfiaban de él? Él se había pasado toda la vida alejado del crimen. Exceptuando esos paquetes que había entregado para Silvio, siempre había dejado claro a todo el mundo que no quería formar parte de la Mafia. ¿Bastaba con que desapareciese una semana para que esa gente le considerase ya un asesino o un traidor? «Eres un asesino. Has matado a Juliet».

¿Qué habría opinado Jack si hubiese estado allí? Jack habría ido a buscarle, no habría permitido que desapareciese una semana entera. Por primera vez desde esa horrible discusión con su amigo, Nick se alegró de que Jack se hubiese largado de Little Italy y se hubiese hecho policía. Al menos él no vería en qué se había convertido.

Llegó a casa de Sandy sin que nadie lo detuviese. Se preguntó qué le diría su amiga y si él sería capaz de soportarlo y confió en que la semana en que él había estado ausente no les hubiese sucedido nada malo a Sandy y a sus hermanos gemelos. Llegó al apartamento y vio que la puerta tenía un nuevo cerrojo.

—¿Sandy? —Llamó preocupado.

Luke le abrió con una sonrisa.

—Llegas justo a tiempo, Nick. —El niño se dio media vuelta y Nick lo siguió.

Sandy salió de uno de los dormitorios y lo abrazó.

—Dios mío, Nick. Te estaba esperando. Me dijeron que saliste ayer.

Nick la abrazó al instante, reaccionó por instinto y protegió el cuerpo de Sandy con el suyo.

—¿Me estabas esperando? —Se echó hacia atrás para verla—. ¿Cómo sabes que salí ayer?

—El capitán Anderson.

Nick la soltó y se frotó la frustración del rostro. ¿Qué diablos pretendía ese hombre? ¿Acaso el capitán y el padre de Juliet habían planeado vengarse de él volviéndole loco? Iba a ponérselo fácil. Joder, estaba dispuesto a dejar que le pegasen un tiro si querían.

—¿El capitán Anderson?

—Vino aquí el día que te llevaron a la comisaría. Me contó lo de Juliet. —Sandy alargó una mano y quiso acariciarle la mejilla a Nick, pero él se apartó—. Lo siento mucho, Nick. Lo siento tanto...

—¿Por qué vino Anderson? ¿Qué diablos quería? —Buscó señales de violencia en el rostro o en la postura de Sandy—. ¿Te hizo daño?

—No. Todo lo contrario. El capitán vino para hablar del agente Hearst, de Bob.

—¿El agente Hearst está vivo? —Nick no sabía si había salido con vida del bar de los irlandeses, esperaba que hubiese muerto allí, desangrado y sufriendo como un cerdo.

—Sí, está vivo.

A Nick se le nubló la vista y sintió verdaderas ganas de matar a alguien, preferiblemente a Hearst. Ese hijo de puta seguía vivo y Juliet estaba muerta. No era justo. No era justo. Maldita sea.

—Cuéntamelo todo.

—Nick, creo que será mejor que te sientes. Estás muy pálido y... me estás asustando.

—A ti nunca te haría daño, ni a ti ni a tus hermanos —reaccionó Nick de repente—. Sois mi única familia.

—Ya lo sé, Nick. —Sandy se puso de puntillas y le depositó un beso en la mejilla. Él sabía lo mucho que le costó el gesto—. Para nosotros tú eres nuestro hermano mayor. Estoy asustada por ti, Nick. Estás temblando.

Nick bajó la vista y vio que efectivamente le temblaban las manos y los brazos.

—De acuerdo, me sentaré. Tú cuéntame qué ha pasado. —Nick observó el interior del apartamento, siempre había habido pocos muebles, pero ese día estaba desierto—. Os vais. ¿Adónde? ¿Cuándo? ¿Por qué? ¿Tú también ibas a dejarme?

—Yo jamás te dejaré, eres mi hermano, ¿recuerdas? Y jamás me habría ido sin decirte adónde. —Abrió un cajón y sacó un sobre. Nick lo reconoció era el que él le había dado a ella días atrás—. Toma, ya no necesitamos tu dinero.

Nick aceptó el sobre sin entender nada.

—¿Qué diablos está pasando, Sandy?

—El capitán Anderson nos ha dado una nueva identidad a mí y a mis hermanos, y también a mi abuela.

—¿Por qué ha hecho eso? Es un policía, no una hermanita de la caridad. ¿Qué te ha pedido a cambio?

—Nada que yo no esté dispuesta a darle, Nick. Oh, no, espera —le detuvo al ver que malinterpretaba sus palabras—. Tiene que ver con Hearst. Al parecer Anderson lleva años detrás de él, quiere demostrar que acepta sobornos y que... ha matado a una prostituta. Anderson me dijo que si testificaba contra Hearst y les contaba todo lo que sabía sobre él y sus costumbres en Little Italy nos llevaría a todos lejos de aquí. Me dijo que nos haría desaparecer.

—¿A tu madre también?

—Mamá no quiere venir. El día que Bob no apareció me echó la culpa de todo y me llamó ingrata. Me pegó y los niños se interpusieron y me defendieron. No la hemos vuelto a ver. Estará bebida por alguna parte.

—Lo siento, Sandy.

—Yo no, hace años que dejé de considerarla mi madre. Nos vamos mañana, Nick. —Sandy sacó la mano del bolsillo de la falda que llevaba y le enseñó la moneda, esa que compartían Jack, Nick y ella—. Quédatela tú.

—No. —Nick cerró los dedos de ella alrededor del amuleto—. Aún no es mi turno. Quédatela y mándamela cuando me toque.

—Jack es el siguiente y no puedo mandársela. Anderson me ha dicho que nadie puede saber dónde estoy.

—Yo voy a saberlo.

—Por supuesto que tú vas a saberlo. Le dejé claro a Anderson que a ti no iba a dejarte, ya lo ha hecho demasiada gente. Anderson aceptó con la condición de que no pusiera en peligro su investigación. Le dije que me importaba una mierda, que ni siquiera quería saber en qué consistía. Creo que sonrió. Le prometí que declararía, que ayudaría a la fiscalía y a quien hiciera falta si me daban una nueva vida a mí, a los niños y a la abuela y si me permitían seguir en contacto contigo. Me dijo que si algún día nuestra comunicación amenazaba su trabajo se encargaría de interrumpirla.

—Tranquila, eso no sucederá. —Pensó durante unos instantes—. Manda las cartas a casa de tu abuela a su nombre. Yo iré allí a recogerlas y le mandaré a Jack la moneda cuando sea su turno. Nadie se enterará.

—Te echaré mucho de menos, Nick, y los niños también.

Si le hubiesen quedado lágrimas, Nick habría llorado.

—No será para siempre, esa investigación de Anderson no durará toda la vida. Además, encontraré la manera de visitarte.

—Sí, por favor. No desaparezcas de mi vida, Nick.

—No lo haré.

—Tenía mucho miedo de que lo hicieras.

—¿De que hiciera el qué? —le preguntó Nick cogiéndole ambas manos.

—De que no quisieras seguir viviendo sin Juliet, de que te fueras y desaparecieras para siempre.

Quería hacerlo. Por supuesto que quería, pero era la salida de un cobarde. No era la salida que tomaría el hombre por el que Juliet se había colocado frente a esa bala.

—No desapareceré, no del todo.

CAPÍTULO 14

El purgatorio

Nick se negó a despedirse de Sandy, su abuela y los gemelos. Los abrazó y les prometió que iría a verles pronto a Whichita o adonde fuera que los escondiese Anderson. Sandy lo abrazó y volvió a besarle en una mejilla. Él había fingido no darse cuenta, pero sabía perfectamente lo mucho que le costaba a Sandy bajar la guardia de esa manera.

Le habría gustado irse con ellos, protegerlos y quizá incluso morir por ellos. Pero le bastó con pasar esa tarde con Sandy para saber que su amiga necesitaba hacer eso sola. Nick sabía que Sandy no le había contado toda la verdad, igual que sabía que lo haría cuando estuviese preparada para hacerlo.

Volvió a la librería Verona, quería hablar con Belcastro y preguntarle si él se había enterado de la visita del capitán Anderson a Little Italy. Belcastro sabía mucho más de lo que dejaba entrever a primera vista. Además, Nick no tenía otro lugar adonde ir y estaba seguro de que el otro hombre disfrutaría restregándole en cara que había tenido razón desde el principio.

No iba a morir. Tampoco iba a vivir, él jamás se enamoraría, su corazón no volvería a latir por nadie, ni siquiera un instante. Pero no moriría. Dedicaría los días que le quedasen sobre la faz de la tierra a... aún no lo sabía, pero encontraría algo además de seguir cuidando de Sandy. Quizá buscaría a Jack, pensó durante un segundo, pero lo descartó de inmediato. Jack ahora era policía y no entendería lo que él había hecho. Tampoco quería contarle a nadie más lo que sentía por Juliet. Él iba a guardarse esos sentimientos dentro, los protegería. Iban a ser su única compañía hasta el día en que por fin su cuerpo se diese por vencido.

Llegó a la librería y vio que había alguien dentro hablando con el señor Belcastro. Entró dando por hecho que se trataba de un cliente, pero en cuanto el hombre se dio media vuelta y lo reconoció comprobó que estaba equivocado.

—Hola, Nick —lo saludó Belcastro—, te estábamos esperando. Quiero presentarte a alguien.

—No hace falta. No se ofenda, señor Cavalcanti, pero no tengo ningún interés en hablar con usted. Gracias, Emmett, entiendo que pretendías ayudarme, pero te has equivocado. Me iré con Sandy, gracias por todo lo que has hecho por mí.

Cavalcanti sonrió. No fue una sonrisa perversa ni suficiente, sino más bien paternalista. Nick no había estado nunca tan cerca del misterioso capo de la Mafia de Little Italy, pero le había visto y había visto su retrato en los periódicos.

Luciano Cavalcanti había llegado de Italia unos años atrás. La policía de Nueva York no sabía exactamente cómo o cuándo, pero el joven italiano no tardó en subir de categoría dentro de la familia y fue invitado a Chicago por el mismísimo Al Capone. Cavalcanti tenía muchos enemigos, pero también tenía amigos y era un hombre al que se respetaba con solo mirarle. Desprendía inteligencia y elegancia, quizá por eso podía moverse por los bajos fondos con la misma elegancia con la que acudía a la ópera de Nueva York.

Nick recordaba ese detalle. El día que lo leyó en algún periódico que encontró en casa pensó que un hombre que acudía a todas las representaciones de la ópera tenía que ser complicado. Y peligroso.

Ahora que le tenía delante, tenía que reconocer que al natural era todavía más impresionante. Era joven, debía de estar rondando los cuarenta y, si llegaba a los cincuenta, estaba en indudable forma física. Era alto, silencioso, poseía una mirada astuta y tenía un don para hacer dinero.

—Creía que eras listo, Nick —le recriminó Belcastro— y que no serías como el resto de italianos idiotas que solo se dejan guiar por las apariencias y los chismes de viejas.

Cavalcanti se rio.

—No son solo chismes de viejas, el señor Cavalcanti es un gánster. No se ofenda.

—No me ofendo. —Realmente parecía estar pasándoselo bien.

—Es el jodido capo de la Mafia de Nueva York. —Nick apretó los puños—. No quiero tener nada que ver con él. Mierda. Es lo único que no quiero en esta vida.

—¿Por qué? —le preguntó entonces Cavalcanti.

—¿Por qué? ¿Cómo que por qué?

—¿Por qué no quieres tener nada que ver conmigo, señor Valenti? Según me ha explicado Emmett, eres un genio con los motores y se te da especialmente bien leer las noticias de la bolsa. Conmigo podrías aprender mucho más, hacer mucho más.

—Claro, con usted aprendería a lanzar cadáveres al río

sin dejar rastro o a sobornar policías para que no me arrestasen después de haber pegado a una puta.

—No me conoces, me estás juzgando por una imagen preconcebida que no se ajusta a la realidad.

—Nací aquí, Cavalcanti, no llegué en barco hace dos semanas. Lo he visto con mis propios ojos, he visto como tipos como usted extorsionaban al barrio entero, como mataban a quien no podía satisfacer sus cuotas de protección y como desaparecían los hombres o las mujeres que les traicionaban. No voy a formar parte de esto.

—Yo tampoco. —Cavalcanti se encendió un cigarro—. Cada vez me gusta más, Emmett. Tenías razón.

—Te lo dije.

—Emmett me ha dicho que has matado a una chica, ¿por qué lo hiciste? Ni siquiera yo, a pesar de todos los crímenes que me atribuyes, he hecho algo así. Dime, ¿por qué lo hiciste? —Cavalcanti no podría haber parecido más aburrido aunque lo hubiese intentado.

—No hable de ella. Ella está fuera de todo esto. Ella no volverá a aparecer en ninguna conversación entre usted y yo.

—De acuerdo, señor Valenti, pero, si yo no puedo presuponer nada sobre tu vida y sobre los motivos que te han conducido hasta aquí, tú tampoco puedes hacerlo conmigo. No te atrevas a compararme con Silvio o con esos matones irlandeses.

Nick asintió, tenía que reconocer que eso era lo que había hecho.

—¿A qué ha venido, señor Cavalcanti?

—Estabas en el bar de los irlandeses, sabes que Silvio metió la pata y que por su culpa hemos perdido un cargamento importante. No voy a fingir que lamento la muerte de Silvio y de sus hombres, no es así. Estaban en mi contra y querían eliminarme.

—¿Y usted a ellos? —Nick no tenía nada que perder, Cavalcanti no le intimidaba y lo cierto fue que se ganó el respeto del otro hombre con su descaro y valentía.

—No, no me hacía falta. Si me hubiese hecho falta —Cavalcanti prosiguió—, habría encontrado la manera de hacerlos desaparecer de mis negocios sin tener que eliminarlos de un modo más permanente. Soy un hombre de negocios, señor Valenti, matar a la gente no es rentable.

—¿Qué quiere de mí?

—Emmett me ha dicho que te bastó con una tarde para adivinar que Silvio me había traicionado con los irlandeses, dice también que eres una especie de genio con los números y los libros.

—Emmett exagera.

—Emmett también dice que no te importa vivir, que ayer mismo estabas dispuesto a acabar con tu vida, ¿en eso también exagera?

—No.

—Pues ese, señor Valenti, es el motivo por el que quiero que vengas a trabajar para mí, porque un hombre al que no le importa morir es peligroso.

—¿Por qué?

—Porque un hombre así no tiene nada que perder. No se le puede amenazar con nada. Valenti, odias la Mafia, odias lo que crees que representa y en la mayoría de los casos tienes razón. La Mafia ha matado a demasiada gente. Ven conmigo, aprende a hacer negocios con tu mente, a ganar dinero y a evitar que esas matanzas se repitan. Necesito hombres como tú, hombres que no desenfunden ante la mera provocación y que sean capaces de usar el cerebro. —Cavalcanti cogió el sombrero que había dejado en el mostrador de Belcastro—. Mira, Valenti, sé que me has prohibido hablar de esa chica, pero, si ella significa lo que creo que significa, jamás te recuperarás. Créeme, estás muerto por dentro.

A Nick le tembló el músculo de la mandíbula.
—¿Qué me está proponiendo?
—Tienes dos opciones, puedes irte de aquí y empezar a beber, buscar a esa chica en el fondo de cada botella y acabar muerto en un callejón. O bueno, quizá tendrás un poco de suerte y no morirás y acabarás enloqueciendo en alguna parte. O puedes venir conmigo, ganar mucho dinero y asegurarte de que desgraciados como Silvio o los hermanos O'Donnell no vuelven a aparecer por aquí. Piénsalo, si Silvio no hubiese existido, tú no habrías estado en el bar de los irlandeses hace una semana.

Tal vez sí, pensó Nick con absoluta sinceridad. Pero en su mente empezaba a ver el cuadro que Cavalcanti había empezado a pintar eligiendo las palabras con maestría. La Mafia formaba parte de la sangre de Little Italy y de Nueva York. El hombre que ostentaba el poder ahora era frío y calculador, pero no un asesino. Cavalcanti quería hacerse rico y despreciaba la violencia innecesaria. Él ya había perdido el alma y el corazón, se los había arrancado él mismo al disparar la otra noche. Aunque esa bala no hubiese matado a Juliet, y le daría al diablo lo que le pidiese a cambio de eso, él ya había dado un paso irremediable.

Con Cavalcanti aprendería a sobrevivir en el mundo de los negocios y con el tiempo quizá encontraría algo que le proporcionase una explicación sobre por qué él seguía con vida y Juliet no. Ganaría dinero y con él intentaría hacer realidad los sueños de Juliet, abriría un colegio donde las niñas pudiesen estudiar para ir a la universidad y no para casarse. Abriría bibliotecas en los barrios más pobres. Era una justificación absurda, Juliet se retorcería en la tumba si supiera que el dinero para esos proyectos había salido de los negocios de la Mafia. Pero ella ya no estaba allí y él, el muy estúpido, sentía que no podía abandonar esas calles así sin más. Él no podía salvarse, no podía salvar a Juliet, pero quizá si se quedaba podría salvar a otro niño y a otra niña de caer en las manos de otro Silvio.

—Sus negocios no son legales.

—Por supuesto que no —sonrió Cavalcanti—. Ven y ayúdame a cambiarlo.

—Alrededor de sus negocios muere gente.

—A veces. Intento evitarlo, pero hay ocasiones en las que es necesario.

—No participaré jamás en esas ocasiones.

Cavalcanti sonrió de nuevo consciente de que Nick, aunque quizá él aún no lo sabía, ya había aceptado ir a trabajar para él.

—De acuerdo.

—Y tendré mis propios negocios. Usted me pagará un sueldo y podré invertir ese dinero en lo que yo quiera.

—Eres un hombre inteligente, lo contrario me parecería una estupidez.

—No me quedaré en su casa, tendré la mía propia.

—Perfecto. —Se apartó del mostrador y se acercó a Valenti—. Trato hecho.

Le tendió la mano.

—Jamás mataré a nadie por usted —decretó Nick.

—Jamás te lo pediría.

Nick estrechó la mano de Cavalcanti.

—Bienvenido a la familia, Nick.

Ocho años más tarde
Little Italy, 1940

Nick nunca se arrepintió de haber aceptado el ofrecimiento de Luciano Cavalcanti. A lo largo de esos años había aprendido a sobrevivir, tal como él había previsto, y había aprendido a seguir adelante un día tras otro sin corazón.

Ahora era un hombre rico por derecho propio, a pesar de que el dinero no le importaba. Él lo ganaba para invertirlo en sus propios negocios, algunos, muchos, los compartía con Cavalcanti. Este había cumplido con su promesa y jamás le había pedido que matase a alguien, pero en el tiempo que llevaban como amigos y socios habían discutido en multitud de ocasiones.

Cavalcanti confiaba en él. Desde el principio había sido generoso con su tiempo y con sus conocimientos y le había exigido mucho; le había exigido sinceridad, respeto y educación en la misma medida en que él se los daba.

Cavalcanti también había cumplido otra promesa, la de no hablar nunca de Juliet. Aunque esa promesa Nick no se la recordaba la noche del aniversario de la matanza del bar de los irlandeses. Esa noche Nick perdía la cabeza, era la única noche en que se permitía a sí mismo recordar a Juliet y pensar en ella. Esa noche bebía, bebía hasta perder el sentido, y después se pasaba una semana recorriendo los cementerios de Nueva York en busca de la tumba de Juliet.

Jamás había llegado a encontrarla.

Una parte de él, después de esa semana anual de tortura y dolor, le pedía a gritos que buscase a los Murphy o incluso al capitán Anderson, ahora superintendente de la policía de Nueva York, y les preguntase dónde estaba enterrada Juliet. Nunca lo hacía y le había prohibido a Cavalcanti que la buscase.

Entre Cavalcanti y él existía siempre una especie de abismo infranqueable, una frontera que ninguno de los dos cruzaba y que les impedía hablar de sus emociones. Excepto esa maldita semana. Nick sabía que Cavalcanti había amado mucho a una mujer y que ella le había dejado, ella, cuyo nombre desconocía Nick, seguía con vida, algo que siempre acababa recriminándole a Cavalcanti. Era un estúpido si no iba a buscarla. Si Juliet estuviera con vida, él no descansaría hasta recuperarla.

Cavalcanti tenía familia, dos hermanos para ser más exactos. Uno, Adelfo, residía en Italia donde era exactamente la clase de gánster que tanto Cavalcanti como Nick despreciaban. El otro había muerto años atrás junto a su esposa a manos de una familia enemiga. La hija de este, la sobrina de Luciano, Siena, se había mudado a Nueva York para vivir con ellos. El cambio que la llegada de Siena había producido en el señor Cavalcanti y en todo su entorno fue más que considerable.

El día que Nick conoció a Siena pensó que era una mujer hermosa, la observó con atención, pues era su costumbre; siempre estudiaba a las personas que iban a formar parte de su círculo más íntimo. Pensó entonces que sería maravilloso estar vivo y sentir alguna clase de emoción, aunque solo fuera la mera atracción física, hacia esa mujer que sin duda era especial. No la sintió. Siena le parecía una chica interesante, en cierto modo su valentía y sinceridad le recordaban a Sandy, pero no le atraía en absoluto.

Ninguna mujer lo hacía pues para él solo existía Juliet.

Había estado con mujeres, era un ritual —no sabía cómo llamarlo— que prefería olvidar y que jamás le satisfacía por creativa que fuese su compañera de cama. Hubo una época en la que las chicas de una de las casas de juego que solía frecuentar se lo tomaron como un reto; una de ellas lograría hacerle reaccionar más allá de lo físico. No fue así y acabaron tachándolo de controlador y de inaccesible. Nick les pagó unas propinas más que generosas para que se olvidasen del tema. Él hizo lo mismo.

Lo primero que hizo Nick con el dinero que ganó trabajando para Cavalcanti fue comprar la vieja casa de Juliet. Después hizo lo mismo con el apartamento de la abuela de Sandy, se lo guardaría para cuando ella consiguiese volver a Little Italy, y el Blue Moon, el bar donde había ido la noche que murió Juliet.

Sí, todas sus inversiones y todos sus negocios giraban alrededor de Juliet y de la única época de su vida en la que había tenido corazón.

Al principio había alquilado la habitación de invitados del señor Belcastro, el librero se había negado a cobrarle alquiler, pero se lo había pagado de todos modos. Estar allí le tranquilizaba. Con Emmett no tenía que fingir que estaba entero o que no tenía que contenerse para no gritar de dolor constantemente. Con Emmett podía pasarse la noche entera sin hablar bebiendo un whisky tras otro hasta quedarse dormido con lágrimas en los ojos, y también podía pasarse horas hablando de Juliet, de lo que estaría haciendo con ella si estuviera viva. En esas conversaciones, Nick se casaba y era ingeniero, construía puentes y llevaba a sus hijos al parque. Emmett le escuchaba y le servía un whisky y se alejaba de él cuando veía que el dolor lo derrotaba. Los padres de Nick murieron con pocos meses de diferencia. Nunca llegaron a darle las gracias por haber salvado La Bella Napoli y Nick intentó perdonarlos por no haberle querido nunca como a su hermano mayor. Al final, lo consiguió. Si él no podía olvidar a Juliet y ninguna mujer se le acercaría jamás, ¿qué habrían sentido sus padres al perder a su primer hijo? Dejó de odiarlos, el odio no dejaba de ser una clase de sentimiento apasionado, le razonó Emmett un día, y Nick ya no tenía de esos.

Primero murió su madre y meses después Massimo la siguió. Nick heredó el restaurante y lo derribó. No podía soportar verlo, La Bella Napoli era tan culpable de lo que había sucedido esa horrible noche como el mismísimo Silvio.

Emmett Belcastro y Luciano Cavalcanti eran los únicos que sabían por qué Nick había ordenado demoler La Bella Napoli, los únicos que habían visto alguna vez el collar que llevaba oculto tras la camisa y que sabían que Nick Valenti no era el hombre frío y distante que aparentaba. No eran pocas las conversaciones que Emmett y Luciano habían mantenido sobre Nick, para esos dos hombres Nick era lo más parecido a un hijo que iban a tener nunca y, aunque habían deseado estrangularlo con sus propias manos en más de una ocasión, querían que se diese la oportunidad de ser feliz.

—Tú también deberías hacerlo, Luciano —le recriminó Emmett a su amigo una noche tras cenar en casa de este—. Pídele perdón.

—Ella jamás me perdonará.

—No lo sabrás si no se lo pides —insistió Emmett.

Luciano se levantó y se acercó al mueble donde guardaba el licor.

—Tú no la has visto, ni siquiera me permite que vaya a recoger a Siena a su casa.

—Vaya, vaya, ¿qué dirían tus enemigos si supieran que una mera profesora de violín te tiene aterrorizado?

—Lo mismo que dirían si supieran a qué te dedicabas tú en Italia: no se lo creerían.

—Brindemos por ello; por las historias imposibles.

—Por las historias imposibles.

Vaciaron sendas copas.

—Ese chico, Nick, me preocupa. —Emmett cambió de tema—. Pensé que con el paso de los años soltaría lastre, que dejaría atrás parte del dolor, pero...

—Cada vez va a peor. Lo sé. Es como ver a un animal enjaulado al que cada vez le hacen más daño y en vez de atacar se queda quieto y deja que le hieran. Hasta que se harta y entonces ataca y nadie puede detenerlo.

—Le has enseñado a ser frío, a esconder sus pensamientos.

—En los negocios.

—Ni siquiera Siena ha conseguido obrar el milagro y eso que contigo sí lo ha logrado.

—Sí. —Luciano fue a por una caja de habanos—. Reconozco que me habría gustado que hubiera surgido algo entre ellos.

—Ahora sí que veo que te estás haciendo mayor, Luciano. ¿De verdad tenías intención de ejercer de casamentero? ¿Tú?

—No te burles y no, jamás les habría forzado, pero si hubiera surgido...

—Sí, si hubiera surgido no habría estado mal. —Emmett se levantó de la butaca—. Será mejor que me vaya. Llévale un ramo a tu profesora de violín la próxima vez que la veas, deja de comportarte como un cobarde.

—Es muy fácil para ti decirlo. —Se aflojó el nudo de la corbata—. La semana que viene tengo que ir a Chicago.

—¿Por el sindicato?

—Sí, joder, Emmett, todo sería más fácil si me acompañases.

Belcastro, al igual que Nick, pero, por motivos distintos, había jurado mantenerse alejado de la Mafia. En su caso se debía a su pasado. Él había cometido demasiados pecados en Italia y había llegado a no poder vivir con ellos. Irse a América había sido su última oportunidad y no pensaba echarla a perder, lo que no significaba que no siguiera sabiendo mejor que nadie cómo funcionaban las reuniones entre las distintas familias. Cavalcanti iba a tener que enfrentarse a varias para defender su postura; matar no era rentable y las guerras entre ellos eran absurdas.

—Díselo a Nick, él puede hacerlo. Es listo y joven y no se dejará engañar.

—Lo pensaré. Tú ten cuidado, ¿quieres? Están sucediendo cosas muy raras últimamente.

—Tengo una librería, Luciano, no van a arrestarme como a Al Capone. Tranquilo.

—Le diré a Toni que te acompañe.

—De acuerdo. Nos vemos cuando regreses de tu viaje. Dile a Siena que la espero en la tienda uno de estos días, tienen que llegarme libros nuevos. Y besa de mi parte a tu profesora.

—Que te den, Emmett.

—Buenas noches, Luciano. —Emmett le sonrió desde la puerta donde Toni, el chófer y guardaespaldas de Cavalcanti los miraba atónito. Era la primera vez en muchos meses que veía a su jefe sonreír.

Luciano se quedó en su despacho, donde había estado tomando una copa con Emmett después de cenar, un rato más. Repasó los documentos que quería llevarse a Chicago y en un gesto nada típico de él abrió el cajón del escritorio y buscó un recorte que había guardado del periódico de Nueva York; era una noticia sobre el último estreno. La noticia en sí no era importante, pero iba acompañada de una foto de la orquesta.

Acarició la foto y se preguntó si su viejo amigo no tendría razón y se estaba comportando como un cobarde. Tal como Nick se encargaba de recordarle una vez al año, él era un «cabrón con suerte porque ella, la mujer que le había convertido en un desgraciado, seguía con vida».

Cerró el cajón y se prometió que cuando volviese de Chicago iría a verla con un ramo de flores. Seguro que Emmett se reiría de él por haber tardado tanto en reaccionar.

Emmett no llegó nunca a saberlo, unos días más tarde moría asesinado en Verona.

CAPÍTULO 15

La muerte otra vez

El asesino de Emmett Belcastro no cometió un error, sino dos. El primero, matar al único hombre por el que tanto Nick Valenti como Luciano Cavalcanti sentían respeto, cariño y una profunda amistad. El segundo, hacerlo mientras Siena, la sobrina de Cavalcanti, estaba en la librería convirtiéndola así en testigo y captando la atención de la policía.

—Tengo que irme a Chicago. Joder. No podemos no presentarnos a la reunión. —Cavalcanti estaba alterado, su despacho le parecía una jaula—. Le había dicho mil veces a Emmett que dejase un arma en el mostrador.

—No habría servido de nada. —Nick estaba igual—. Le degollaron por la espalda, le atacaron a traición.

—Lo que significa que Emmett conocía a su asaltante.

—Sí, yo creo lo mismo.

—Voy a llamar a Chicago y a pedir dos o tres favores, los que haga falta, pero no puedo irme ahora.

—No, tiene que irse. —Lo detuvo Nick tratándole con

el respeto que se había ganado con esos años—. La policía no tardará en presentarse a husmear y aprovecharán la muerte de Emmett para investigarnos y colgarnos algún muerto. Si de verdad quiere retirase, debe asistir a esa reunión.

—¿Podrás con todo? No confío la seguridad de Siena a nadie más y como tú bien has dicho la policía no tardará en aparecer.

—Puedo lidiar con ellos, señor.

—Sé que puedes lidiar con ellos, Nick. No te estaba preguntando eso.

—¿Qué me estaba preguntando?

—Joder, Nick. Emmett era lo más parecido que has tenido nunca a un padre.

—Lo sé.

—¿Lo sabes?

—Voy a averiguar quién le ha matado, no se preocupe.

Luciano se frotó frustrado el rostro. Ese chico se había vaciado realmente de cualquier emoción y tenía miedo de que estallase en su ausencia; no sabía qué haría ni si alguien podría pararle. Iba a tener que correr ese riesgo.

—Está bien. Me iré mañana. Mantenme informado. Si te necesito en Chicago, te llamaré.

—De acuerdo, señor. Si no me necesita para nada más, me iré a mi casa.

—Claro, vete. Buenas noches, Nick.

—Buenas noches, señor Cavalcanti.

Antes de abandonar la residencia de los Cavalcanti, Nick se aseguró de que todo estuviera en orden. Fue a hablar con Toni, el hombre que pasaba allí la noche, y le recordó sus deberes y obligaciones. Después, se subió a su coche y se fue a casa. Nadie que lo viera habría adivinado que horas atrás había estado arrodillado frente al cadáver del hombre que le había salvado la vida, que había visto, otra vez, un enorme charco de sangre alrededor de una persona importante para él. Nick condujo hasta su casa y tras aparcar el vehículo en el garaje se encerró en la habitación que solía utilizar para dibujar sus planos y soltó la rabia y el dolor que había contenido hasta entonces.

Una hora más tarde, no quedaba nada intacto.

Había destrozado hasta el último mueble y había trozos de cristal y astillas de madera por todas partes. Nick tenía los nudillos ensangrentados, algún que otro corte en el rostro y la voz ronca de tanto gritar. Al día siguiente pagaría para que alguien arreglase ese estropicio y no dijera nada, ese día no le importaba. Eligió una botella de whisky y subió al dormitorio. Normalmente los libros que poblaban las estanterías de la biblioteca que había amasado a lo largo de esos últimos años le proporcionaban cierta paz, pero esa noche no iban a servirle de nada. Llegó al dormitorio y se quitó la camisa, que lanzó a un lado. No se molestó en desnudarse, se quedó con la camiseta blanca y los pantalones, y se sentó a los pies de la cama. Con la mano derecha buscó el anillo que llevaba colgado del cuello. Era un gesto que a lo largo de los últimos años había realizado a diario y que formaba parte de él. Lo único que parecía tranquilizarle.

La muerte de Emmett Belcastro le habría sacudido fueran cuales fuesen sus circunstancias, pero, si había un hombre en Little Italy que no se merecía morir desangrado como un animal, atacado a traición por la espalda, era él. ¿Quién había sido? Nick era de todo menos ingenuo. Aunque Cavalcanti y él no fuesen violentos y no practicasen la violencia sin sentido tenían enemigos, muchos, quizá más que si hubiesen sido unos asesinos, y no era ningún secreto que el señor Belcastro era importante para ambos.

La muerte de Belcastro no había sido una casualidad, alguien quería mandarles un mensaje, pero quién. Emmett le diría que se dejase de numeritos más propios de un personaje de una obra de Shakespeare que de un hombre inteligente como él, pero Emmett ya no estaba. Emmett estaba en la morgue de la comisaría del distrito y su asesino andaba suelto y quería decirles algo. Pues bien, Nick estaba escuchando. Al día siguiente, volvería a la librería y la pondría patas arriba si era necesario, esa noche se permitiría pensar en Juliet.

Bebió un largo trago de whisky y se dejó caer en la cama.

A la mañana siguiente se vistió como de costumbre. De pie frente al espejo del baño se cubrió con la palma de la mano el colgante presionándolo justo encima del corazón. Buscó su mirada en el espejo, vacía como siempre, aunque durante ese segundo sintió que el recuerdo de Juliet lo reconfortaba. Nunca había llegado a perdonarse por lo que él había hecho, era imposible, pero había llegado a una especie de tregua consigo mismo; jamás olvidaría a Juliet, jamás sentiría nada porque ella ya no estaba, y jamás volvería a traicionarse, ni a sí mismo ni al recuerdo que tenía de ella.

Antes de ir a Verona fue a la mansión de los Cavalcanti, quería asegurarse de que todo seguía en orden y de que Toni comprendía cuáles eran sus funciones ahora que el señor Cavalcanti había viajado a Chicago.

—Ella no está. —Toni fue a su encuentro en cuanto oyó el motor del coche de Nick.

—¿Ella?

—La señorita Cavalcanti, Siena, no está.

Un horrible escalofrío recorrió la espalda de Nick, ¿tan pronto? ¿tan poco tiempo habían tardado en volver a atacarles?

—¿Cuántos eran? ¿Qué ha sucedido?

—No, no, no —Toni negó frenético con la cabeza—. No se la ha llevado nadie. Se ha ido ella, me ha distraído y se ha ido.

—Joder, Toni. Ahora mismo no podemos cometer esta

clase de errores. Tienes que centrarte, ¿de acuerdo? Tú quédate aquí y asegúrate de que todo está bien, yo iré a buscar a Siena.

—¿Sabes adónde ha ido?

—Por supuesto, esa chica es igual que su tío, ha ido a la librería. Está empeñada en averiguar quién ha matado a Emmett Belcastro.

Nick condujo lo más rápido que pudo sin llamar la atención. El día anterior, en su visita rutinaria al Blue Moon había oído un rumor de lo más curioso; Jack Tabone, su mejor amigo de la infancia, el mismo que le había traicionado a él y a su familia para convertirse en policía, había vuelto al barrio y era el detective encargado del caso de Belcastro. Nick dudaba de que fuese cierto, Jack no había aparecido por Little Italy en diez años y no iba a atreverse a hacerlo ahora. Si no fuera porque la moneda que compartían desde pequeños había aparecido de forma periódica en el buzón de la abuela de Sandy tal como él había establecido, Nick habría creído que Jack se había esfumado de la faz de la tierra.

Apretó las manos en el volante. Él no quería que Jack volviese a Little Italy, su presencia allí le recordaría un pasado que no podía recordar y no estaba seguro de poder controlarse si veía a su ex mejor amigo; lo más probable sería que le diese un puñetazo nada más verle y volviese a echarle en cara que le había traicionado y abandonado, y él ya no hacía esas cosas. Él ya no sentía ni rabia ni dolor, ni amor, ni pasión, ni amistad. Nada.

Nick detuvo el coche en la calle. La puerta de la librería estaba abierta y podía ver a Siena dentro hablando con un hombre.

Jack.

Maldito fuera. A pesar de los diez años que hacía desde la última vez que lo había visto, Nick habría reconocido esa postura engreída en cualquier parte.

—Vaya, así que has vuelto —fue lo primero que le dijo al entrar e interrumpir la más que evidente tensión que se había establecido entre Jack y Siena. Seguro que al policía no le había hecho ninguna gracia encontrarse a su única testigo en el escenario del crimen jugando a los detectives.

—He vuelto. —Jack tuvo la decencia de parecer incómodo y de no negar que volver a ver a Nick le obligaba a enfrentarse a unos recuerdos que probablemente ninguno de ellos quería recordar.

—Creía que eras más listo, Tabone, y que no tendrías la desfachatez de acercarte por aquí.

Ahora que lo tenía delante, Nick básicamente tenía ganas de darle un puñetazo, tal vez dos, de pelearse con él y de soltar parte de la rabia que llevaba años guardándose dentro. Quería pelearse con Jack y echarle en cara que no había estado a su lado para ayudarle con Silvio, con Juliet, con Sandy.

—Yo también —contestó Jack en voz baja—. No contaba con que estuvieras aquí.

—¿Y dónde iba a estar?

—En cualquier otra parte, Nick. —Se masajeó la nuca—. En cualquier otra parte.

—Yo no soy de los que se van. Eso te lo dejo a ti, Jack. —Nick tenía que irse de allí cuanto antes. Tuvo que apretar los puños para no romperle la cara a Jack, ¿cómo se atrevía a aparecer allí y fingir que su amistad seguía importándole? Porque eso era lo que había visto en los ojos de Jack, preocupación—. Vámonos, Siena. No tendrías que haber venido. Nosotros nos ocuparemos de que se le haga justicia a Emmett.

—Espero que estés hablando del funeral que vais a organizar para el señor Belcastro y no de una venganza, Nick. La justicia es cosa de la policía y de los jueces, no vuestra.

—¿Y desde cuándo le interesa Little Italy a la policía,

Jack? —Ellos no habían aparecido por aquí tras la matanza del bar de los irlandeses ni cuando Silvio se pasó años extorsionando a la gente del barrio, o cuando Sandy recibió esa paliza.

—A mí me interesa.

—Ya, claro, hasta que deje de interesarte y te largues. —Iba a pegarle, era cuestión de segundos—. Vámonos, Siena.

La sobrina de Cavalcanti no solo se parecía a su tío en que era lista, también se le daba muy bien leer a la gente, y esos dos hombres estaban a punto de enzarzarse en una pelea que no ganaría ninguno. Aceptó que Valenti se la llevase de allí y se despidió del detective. Siena sabía que su tío estaba en Chicago y que no le convenía llamar la atención de la policía en ese momento, y se preocuparía si Valenti acababa arrestado o malherido en algún hospital. Ella sabía que para su tío Nick Valenti era mucho más que un socio o un protegido y la palabra amigo tampoco acababa de encajarle, era como un hijo. Ella se alegraba de ello. Siena echaba mucho de menos a sus padres, siempre creería que su muerte a manos de esos asesinos había sido injusta, pero al menos les había tenido durante muchos años. Además, aunque Nick Valenti seguía manteniendo las distancias con ella, Siena podía presentir que si algún día él bajaba la guardia podían llegar a ser muy buenos amigos.

Volver a ver a Jack consiguió resquebrajar la armadura de Nick. Él volvería a repararla y sería aún más fuerte, pero durante unos minutos no pudo evitar recordar que había existido otro Nick, uno que tenía amigos y que se sintió herido y abandonado cuando el mejor de ellos le traicionó y le dejó allí para irse a otra parte. Condujo a Siena de vuelta a la mansión y en cuanto llegó la dejó en manos de Toni no sin antes recordarle al otro hombre todo lo que estaba en juego. No se entretuvo demasiado. Si Jack no había cambiado demasiado, y Nick tenía el presentimiento de que no lo había hecho, seguro que estaba aprovechando cada segundo que les llevaba de ventaja para inspeccionar Verona.

Nick volvió a la librería cuando el detective ya se había ido. Entró y fue directamente a la puerta trasera, la que conducía a la vivienda que había sido su refugio después de perder a Juliet. Subió la escalera, sacó la llave que aún conservaba y entró en casa de Belcastro. Todo seguía igual, se apoyó en la puerta porque durante un segundo creyó incluso oír a Emmett refunfuñando en la cocina. Sacudió la cabeza y fue al dormitorio de Belcastro, Emmett solía pasarse horas allí leyendo, mirando viejas fotografías o escribiendo. Era lo mismo que hacía en el pequeño despacho que había en la librería, con la diferencia de que la estancia en la que ahora estaba Nick solía reservarla para enfrentarse a temas más personales, como si visitara o clasificase recuerdos.

Fue respetuoso con los libros y los enseres personales de Emmett. Nick los observó con delicadeza y amontonó encima de la cama los objetos que creía que podían ayudarle en su investigación; una caja con fotografías, varios cuadernos con anotaciones, aunque nada parecía ser demasiado importante. El problema era que allí no podía pensar, comprendió de repente, allí dentro volvía a ser aquel chico que no paraba de llorar y de beber porque se había arrancado el corazón al disparar a la mujer que amaba. Se llevó las pertenencias de Emmett a su casa y se instaló con ellas en su estudio. Toni había llevado a la señorita Cavalcanti a sus clases de violín, el señor Cavalcanti no llamaría hasta la noche, disponía de unas horas para investigar con calma y eso era lo que se le daba mejor a Nick: leer y buscar claves ocultas en los números y en las palabras.

Abrió un libro, una vieja novela en italiano y vio que en su interior había guardados recortes de periódico. Nick sabía que Belcastro y Cavalcanti solían cenar juntos una vez al mes para hablar de sus cosas; los dos hombres parecían tener muchos secretos y él había deducido que solo bajaban la guardia cuando estaban ellos dos solos. Nick también sabía que en esas cenas podían discutir sobre actrices de cine, libros, viejos recuerdos de Italia y sobre el futuro de la Mafia. Desdobló el primer recorte, era una noticia de Chicago, era vieja, tenía unos siete años, y Nick se quedó sin aliento al leerla: *Niall Murphy nombrado nuevo fiscal del distrito central de Chicago.*

El artículo seguía y en él se hablaba del gran trabajo que había hecho Murphy para acabar con la Mafia tanto en Chicago como en Nueva York, donde había estado los últimos años para volver por fin a Chicago, donde le compensaron con ese nombramiento.

Nick había dejado de buscar a los Murphy tiempo atrás y en las pocas ocasiones en las que Emmett o Cavalcanti habían insinuado algo referente a ese tema les había obligado a tragarse sus palabras. Nadie hablaba de Juliet. Nunca. Jamás. Él no podía soportarlo. Por tanto, no le extrañó que Belcastro no le hubiese dicho nada acerca de esa noticia, aunque no lograba entender por qué la había guardado. Siguió leyendo: *El prestigioso abogado ha vuelto a la ciudad con su esposa y su hija. La señora Murphy volverá a estar involucrada con...* Le costó respirar: *su hija. SU HIJA.*

Era imposible. Tenía que ser un error. Juliet había muerto.

Nick se puso en pie, la mano le temblaba cuando se frotó la nuca.

Imposible.

La noticia tenía siete años, lo que significaba que los Murphy podían haber tenido otra hija. Él sabía que era una reacción más que probable; sus propios padres le habían tenido a él tras la muerte de Luca para ver si así lograban superarla. Tenía que ser eso, ocho años atrás los Murphy aún eran jóvenes y podían haber sido padres de nuevo perfectamente.

Tenía que ser eso.

Juliet estaba muerta, no podía torturarse con imágenes de ella, con sueños imposibles.

Además, si Juliet estuviese viva, él lo sabría.

Se llevó una mano al pecho y tocó el collar por encima de la camisa. Caminó hasta el teléfono que tenía allí encima de la mesa y llamó a Chicago.

—Operadora, póngame con la fiscalía, si es tan amable.

—¿Algún número en concreto, señor?

—Con el fiscal Murphy. —Habían pasado siete años desde esa noticia, el hombre podía haber cambiado de trabajo, podía haber muerto... Era un tiro a ciegas.

—En seguida, señor.

Nick esperó apretando el auricular. No había pensado más allá, ¿qué haría cuando Niall Murphy le contestase? ¿Le preguntaría si había tenido otra hija para compensar la muerte de Juliet? ¿Acaso se había vuelto loco? Cavalcanti, su jefe, su mentor, estaba ahora mismo en Chicago, no era nada inteligente provocar a un fiscal de esa ciudad.

Iba a colgar.

—Disculpe la espera, señor. Me comunican que el fiscal Murphy no está disponible.

—Gracias.

—Si quiere, puedo pasarle con la señorita Murphy.

—¿La señorita Murphy?

Murphy era un apellido común y corriente.

—Sí, la señorita Murphy. Espere un segundo, por favor.

Nick estaba sudando, no recordaba haber estado tan nervioso y confuso en mucho tiempo. Él se ocupaba de las empresas de Nueva York, de las importaciones, visitaba el puerto con frecuencia y había viajado a Cuba varias veces.

Sus proyectos más personales también estaban en Nueva York, dentro del marco de la ley, y lo cierto era que a pesar de que trabajaba para el señor Cavalcanti y de que sentía un profundo respeto por ese hombre, siempre se había mantenido al margen de Chicago y de los asuntos más relacionados con las familias de la Mafia. El señor Cavalcanti le había acusado en un par de ocasiones de comportarse como un contable o un científico que lo observaba todo desde el exterior sin inmiscuirse.

Tenía razón. Excepto en lo de observarlo todo, Nick era un especialista en ver solo lo que quería ver, solo lo que se sentía capaz de soportar. Si hubiese prestado atención a los detalles, probablemente se habría enterado antes de que Murphy estaba en Chicago, de que había tenido otra hija y de que tenía una ayudante con su jodido mismo apellido y ahora no estaría al borde del infarto esperando confirmarlo.

Sonrió con amargura, tendría gracia que después de tanto tiempo acabase muerto esperando oír la voz de otra señorita Murphy.

Iba a colgar, todo eso era ridículo. Tenía mucho que hacer.

—Despacho del fiscal Murphy, ¿en qué puedo ayudarle?

Había muerto, esa era la única explicación posible porque él reconocería esa voz en cualquier parte.

—¿Juliet?

—¿Sí?

Colgó.

Colgó y le fallaron las piernas. Quedó sentado en la silla incapaz de reaccionar, incapaz de pensar, incapaz de seguir viviendo ni un segundo más sin saber la verdad.

Volvió a levantar el teléfono y llamó a Toni.

—Estaré unos días fuera —le dijo—. Cuida de Siena con tu vida y si sucede algo llama al señor Cavalcanti.

—¿Adónde vas?
—A Chicago.
—¿Cuándo volverás?

A Nick no le molestaron las preguntas de Toni, eran lógicas teniendo en cuenta las circunstancias y sabía que debía darle una respuesta concreta. Allí, hablando con Toni, Nick también comprendió algo extraño que se negó a analizar con profundidad. El que Jack estuviera de regreso en Little Italy, ocupándose de resolver el asesinato de Emmett, le tranquilizaba; sabía que podía irse y que la investigación de Jack avanzaría. Jamás le contaría a su antiguo mejor amigo eso, pero era la verdad.

—Dentro de una semana. Quizá antes. Te llamaré en cuanto pueda. Confío en ti, Toni.

En quien no confiaba era en él.

TERCERA PARTE

«He soñado que mi amor me encontraba muerto (¡qué extraño que los muertos sueñen!) y sus besos me daban vida y yo resucitaba».

Romeo y Julieta
William Shakespeare

CAPÍTULO 16

Juliet
Chicago

Me quedé con el auricular del teléfono en la mano y una extraña sensación en el cuerpo, como si una bocanada de viento me hubiese atravesado.

—¿Estás bien, Juliet? —Susana, una de las más eficientes empleadas de la fiscalía, me estaba mirando preocupada—. Estás muy pálida.

—Estoy bien.

—¿Quién era? —Señaló el teléfono.

—Nadie, se ha cortado.

—Esta semana los teléfonos están como locos. Será por lo de la reunión del sindicato. A veces echo de menos la época de Al Capone.

—¡Susana! —consiguió que me riera.

—¿Qué? Al menos entonces tenía claro quién era quién, en qué bando jugábamos nosotros.

—¿Es cierto que Al Capone está en Florida?

—Sí, dicen que fue allí justo después de que le soltaran.

¿Por qué crees que están aquí todas las familias de la Mafia? El sindicato tiene que organizarse.

—Son muy listos, han aprendido que lo único que tienen que hacer para que no les atrapemos es pagar los impuestos y disfrazar sus negocios de legalidad —apunté furiosa. Ese tema conseguía sacar lo peor de mí.

—Sí, son listos, pero tu padre aún lo es más. No sabía que este tema te importara tanto, Juliet. —Me miró con curiosidad—. Creía que querías seguir los pasos de tu madre y trabajar como abogada de los inmigrantes recién llegados u ofrecer tu ayuda a mujeres y niños en situaciones precarias.

—Sí, eso es lo que quiero hacer.

—Bueno, supongo que es lógico que te preocupe la Mafia siendo la hija del fiscal general de Chicago.

—Sí, supongo que sí —acepté esa explicación—. Será mejor que revise estos archivos, mamá me ha pedido que la ayude; quiere evitar que cierren una escuela en Dawood Park.

—Claro, yo seguiré preparando lo que me ha pedido tu padre.

Bajé la vista e intenté concentrarme en los papeles que tenía delante. Mamá me había pedido de verdad que la ayudase a impedir el cierre de ese colegio. Dawood Park era una de las zonas más desfavorecidas y peligrosas de la ciudad y ella llevaba años acudiendo allí para dar clases. «Desde nuestro regreso». Papá se había ofrecido a ayudarla, pero mamá no quería que ninguno de los adversarios políticos de papá pudiesen echarle en cara que protegía a su esposa o que tenía un trato de favor con ella, así que al final había tenido que conformarse conmigo; una casi recién licenciada en Derecho sin apenas experiencia.

A pesar del reto que significaba para mí ese encargo y de que solo hacía unos meses que trabajaba en la fiscalía como ayudante sin ninguna categoría, y cualquier tarea, por pequeña que fuese, requería de toda mi atención, no podía concentrarme.

No dejaba de ver a Nick.

Nick.

Doblé el brazo derecho hacia arriba y con los dedos me acaricié la cicatriz por encima de la blusa.

Nick.

Él creía que yo había muerto. Lo creía porque yo así lo había decidido la noche que él me disparó y no me arrepentía de haberlo hecho. «¿Estás segura?». Por supuesto que estaba segura, eso no significaba que no me acordase de él a diario o que mi corazón hubiese aprendido a dejar de amarlo.

La noche del baile del Saint Patrick Nick me dejó plantada para ir a matar a un hombre, el agente de policía Robert Hearst. Ahora podía pronunciar esa frase en mi mente sin ponerme a llorar desconsolada, aunque sin duda seguía doliéndome. Recuerdo perfectamente la discusión que mantuve con mis padres cuando les dije que no iba a ir al baile con Josh Landon, sino con Nick Valenti, un mecánico de Little Italy que soñaba con las estrellas y con construir puentes y edificios conmigo. Nick soñaba conmigo, pero supongo que yo solo fui eso para él. Yo también soñaba con él, le quería, me enamoré de él, creí en él y él me rompió el corazón.

Seguía roto.

Recuerdo que en cuanto comprendí que Nick me había dejado plantada porque le había sucedido algo bajé la escalera apresuradamente y entonces oí a papá hablando con el superintendente Anderson, hace ocho años era capitán. Anderson le dijo a papá que esa noche iba a suceder algo muy importante en el bar de los irlandeses, mencionó el nombre de unos hombres que llevaban años detrás de Nick y yo, inocente, asustada, enamorada, corrí a ayudarle. Me colé en el dormitorio de papá y mamá y me apropié de unos pantalones, una camisa, una americana y un sombrero. Todo me iba grande, pero doblé las mangas y los pernales y me calé el sombrero hasta las cejas para ocultar mi pelo rubio.

No tendría que haberme salido bien, alguien debería haberme visto y detenido. Conseguí detener un taxi dos calles después de Rutgers, mamá se había quedado dormida y no se percató de que me iba. El conductor ni se inmutó al verme, aceptó los billetes que le di y me llevó a la dirección que yo me había aprendido de memoria después de encontrarla en los papeles de papá. Llegué al bar de los irlandeses, no vi ni rastro de la policía. Ni Anderson ni sus hombres estaban por ningún lado. Suspiré aliviada, qué estúpida fui, y entré en el bar en busca de Nick, tal vez él no estuviera allí. Tal vez sencillamente se había quedado dormido, al fin y al cabo llevaba días trabajando dos turnos seguidos para devolver el dinero que su padre le debía a Silvio.

Vi a un grupo de hombres acercándose al local, apresuré el paso y me mezclé con ellos. Eran trabajadores de una fábrica que había cerca del muelle y a ninguno le extrañó mi presencia. El interior del bar de los irlandeses me sorprendió y fascinó a partes iguales. El humo impregnaba las mesas y el aire, y las conversaciones se mezclaban con insultos, risas y brindis. La tensión y la desconfianza eran dos clientes más y todos parecían desconfiar de su propia sombra. No vi a Nick por ningún lado, me sentí observada, noté unos ojos siguiéndome, pero cuando me di media vuelta no encontré a nadie.

Iba a irme cuando escuché una conversación, un hombre, Silvio, le estaba diciendo a otro que por fin tenía a Nick Valenti en sus garras, que el engreído de Valenti iba a trabajar para él tanto si lo quería como si no.

—¿Cómo lo has conseguido?
—Le prometí que si se cargaba a Hearst saldaría la deuda de su padre y les dejaría en paz.
—Pero tú no tienes intención de hacer eso.
—¿Acaso crees que soy estúpido? Valenti lleva años despreciándome, voy a hacerle pagar todos y cada uno de sus insultos. Él aún no lo sabe, pero tengo a su padre cogido por los huevos. Hoy matará a Hearst, mañana ya veremos.
—¿Estás seguro de que lo hará? No podemos permitir que ese jodido policía le cuente a Cavalcanti que le hemos traicionado.
—Lo hará, no te preocupes.
Nick iba a matar a un policía.
Nick había puesto a sus padres por delante de mí.
Nick había puesto a la Mafia por delante de mí.
Nick iba a matar a un policía y eso sería solo el principio.
Tenía que impedírselo, tenía que encontrar la manera de sacar a Nick de allí. Si mataba a un policía, mi padre y Anderson no le darían la menor oportunidad.
Era imposible que Nick fuese capaz de disparar a un hombre a sangre fría. Nick no. Nick jamás haría algo así, él no era un asesino.
La luz del interior del bar cambió ligeramente, como si unos faros se colasen por la ventana. Giré la cabeza para ver qué sucedía y vi a Nick desenfundando el arma, sujetaba la pistola como si fuese una extensión de su brazo, parecía serio, decidido. Encajaba allí y no conmigo. Sin embargo sabía que no podía dejarle matar a ese hombre.
Todo sucedió muy rápido. La policía irrumpió en el local y Nick disparó. Mi intención era la de lanzar al suelo a ese hombre, no quería que Nick me hiriera. De eso era de lo único que me arrepentía. El rostro de dolor, de agonía, de Nick cuando vio que era yo la que yacía en el suelo con una herida de bala me perseguía desde entonces.

Jamás olvidaría la voz de Nick, las lágrimas que vi en sus ojos mientras me suplicaba que no hablase y me presionaba la herida. Jamás olvidaría la culpabilidad y los remordimientos. Papá me sacó de allí en brazos y perdí la conciencia durante unos minutos. Cuando abrí los ojos, estábamos dentro de un coche negro acompañados por cuatro policías.

—Papá… Nick no sabía… Nick no.

—No digas nada. Estamos a punto de llegar al hospital.

Vi temblar la mandíbula de mi padre, vi las miradas decididas de esos cuatro agentes de policía. Mi ropa olía a humo y a sangre mezclada con el whisky que empapaba el suelo del bar de los irlandeses.

Nick y yo jamás podríamos estar juntos, solo conseguiríamos destrozarnos el uno al otro. Yo era un lastre para él. Sin mí, Nick podía huir de Little Italy, empezar de cero en otra ciudad, ir a la universidad sin tener que preocuparse por mí. Sin mí podía incluso ceder y convertirse en un gánster. Odié ese pensamiento, aún lo odiaba. Sin mí quizá su relación con Sandy cambiase. Los celos me escocieron más que la herida del hombro que no dejaba de sangrar.

Sin Nick yo dejaría de sufrir por el daño que les estaba haciendo a mis padres. Sin Nick quizá encontraría la manera de ir yo también a la universidad y de vivir sin esa constante presión en el pecho. Amaba a Nick, pero era un amor que me asustaba. Estaba dispuesta a hacerlo todo por él. Le quería tanto que me asustaba vivir sin él y una parte de mí tenía el presentimiento de que tarde o temprano tendría que hacerlo. Mejor decidir yo el momento.

—Papá…

—Ya estamos llegando.

—¡Papá! Es importante —insistí y le apreté los dedos. Él bajó la vista y al verlos manchados de sangre se estremeció.

—¿Qué sucede?

—Dile a Nick que he muerto.
—¡No vas a morirte, Juliet!
—Lo sé, papá. —No lo sabía, era lo que él quería escuchar y lo que yo necesitaba creerme—. Lo sé. Dile a Nick que he muerto. Díselo. —Papá me miró a los ojos, comprendió lo que le estaba diciendo y a pesar de que Nick no contaba con su aprobación no le gustó.
—¿Por qué?
—Díselo.
—Juliet... —Me secó el sudor de la frente—. No te pasará nada.
—Díselo. Prométeme que le dirás a Nick que he muerto.
La herida, aunque quizá no era mortal, me dolía muchísimo y empezaba a perder la conciencia. Tenía miedo de que eso sucediera antes de obtener la promesa de mi padre y sabía que, si Nick había corrido detrás de mí, tenía que echarle del hospital y de mi vida para siempre. Era la única manera de salvarlo. Y quizá de salvarme a mí.
—Te lo prometo.
Desperté dos días más tarde en la habitación del hospital. Mi padre me contó que efectivamente Nick había corrido detrás de nosotros y que él le había dicho que yo había muerto. Mi padre no se recreó en los detalles, solo me preguntó si de verdad estaba segura de lo que había hecho porque iba a tener que aprender a vivir con las consecuencias.
—¿Qué consecuencias?
—Ese chico, Nick, yo jamás había visto a nadie sentir tanto dolor. Él se derrumbó ante mí y estoy seguro de que, si algún día logra recuperarse, no será el mismo.
—He hecho lo correcto, papá.
Mamá aprobó mi decisión con más entusiasmo que papá y con la ayuda del capitán Anderson y de los amigos que papá tenía en la fiscalía nos fuimos de Nueva York esa

misma semana. Estuvimos un tiempo en Canadá, yo tenía que recuperarme del disparo, tardé unos meses en recuperar la movilidad del brazo derecho, y mis padres necesitaban entender lo que de verdad había sucedido la noche del baile de Saint Patrick. Medio año más tarde, volvimos a Chicago, papá recuperó su antiguo trabajo, incluso le ascendieron, mamá volvió a ejercer de maestra y yo les convencí para que me dejasen ir a la universidad a estudiar Derecho.

Nunca hablamos de Nick o de lo que había pasado en Nueva York.

En la universidad me obsesioné con los estudios, era consciente de que me escondía en los libros. Echaba mucho de menos a Nick y vivir todas esas experiencias sin poder compartirlas con él hacía que careciesen de valor. ¿Qué estaba haciendo él? ¿Había seguido trabajando en el garaje del señor Torino y se había casado con Sandy o se había ido a otra ciudad, a la universidad tal vez? Esas imágenes me provocaban celos, pero podía soportarlas. La que no podía soportar era la imagen de Nick convirtiéndose en un delincuente, en uno de esos gánsteres que él tanto había odiado. Entonces nuestro sacrificio habría sido en vano, porque eso era lo que había hecho yo, nos había sacrificado a los dos para que al menos uno de nosotros tuviese una oportunidad de ser feliz .Me decía a mí misma que ya no pensaba en él, que era solo un recuerdo, aunque lo cierto era que, Nick solía aparecer en mi mente como mínimo una vez al día, pero tras esa absurda llamada telefónica se había quedado demasiado.

Yo para Nick estaba muerta y él para mí también, era lo mejor para los dos.

Sonó de nuevo el teléfono y lo miré horrorizada. No me sentía capaz de volver a escuchar esa voz.

Tenía que contestar.

—¿Diga?

—Buenas tardes, ¿podría hablar con el fiscal Murphy, por favor?

Era la voz de una mujer, suspiré aliviada y avergonzada de mi sobreestimulada imaginación.

Atendí a la señora, llamaba de parte del alcalde, y después por fin fui capaz de concentrarme en el expediente de la escuela.

Ese día iba a marcharme a casa sola. En los pocos meses que llevaba trabajando en la fiscalía muchas noches esperaba a mi padre y los dos nos íbamos juntos. Los minutos que pasábamos solos en el coche o caminando por la ciudad eran a menudo mis preferidos. Tanto mis padres como yo nos estábamos acostumbrado a mi independencia; no solo tenía un trabajo, sino también mi propio apartamento.

Cuando volvimos a instalarnos en Chicago, papá y mamá se volvieron muy protectores conmigo. Era comprensible, había estado a punto de morir, pero pasados unos meses empecé a asfixiarme y discutíamos a diario. Poco a poco volvimos a encontrar nuestro camino, yo les prometí que no volvería a enamorarme de un chico a escondidas (dudaba que fuese capaz de enamorarme de nadie) y ellos me tratarían como a una mujer adulta. Convencerles de que me dejasen vivir sola fue difícil; en casa teníamos lugar de sobra, ellos querían lo mejor para mí, me echarían de menos si no estaba con ellos, fueron algunos de los motivos que utilizaron para convencerme.

Yo reconocí que todos eran ciertos, pero que necesitaba hacer eso. Uno de los motivos por los que me había sentido tan atraída por Nick era porque él siempre confiaba en mí, cuando me miraba en sus ojos sentía que yo podía con todo. Quería volver a sentirme así yo sola. Quería saber que podía estar sola, que no necesitaba a nadie para ser feliz ni para conseguir mis sueños.

Esa fue la única vez que hablé de Nick delante de mis padres y al terminar la conversación me dijeron que, si de verdad quería vivir sola, me ayudarían a buscar el mejor apartamento posible. Y el más seguro, añadió mi padre.

Papá resultó tener razón, gracias a que él conocía a toda la ciudad no tardamos en visitar el apartamento perfecto. Era propiedad de una actriz retirada de Hollywood, Rita Olsen, una señora de setenta años que se sentía sola y que tenía demasiado espacio. Le alquilé una habitación a Rita, ella odiaba que la llamase señora Olsen, y empecé a vivir con ella. Rita era fantástica, había semanas en las que no pasaba por casa, solía viajar a menudo a California, y cuando estaba me contaba historias sobre Hollywood. Era como vivir con la tía abuela perfecta.

—Ya estoy en casa, Rita.

—Estoy en el salón.

Colgué el abrigo y el bolso en el perchero dorado que teníamos al lado de la puerta y dejé el bolso en el secreter. Los muebles del piso eran preciosos, todos parecían sacados de una película de cine mudo.

—¿Qué tal te ha ido el día, pequeña? —Había días en los que a Rita le encantaba hablar como un gánster—. ¿Has dejado muchas víctimas a tu paso?

—Creo que he archivado mal un expediente. Me temo que eso es lo más emocionante que me ha pasado hoy.

—Nadie lo diría, pareces preocupada por algo.

No sabía si se debía a su pasado como actriz y farsante profesional, así lo definía ella, pero a Rita se le daba muy bien leer el rostro de las personas.

—Hoy he recibido una llamada un tanto extraña.

—¿Por qué dices que era extraña?

—Han colgado en cuanto me han oído.

—Quizá se ha cortado, esos malditos teléfonos y las dichosas operadoras no siempre son de fiar.

—El hombre que ha llamado ha dicho mi nombre. —Rita puso la cara que ponía siempre que yo me entretenía a media explicación—. Me ha recordado a Nick.

Rita sabía quién era Nick, se lo había contado yo misma una noche que me desperté llorando y ella apareció en mi cuarto para consolarme.

—Quizá deberías buscarle y decirle la verdad.

—¿Buscar a Nick? ¿Por qué?

—Porque no puedes quitártelo de la cabeza —bajó la vista de mi rostro a mi pecho— ni del corazón y mientras él siga allí dentro no podrá entrar nadie más.

—No quiero que entre nadie más. Estoy bien así, seré una soltera empedernida como tú.

—No es tan divertido como parece —susurró Rita—. Deberías buscarle.

—No. Nick habrá seguido con su camino, seguro que está casado y tiene niños o es ingeniero en Baltimore, o tal vez es el futuro jefe de la Mafia de Nueva York—. «Lo último no, por favor»—. Me da igual.

—No es verdad, no te da igual. Menos mal que no se te pasó por la cabeza ser actriz, habrías sido un completo desastre.

—No pienso buscar a Nick.

—De acuerdo.

—No serviría de nada.

—Me parece bien.

—Además, él seguro que me odia.

—Yo ya he dejado de insistir.

—A veces te odio. —Sonreí y me acerqué a darle un beso en la mejilla.

—Eso te pasa por haberte pasado la adolescencia enamorada a lo Romeo y Julieta, no tuviste amigas y ahora tienes que conformarte con este vejestorio. Aunque, si me permites que te lo diga, soy un vejestorio muy elegante.

—Lo eres, Rita, y me alegro mucho de haberte conocido, tanto que voy a fingir que no he oído esa burla de *Romeo y Julieta*.

—Ah, es cierto. Es tu libro preferido, lo olvidaba. No sé cómo puede gustarte tanto.

En realidad no era *Romeo y Julieta* lo que me gustaba, era el ejemplar que Nick me había dado esa tarde en Verona lo que me gustaba. Recordaba la sensación de Nick poniéndomelo en la mano, la voz de él al recitar ese verso.

«El amor es un humo que sale del vaho de los suspiros; al disiparse, un fuego que chispea en los ojos de los amantes; al ser sofocado, un mar nutrido por las lágrimas de los amantes; ¿qué más es? Una locura muy sensata, una hiel que ahoga, una dulzura que conserva».

Ese ejemplar lo había perdido. En Canadá me pasé días buscándolo por entre las pertenencias que había metido en la maleta. Al final no tuve más remedio que darme por vencida, pero meses más tarde encontré un tomo idéntico en una vieja librería de Chicago. No era el libro que me había dado Nick, era un sustituto, igual que lo sería el hombre que acabase a mi lado, si algún día me atrevía a dar una oportunidad a alguno.

CAPÍTULO 17

Juliet

Me desperté mucho más tranquila, Rita me había hecho reír durante la cena y sus anécdotas sobre un actor cuyo nombre me obligó a mantener en secreto consiguieron que me olvidase de la llamada de teléfono y de los recuerdos de Nick durante esa noche.

Al pasarme la camisola por la cabeza desvié la mirada hacia la cicatriz que me había quedado en el pecho y la rocé con los dedos. Después seguí vistiéndome y fui a la cocina para desayunar un poco. Rita dormiría hasta tarde y por la noche, cuando me viese, me diría que se había despertado temprano.

En Chicago el viento siempre tenía vida propia y esa mañana lo estaba demostrando. Tuve que sujetarme el sombrero para que no saliese volando y yo tras él. Las oficinas de la fiscalía general estaban cerca del Palacio de Justicia, mi padre y el resto de fiscales estaban en el piso superior y el resto de los empleados en el inferior. Yo, evidentemente, no tenía despacho, solo una preciosa mesa en una esquina, cerca de una de las ventanas que daba a la calle. Esa planta de la fiscalía estaba muy concurrida, abogados, policías, jueces, gente de todo tipo solía entrar y salir con frecuencia. Yo no levantaba la cabeza cada vez que oía la puerta, era un ruido que me había acostumbrado a oír de fondo.

Hasta esa mañana.

Oí la puerta y la electricidad del aire me recorrió la piel y me erizó el vello.

Imposible.

No podía ser él.

Él no.

NO.

Los ojos de él recorrieron la sala con la eficacia propia de un lobo. Cada vez que se alejaban de un rostro y lo descartaban él parecía sentirse aliviado. Yo no podía moverme, mis pies se negaron a hacerlo. Mi piel, mi mirada, le habían echado de menos.

Por fin llegaron a mí, los ojos de Nick se abrieron de par en par al detenerse en los míos. Las pupilas se dilataron y desde la distancia pude sentir el fuego que escondían. Él no se movió, ¿esperaba que lo hiciera yo? Imposible, yo no podía caminar.

El Nick que yo recordaba se iluminaba en cuanto me veía, la mirada le brillaba y tenía una sonrisa perenne en los labios. El Nick que seguía inmóvil en la puerta de la fiscalía era tan impenetrable y oscuro como el carbón y, si no fuera por los ojos, igual de frío. Levantó una ceja, ese gesto me resultó doloroso porque me recordó todas las veces que a él le había bastado con hacer ese gesto para provocarme. Lo hacía cuando hablábamos de un libro y mi teoría sobre los personajes le parecía absurda o cuando le decía que él algún día sería un inventor o un ingeniero de reconocido prestigio.

Quería tocar esa ceja, quería pasarle el dedo por encima hasta que volviese a su lugar original y después besarla.

Nick se movió.

Oh, Dios mío.

Caminó decidido hacia mí, dudo que alguien hubiese podido detenerle. Esquivó las mesas y las miradas de las personas que estaban sentadas en ellas. Llevaba el pelo peinado hacia atrás, en las mejillas se veía el principio de una barba, la camisa blanca y el traje negro eran impecables aunque alguna arruga se había escapado como si él hubiese estado conduciendo toda la noche. No tenía el aspecto de ser un hombre presumido, sino de ser un hombre que se vestía porque el mundo así lo imponía y elegía hacerlo con sobriedad.

Volví a pensar en un lobo. Ocho años atrás, Nick nunca me había hecho pensar en ese animal tan fuerte y solitario y ahora, a pocos metros de mí, recordé que en Canadá había visto una manada de lobos salvajes pasear por la nieve detrás de su líder. Nick era ese lobo y un escalofrío me subió por la espalda hasta envolverme la garganta.

—Juliet.

Separé los labios, no podía respirar. No podía hablar. Solo podía mirarle.

—Sígueme.

Se dio media vuelta y se puso a caminar como si hubiese estado allí cientos veces, como si la fiscalía y todo —todos— los que estábamos dentro le perteneciésemos. Le seguí, salí de detrás de mi mesa, ni pude ni quise evitarlo. La frialdad de ese hombre, la oscuridad de sus ojos, era tan magnética como años atrás lo había sido su calor y su cariño. Quería saber qué hacía Nick allí y cómo me había encontrado y sabía que yo le debía una explicación.

Cientos.

Susana me miró confusa, no porque conociera a Nick, sino porque él era un hombre que captaba la atención y yo le estaba siguiendo sin apenas haber intercambiado unas palabras. Intenté tranquilizarla con una mirada, quizá ella se habría levantado y me habría preguntado algo más, pero en ese instante le sonó el teléfono.

Nick abrió la puerta, no me dejó pasar delante de él, quizá había dado por hecho que le estaba siguiendo o quizá le daba igual. Llegamos al pasillo, Nick giraba la cabeza en busca de algo. Se detuvo frente a la puerta de una de las salas de archivo y documentación, la abrió y vio que estaba llena de archivadores.

—Servirá —le oí farfullar.

No tuve tiempo de preguntarme para qué.

Nick se giró y me indicó que pasase. No debería hacerlo, en realidad no sabía quién era ese hombre, ese Nick casi mudo que dictaba órdenes.

«Tienes que hablar con él. No puedes volver a desaparecer sin más».

Entré en la sala de archivo y Nick entró detrás de mí. Cerró la puerta, el aire se desvaneció de mi alrededor. Estábamos solos, sí, a pocos metros de distancia había como mínimo veinte personas, por no mencionar que el despacho de mi padre se encontraba en el piso superior y que allí solía haber como mínimo cinco policías a todas horas. Pero en esa diminuta sala atestada de archivadores y con una ridícula mesa estábamos solos.

—Nick, yo...

—No digas nada —sonaba furioso, desconocido. Cerré los ojos y me preparé para escuchar sus reproches y sus acusaciones. Fueran las que fueran me las merecía.

Nick colocó las manos en mis hombros.

El corazón me volvió a latir, era la primera que me tocaba y era tan distinto, tan idéntico a lo que recordaba y a los sueños que no me habían abandonado en todos esos años... Mantuve los ojos cerrados, eran mi única protección. Nick me acercó a él, sentí que sus brazos me rodeaban y que me pegaba al torso. El calor de Nick no había cambiado, quizá ahora lo ocultaba tras un traje caro y una horrible máscara de frialdad, pero allí estaba. Los dedos de él se flexionaron en mi espalda.

¿Qué iba a hacer?

¿Iba a besarme? ¿A abrazarme? ¿A gritarme?

Nick agachó la cabeza, recorrió con la nariz y los pómulos mi pelo, respiró profundamente.

Me escocieron los ojos, los cerré con fuerza para que las lágrimas no se escapasen.

Nick siguió bajando, respirando despacio, arrebatándome el aliento, y detuvo la frente en el hueco de mi cuello. Apretó las manos en mi espalda, los brazos se cerraron a mi alrededor y no pudo disimular el escalofrío que le recorrió el cuerpo.

—Juliet —susurró mi nombre pegado a mi piel. Depositó un beso en el cuello igual que había hecho durante años cuando se negaba a besarme.

—Nick —sollocé. Me di cuenta de que estaba aferrada a su espalda, tenía la tela de la americana presa entre mis dedos y el rostro oculto en su camisa. ¿Qué había hecho? Recordé que mi padre me había dicho que tendría que aprender a vivir con las consecuencias de engañar a Nick sobre mi muerte, pero hasta ese instante no lo había hecho.

¿Qué había hecho?

Nick me abrazó mientras lloraba, cuando el llanto se convirtió en un susurro empezó a soltarme hasta aflojar los brazos del todo y dar un paso hacia atrás.

—Estás viva —fue lo primero que me dijo. Busqué su mirada, quería encontrar en ella alguna emoción, las sobras de la que sin duda le había impulsado a abrazarme y a hundir su rostro en mi cuello, pero no encontré nada.

—Sí.

—Sabes quién soy yo. No has estado enferma ni al borde de la muerte y te acuerdas de mí.

Recitó las opciones empíricamente, descartándolas. Seguía siendo un hombre lógico y deductivo y pensé que si había conservado ese rasgo tendría otros.

Levantó una ceja, esperaba una respuesta.

—Sé quien eres. No he estado enferma ni al borde de la muerte y me acuerdo de ti.

Los ojos de Nick estallaron por dentro, me recordaron a un volcán, solo que él no permitió que la lava se derramase y nos quemase. Ahora que le tenía cerca y que podía ver lo mucho que había cambiado no podía evitar preguntarme qué papel había jugado yo en ese cambio.

Nick no decía nada, no se movía.

—Tengo que irme —dijo entonces decidido.

Se dio media vuelta y abrió la puerta.

—Nick, espera. —Él se detuvo, pero no volvió a mirarme—. Quiero explicarte...

—Hoy no.

Oí que soltaba el aire, pensé de nuevo en ese lobo de Canadá, en cómo con apenas unos movimientos conseguía imponerse incluso sobre la naturaleza.

Nick abandonó la fiscalía, le observé mientras se alejaba por el pasillo y desaparecía. No me moví, sabía que en cuanto lo hiciera mis piernas dejarían de sujetarme y un llanto histérico abandonaría mis pulmones.

¿Qué había hecho?

¿Había sido yo la que había convertido al Nick soñador y valiente en ese témpano de hielo? Jamás lo había pretendido, me resultaba dolorosamente insoportable pensar que mi Nick había desaparecido y su lugar lo había ocupado aquel hombre. «Tendrás que aprender a vivir con las consecuencias».

¿Qué había hecho?

—Oh, Nick —sollocé—. Perdóname.

Cerré la puerta y me quedé en la sala hasta que pensé que

la cabeza me iba a estallar de tanto llorar. Había llorado a lo largo de los años, había llorado siempre que era el cumpleaños de Nick o el mío, o cuando veía algo que me recordaba a *Romeo y Julieta* o las noches que soñaba con nosotros. Había llorado y había dejado de llorar porque estaba convencida de que había hecho lo correcto: Nick y yo éramos imposibles, él necesitaba la libertad para hacer realidad sus sueños y yo jamás podría perdonarle que esa noche, la noche del baile, hubiese decidido matar a un hombre, porque esa era la verdad. Habíamos sido unos ingenuos al creer que juntos podíamos lograrlo.

Había hecho lo que tenía hacer, tanto la noche del baile del Saint Patrick como meses más tarde cuando le echaba tanto de menos que sentí la necesidad de ir a buscarle y confesarle lo que había sucedido. Entonces, ¿por qué sentía ese insoportable dolor en el pecho y tenía que clavar los pies en el suelo para no correr tras él? ¿Por qué?

Tenía que ir tras él.

Había sido una estúpida al dejarlo marchar sin explicarle la verdad, toda la verdad.

Me puse en pie y sin importarme no llevar abrigo salí corriendo de la sala. Choqué con mi padre y él me retuvo.

—¿Adónde vas con tanta prisa, Juliet? —me sujetaba por los brazos y al verme la cara añadió preocupado—. Dios mío, ¿qué te ha pasado?

—Es Nick. Nick está aquí.

Mi padre giró la cabeza en busca de Nick.

—¿Nick Valenti está aquí?

—Se ha ido, tengo que ir tras él.

—No puedes ir a ningún lado en este estado. Estás temblando. Si Nick Valenti está aquí, te ayudaré a encontrarle, pero ahora tienes que serenarte.

Asentí, me habría gustado soltarme y correr hacia la calle, pero no sabía cuánto rato había estado llorando en esa sala y lo más probable era que Nick se hubiese subido a un taxi y hubiese desaparecido. Papá me sujetó por el brazo y me guio con paso firme hacia su despacho. Antes de entrar le pidió a su secretaria que no nos molestase nadie, me sentó en la silla que había frente a su mesa y me sirvió un vaso de agua.

—Bebe un poco, estás muy pálida. —Él se quitó el abrigo y el sombrero y los colgó en el perchero. Después caminó hasta la mesa y se apoyó en ella mirándome—. Cuéntame qué ha sucedido.

—Nick ha venido a la fiscalía —sonaba poco importante, surrealista—. Ha entrado como si nada, como si fuese un abogado más, se ha acercado a mí y me ha pedido que le siguiera.

—¿Nada más? —Papá tenía los brazos cruzados, le había visto así cientos de veces, siempre que hablaba con otro abogado o interrogaba a un testigo.

—Hemos salido al pasillo y hemos entrado en la sala de archivo. No me ha dicho nada, papá. No ha sucedido nada.

—¿No ha sucedido nada?

No podía contarle a papá que Nick me había abrazado como cuando teníamos dieciséis años y que yo me había derrumbado en sus brazos de lo culpable que me sentía.

—Me ha preguntado si le reconocía y si sabía quién era y se ha ido después de que se lo confirmase.

—¿No te ha pedido ninguna explicación?

—Yo quería dársela, pero él no me ha dejado. Ha dicho «hoy no» y se ha ido.

Mi padre escudriñó mi mirada en busca de lo que escondía. No consiguió encontrarlo y se apartó preocupado.

—Temía que este día fuese a llegar.

—Han pasado ocho años, Nick creía que yo estaba muerta. Vivo en otra ciudad, no tenemos nada en común. Se suponía que no volvería a verle nunca.

Se suponía que había hecho lo correcto.

—Vuestras vidas tienen más en común de lo que crees, Juliet.

El tono de voz de papá me inquietó, el sudor me cubrió de nuevo la espalda y me cogí las manos para evitar que temblasen.

—¿Qué quieres decir? ¿En qué sentido?

Mi padre abrió el cajón central de su escritorio y sacó una carpeta de color marrón. La dejó encima de la mesa, la golpeó con dos dedos y tomó una decisión. La empujó hacia mí con el rostro serio.

—Ábrela.

No quería hacerlo, aflojé las manos y levanté una hacia la solapa doblada de cartón. Estaba llena de papeles, de informes, de fotografías. No podía entenderlo, lo único que veían mis ojos era a Nick.

—¿Qué es esto?

—Esto es toda la información que tenemos sobre Nick Valenti.

—No lo entiendo —Estaba aturdida, mi mente no conseguía recuperarse de haber visto, oído y tocado a Nick—. ¿Por qué tienes esto? ¿Desde cuándo? ¿Por qué no me lo habías dicho?

—Desde que volvimos a instalarnos en Chicago y seguí con la operación de Anderson. No te lo había dicho porque después de ese invierno en Canadá nos prohibiste hablarte de Nick y de lo que había sucedido en Nueva York. Aunque no nos lo hubieras prohibido, tu madre y yo decidimos que no debías saber esto.

—¿Mamá está al corriente?

—En parte. Los dos coincidimos en que habías tomado la decisión acertada al alejarte de Valenti. Aunque no aprobamos cómo lo hiciste, entendemos que fueron unos días muy difíciles para ti. No queríamos que volvieras a pasar por lo mismo.

Me resbaló una lágrima por la mejilla y me fijé en una fotografía, la primera de todas. En ella se veía a Nick dentro de Verona hablando con dos hombres; solo le había visto dos veces, pero estaba casi segura de que uno de ellos era el señor Belcastro, el propietario de la librería.

—¿Qué significa todo esto? ¿Por qué seguías a Nick?

—No seguíamos a Nick. —Mi padre se inclinó hacia delante y señaló al tercer hombre que aparecía en la fotografía—. Le seguíamos a él, Luciano Cavalcanti.

Se me heló la sangre, no había nadie en Chicago ni en Estados Unidos que no hubiese oído a hablar de Luciano Cavalcanti.

—No... —Bajé la vista en un intento de contener las lágrimas.

—Nick empezó a trabajar para Luciano Cavalcanti pocos días después de la noche del baile de Saint Patrick.

—Dios mío.

—Nunca le han arrestado. En realidad nadie parece saber qué papel desempeña exactamente Nick dentro de la organización de Cavalcanti.

«La organización de Cavalcanti».

Giré la fotografía y vi una hoja llena de anotaciones policiales, un informe de seguimiento. Había visto bastantes en casa para reconocerlos a simple vista.

—¿Por qué me lo enseñas ahora?

—Cavalcanti está en Chicago. El sindicato va a reunirse en un hotel para decidir quién va a estar al mando ahora. Cada vez nos resulta más difícil atraparles, tienen abogados, contables, asesores de toda clase. Sus vendettas son cada vez más sofisticadas y han aprendido a no traicionarse entre ellos. Nick Valenti no está aquí por casualidad.

—¿Crees que Nick ha... que él ha... que no está aquí por mí?

No tenía derecho a sentirme dolida, aunque a mis lágrimas no les importaba.

—No lo sé. Lo cierto es que Valenti jamás se ha relacionado directamente con las familias, nadie ha podido acusarle nunca de nada ilegal, pero todas nuestras fuentes apuntan a que es la mano derecha de Cavalcanti.

—¿Nick es un gánster?

Había sobrevivido a su ausencia imaginándome que Nick era feliz en San Francisco diseñando puentes o en Boston casado y con niños y trabajando de ingeniero. Había matado nuestro amor porque no quería que Nick tuviese que saldar cuentas con nadie, no quería que quedase atrapado en las redes de Silvio.

El destino se había reído de mí y me había atravesado con la misma puntería que lo había hecho esa bala y con mejor resultado.

—Dejando a un lado a Luciano Cavalcanti, Nick es probablemente el gánster más respetado y peligroso de Nueva York.

—¿Nick es peligroso? ¿Qué ha hecho?

—No lo sabemos y eso es precisamente lo que le hace peligroso. Tenemos informes detallados de todos los miembros de todas las familias de la Mafia, de Valenti solo tenemos esta carpeta.

La cerré, no quería seguir leyéndola.

—Quizá no haya hecho nada.

—¿Y sin hacer nada se ha convertido en la mano derecha de Cavalcanti? Ese hombre, Cavalcanti, no confía en nadie y sin embargo tenemos decenas de fotografías de Nick entrando y saliendo de su casa, acompañando a su sobrina Siena a todas partes.

Apreté los dedos.

—¿Por qué me cuentas esto ahora? Dices que mamá y tú decidisteis que estaba mejor sin saberlo.

—Si Valenti está en la ciudad, seguro que está hospedado en el Drake.

—¿Me estás pidiendo que vaya a verle?

—Anderson está convencido de que la reunión de Chicago va a ser importante. Tiene la teoría de que Cavalcanti quiere retirarse y que ha venido a negociar su salida del sindicato. Mira, no voy a ser yo el que defienda a un gánster, pero con Cavalcanti al mando los asesinatos han descendido. No sabemos quién va a sustituirle o si le dejarán irse. Es un momento muy delicado, cualquier rifirrafe puede causar una guerra.

—Y crees que Nick puede ser el sustituto de Cavalcanti.

—No lo sabemos. Quizá el resto de familias no estén dispuestos a aceptarlo. Pero si lo es y si lo aceptan...

—Quieres saber qué pretende.

—Exacto. Podríamos poner fin a todo esto, Juliet.

—No puedo hacerlo, no puedo.

—Anderson y yo llevamos años detrás de esto. No correrás ningún peligro. Eres mi hija, jamás dejaré que te suceda nada malo. Solo tienes que ir a hablar con él.

—No. No puedo.

—Tú estabas en el bar de los irlandeses, viste esa matanza. Dios, Juliet, si estuviste a punto de morir. —Odiaba que mi padre fuese tan buen fiscal, que se le diera tan bien localizar los puntos débiles de sus adversarios. Odiaba ser uno de ellos—. En Canadá nos contaste lo que había sucedido entre Valenti y tú, nos dijiste que Nick —utilizó su nombre adrede y funcionó— no quería formar parte de la Mafia y que esta acabó atrapándole.

—No puedo, papá.

—Solo tienes que ir a hablar con él. No permitas que la historia de Nick o la tuya se repita.

Maldito fuera.

Cerré los ojos y recordé las noches que Nick y yo nos

habíamos pasado hablando en la ventana de mi dormitorio, en los castillos que habíamos construido en el aire, en esos sueños que la Mafia, personificada en Silvio y en esa horrible noche, había destruido.

—Iré al hotel —accedí—, pero si Nick no está allí o si no quiere hablar conmigo se acabó.

—De acuerdo. No te pasará nada, Juliet. Te lo prometo. No correrás ningún peligro.

Papá se equivocaba, iba a correr el mayor peligro de toda mi vida.

CAPÍTULO 18

Nick

Partí hacia Chicago justo después de hablar con Toni y de asegurarme de que la sobrina del señor Cavalcanti no iba a correr ningún peligro. No me gustaba dejar Nueva York con el crimen de Emmett sin resolver, pero confiaba en mis hombres y aunque no estuviera dispuesto a reconocerlo también en Jack.

Durante el viaje me obligué a recordar que yo ya no era el chico de dieciocho años que se había sentido dolido y traicionado porque su mejor amigo había decidido largarse de Little Italy y convertirse en policía, ni el chico de veinte que se había enamorado perdidamente de una chica a la que apenas había besado. Tampoco era el chico que había visto morir al amor de su vida por su culpa ni el que había tenido que aprender a vivir con un sentimiento de culpabilidad tan sobrecogedor que la gran mayoría de días le impedía incluso respirar.

No, ya no era ninguno de ellos.

Jack había vuelto a Little Italy con una placa de detective

en el bolsillo al lado de nuestra maldita moneda y me había mirado como si aún me considerase su amigo. No, joder, su mejor amigo. ¿Acaso creía que yo era tan estúpido como para creérmelo?

En cuanto a Juliet, ni mi mente ni mi corazón, o lo que quedaba de él, estaban preparados para asumir que ella estaba viva y en Chicago. ¿Qué había pasado esa noche en el bar de los irlandeses? Yo había disparado, eso jamás podría olvidarlo, y la había visto herida en el suelo, sangrando, pálida y sin apenas aliento. ¿Por qué me habían dicho que había muerto? ¿Por qué?

Llegué a la fiscalía, pensé que era extraño que precisamente yo estuviese allí. Sabía que la policía de Nueva York llevaba años siguiéndome y espiándome en busca de alguna excusa para arrestarme e interrogarme y no tenía ninguna duda de que les encantaría saber que me había presentado por voluntad propia en una de las fiscalías más duras del país. Sonreí al cruzar el umbral, Anderson sabría apreciar el gesto si alguna cámara estuviese allí para captarlo. Yo no había vuelto a ver al capitán de cerca, ahora superintendente, pero tenía el presentimiento de que él jamás había dejado de observarme.

Entré en la sala donde me indicaron que se encontraban todos los ayudantes. «La señorita Murphy está allí. Ha empezado hace poco», me había dicho el agente de policía que atendía la entrada. Mi cerebro insistió en que no podía ser ella, todo tenía que ser una cruel coincidencia. Había miles de Murphy en Estados Unidos y Juliet tampoco era un nombre tan peculiar, y seguro que había sido un malentendido eso de que era hija del fiscal Murphy. A pesar de que todas las empiezas encajaban con fluidez, me negué a creerlas. Hasta que la vi.

Vi sus ojos y recordé que mi universo habitaba en ellos.

Ella no corrió a mis brazos, ni siquiera se movió. Y me

dolió. Me dolió demasiado. Juliet parecía asustada pero no sorprendida. Ella me reconoció. Cuando dijo mi nombre estuvieron a punto de fallarme las rodillas, y pareció entender a la perfección mi reacción al verla.

Salí de allí y le ordené que me siguiera. No fui capaz de desarrollar ninguna frase más elaborada o de justificar mi petición. No conocía ese edificio, pero en algún lugar tenía que haber un despacho vacío en el que pudiéramos estar a solas. La oí caminar detrás de mí, se me erizó la piel de la espalda y tuve que clavarme las uñas en las palmas de las manos para no girarme y cogerla en brazos.

«Ella no había corrido a mis brazos».

En los pocos metros que recorrí de ese pasillo pude entender que Juliet sabía que yo la creía muerta. Ella no era la víctima de ningún engaño. Si sus padres nos hubiesen separado cruelmente, ella habría corrido a mis brazos. No, ella no era ninguna víctima.

Yo sí.

La bilis me subió hasta la garganta, tenía un sabor tan amargo como ahora lo adquirirían mis recuerdos. ¿Juliet se había reído de mí, de nosotros? ¿Qué error mío había sido tan grave para castigarme con su muerte?

Vi la salida del edificio ante mí, quise ponerme a correr y salir de allí, olvidarme de que ella estaba allí y seguir creyéndola muerta. No pude, no fui lo bastante fuerte. Abrí la puerta que tenía a mi derecha, conducía a una sala pequeña repleta de archivadores con una simple mesa y una silla en el medio. Apenas había espacio e iba a ser una tortura estar allí encerrado con Juliet, aun así me sometí voluntario a ella.

Iba a gritarle, a recriminarle el daño que me había hecho, a exigirle una explicación. Pero, cuando cerré la puerta, el aire, la luz, yo… desaparecieron y solo quedó Juliet. La abracé igual que había hecho tantas veces, igual que la había echado de menos hasta que los brazos me habían dolido. Pensé que tal vez ella ya no encajaría conmigo.

Encajó con la misma facilidad que lo había hecho siempre. Fue cruel y doloroso. Desconocía el porqué, pero en mis entrañas sentí que había sido decisión de Juliet hacerme creer que había muerto tras ese disparo. ¿Tanto me odiaba? ¿Tanto daño necesitaba hacerme?

Ella me había destrozado y yo quería besarla. Me negué, me dije a mí mismo que tenía que conservar esa distancia, tenía que conservarla. Agaché la cabeza y la hundí en ese hueco del cuello que siempre me había pertenecido y había considerado mi refugio.

Juliet me abrazó y se puso a llorar.

¿Por qué?

Ella habría podido eliminar el dolor en cualquier momento, habría podido ir en mi busca y sacarme del infierno. No se había defendido, no me había pedido perdón. Me había mirado con tantos remordimientos y culpabilidad que no había hecho falta que confesase para que yo supiera la verdad.

Susurró mi nombre, las lágrimas traspasaron la tela de la camisa. Tenía que soltarla, tenía que irme de allí y alejarme de ella antes de que me pidiese algo, cualquier cosa, y yo se lo diese. Su muerte me había convertido en lo que era y en lo que no podía ser jamás; ella podría haberme salvado y eligió no hacerlo.

Me fui, mi mente no quería verla, oírla, tenerla tan cerca que mi piel podía sentirla. Mi corazón estaba desesperado por recuperarla a cualquier precio. Ya había pagado uno demasiado alto.

Me fui y ella no intentó seguirme. Como un estúpido, esperé que lo hiciera, algo imposible cuando ni siquiera me había pedido perdón.

Llegué al hotel Drake, el señor Cavalcanti se alojaba allí

y lo cierto es que no se me ocurrió ir a otro lugar. Subí a su habitación y golpeé la puerta con los nudillos. La voz de Marco, uno de los hombres que había acompañado al señor Cavalcanti en ese viaje me contestó.

—Soy yo, Valenti. Abre.

—¿Valenti? —Oí el asombro y no me ofendió que me preguntase la clave que habíamos establecido para evitarnos sorpresas.

—Has hecho bien, Marco —lo saludé al entrar—. Me habría preocupado si me hubieras abierto sin más.

—¿Qué estás haciendo aquí, Valenti? —Cavalcanti salió del dormitorio. Marco y yo estábamos hablando en el pequeño salón que lo precedía—. ¿Le ha sucedido algo a Siena?

Me acerqué a él para tener cierta intimidad y porque sabía que Luciano solo se tranquilizaría si me veía los ojos.

—Siena está bien. No ha sucedido nada. El detective que se ocupa de la muerte de Emmett es bueno —me sorprendí diciendo—, es Jack Tabone.

—¿Tu amigo de la infancia? —Cavalcanti estaba al tanto de mi historia con Jack—. ¿Ha vuelto a Little Italy? Su elección no será casualidad, créeme.

—Por supuesto que no, pero Jack es listo y, aunque no me gusta reconocerlo, honesto. Seguro que intentará averiguar algo más que quién mató a Emmett, pero no nos atacará por la espalda.

—¿Tan seguro estás de él? Hacía diez años que no le veías. —Caminamos hasta la ventana de la habitación, había un mueble con botellas de whisky y Cavalcanti llenó dos vasos.

—Cuando Jack se fue, nos dijo la verdad. Habría podido desaparecer sin decir ni una palabra, y sin embargo se enfrentó a Sandy y a mí. —Me froté la nuca, odiaba recuperar ese tic nervioso—. Y a lo largo de estos diez años ha mantenido una promesa.

—Ah, esa moneda, la que tenéis cada mes uno de vosotros. Eres un sentimental, Valenti.

Joder si lo era.

—Jack investigará el caso y Siena no correrá ningún peligro.

—Entonces, ¿a qué has venido? Las familias no se han tomado nada bien mi decisión de dimitir y de dejar este mundo, pero es imposible que hayan tenido tiempo de organizar alguna represalia.

—Juliet.

—¿Juliet? —Cavalcanti se apartó el vaso y levantó las cejas—. ¿Tu Juliet?

—Está viva.

—Voy a servirnos otra copa.

—Juliet está viva, acabo de verla. Trabaja en la fiscalía como ayudante.

Cavalcanti sonrió.

—¿Has ido a la fiscalía? Me habría gustado ver la cara del fiscal Murphy cuando te ha visto entrar. Toma, bébete esto, parece que hayas visto un fantasma.

—Y así ha sido. Gracias. —Vacié la segunda copa.

—Dios santo, ¿cómo la has encontrado?

—Fui a casa de Emmett, busqué entre sus cosas, a ese hombre le gustaba guardarlo todo, tomar notas, recortar noticias, tenía carácter de anticuario. —El recuerdo de Emmett se instaló cómodamente en mi estómago y me reconfortó—. El asesino le conocía, estoy seguro, degollar a alguien es muy personal, así que pensé que podría ser buena idea empezar por el dormitorio de Emmett. Además, no quiero que Jack encuentre ciertas cosas, me he llevado toda la documentación a mi casa.

—Bien hecho, no sabía que Emmett guardaba tanta información.

—Nada de lo que debamos preocuparnos. Emmett era muy críptico. —Me serví una tercera copa—. Algún día tendrás que contarme qué hacía exactamente Emmett para ti.

—Emmett era mi amigo. —No le gustó que le cuestionara el papel de Emmett. En parte era comprensible, le había visto responder del mismo modo cuando alguien le preguntaba por el mío—. ¿Emmett sabía que Juliet estaba viva?

—No lo creo. —Bebí—. No, estoy seguro de que no. Emmett tenía guardado unos recortes, una noticia en la que decía que Niall Murphy había vuelto a Chicago como fiscal general de la ciudad. En el artículo decía que su mujer y su hija volvían con él a la ciudad, nada más. Me imagino que a Emmett se le pasó por alto.

Necesitaba creer que Emmett no me habría traicionado de esa manera.

—Pero a ti no, a ti no se te pasa nunca nada por alto.

Hice caso omiso del cumplido porque en realidad no lo era tanto.

—Descolgué el teléfono sin pensar y pedí a la operadora que me pasase con Murphy en Chicago. —Me froté la nuca—. No sé qué le habría dicho si me hubiese contestado, estaba aturdido. La operadora me dijo que el fiscal no contestaba y me ofreció dirigir mi llamada a la señorita Murphy, le dije que sí. Mientras esperaba me dije que no sería ella, hasta que oí su voz.

—Y lo dejaste todo y viniste hacia aquí.

—Antes me aseguré de hablar con Toni y de que todo estuviese bajo control.

—No te estoy recriminando nada, Nick. —Cavalcanti se acercó a mí y me apretó el hombro. El gesto, junto a mi nombre, delató su preocupación—. Confío en ti.

—No deberías. —Dejé el vaso y me sujeté la cabeza entre las manos—. Voy a volverme loco.

—No. Lo crees, pero no. Saldrás de esta, Nick. —Volvió a apretarme el hombro—. Igual que lo hiciste hace años. ¿Qué vas a hacer?

—No lo sé.

Oí que Cavalcanti se alejaba y hablaba con Marco. Cerré los ojos e intenté decidir si preferiría no haber llamado y seguir creyendo que Juliet estaba muerta. No pude.

—Le he dicho a Marco que vaya a pedir otra habitación. Subirá enseguida. Quédate aquí esta noche o unos días si lo crees necesario.

—Gracias.

Nos quedamos en silencio hasta que Marco regresó con una llave en la mano.

—Aquí tienes, Valenti. Les he dicho que te suban la maleta que tienes en el coche.

—Gracias.

No me sorprendió que Marco supiera de la existencia de mi maleta. Yo les decía a mis hombres que estuvieran preparados en cualquier momento. Yo había crecido odiando a la Mafia y nunca la defendería pues era consciente del daño que había causado, pero lo que yo había encontrado con Luciano Cavalcanti me había salvado la vida cuando lo único que quería era morir.

—Ve a tu habitación, Nick —Cavalcanti me quitó el vaso de entre las manos—. Descansa un poco. Hablaremos más tarde.

Me levanté y me fui. Estaba cansado. Iba más allá de lo físico, solo quería cerrar los ojos y no pensar en nada durante unos minutos.

La habitación cuya llave me había entregado Marco estaba tres puertas más allá de la del señor Cavalcanti. Abrí y me dirigí al mueble bar para servirme otro whisky mientras me aflojaba la corbata.

Quería dormir, Dios santo, no recordaba la última vez que había dormido. Había conducido prácticamente sin parar y al llegar a Chicago había ido directamente a la fiscalía. Bebí ese whisky, el cuarto, los párpados me pesaban y me dolía todo el cuerpo. Llevaba más de treinta horas despierto y conduciendo, torturándome con imágenes de Juliet.

Llamaron a la puerta. La abrí sin pensar y sin mirar.

—Deja la maleta y cierra la puerta.

Estaba de espaldas, no quería ver a nadie y prefería que el botones no me viese en ese estado. Oí el clic y deduje que estaba solo.

—Hola, Nick.

Había bebido demasiado, era imposible que ella estuviese allí y, sin embargo, mi piel la había sentido.

—¿Qué haces aquí?

Caminé hasta la ventana, no quería girarme y enfrentarme a ella, pero sí quería verla y el reflejo del cristal me permitía espiarla. Estaba preciosa y seguía asustada y sintiéndose culpable. Esos ochos años la habían cambiado, aunque no lo suficiente para que yo no pudiese reconocerla. Era mi Juliet al fin y al cabo. Llevaba el pelo un poco más corto y las pecas del rostro estaban ocultas tras una suave capa de maquillaje. Los ojos eran aún más claros y en ellos brillaba una luz distinta a la que yo recordaba, más compleja, con más tonos y también sombras. Llevaba un vestido verde y un abrigo marrón, y apretaba nerviosa las manos.

—¿Cómo me has encontrado? —le pregunté. Ella seguía callada. En cualquier momento se daría media vuelta y se iría, parecía a punto de perder la calma.

—Mi padre.

—El fiscal sabe dónde me hospedo, ¿debería sentirme halagado?

—No.

Cada sílaba que salía de sus labios empeoraba mi estado, pues mi cuerpo recordaba lo que era tenerla cerca. No podía hablar con ella, tenía que mantenerme alejado de Juliet hasta que supiese qué iba a hacer. Era lo más sensato. Sin embargo la sensatez me importaba una mierda en aquel instante.

Juliet se humedeció los labios, estaba nerviosa. Yo vi el gesto y mi cuerpo se tensó. El deseo que nunca nadie conseguía despertar en mí iba a doblegarme si no hacía algo. Tenía que sacarla de allí cuanto antes.

—¿A qué has venido?

Ella me mentiría y a mí me dolería, y entonces sería capaz de abrir la puerta y pedirle que se fuera.

Juliet me miró a través del reflejo de la ventana, abrió los ojos y separó los labios como si le costase respirar tanto como a mí. Yo reconocía el deseo y no era solo eso lo que había en sus ojos.

«Date la vuelta y vete».

—Mi padre me ha pedido que viniera a hablar contigo e intentase averiguar qué pretende tu jefe.

—¿Mi jefe?

La había entendido perfectamente y me había sorprendido su desfachatez, y me había puesto furioso que ese fuese el motivo de su visita. Mejor. «Exígele que se vaya». Pero ella seguía mirándome de esa manera, movía los ojos por mi rostro, hambrienta de cualquier reacción y a mí me quemaba la piel solo con esa inexistente caricia. Mantuve la mirada fija en ella buscando cualquier reacción y las que iba encontrando me confundían y excitaban; ella no dejaba de humedecerse los labios, el pulso que le latía en el hueco del cuello que quedaba al descubierto entre el escote del abrigo se le había acelerado. Los ojos, esos ojos, se movían nerviosos por encima de mí.

—El señor Cavalcanti.

—¿Ahora haces siempre lo que te dice tu padre?

Ella ladeó la cabeza ofendida pero no se movió ni dejó de observarme. Tenía que parar, de lo contrario terminaría suplicándole que me tocase.

—No.

—¿Solo has venido por eso, para saber qué pretende hacer Cavalcanti?

—Tú... —tragó saliva—... tú trabajas para él, para Cavalcanti.

—No exactamente.

—¿Por qué? Tú odias la Mafia, juraste que jamás serías uno de ellos.

Ah, no, eso sí que no iba a permitírselo. Si quería acusarme de haberla decepcionado iba a hacerlo mirándome de verdad a mí y no a mi reflejo. Giré despacio y caminé hacia ella con lentitud porque quería saborear ese momento, aprovechar cada paso para mirarla de arriba abajo y detectar cada diferencia.

—Juré muchas cosas, Juliet y mis juramentos ya no son asunto tuyo. Ya no.

Di otro paso, me detuve a punto de rozarla. Ella dio un paso hacia atrás y la espalda chocó contra la puerta. Podía irse si quisiera yo. Aunque tuviera que golpearme la cabeza contra la pared para detenerme, no iría tras ella.

—Nick...

Se humedeció los labios de nuevo y el pecho le subió apresuradamente. No sabía qué hacer con las manos y el bolso que había sujetado a modo de escudo golpeó el suelo.

—Dime, Juliet, ¿tú qué juramentos has incumplido?

—Yo... no

Levanté la mano derecha y la apoyé en la pared al lado de Juliet, ella respiró y cerró los ojos un segundo. Vi que le temblaba el pulso y que flexionaba los dedos. Quería tocarme, quizá me odiaba por un error que yo había cometido sin saberlo y quizá en esos ocho años jamás había pensado en mí, pero en ese preciso instante Juliet Murphy quería tocarme. Y yo estaba lo suficiente borracho para permitírselo.

—Dime, ¿qué quiere saber tu padre, el señor Fiscal?

Levanté la mano izquierda y la coloqué al otro de la cabeza de Juliet. Estiré los brazos para apartarme un poco, ella pareció respirar mejor, volví a acercarme. Me acerqué tanto que mi camisa rozó su abrigo. Tal vez ella no pudiera respirar y hubiera empezado a temblarle el pulso, pero yo tenía la espalda cubierta de sudor y una erección que incluso dolía.

«Apártate, Nick».

—Mi padre... no he venido solo porque mi...

Pegué el torso al de ella. Mis antebrazos le rozaban los hombros y el pelo. Era insoportable, podía ver cómo una pequeña gota de sudor se formaba en la nuca y resbalaba.

—¿Sí?

Ella levantó una mano y la colocó en la cintura de mi pantalón. A pesar de la tela y del cinturón sentí la reacción en mi piel. Joder, la sentí entre mis piernas y tuve que apretar los dientes para contenerla. Juliet soltó el aliento, como si tocarme, aunque fuese solo un poco, la tranquilizase.

—¿Qué está pasando, Nick?

Me eché un poco hacia atrás para mirarla, esa voz, esa inocencia era de antes, no de ahora. El antes no tenía cabida en ese instante. Ella había confesado y había dicho que estaba allí porque su padre, el fiscal general de Chicago, le había pedido que fuese a sonsacarme información.

Volví a acercarme a ella y esta vez dejé que todo mi cuerpo se pegase al suyo. No lograría ocultar mi erección aunque lo intentase y no quería intentarlo. Quería que Juliet supiese exactamente la clase de reacción que me estaba provocando.

A ella se le escapó un gemido al sentirla y el deseo me nubló la mente.

¿Qué estaba haciendo?

Me daba igual. Lo único en lo que podía pensar era en esa mujer que tenía delante. La única a la que había amado y que me había roto el corazón.

—Nick...
—¿Sí?

Moví una mano hasta apartarle el pelo y al rozarle el pómulo con los nudillos Juliet intentó contener un suspiro. Fracasó.

—Creo que... yo...
—¿Deberías irte?
—Sí.
—Pues vete.

Bajé los dedos por el cuello y ella cerró los ojos y apoyó la cabeza en la puerta al mismo tiempo que me sujetaba con la otra mano también por la cintura.

—¿Quieres irte o quieres que siga?
—Yo...

Se mordió el labio inferior y apretó los dedos encima de mi camisa. La atraje hacia mí, apoyé los muslos en los suyos y ella tembló de la cabeza a los pies.

—No te retendré, Juliet.

Busqué los botones del abrigo y empecé a desabrocharlos. Ella se iría, estaba seguro, y me estaba comportando como un cerdo jugando con ella de esa manera, por no decir que a mí me estaba torturando, pero quería ver hasta donde estaba dispuesta a llegar por seguir las órdenes de su padre.

«Quieres estar con ella y eso es solo una excusa».

Separé los botones del abrigo y guie la mano izquierda hasta sus pechos, jamás había sido tan atrevido con ella. Ocho años atrás la había deseado con locura y con todo mi corazón, había soñado cientos de veces con ella, con cómo sería su precioso cuerpo, pero jamás me había atrevido a dar ese paso. Quería que fuese mágico, tanto como ella, quería darle el universo.

Ahora la deseaba como un animal, sin pensar en el antes ni en el después ni siquiera en el porqué. La deseaba.

La necesitaba.

Juliet arqueó la espalda y gimió. Separó una pierna y consiguió que nuestros cuerpos encajasen de una forma más completa.

—Aún puedes irte, Juliet.

Tiró de la camisa hasta colocar su mano debajo y poder tocarme la piel. La miré, jamás me había imaginado ese momento así, y vi que tenía los ojos cerrados.

—Abre los ojos y mírame, Juliet.

No podía hacer eso con ella, no podía arrastrarla hacia algo que ella no deseara.

—Nick, yo...

Ella movía insegura la mano por mi espalda, acariciaba la curva que conducía a mis nalgas porque la camisa le impedía moverla hacia arriba o, gracias a Dios, hacia abajo. Apreté la mano que tenía en su pecho y los dos nos estremecimos. Nuestras miradas se encontraron y supe que ni ella ni yo podíamos retroceder.

Bajé la mano por el torso de ella, seguí por el muslo y al llegar al extremo de la falda empecé a capturar la tela entre mis dedos. Agaché la cabeza, me moría por besarla, por volver a sentir en los labios ese sabor con el que llevaba años soñando.

—No —pronunció ella con voz firme a pesar de estar impregnada de deseo.

—¿No?

Al parecer Juliet era mucho más fuerte que yo, algo que no debería sorprenderme teniendo en cuenta que me había hecho creer que estaba muerta por mi culpa, y sí podía hacer retroceder o detener lo que nos estaba sucediendo.

Aflojé los dedos y la tela del vestido volvió a caerle hasta las rodillas. Respiré profundamente dispuesto a apartarme, pero entonces ella me sujetó con fuerza por la cintura. Arqueé una ceja y la miré.

—No me beses.

Y yo que había creído que ya nada de lo que pudiese hacerme esa chica podía hacerme daño. Tendría que apartarla de la puerta, abrírsela y echarla de allí diciéndole exactamente lo que pensaba de ella y de sus reproches sobre las decisiones que había tomado sobre mi vida cuando ella, la única persona a la que yo amaba, había muerto. Por mi culpa.

Pero no lo hice. Me justifiqué diciéndome que estaba cansado, que llevaba demasiado tiempo solo, que había bebido demasiado. Incluso me dije que me lo merecía por lo que ella me había hecho. La triste realidad era que en lo que se refería a Juliet estaba dispuesto a conformarme con cualquier cosa que ella me diese. Cualquier migaja, aunque me arrebatase el orgullo y el alma que me quedaba, sería un festín para mi cuerpo, que llevaba una eternidad sin ella.

—No quieres que te bese —repetí a modo de pregunta para asegurarme—, pero lo demás...

Volví a levantarle la falda y deslicé una mano debajo, le acaricié el muslo y sentí que la piel cambiaba a mi paso. Tenía que tocarla, tenía que estar más cerca de ella.

—Nick... por favor.

Agaché la cabeza y cuando ella giró el rostro hacia el otro lado para esquivarme quise gritar, pero me conformé con morderle la piel que tenía debajo la oreja y seguir acariciándola por debajo de la falda del vestido.

—No te besaré, tranquila. Tampoco iba a hacerlo —añadí porque quería que sintiera ese rechazo.

Juliet gimió y sacó las manos de debajo de mi camisa para empezar a desabrocharme los botones. Me consolé y me dije que, si quería tocarme, era que una parte de ella también me había necesitado todos estos años. Aunque solo hubiese sido su cuerpo. Decidí seguir su ejemplo. Si no iba a poder besarla en la boca, quería estar cómodo para poder recorrerle el resto del cuerpo con los labios. Decidido, le quité el abrigo, que cayó detrás de ella. Ella me miró sorprendida y durante unos segundos vi un brillo suspicaz en su mirada, ¿lágrimas? ¿Deseo? No quería pensar en ello y no quería que ella pensase en ello. Volví a agachar la cabeza y le besé el cuello un segundo igual que había hecho hacía años.

Ese fue mi último gesto delicado.

CAPÍTULO 19

Nick

Levanté la tela del vestido y mis dedos recorrieron torpes e impacientes el extremo de las medias, solté el liguero y al acariciar la piel desnuda pensé que era mi final. Juliet tenía la piel suave, tersa. Ella temblaba tanto como yo y, cuando subí la mano hasta llegar a su cintura, pero esta vez sin ropa de por medio, mi nombre escapó de sus labios.

—Nicholas...

Moví la mano, necesitaba saber si ella estaba tan excitada como yo. Durante un horrible segundo me pregunté si ella había estado así con alguien, si esas preciosas piernas habían temblado de placer por otro hombre y si el nombre de él, de ese desgraciado, también había temblado en el aire y había amenazado con ponerle de rodillas como me estaba sucediendo a mí. Me daba igual.

En aquel instante me daba completamente igual.

La necesitaba y ella también a juzgar por cómo su cuerpo respondía al mío.

Coloqué la mano encima de su sexo sin apartar la delicada prenda que lo cubría. Ella se estremeció, noté el calor en mi piel a pesar de la pequeña barrera, y las caderas de Juliet se apartaron de la pared en busca de más caricias.

Dios mío, ni siquiera la había tocado de verdad y ese encuentro ya era el más sensual de mi vida. Iba a soñar con esto durante el resto de mi maldita vida.

Abrí la boca y le mordí el cuello, estaba furioso porque me escocían los labios de las ganas que tenía de besarla. Al parecer Juliet no tenía ningún reparo en sentirse atraída por mí o en utilizarme para conseguir información para su padre o para satisfacer su deseo. Pero yo no era lo bastante bueno para besarla.

La odié, pero a mí me odié más porque estaba dispuesto —desesperado— a conformarme con eso.

La mordí y cuando ella gimió y se excitó bajo mi mano aparté los dientes para pasar la lengua por la marca que estos habían dejado. Después, deposité un beso justo encima y fui recorriendo con besos la clavícula hasta llegar al escote. Los botones del vestido eran un estorbo, aparté la mano que aún tenía en la pared y empecé a tirar de ellos. Besé la piel que iba quedando al descubierto y ella, casi imperceptiblemente, como si no pudiera evitarlo, arqueó la espalda persiguiendo mis dedos y mis labios.

—Oh, Dios mío —susurró.

—Él no está aquí —respondí antes de deslizar los dedos por encima del sujetador de encaje—, yo sí. Tócame.

Ella aguantó la respiración y durante un instante pensé que no iba a hacerlo y me pregunté si yo sería capaz de seguir adelante, de seguir dándole placer sin recibir nada a cambio como si yo no importase.

No, no iba a poder hacerlo.

Deposité un beso encima del pecho, coloqué los labios en su piel, justo donde acababan las puntas del sujetador y la piel blanca de Juliet cubría su corazón. Iba a alejarme, era mi despedida. Entonces sentí su mano encima del pantalón, encima de la erección que estaba a punto de doblarme por la mitad de lo dolorosa que era.

Gemí.

Gemí desde lo más profundo de mi garganta y moví las caderas con descaro buscando la presión de la palma de Juliet. Ella lo entendió y me lo concedió.

¿Qué estaba sucediendo?

Abrí los labios y capturé entre ellos el pecho de Juliet al mismo tiempo que ella sujetaba mi sexo por encima del pantalón. La ropa, aunque seguía presente, era como si no existiera y pensé que era una suerte que tuviese esa barrera porque de lo contrario yo ya habría terminado. La bruma de deseo se volvió más espesa, mi cerebro intentaba susurrarme advertencias que caían en saco roto, pues mi cuerpo y la culpabilidad que lo había dominado durante los últimos ocho años tomaron el control.

«Te ha hecho creer que la habías matado».

«La tienes entre tus brazos temblando por tus caricias».

«No te deja besarla».

«Tienes que tocarla».

Le besé el pecho, la piel de Juliet estaba caliente y podía sentir cómo se le aceleraban los latidos. Aún tenía mi mano en su entrepierna, presionaba con los dedos con delicadeza.

—¿Qué me está pasando, Nick?

La miré, tenía los ojos abiertos y oscuros por el deseo, un mechón de pelo pegado en la frente y los labios entreabiertos.

Estaba preciosa, confusa, excitada.

—¿Notas como si quisieras arrancarte la piel o como si tu cuerpo buscara desesperadamente algo que no sabes como encontrar?

Le lamí el cuello.

—Sí... sí... no... —Se mordió el labio—. Tengo que irme.

—Yo puedo ayudarte, puedo hacer que este anhelo desaparezca. Después, volverás a ser la de antes.

Y una mierda, si seguía adelante ni ella ni yo volveríamos a ser los de antes. Le mentí igual que llevaba años haciendo ella.

Asintió, la vi porque levanté la mirada, pero quería que me lo dijera. Necesitaba oír sus palabras.

—Dímelo. Dime que siga o abre la puerta y vete.

—Nick...

—Dímelo. Me apartaré si no... —Me sujetó la muñeca encima de la delicada ropa interior que cubría su deseo.

—Haz que este anhelo desaparezca. Por favor.

Le brillaron los ojos, tenía la mirada desenfocada y no paraba de humedecerse los labios. Me moría por besarlos y ella, aunque quisiera negarlo, lo necesitaba. Yo sabía que así era porque los ojos de Juliet no dejaban de recorrerme el rostro y de detenerse en mi boca. ¿Por qué, joder, no quería que la besase?

—De acuerdo.

Incliné la cabeza, casi podía sentir su sabor, ¿sería igual que antes? Un escalofrío me subió por la espalda y mi erección tembló, probablemente me pondría en ridículo en cuanto tocase los labios de Juliet.

Ella lo impidió.

—Nada de besos.

Cómo me dolió. Había creído que ya no podía sufrir más y me había equivocado. Lo oculté igual que había ocultado tantas cosas.

—No iba a besarte.

Capturé el lóbulo de la oreja entre los dientes y después le mordí, lamí y besé el cuello igual que habría hecho con sus labios. Moví la mano, recordé todos y cada uno de los trucos que había aprendido acostándome con mujeres de rostro y cuerpo irrecordables hasta que noté que ella perdía el control de su cuerpo. Entonces, le cogí la mano con la que ella había estado acariciándome por encima de la ropa y la introduje dentro del pantalón.

Quería que tocase mi piel desnuda, quería que tocase la parte más íntima de mi cuerpo —no de mi alma— y no fuese capaz de negar que estaba haciendo eso conmigo y no ella sola.

En cuanto los dedos de Juliet tocaron mi sexo desnudo ella abrió la mano y los ojos y dejó de respirar. Yo busqué desafiante su mirada sin dejar de tocarla por encima de la ropa interior, esperando su respuesta, provocándola.

Una parte de mí quería que me apartase de ella, me abofetease y se fuera. Otra no se atrevía a confesar lo que de verdad deseaba con todas sus fuerzas.

Juliet me aguantó la mirada, se pasó la lengua por los labios —la odié por ello— y entonces apartó la mano que tenía en mi cintura para buscar la muñeca de la que yo mantenía entre nuestros cuerpos tocándola con una barrera de seda como protección. Me cogió la muñeca y llevó mi mano dentro de la ropa interior.

Dios, tendría que haber recordado que Juliet siempre conseguía derrotarme. Destrozarme. Noté la piel de su cuerpo bajo la palma, el calor que desprendía su sexo, la necesidad que lo único que hacía era aumentar la mía un millón de veces.

Odié que me negase sus besos, claudiqué y me conformé con besarle el pecho y acariciar los labios de su sexo. Maldita fuese, ¿por qué Juliet aún sabía cómo destruirme? Moví los dedos, me atreví a penetrarla con uno y al sentir el calor de la intimidad de su cuerpo en esa pequeña parte del mío temblé.

Ella empezó a mover sus dedos, rodeó con ellos mi erección.

Me estremecí. Me juré que al menos allí, en ese instante, yo conseguiría hundirla primero. Era la excusa que necesitaba para seguir tocándola, para darle placer. Necesitaba que Juliet lo sintiera, que llegase al orgasmo con mis caricias, que el clímax derribase sus defensas antes que las mías.

Sentí el instante exacto en que Juliet se derritió. Mi nombre escapó de sus labios para torturarme y provocarme el orgasmo. Maldita fuera otra vez, apenas me había permitido disfrutar de mi victoria y había convertido esa derrota en la más dulce de mi vida.

—Nick... Nicholas.

Apretó los dedos alrededor de mi sexo mientras yo gritaba su nombre con el rostro hundido en el hueco de su cuello.

Cuando Juliet dejó de temblar y yo dejé de estremecerme, ella me soltó y sacó la mano del interior del pantalón tan rápido como pudo. Me empujó, no le costó demasiado pues mis piernas apenas podían sostenerme, y me miró entre horrorizada y sorprendida.

¿Qué iba a decirme?

Seguro que encontraría la frase más dolorosa posible.

—Esto ha sido un error. No puede volver a repetirse.

Dos disparos certeros y el golpe de gracia fue darse media vuelta e irse de allí sin mirarme a los ojos.

Era un estúpido, un hijo de puta estúpido y que no aprendía nunca.

Me aparté de la puerta y me tambaleé hasta el baño. Las piernas apenas podían sujetarme y el alcohol no era el culpable, solo lo era yo. Giré el grifo de agua caliente de la ducha y dejé que el vapor llenase esa pequeña estancia. Apoyé las manos en el mueble y observé mi reflejo en el espejo, ese hombre no era yo. No podía ser yo. Otra vez no. Me aparté furioso y me quité los zapatos con los pies, me desabroché dos botones de la camisa y me la pasé por la cabeza. Luego, la lancé al suelo. Arranqué la camiseta blanca aún mojada de sudor y del doloroso deseo que Juliet me había provocado con sus dedos y junto con los pantalones y los calzoncillos hice un montículo. Iba a quemarlo. No podía soportar verlo, esas prendas contenían las pruebas de mi estupidez. Pasase lo que me pasase a partir de ahora me lo tenía bien merecido.

Desnudo volví a girarme hacia el espejo.

—Quítate el collar.

Ni yo mismo podía ordenarme hacer eso. El anillo que había querido regalarle a Juliet para pedirle que fuese mi esposa colgaba de mi cuello. El delicado brillo de la aguamarina se burlaba de mí en el espejo y no podía soportarlo. Me di media vuelta y me metí bajo el agua. Estaba demasiado caliente, cogí la pastilla de jabón y me froté con fuerza para aumentar el dolor que ya me estaba causando la temperatura del agua. Nada sirvió para eliminar de mi cuerpo el rastro de los dedos de Juliet, y en realidad apenas me había tocado.

Ni siquiera me había permitido que la besase.

«Pero no ha tenido ningún problema en dejar que la tocases ni en derretirse en tus brazos».

Cerré el puño y eché el brazo hacia atrás. Me di cuenta de lo que pretendía hacer cuando vi los nudillos manchados de sangre igual que la raja de la baldosa blanca. Mierda, me estaba comportando como esos matones a los que yo tanto odiaba y a los que me negaba a aceptar en mis negocios. Tenía que calmarme.

La otra vez me había llevado dos años controlar la rabia y el dolor, pero se suponía que ella estaba muerta. Ahora no lo estaba, sencillamente me había mentido, utilizado y despreciado, probablemente no tardaría tanto en conseguirlo.

Flexioné los dedos bajo el agua que empezaba a enfriarse y terminé de ducharme. Salí del baño con una toalla alrededor de la cintura, el maldito anillo colgándome del cuello, y recogí la ropa del suelo para ponerla en la bañera. Fui a por el whisky y a por mi caja de cerillas y no me planteé cómo explicaría eso a nadie, sencillamente asumí que tendría que pagar los desperfectos y eché alcohol y una cerilla. Bebí mientras el fuego ardía.

Me desperté horas más tarde. Cavalcanti tenía que reunirse con los capos de la familias en otro hotel de Chicago, uno en el que ninguno estaba alojado para que fuese territorio neutral. Cavalcanti quería negociar su salida, quería dejarlo y dedicarse definitivamente a sus negocios legales y estar con su sobrina. Yo intuía que había algo más, que cierta profesora de violín también había influido en esa decisión, pero me abstenía de preguntarlo. Llamé a Nueva York, Toni me informó de que la investigación del detective Tabone, Jack, sobre la muerte de Emmett seguía su curso y que la señorita Cavalcanti estaba bien. No me permití sentirme culpable por no estar allí, Toni era uno de mis mejores hombres y, bueno, supongo que en cierto modo confiaba en Jack. Me vestí y fui al dormitorio de Cavalcanti.

—No esperaba verte hasta mañana —me saludó Marco al entrar—. El señor Cavalcanti va a asistir a una cena con el alcalde de Chicago, se está preparando.

—Creía que había decidido que no era buena idea reunirse con Kelly.

Cavalcanti y yo habíamos estado hablando de esa cena. Edward Joseph Kelly, el alcalde de Chicago, celebraba una cena con sus donantes más importante y distintos hombres de negocios de Chicago. Luciano Cavalcanti era el socio mayoritario de una empresa que construía radios y daba trabajo a mucha gente de la ciudad y alrededores. Yo era el otro socio de Radio Voluta, de hecho había sido mi primer proyecto, el primero que había conseguido arrancarme del vacío que me había dejado la muerte de Juliet. A pesar de lo importante que sin duda era para mí, no habría podido hacerlo realidad sin Cavalcanti ni su dinero ni sus consejos, por eso él había elegido el nombre. Voluta es como se denomina la parte final del violín, la curva en la que terminan las cuerdas.

Radio Voluta era una empresa legítima, ganábamos mucho dinero con ella y yo la había utilizado en cierto modo para sobrevivir. Ni el señor Cavalcanti ni yo escondíamos que éramos los propietarios, pero eso no significaba que tuviéramos que provocar al jodido alcalde de Chicago y mucho menos cuando la Mafia en pleno estaba reunida en la misma ciudad.

—Conseguirás que nos maten —le dije al señor Cavalcanti entrando en su dormitorio. Estaba abrochándose los gemelos y mi extraña falta de formalidad (y de modales) no pareció sorprenderle.

—¿Por qué lo dices?

—¿Por dónde quieres que empiece? —Me froté la nuca—. ¿Quién crees que asistirá a esa cena?

—Por eso voy, quiero que el fiscal y todos los policías, políticos y abogados de esta ciudad sepan que no les tengo miedo y que cuando digo que mis negocios están limpios digo la verdad.

—Dios mío, Luciano, no todo está tan limpio y lo sabes.

—Digamos que las partes que están sucias también les han machado las manos a ellos.

—¿Y no crees que las otras familias se tomarán esto como una provocación? Creerán que estás confraternizando con el enemigo.

—Estoy seguro de que todos tendrán oídos y ojos de sobra en la cena. Me aseguraré de que reciban la información adecuada de sus chivatos. —Se anudó la pajarita negra—. Quiero que mi mensaje llegue a todo el mundo, Nick: voy a dejarlo. Vamos a dejarlo. No voy a permitir que nadie nos lo impida. Deberías acompañarme.

—¿Yo?

—Claro, tú, ¿quién si no? Los pocos que de momento

creen que me retiro dan por hecho que tú vas a asumir mi lugar.

—Jamás.

—Ven y díselo.

—No voy vestido para la ocasión. —Señalé mi traje y el suyo.

—No seas ridículo, Nick, no sabía que tenías alma de princesa.

—Ya es la hora, señor Cavalcanti —nos interrumpió Marco.

—Gracias, Marco, el señor Valenti ha decidido acompañarme a la cena, ¿no es así, Nick?

—Me alegro, señor. —Marco me miró aliviado antes de salir—. Esperaré en el coche.

—Está bien, iré. —Así tendría que dejar de lamentarme sobre mí mismo—. Usted procure no provocar a demasiada gente, ¿de acuerdo?

—Si vas a reñirme, Valenti, te aconsejo que sigas tratándome de tú. —Cavalcanti se dirigió hacia la puerta donde yo lo estaba esperando—. Lo que suceda esta noche, lo que voy a hacer aquí en Chicago es muy importante. Necesito que estés conmigo al cien por cien tanto si decides quedarte unos días aquí en Chicago como si vuelves a Nueva York, ¿entendido?

Cavalcanti me miró a los ojos, me estaba dando la posibilidad de irme de allí sin contestar a ninguna de las preguntas que tarde o temprano él acabaría haciéndome y me estaba exigiendo que, si me quedaba, no volviese a precipitarme hacia aquel abismo del que él había tenido que sacarme años atrás.

—Entendido.

Él asintió y abandonamos la habitación. Yo sabía que no podía quedarme en Chicago demasiados días, ni podía ni quería. ¿Volver a encontrarme con Juliet? No, significaría la pérdida de la poca calma que me quedaba. Tenía que volver a Nueva York y seguir con mi vida aunque no supiera exactamente en qué consistía. Después de la muerte de Juliet quise morir, no iba a negarlo ni tampoco iba a tratar de engañarme.

Quería morir y estuve a punto de lograrlo.

No había sido capaz de saltar del puente de Brooklyn ni de volarme la cabeza con una de mis pistolas, pero vivir había dejado de importarme y durante dos años tuve lo que tanto Emmett Belcastro como Luciano Cavalcanti denominaron un «instinto suicida». Bebí y me enfrenté a todos los matones lo suficientemente estúpidos para desafiar a Cavalcanti. Juliet había muerto, Jack nos había traicionado y se había alistado en la academia de policía y Sandy, la única que me quedaba, tampoco estaba. ¿Por qué tenía que tener cuidado? A nadie le importaba si una bala me atravesaba el pecho o si uno de los gánsteres rivales me echaba al fondo del río Hudson.

Bebí, aposté, gané y perdí a las cartas. Utilicé a las mujeres y dejé que ellas me utilizasen a mí. Hasta que una noche estuve a punto de acabar con mi vida de verdad. Jamás lo olvidaré, como tampoco olvidaré al hombre que lo impidió y que después de eso se convirtió en mi mentor. Si Juliet hubiese estado viva (lo estaba, me corregí) habría dicho que el resultado de la suma de Emmett Belcastro y de Luciano Cavalcanti sería lo más parecido a un padre que yo había tenido nunca.

Esa noche había estado bebiendo en el Blue Moon, después de vaciar dos botellas de whisky yo solo, de jugar dos partidas de póquer y de acostarme con una mujer cualquiera, me di cuenta de que no quería seguir haciéndolo. No podía seguir fingiendo que estaba entero y que me importaba lo que me sucediese.

Fui a Verona. En esa época aún vivía en casa de Belcastro, y me encerré en mi dormitorio con una pistola decidido a acabar conmigo. La puerta se abrió cuando tenía el revólver clavado en mi sien, y entraron Belcastro y Cavalcanti. Belcastro me quitó el arma de entre los dedos, no sé si intenté detenerlo, y Cavalcanti se sentó a mi lado y me dijo:

—Si quieres matarte, mátate, pero hazlo de una jodida vez, Nick. La vida es una mierda, no voy a engañarte, pero aunque te vueles la tapa de los sesos no dejarás de pensar en ella. Irás al infierno, los hijos de puta como nosotros no vamos al cielo, y allí seguirás pensando en ella. ¿Sabes por qué? —Se golpeó el corazón—. Porque la tienes metida aquí dentro. Así que resígnate y quédate con nosotros, haz algo con los días que te quedan en este mundo. Crea algo, conviértete en el mejor ingeniero de la ciudad. Haz lo que sea para poder despertarte cada día, pero no intentes olvidarla. Es lo peor. Es como cuando te pica un animal venenoso y al ponerte nervioso la sangre te circula con más rapidez y el veneno se extiende por todo el cuerpo.

—¿El amor es un veneno? —le pregunté con la cabeza agachada, exhausto, borracho, asqueado conmigo mismo.

—El más letal que existe. Piensa en Romeo y Julieta. Piensa en ti. Ninguno de nosotros tiene la menor posibilidad de sobrevivir a un amor como el que estás sintiendo. La cuestión es, Nick, que Juliet está muerta y no puedes hacer nada para evitarlo. Esta muerta. Tú disparaste el arma. Y desde entonces estás intentado que alguien, algo, te mate. El demonio no va a ponértelo tan fácil, Nick. Créeme. Ese jodido cabrón sabe lo que se hace. —Se levantó de la cama donde se había sentado—. Decídelo esta noche, Nick. ¿Quieres que el veneno te destruya o quieres vencerlo?

—No creo que pueda vencerlo.

—Cierto, no podrás, pero deja de darle alas. Deja de torturarte. Ella está muerta, dilo cada día al despertarte, antes de acostarte, repítetelo mirándote al espejo hasta que te lo creas. Ella no está contigo.

—¿Funciona?

Una risa amarga salió de los labios de Cavalcanti.

—No, pues claro que no, pero al menos estarás vivo y quizá algún día tengas una segunda oportunidad. El truco consiste en no dejar que el veneno circule por tu sangre, sin embargo nunca olvides que está dentro de ti. Yo sigo esperando a que llegue el día en que deje de sentirlo, pero siempre sucede algo que me lo impide. A ti te pasa lo mismo, te he visto, sé que hay días que crees que vas a lograrlo, hasta que de repente te acuerdas de ella. Puedes morir, Nick, pero eso no hará que dejes de amar a esa chica. Y Belcastro y yo nos cabrearemos mucho contigo, joder. No me hagas decirte que eres como un hijo para nosotros y toma una jodida decisión de una vez.

Cavalcanti llegó a la puerta y Belcastro dejó la pistola en la mesilla de noche encima de mi ejemplar de *Romeo y Julieta*.

—¿Nunca has pensado que si esa chica se puso delante de ese hombre fue porque quería salvarte? Eso es mucho más valiente y demuestra mucho más amor del que hay en las páginas de esta maldita tragedia. Asúmelo y sigue adelante. Y lárgate de aquí de una vez por todas.

Lo que me llevó a no coger el arma no fueron las ganas de hacer algo bueno con mi vida o la necesidad de demostrarles a Cavalcanti y a Belcastro que podía salir de ese infierno. No cogí el arma porque comprendí que si moría iría al infierno y allí perdería a Juliet para siempre, porque a pesar de lo que había dicho Cavalcanti yo estaba seguro de que, en cuanto llegase al inframundo, el diablo tendría preparada la peor tortura para mí; hacerme revivir una y otra vez el instante en que le disparaba y ella caía al suelo antes de morir.

Si el amor era un veneno, yo me había vuelto inmune.

Entré en el vehículo después de que lo hiciera el señor

Cavalcanti y Marco nos llevó al hotel Palmer, en cuyo restaurante iba a celebrarse la cena del alcalde. Durante el trayecto, el señor Cavalcanti y yo hablamos de negocios tal como hacíamos siempre que disponíamos de unos minutos de calma. Él no sabía que yo había recordado esa noche de años atrás y lo cierto fue que no pude evitar preguntarme qué mujer había convencido a Cavalcanti de que el amor era una enfermedad mortal.

—Me iré mañana —decidí al bajar del coche—, no tiene sentido que me quedé aquí. Las familias quieren hacer tratos con usted y Marco puede protegerle a la perfección. — Lo traté con formalidad porque ya había gente a nuestro alrededor.

—Como quieras, Valenti, aunque, si tienes que quedarte unos cuantos días más, adelante. Ya sabes que no necesitas mi permiso.

—¿Por qué iba a quedarme?

—Por ella.

CAPÍTULO 20

Juliet

Nick estaba allí y me miraba como si me odiase, y yo no podía culparle.

Aún no había logrado comprender lo que había sucedido entre él y yo esa mañana. Sabía lo que era el deseo, lo había sentido con Nick años atrás cuando él se colaba por la ventana de mi dormitorio de la calle Rutgers y me miraba como si pudiese acariciarme con los ojos. Había sentido deseo la primera vez que Nick me besó y todas las siguientes. Había sentido deseo siempre que Nick se tumbaba en mi cama de Nueva York y se quedaba dormido abrazado a mí con las sábanas separándonos.

Había sentido deseo en todas esas ocasiones, cuando quizá era demasiado inocente para entenderlo. Lo que había sentido en la habitación del Drake no era deseo, el deseo lo entendía y podía soportarlo, podía huir de él. En esa habitación de hotel no había podido moverme, lo único que quería era sentir las manos de Nick en mi cuerpo, tenerlo cerca, tocarle.

«No me beses».

Había sido una cobarde al pedirle eso. No, no se lo había pedido. Los dos habíamos entendido que se trataba de una exigencia. Si Nick me hubiese besado, yo me habría dado media vuelta y me habría ido de allí aterrorizada. Él lo supo, lo adivinó al escuchar esa condición. Un beso de Nick lo sería todo, de un beso no podría recuperarme. Si Nick me hubiese besado, yo habría empezado a entregárselo todo de nuevo y ese era un riesgo que no podía correr, que me asustaba correr. En los besos se encerraban mis sentimientos más secretos y profundos, mis anhelos, los sueños que había creado desde los doce años y que aniquilé la noche del baile de Saint Patrick.

Si besaba a Nick, volvería a enamorarme de él, volvería a amarle con toda el alma —«quizá no he dejado de hacerlo»— y él ahora era exactamente lo que yo más temía; un gánster. Nick había seguido su camino y yo, el mío. Un beso no cambiaría eso y yo moriría cuando él volviese a Nueva York o cuando papá lo arrestase, porque eso era lo que pretendía mi padre.

Pero en esa habitación de hotel nada me había importado. El corazón había empezado a latirme con fuerza, la espalda se me había erizado y mis sentidos, todos y hasta el último de ellos, se habían sincronizado con los de Nick. Solo respiraba cuando él respiraba, mi piel vibraba cuando él me tocaba, la sangre corría y se calentaba en mis venas con cada uno de los movimientos de él. Me habría arrancado la ropa, se la habría arrancado a él y le habría suplicado que hiciera algo, lo que fuera, para que esa sensación de que mi cuerpo ya no me pertenecía dejara de existir.

Yo jamás había estado así con ningún hombre, nunca había tocado a ninguno, pero en cuanto mis dedos tocaron a Nick...

La copa de champán tembló entre mis dedos.

—¿Te sucede algo, Juliet?

Mi padre estaba a mi lado, mamá estaba hablando con la esposa del alcalde Kelly y los invitados de la cena empezaban a llenar el salón del hotel Palmer. Yo no solía acompañarlos a esa clase de eventos, pero me había comprometido a asistir a esa cena porque papá desconfiaba de Kelly y de los empresarios que lo financiaban y quería tener un par de ojos y de oídos más que pudiesen ver y escuchar lo que sucedía esa noche.

—No, estoy bien. Nick acaba de llegar.

—Aún no me has contado que sucedió en el hotel.

—No sucedió nada, ni siquiera llegué a verlo.

Papá me observó, desvió los ojos hacia mi madre, que seguía con la señora Kelly, y después de beber un poco de champán me cogió por el codo y me apartó un poco de donde estábamos.

—No tendría que haberte pedido que fueras. Lo siento, Juliet. Sé que esto es difícil para ti.

—No, no lo es.

—Ten cuidado con ese hombre. —Vi que tenía la mirada fija en Nick—. No se parece en nada al chico que vi esa noche en el hospital.

Nick debió de notar que lo estábamos observando y se giró hacia nosotros. Cogió una copa de champán de una bandeja de plata y su acompañante y él se dirigieron hacia la esquina que mi padre y yo ocupábamos. Papá respiró hondo y adoptó la misma expresión que utilizaba cuando se dirigía a la prensa o en un juicio. Yo recé para no temblar.

—Buenas noches, señorita Murphy. Señor Murphy, creía que no volvería a verle nunca —Nick nos saludó con sarcasmo—. Permítame que le presente al señor Cavalcanti.

Papá extendió la mano.

—Me gustaría estrecharle la mano en otras circunstancias, señor Cavalcanti.

—Ya me lo imagino, probablemente con una reja de por medio, ¿no es así, señor Murphy?

El señor Cavalcanti sonrió. Ese hombre tan atractivo y que desprendía fuerza e inteligencia era una de las obsesiones de mi padre.

—Así es.

—Me temo que no va a poder ser, señor Murphy. Sin embargo estaré encantado de hablar con usted sobre otros individuos a los que las rejas y los uniformes a rayas les pueden sentar muy bien.

Papá entrecerró los ojos. A ninguno de los cuatro nos pasó por alto que Cavalcanti recorría el salón con la mirada.

—Cuando usted quiera, señor Cavalcanti. La fiscalía estará encantada de escucharle.

—Cuando llegue el momento, será el primero en saberlo. —Cavalcanti soltó la mano de papá y se dirigió a Nick—. Creo que iré a saludar a Nash, nunca hay que menospreciar la inteligencia de un hombre que se dedica al negocio de las cloacas. ¿Le importaría acompañarme, señor Murphy? Creo que la conversación le resultará interesante.

—Por supuesto, señor Cavalcanti.

Papá me miró antes de alejarse. Si le hubiese insinuado que no quería quedarme allí sola con Nick, se habría inventado una excusa para llevarme con él, pero sabía que esa supuesta conversación con Nash, el inversor más grande de Kelly, era importante.

Nick se quedó donde estaba, bebió lentamente el contenido de la copa, que parecía ridícula en su mano, y no dejó de mirarme. Un camarero pasó cerca de nosotros y Nick, aunque ni siquiera había girado la cabeza en esa dirección, dejó la copa vacía en la bandeja que el hombre llevaba levantada. Nick no estaba haciendo nada excepto mirarme y yo tuve que apretar los dientes para no suspirar; había empezado a sentir un cosquilleo en el estómago y las piernas me temblaban. ¿Cómo era posible que reaccionara así solo por tenerlo cerca?

—Buenas noches, Juliet.

Deslizó la mirada por el vestido rojo que yo había elegido esa noche. Él notó que me sonrojaba y sus ojos se oscurecieron.

—Buenas noches, Nick. —Tuve que humedecerme los labios para contestarle, tenía calor y la garganta tan seca que apenas podía hablar.

—No le has contado a tu padre lo que ha sucedido antes en el hotel. —Dio otro paso hacia mí. Estaba demasiado cerca—. No le has contado que me has dicho lo que pretendías ni que... hemos estado juntos. No quieres que él lo sepa, que lo sepa nadie. Y cuando te has ido, casi sin mirarme, has dicho que era un error, que no volvería a repetirse. ¿Por qué?

Dios santo, no podía pensar. Sentía el calor que desprendía Nick, y su perfume, idéntico y distinto al de hace años, me tentaba. Tenía ganas de abrazarlo y hundir el rostro en su torso. Sus palabras tenían sentido, su reacción y el enfado que delataba todo su cuerpo, también, y sin embargo yo solo sabía que quería estar con él. Tenía que evitarlo.

—Ha sido un error —repetí para mí misma. Ojalá pudiera creérmelo.

—Sí, pero ahora mismo volvería a hacerlo. —Se colocó delante de mí, ocultándome del resto de invitados—. Ahora mismo te quitaría este vestido que está volviéndome loco y me metería dentro de ti para no salir jamás. Te levantaría en brazos y te poseería aquí mismo sin importarme lo más mínimo quién pudiera vernos.

—Nick...

No le detuve. Aunque mi intención había sido pedirle que se callase, lo que salió de mis labios fue un suspiro de deseo. No dejaba de imaginarme lo que él me había descrito y mi piel ansiaba hacerlo realidad.

—A ti te pasa lo mismo —adivinó—. Quizá no te conociera tan bien como creía hace ocho años, jamás te habría creído capaz de hacerme tanto daño, pero sé que ahora mismo me deseas. Lo sé.

Nick levantó una mano y la acercó a mi rostro, apartó un mechón de pelo que se había escapado de la trenza que lo recogía y lo colocó detrás de la oreja. Después, no se apartó, bajó el dedo por el pulso que latía, tropezaba, en mi cuello y lo detuvo encima de la zona que más me había besado.

—Me deseas —repitió casi sorprendido—, así que, aunque los dos coincidimos en que ha sido un error, volveremos a estar juntos.

Agachó la cabeza, detuvo el rostro a escasos centímetros del mío. ¿Qué veía Nick en mis ojos? ¿Sabía lo mucho que me arrepentía de haberle hecho daño o creía que para mí había sido fácil alejarme de él, de lo mejor de mí? Solté el aliento para contener las lágrimas que habían aparecido de repente en mis ojos y busqué a mi padre con la mirada. Nick se inclinó hacia delante un segundo y depositó un beso en mi cuello, justo debajo de la oreja que antes había acariciado.

—Hasta luego, Juliet. Disfruta de la cena.

Se incorporó al instante. Si no hubiese conocido a Nick desde los doce años, quizá no lo habría visto, pero a pesar de que él se mantuvo impasible vi que le temblaba un músculo en la mandíbula. Se alejó y se reunió con el señor Cavalcanti justo cuando los camareros empezaron a acercarse a los invitados para anunciarnos que la cena estaba servida y que podíamos sentarnos. Papá, mamá y yo estábamos sentados al lado de un juez y su esposa, Nick y el señor Cavalcanti, junto a uno de los banqueros más influyentes de Chicago. Aunque no podía oírles, sí podía verles y Nick se pasó toda la noche mirándome. No fue descarado y probablemente nadie más se dio cuenta, pero yo sentí sus ojos en mi piel cada segundo.

Cuando la cena llegó a su final, apenas podía respirar.

Había intentado no pensar en él, convencerme a mí misma de que ese hombre no era mi Nick. Valenti no era un chico que soñaba con ir a la universidad y crear puentes y edificios o mirar las estrellas. Valenti era la mano derecha de Luciano Cavalcanti, un gánster. No logré engañarme porque con cada mirada de Nick un centímetro de mi piel despertaba.

—Es vergonzoso que ese hombre esté aquí —la voz del juez captó mi atención—. Debería llamar al F.B.I y exigir que lo arrestasen aquí mismo.

—¿Con qué cargos? —contestó mi padre—. Reconozco que a mí también me gustaría hacerlo, señoría, pero la realidad es que a fecha de hoy no disponemos de pruebas en contra de Luciano Cavalcanti o su organización.

—Pero presentarse aquí es una provocación.

—Cavalcanti y su socio están aquí porque han sido invitados. Quizá debería cuestionarse el papel que ha jugado nuestro alcalde en esto, señoría. —Mamá colocó una mano encima de la pierna de papá para advertirle que tuviese cuidado, en esa ciudad nadie sabía en quién podía confiar—. Radio Voluta es una empresa legítima, en realidad son los propietarios de muchas patentes de radio.

Me dio un vuelco el corazón.

Recordé una noche en la ventana de mi cuarto. Nick y yo estuvimos horas leyendo, nuestras manos se rozaban mientras disimulábamos que mirábamos las estrellas. Nick me contó esa noche que había visto una radio y que le gustaría entenderlas, ver una por dentro.

Y ahora poseía una , y no una cualquiera, la que más aparatos fabricaba de Estados Unidos. Nick nunca hacía nada a medias. No pude evitarlo, desvié la mirada hacia él y le encontré mirándome. Él debió de notar que la mía era distinta porque enarcó una ceja, su ceja, a modo de pregunta.

Bajé la cabeza como una cobarde, Nick estaba dentro de Valenti y yo, que le había encerrado allí, no podía soportarlo.

La cena siguió igual, los platos cambiaban, las conversaciones flotaban a mi alrededor y yo, aunque intentaba escucharlas y prestar atención porque así podría ayudar luego a mi padre, era incapaz de hacerlo porque solo veía a Nick. Solo sentía a Nick. Mi madre, gracias a Dios, se dio cuenta de mi estado y lo interpretó como que estaba enferma.

—Será mejor que nos vayamos a casa —anunció después de los postres—. Juliet no se encuentra bien.

—Por supuesto, cariño. Podemos irnos en cuanto Kelly haya hecho su brindis.

El alcalde no tardó en tomar la palabra, se levantó y lanzó un insípido discurso sobre los «tiempos que corrían» y la necesidad de convertir Chicago en «la verdadera capital del país». Recibió algunos aplausos, entre ellos no se contaban ni los de mis padres ni, para mi sorpresa, los del señor Cavalcanti o Nick. Los comensales se pusieron en pie y empezó la verdadera velada; las conversaciones entre pequeños grupos, los acuerdos, los pactos secretos.

—Tú puedes quedarte, Niall —le dijo mamá a papá—. Podemos irnos solas.

—¿Estás segura?

—Completamente.

Mamá besó a papá en la mejilla y este se alejó de nosotras para ir en busca de uno de los agentes de policía que solían acompañarnos cuando salíamos de casa. Ya me había acostumbrado a su presencia y lo cierto era que el agente Taylor era agradable y era una medida de protección que habían tomado desde la fiscalía. Mamá se despidió de la esposa de Kelly y de un par de señoras más, yo me quedé allí de pie asintiendo, pidiendo disculpas por encontrarme mal y escuchando sus buenos deseos. Apenas oía nada, sin embargo. Supongo que no me costó parecer mareada o pálida porque en realidad lo estaba, seguro que incluso tenía gotas de sudor en la frente, pero no eran culpa de una fiebre ni de una gripe o de un dolor de estómago. Eran culpa de Nick, que no dejaba de mirarme y de recordarme con esos ojos todo lo que me había dicho antes.

Yo quería que me quitase el vestido, quería que volviese a tocarme. Lo deseaba tanto que no podía respirar y mi cuerpo temblaba de la cabeza a los pies.

—Taylor os está esperando. —Papá vino a buscarnos—. Realmente no tienes buen aspecto, hija.

¿Buen aspecto? Si Nick no dejaba de mirarme, probablemente me fallarían las rodillas allí mismo o un gemido se escaparía de mis labios. Asentí para evitarlo y seguí a mamá hacia fuera.

No iba a girarme.

No iba a girarme.

Me giré al llegar a la puerta y mis ojos encontraron a Nick en el acto. Dios santo, su rostro no ocultaba nada, nada en absoluto. Sus ojos estaban oscuros y apretaba un vaso de whisky en la mano con tanta fuerza que tenía los nudillos blancos. Me humedecí los labios y él dio un paso hacia delante. Parecía listo a venir tras de mí, tan desesperado como yo por tocarnos.

Me di media vuelta y hui.

Hui.

Cerré los ojos durante todo el trayecto. Quise mantener a Nick lejos de mí y lo único que conseguí fue no dejar de verlo. No podía hablar con nadie, tenía miedo de que si empezaba a hablar la verdad que se escondía en mi interior saliera a la luz, así que aproveché la excusa de mi supuesto malestar para seguir callada hasta llegar a mi apartamento.

Mamá se ofreció a quedarse conmigo y pedirle a Taylor que pasase a recogerla cuando volviese con papá, pero yo le aseguré que no hacía falta. Me metería en la cama, seguro que al día siguiente estaría recuperada y si necesitaba algo Rita podía ayudarme. Mamá aceptó mi explicación y tras darme un beso de buenas noches dejó que el agente Taylor me acompañase hasta la puerta.

En la oscuridad de mi dormitorio, después de quitarme el vestido rojo y de derramar las lágrimas que esa tarde había logrado contener, me derrumbé en la cama. Lloré por lo mucho que necesitaba a Nick y por el miedo que tenía a reconocérmelo a mí misma y de hablar con él.

A la mañana siguiente, Rita tampoco estaba despierta cuando entré en la cocina a desayunar. Di las gracias por ello porque seguro que a Rita no le habría pasado por alto que me había pasado la noche llorando. Lo peor no había sido el llanto sino lo perdida y confusa que me sentía. Tenía miedo de volver a ver a Nick y tenía aún más de no volver a verlo. Quería saberlo todo de él y al mismo tiempo sabía que yo misma me obligaría a mantener las distancias si volvía a acercarme a él... No, ni siquiera podía pensarlo. Desayuné y fui a trabajar; seguiría preparando el caso de mamá y haría todos los recados que me pidiesen, cualquier cosa con tal de mantenerme ocupada. Decidí ir caminando, no vivía lejos y las calles de Chicago me ayudarían a distraerme, era temprano y la gente parecía aún dormida y reticente a empezar el día.

Giré la última esquina antes de llegar a mi destino y le vi. Nick estaba apoyado en la pared del edificio. Tenía los pies con los talones cruzados y jugaba con una pitillera de plata. Levantó la cabeza en cuanto yo me detuve, detectó el instante exacto y nuestros ojos se encontraron mientras nuestras respiraciones se detenían. Él me estaba esperando, no disimuló lo contrario, y se apartó de la pared y caminó hacia mí. Yo, igual que el día anterior, no pude dar ni un paso más, dudaba que pudiera respirar.

—No he dormido en toda la noche.

—Yo... yo tampoco —confesé. Estaba furioso.

—¿Tu padre sigue queriendo saber qué pretendemos el señor Cavalcanti y yo? ¿Aún quiere que te acerques a mí para espiarme?

—Sí. No. —Sacudí la cabeza y aparté la mirada de la de Nick. No podía pensar si lo miraba—. No sabe qué sucedió en el hotel, pero me dijo que se había equivocado al pedirme que fuera a verte.

—Dile a tu padre que el señor Cavalcanti quiere dejar la Mafia para siempre, que solo quiere dedicarse a sus negocios y estar con su familia.

—¿Su familia?

—El problema no es solo la Mafia. La policía y los políticos, tanto de Nueva York como de Chicago, quieren que Cavalcanti siga al mando.

—¿Por qué?

—Porque es honesto.

—¿Un gánster honesto?

—Es menos raro que un político corrupto.

—No es verdad.

—¿Cómo lo sabes?

—Tú antes odiabas la Mafia.

—Yo antes era muy distinto.

A medida que nuestra discusión había ido avanzando nuestros cuerpos habían hecho lo mismo. El aire había cambiado. La ciudad entera había desaparecido. El corazón me apretaba la garganta y tenía las manos cerradas a ambos lados porque quería sujetar a Nick y tirar de él hacia mí.

—¿A qué has venido? Si quieres decirle algo a mi padre, díselo tú mismo. No me utilices.

—¿Como hiciste tú ayer conmigo?

—Yo... —Nick tenía razón, le había utilizado— lo siento.

Mi disculpa y que en cierto modo estuviese dispuesta a admitir la verdad le sorprendió y retrocedió un poco. Noté un dedo bajo la barbilla, Nick no llevaba guantes. Me levantó la cabeza para mirarme a los ojos.

—¿Qué pasó la noche del baile de Saint Patrick?

CAPÍTULO 21

Juliet

—¿Quieres que te conteste aquí, en medio de la calle? —balbuceé nerviosa.

A Nick lo cierto era que no parecía importarle dónde estuviéramos, sus ojos no se apartaban de mí y sus hombros casi me aislaban del mundo, tenía las piernas separadas como si fuese a entrar en acción, a pelearse contra quien fuera que se interpusiera entre su objetivo y él.

—Podemos ir adónde tú quieras mientras termines contándome qué sucedió esa noche y cómo acabaste en el bar de los irlandeses.

«Y por qué fingiste tu muerte», no llegó a preguntármelo, pero yo sabía que era lo que él de verdad quería saber. Tenía todo el derecho a saberlo y yo tenía que ser lo bastante valiente para decírselo y asumir las consecuencias.

Nick se iría y yo seguiría muerta para él. Yo volvería a creer que había hecho lo mejor para los dos. «Lo mejor para ti, para protegerte».

—Mi apartamento no está lejos de aquí —sugerí—. Pero

antes debería entrar en la fiscalía y decirle a alguien que me voy a casa. De lo contrario alguno de los policías que protegen a papá irá a buscarme.

Di un paso hacia la puerta y Nick me sujetó la muñeca.

—¿Cómo sé que vas a volver?

La desconfianza, aunque justificada, me dolió.

—Puedes entrar conmigo si quieres. —No hice ningún esfuerzo para que me soltase. Después de nuestra conversación no volvería a verlo nunca más, jamás le tendría tan cerca ni podría volver a tocarlo—. Quiero explicarte qué pasó.

Nick soltó los dedos. Subí los escalones con él observándome desde la acera y fui en busca de Susana, ella solía llegar temprano, para decirle que no me encontraba bien y que volvía a mi casa. Susana se interesó por mí, yo aproveché la misma excusa de la noche anterior porque sabía que así, cuando mi compañera se lo contase a mi padre, él no sospecharía. Susana se ofreció a acompañarme. La disuadí prometiéndole que no era necesario y solo conseguí escapar porque empezó a sonarle el teléfono. Volví a la calle nerviosa. Jamás había creído que ese día llegaría, pero, en los momentos en que quizá sí había presentido que Nick me encontraría, jamás me había imaginado lo que sucedería entre nosotros.

Pensé en Romeo y Julieta, siempre que pensaba en Nick y en mí esa trágica historia acudía a mi mente. Quizá porque él me la había regalado o quizá porque nos comparaba con los amantes de Verona. ¿Qué habría sucedido si Julieta se hubiese despertado a tiempo?

Habrían acabado los dos muertos igualmente. El amor de Romeo y Julieta era tan imposible y tan doloroso como el mío y el de Nick. De pequeños habíamos sido unos ilusos al creer lo contrario. Yo había hecho bien en abandonarlo, me arrepentía de haberle hecho daño, sí, mucho, pero había hecho lo correcto.

«Mentira».

Nick estaba esperándome en la misma postura que antes, con la espalda apoyada en la pared del edificio y una pitillera en la mano. Esta vez, sin embargo, me di cuenta de que no estaba tan relajado como aparentaba, sino que observaba todo lo que sucedía a su alrededor y que con el reflejo de la pitillera también veía lo que acontecía a sus espaldas.

«Es un delincuente y sabe cuidarse».

—Podemos irnos cuando quieras.

Él se apartó de la pared y extendió un brazo señalando hacia la calle.

—Después de ti.

Me sonrojé, él no sabía dónde vivía y al dar esos primeros pasos comprendí que había esperado que lo supiera. Igual que había esperado durante años a que se colase por mi ventana.

—No es muy lejos —hablé porque estaba nerviosa—. Me mudé allí hace poco. Mi padre me ayudó a encontrarlo, comparto el apartamento con una vieja actriz retirada de Hollywood. Es una dama encantadora, algo peculiar, pero no la cambiaría por nada del mundo.

Él caminaba en silencio, seguía observando nuestro entorno. Estaba a mi lado, no me tocaba, aunque la manga de su abrigo rozaba el mío de vez en cuando.

—¿Tú dónde vives? —le pregunté tras unos pasos y sin mirarle a la cara. En cuanto terminé de pronunciar la última palabra, me arrepentí. ¿De verdad quería saber dónde vivía? ¡No! Mientras no lo supiese, no podía ir a buscarle. Eso era lo único que me había salvado la última vez.

—En Nueva York. Solo.

Farfulló algo más, pero no pude oírle. Algo acerca de que no tenía ni la menor intención de darme más detalles. En su lugar, yo habría hecho lo mismo.

—¿Y tus padres?
—Muertos. Antes has dicho que no estaba lejos.
El cambio de tema me dejó claro que no quería ni toleraría que le diese el pésame o que siguiese haciéndole esa clase de preguntas.
—Ya hemos llegado.
Me detuve frente a la elegante puerta del edificio y Nick la abrió por mí. La escalera nunca me había parecido tan estrecha ni tan silenciosa como esa mañana. Llegamos al apartamento, me temblaron los dedos al introducir la llave en la cerradura y al entrar recordé que esa mañana Rita no estaba; era el día que iba a pasear por el parque y después almorzaba con sus amigas. Deseé que estuviera allí, ella habría conquistado a Nick con una de sus frases y quizá habría logrado hacerle sonreír.
—Rita no está —le expliqué aunque él no me lo había preguntado—, es su día de chicas. ¿Te apetece tomar algo?
Nick caminó hasta el ventanal desde el que se veía la calle. ¿Qué estaba observando? ¿Qué estaba pensando?
—No, gracias. Cuéntame qué sucedió, Juliet. Ahora.
Tragué saliva y caminé hasta donde estaba él. Tenía que estar cerca y verle los ojos mientras le explicaba esa historia.
—Tú no te presentaste. Me dejaste plantada. —Odié sonar tan triste y abandonada—. ¿Por qué no fuiste a mi casa?
—Ya sabes porque no fui a buscarte.
—No. —Le cogí del antebrazo y le obligué a girarse hacia mí—. Sé dónde estabas, pero no sé por qué no fuiste a mi casa.
—Por Silvio. Él se presentó en el taller del señor Torino y me dijo que si hacía algo por él saldría de mi vida para siempre.
—¿Y le creíste? —Nick siempre me había dicho que Silvio no era de fiar.

—Quise creerle. Sin Silvio se acababan nuestros... mis problemas. Tenía intención de cumplir con el encargo e ir a buscarte.

—¿El encargo? Ibas a matar a un hombre.

La acusación le dolió, lo sentí a través del brazo que yo aún sujetaba y vi que sus ojos se endurecían y ocultaban tras un muro impenetrable.

—¿Cómo supiste dónde estaba? ¿Por qué fuiste allí? ¿Qué pretendías?

Parecía alterado, preocupado, lo cual no tenía sentido porque por mucho que los dos lo deseásemos no podíamos volver atrás.

—Había estado hablando con mis padres. Ellos me preguntaron si Josh iba a llevarme al baile y les dije que no, que iba a ir contigo. —Algo brilló en esos ojos y a mí me dio un vuelco el corazón—. Sé que habíamos decidido hablar con ellos juntos, pero surgió y no pude mentirles. Mis padres no se alegraron de la noticia, pero al final les dije que tú y yo les demostraríamos que estaban equivocados. Cuando no te presentaste... —me resbaló una lágrima y a Nick se le alteró la respiración— me fui a mi dormitorio porque no quería escuchar los «te lo dije» de mi padre. Lloré tumbada en la cama hasta que me di cuenta de que tenía que haberte sucedido algo, era imposible que me hubieses dejado plantada sin más.

—Yo... me odié por no ir a buscarte. —Capturó la lágrima con un pulgar y me acarició la mejilla—. Me he odiado durante mucho tiempo por las decisiones que tomé esa noche.

—Nicholas...

—¿Cómo supiste lo del bar?

—Salí del dormitorio y escuché a mi padre hablar con el capitán Anderson, son amigos y Anderson es...

—Sé quién es Anderson, sigue con lo que estabas diciéndome.

No sabía que Nick conociese al amigo de papá, pero en ese momento pensé que tampoco era importante.

—Estaban hablando de lo que iba a suceder esa noche en el bar de los irlandeses. Les oí mencionar el nombre de Silvio y en cuanto se fueron me colé en el despacho de papá en busca de más información. Tenía el presentimiento de que ibas a estar allí y no quería que te arrestasen por estar en el sitio equivocado en el momento equivocado. Le tomé prestada ropa a mi padre y me subí a un taxi.

—¿Por qué? ¿Querías pillarme con las manos en la masa?

—No. —El comentario burlón fue como si me cortase con un cristal—. Sabía que si estabas allí no era por voluntad propia y quería avisarte de lo que iba a suceder. Ya te he dicho antes que no quería que te arrestasen.

—Pero no me avisaste.

—No. —Con cada palabra que salía de mis labios él estaba más tenso. El torso le subía y bajaba despacio y sus ojos, aunque inmóviles, cambiaban ligeramente de color, se oscurecían con una emoción para mí indescriptible—. No te encontré hasta que ibas a disparar.

—¿Por qué lo hiciste, por qué te pusiste delante de ese hombre?

—Oí a Silvio hablar de ti, le oí decir que aunque matases a ese policía él iba a seguir extorsionándote. Jamás iba a dejarte en paz, ibas a estar en sus garras para siempre.

—Eso era asunto mío.

—No, Nick, era asunto nuestro.

Levantó la comisura de los labios de un modo cruel.

—¿Nuestro? ¿Por eso me has hecho creer durante ocho años que estabas muerta, que yo te había matado?

—Tú decidiste ocultarme que ibas a ir a ese bar. Ibas a convertirte en un delincuente, en el peor de los delincuentes, sin decírmelo antes. ¿Lo sabía alguien? ¿Lo sabía tu preciosa Sandy?

—No metas a Sandy en esto.

—Ah, claro, perdona, es verdad. Se me había olvidado. Yo solo te interesaba porque quedaba bonita en ese mundo fantástico e ideal en el que tú eras ingeniero y yo la preciosa esposa que te esperaba en casa. Nunca me quisiste a mí de verdad.

—Tú no sabes hasta que punto te qui... te he querido. Yo jamás habría podido mantenerme ocho años alejado de ti. Ocho años. Joder, Juliet.

—Tú te mantenías alejado de mí aun cuando me abrazabas y te quedabas dormido a mi lado, Nicholas.

—Supongo que sí, que debí de hacerlo muy mal si incluso fuiste capaz de colocarte frente a una bala para hacerme desaparecer de tu vida.

—¿Eso es lo que crees? —Las lágrimas no dejaban de caerme—. ¿Crees que me puse frente a ese policía porque pensé que era la mejor manera de dejarte?

—No sé qué creer. —Nick me soltó y se frotó la nuca, el gesto me removió el estómago—. Llevo ocho años torturándome con estas preguntas. ¿Por qué lo hiciste, Juliet?

—No podía permitir que matases a un hombre, Nick. No por él, sino por ti. Tenía miedo de lo que pudiera hacerte, de cómo pudiera cambiarte por dentro saber que le habías arrebatado la vida a otro ser humano.

—¿Y te pareció bien dejar que creyera que te había matado a ti?

Caminó hacia mí, tenía los puños cerrados y los ojos brillantes. Le temblaba la sien y estaba tan asustado y alterado como esa noche en el bar de los irlandeses cuando se arrodilló a mi lado.

—¿Cómo crees que me he sentido durante todo este tiempo? ¿Cómo crees que me siento ahora? Joder, Juliet, dímelo.

—Oh, Nick. —Iba a tocarle, necesitaba abrazarle, pero él se apartó.
—No. Odio lo que me has hecho, Juliet. Nunca jamás he querido a nadie como te quise a ti. Nunca jamás he deseado a nadie como te deseo a ti. Nunca jamás he odiado a nadie como te odio a ti. Tú eres eso, eres mi nunca jamás. Y nunca entenderé por qué me has hecho esto ni podré perdonártelo. —Las palabras parecían dolerle—. Será mejor que me vaya, tengo que volver a Nueva York.

Iba a irse y sería para siempre.

Quizá ese hombre que tenía delante no fuera exactamente el Nick que yo recordaba, pero era lo suficientemente parecido a él para ser igual de terco, decidido y orgulloso. Tenía que dejar que se fuese. Yo ya le había hecho demasiado daño y estaba demasiado asustada para ser completamente sincera con él y contarle toda la verdad. No podía correr ese riesgo.

Nick se dio media vuelta y caminó hacia la puerta.

—Estos años te he imaginado viviendo en San Francisco, casado con una preciosa chica italiana, con dos o tres niños y trabajando de arquitecto —confesé sollozando sin ninguna modestia. Nick se detuvo—. También te he imaginado en Seattle, allí estudiabas para convertirte en ingeniero y tenías una prometida que leía novelas contigo. También... —sollocé—... también te he imaginado en Boston, allí te dedicabas a... a dar clases y tenías dos niñas preciosas a las que bautizabas con nombres de Shakespeare.

Nick se giró hacia mí.

—Para.

—También te he imaginado...

Me cogió por los brazos y se agachó hacia mis labios. Los esquivó en el último momento y otro sollozo escapó de mis labios. Nick jamás me besaría a la fuerza. Aunque yo le habría devuelto el beso tras un único segundo él aún recordaba que yo le había pedido que no lo hiciera. ¿Por qué seguía resistiéndome? Me moría de ganas de besarlo, de recuperar su sabor y esos sonidos que hacía siempre que nuestras lenguas se rozaban.

«Es mi última protección. Mi única protección». Si él decidía por mí e iniciaba el beso, yo respondería. Dios, me quemaban las ganas que tenía de besarle. Pero yo después me escondería tras ese beso. Él lo sabía y no iba a ponérmelo fácil. Y yo sabía que no me lo merecía.

Nick me besó el cuello y pegó mi cuerpo al de él. Un suspiro de alivio me llenó los pulmones. Levanté los brazos y busqué los hombros de Nick para quitarle la americana. La prenda cayó al suelo y él gimió al notar la presión de mis manos recorriéndole los brazos. Era tan fuerte, su cuerpo siempre me había fascinado, pero ahora esa fascinación iba más allá. No solo era la fuerza que desprendía, sino también la que contenía, lo que me tenía intrigada.

Tenía que verle, quizá si le despojaba de la barrera que suponía la ropa conseguiría hacerle entender qué me había sucedido.

«Me asusté, Nick. Tenía miedo de no ser suficiente». Sonaba absurdo y yo seguía creyendo que era completamente cierto.

Llevé las manos a los botones de la camisa y, cuando desabroché el primero, Nick se agachó y colocó un brazo por debajo de mis rodillas para levantarme en brazos.

—Vamos a tu dormitorio.

—De acuerdo —asentí y eché la cabeza a un lado porque Nick siguió besándome y lamiéndome el cuello mientras caminaba. Le apreté el brazo cuando pasamos por delante de mi puerta y él entró y la cerró con un puntapié.

Me depositó sobre la cama en silencio, lo único que se oía eran nuestras respiraciones y los jadeos y suspiros que nos arrancábamos con nuestras caricias. Nick se quitó la camisa por encima de la cabeza y la lanzó al suelo, vi que llevaba un collar, pero, antes de que pudiese tocarlo o verlo mejor, él se lo quitó y se lo metió en el bolsillo del pantalón. Después se quitó la camiseta blanca y con dedos torpes se concentró en el cinturón.

Era la primera vez que veía su torso y mi cuerpo se derritió en esa cama. Dios mío. Jamás habría podido imaginarme esa perfección. Levanté una mano para tocarle, dudé por qué no sabía por dónde empezar. Apoyé la palma encima de su corazón y Nick siseó.

—Juliet.

Me apartó la mano y disimuló el brusco gesto besándome del interior de la muñeca hasta llegar al hombro. Allí siguió por el cuello y empezó a desnudarme. Él seguía llevando los pantalones, yo le recorría los abdominales mientras él me quitaba el vestido. Cuando me quedé con las medias y el camisón de seda que llevaba encima de la ropa interior, Nick se detuvo.

—Dios, Juliet, eres preciosa.

Se colocó de rodillas en la cama y levantó mi pierna derecha hasta apoyar la planta del pie en su torso. Me quitó la media muy despacio, dejando que las yemas de los dedos se aprendiesen mi piel y supieran exactamente dónde presionar para hacerme suspirar. Me besó el tobillo, me mordió la parte trasera de la pantorrilla y después repitió el proceso con la otra pierna. Al terminar, me separó los muslos ligeramente y se colocó mejor entre ellos. No hizo nada más, no me tocó durante unos dolorosos segundos, sencillamente me observó. Parecía estar hipnotizado, un hombre hambriento frente a un festín. Tendría que haberme asustado, pero lo único que sentí fue el profundo deseo de serlo todo para él, de saciar todos sus anhelos.

—Nicholas...

Él sacudió la cabeza saliendo del trance y se inclinó hacia

delante para empezar a besarme el cuello igual que hacía siempre. Después siguió hacia abajo, cubrió de besos los pechos aún cubiertos por el sujetador y el camisón. Deslizó las manos por mis piernas hasta la cintura y allí se detuvo, presionó mi cuerpo contra el colchón y entonces me di cuenta de que yo estaba moviéndome en busca de sus caricias.

—¡Shhh!, tranquila.

—Nick, por favor.

Nick colocó dos dedos bajo la cinturilla de la ropa interior y empezó a tirar de ella con cuidado. Iba despacio y yo cerré los ojos, tendría que haberme apartado, pero necesitaba seguir adelante. Habría hecho lo que fuera para seguir oyendo los gemidos que salían de los labios de Nick a medida que iba desnudándome.

—Llevo años torturándome con esto. Obsesionándome con imágenes que sabía que jamás se harían realidad.

Levanté una mano y lo busqué. Él estaba agachado, seguía con los pantalones puestos y tenía una mejilla apoyada en mi estómago. Le acaricié el pelo y él se giró para morderme la muñeca.

—Me deseas, el resto sigue sin tener sentido —añadió con la voz ronca—. Pero me deseas.

—Por favor, Nick... —No sabía qué le estaba pidiendo, solo sabía que estaba a punto de gritar y que mi piel parecía quemarme.

Nick suspiró entre triste y resignado. ¿Resignado a qué?

—¿Nick?

Noté que acercaba el rostro a mi sexo y que con los dedos de una mano lo acariciaba con cuidado. Morí de vergüenza, no estaba preparada para eso, esa intimidad iba a matarme.

—Nick, ¿qué estás haciendo?

—Dame esto, Juliet. Déjame saber al menos esto.

No lo comprendía, pero la súplica de Nick acabó conmigo y aflojé la tensión que dominaba mis muslos. Nick volvió a suspirar y a mí se me escapó una lágrima.

Entonces él me lamió, deslizó la lengua de un extremo al otro de mi sexo y yo perdí el control. Mi cuerpo se tensó, la boca de Nick estaba en la parte más íntima de mí y su boca la estaba besando igual que él había besado años atrás mis labios.

Esos besos que Nick me estaba dando tan lejos de mi boca sirvieron para que le echara de menos y me odiara por haberle impedido besarme. Se me secó la garganta, tuve que humedecerme los labios una y otra vez y fingir que era Nick el que lo hacía.

Él se mostró implacable, aprendía cada una de mis reacciones y las provocaba una y otra vez. Me sujetaba por las caderas, impidiendo que me moviese y buscase, si hubiese sabido cómo, el modo de controlar ese encuentro.

Estaba empapada de sudor, me dolía la garganta de las veces que había pronunciado su nombre y el sinfín de súplicas que lo habían seguido.

—Nick. —Le acaricié el pelo.

—Deja de luchar contra esto —susurró él sin apartarse—. Ríndete. Quiero verte. Quiero sentirte.

—Dios mío. —Tenía miedo, él había acertado al decir que estaba resistiéndome—. Nick, ayúdame.

Volvió a besarme, recorrió mi sexo con los labios abiertos y moviendo la lengua de ese modo que él sabía que despertaría mis recuerdos. Empezó a apartarse. Iba a suplicarle que no lo hiciera, a decirle que necesitaba su ayuda para alcanzar ese lugar que me parecía inaccesible. Entonces él capturó una pequeña parte de mí entre sus dientes y deslizó un dedo hacia mi interior.

—Ahora, Juliet. Ya está, cariño, mi Juliet.

Fue repentino, ese alivio que me había parecido imposible segundos atrás estalló dentro de mí de repente. Me aniquiló. Temblé de la cabeza a los pies, mis piernas se aflojaron y cayeron rendidas a ambos lados de Nick, eché el cuello hacia atrás y separé los labios sin producir ningún sonido, pues todo mi ser estaba retenido entre los labios de Nick. Cuando dejé de temblar, Nick se apartó y se tumbó a mi lado. Él seguía con los pantalones puestos, me abrazó a él y me movió hasta que quedé completamente pegada a él, entonces me rodeó con los brazos y depositó un beso en mi frente cubierta de sudor.

Yo podía oír los latidos de su corazón. Él también estaba sudado y temblando. Bajé una mano con cuidado hacia abajo, iba a tocarle, pero él la capturó antes de que pudiese hacerlo.

—No. Abrázame.

El rechazo me dolió, yo también quería hacerle sentir todo lo que él me había hecho sentir a mí. Intenté disimular y moví la mano hacia su espalda para abrazarlo. La respiración de Nick fue a peor y se estremeció. Hundí el rostro en su torso, respiré profundamente y deposité un beso lento en el esternón; separé los labios, solté el aliento y lo besé.

—Maldita sea, Juliet —farfulló él antes de que un profundo temblor lo sacudiese entero y me abrazase con todas sus fuerzas—. Maldita sea.

Dejé que me abrazase. Sentí que era lo que él necesitaba mientras caía en el abismo del que yo acababa de salir. Le besé de nuevo el pecho, una y otra vez y me dije que no eran lágrimas lo que tenía en mis ojos.

Horas más tarde me desperté y vi a Nick vistiéndose.

—Tengo que irme a Nueva York —me dijo en cuanto vio que yo tenía los ojos abiertos—. Volveré dentro de unos días. Dile a tu padre que si quiere algo del señor Cavalcanti o de mí se ponga en contacto conmigo. Cavalcanti está negociando su salida de la Mafia y no puede ser visto en según qué compañías.

¿Eso era todo lo que iba a decirme? ¿Por qué me dolía? Yo le había engañado y le había hecho pasar un infierno. Yo le había prohibido besarme.

—Se lo diré. —Seguí protegiéndome y ocultándole mis sentimientos.

—De acuerdo. —Se puso la americana y se dirigió a la puerta del dormitorio. Aguanté la respiración, ya me derrumbaría cuando él no estuviese. Le oí decir algo, giró sobre sus talones y se acercó a la cama. Me apartó el pelo y colocó la mano en mi nuca—. Pensaré en ti, Juliet.

Me besó en el cuello y salió del dormitorio antes de que yo cometiese el error de decirle que también pensaría en él.

CAPÍTULO 22

Nick

Hui de Chicago.

Me aferré a la excusa de que tenía que volver a Nueva York para seguir con la investigación del asesinato de Emmett y porque tenía que asegurarme de que la sobrina del señor Cavalcanti estuviese bien, pero la realidad es que hui.

Había tardado casi un día en conducir de Nueva York a Chicago, me había detenido solo para dormir lo necesario y no caer inconsciente ante el volante. Estaba obsesionado con la voz que había contestado al teléfono, y me había guiado únicamente la necesidad de averiguar si era ella, mi Juliet.

Ahora lo sabía.

Sabía que Juliet estaba viva, que me había engañado y hecho daño adrede, que había fingido su muerte para alejarse de mí. Sabía que no confiaba en mí, que para ella me había convertido en la peor opción posible. Apreté el volante. Sabía que me deseaba, que cuando estaba cerca de mí una parte de ella no podía negarme y que sentía la necesidad incomprensible e irrefrenable de entregarse a mí y de exigirme que yo me entregase a ella.

Sabía que no me permitía besarla porque un beso era demasiado. Cuando nos enamoramos, en lo que ahora parecía otra vida, habíamos tardado años en besarnos. Los dos sabíamos lo que significaba un beso y por eso ella me los negaba. Y por eso yo me negaba a arrebatárselos. Quería, joder, quería que Juliet quisiera besarme, no que me besase porque la pasión la cegaba. Quería que Juliet me besase a mí, a Nick.

Conduje por Indiana, Ohio y Pensilvania. Los paisajes se sucedían y solo me detenía para llenar el deposito, echarme agua en la cara en algún maltrecho y polvoriento baño de gasolinera, y beberme un café asqueroso. No me detuve a dormir, no quería cerrar los ojos porque sabía que en cuanto lo hiciera ella aparecería.

No podía dejar de oír sus gemidos.

No podía dejar de sentirla alrededor de mi lengua y de mis dedos.

Apreté los dientes hasta que noté el sabor de mi sangre en la boca. Me mordí el interior de la mejilla; ese dolor era preferible al de Juliet.

Llegué a Nueva York. En los brazos sentía mil y una agujas clavadas y tenía la camisa pegada al cuerpo por el sudor. Llamé a Toni para decirle que había vuelto, escuché su informe sobre lo que había sucedido en mi breve ausencia, y le prometí que iría a verlo en cuanto me despertase. Gracias a las casi veinticuatro horas de conducción creía que iba a poder dormir sin pensar en ella. Subí al dormitorio, me desnudé, me reí de mí mismo al comprobar lo mucho que me temblaba la mano al acariciar el anillo que me colgaba del cuello.

—Idiota.

Lancé la ropa al suelo, quizá también la quemaría, allí al

menos no tendría que pagar a nadie para que mantuviese la boca cerrada. No me duché, tendría que haberlo hecho, Dios sabía que no olía precisamente bien después de haberme pasado todo un día conduciendo y visitando gasolineras polvorientas, pero no lo hice porque era un estúpido y el perfume de Juliet seguía escondido en partes de mi piel.

Me desplomé en mi cama, esa en la que siempre había dormido solo. Por primera vez me imaginé a Juliet en ella y furioso me obligué a dejar de hacerlo.

«Ella no deja que la beses, no estará aquí nunca».

Me sentía como un estúpido por desearla de ese modo, ¿qué clase de hombre era que me conformaba con eso? Con otra mujer no me habría importado, en realidad lo habría preferido, pero con Juliet dolía. Dolía más de lo que estaba dispuesto a reconocer, porque si lo hacía también tenía que admitir que ella no me quería y que jamás me había querido.

Pero ella había llorado, ella se había estremecido en mis brazos y me había acariciado de un modo que era imposible que hubiese acariciado a otro. Pensé en las estrellas, en las noches que nos habíamos pasado sentados en su ventana. Juliet me estaba escondiendo algo, se estaba protegiendo, pero ¿de qué?

Quizá había hecho bien en irme de Chicago, la distancia me ayudaría a pensar. Encajar piezas era lo que se me daba mejor, resolver acertijos indescifrables. Observaría con paciencia todas las pruebas y encontraría una explicación. Tal vez me estaba engañando, tal vez Juliet no escondía ningún misterio, pero me negué a creerlo y conseguí quedarme dormido.

Desperté ocho horas más tarde, había necesitado ese descanso y ahora mi mente estaba dispuesta e impaciente por ponerse a trabajar. Me duché. Bajo el agua empecé a repasar lo que Juliet me había contado y lo que me había escondido; sus miradas, sus besos, sus frases a medias. Estaba abajo leyendo el periódico cuando sonó el timbre de la puerta. Muy poca gente sabía que vivía allí, solo el señor Cavalcanti, Toni y quizá Marco. Compré esta casa hace tiempo, después de abandonar definitivamente la del señor Belcastro y para obligarme a no visitar el viejo dormitorio de Juliet.

Sí, me había colado por esa ventana más veces de las que quería recordar. Había acabado comprando la casa de la calle Rutgers, me pertenecía desde hacía tiempo aunque no sabía qué hacer con ella. Otra prueba más de mi locura.

—Abre, Nick.

¿Jack? ¿Jack estaba aquí? Sentí un escalofrío, si él no se hubiese ido de Little Italy seguro que habría impedido que me hundiese con la muerte de Juliet. Pero Juliet no estaba muerta y Jack había vuelto. Y yo seguía estando roto por dentro.

—Te estaba abriendo, detective. —Sujeté la puerta—. ¿Qué estás haciendo aquí?

Él se encogió de hombros y sacó del bolsillo la moneda que compartíamos desde la infancia.

—Te toca a ti. ¿Puedo pasar?

Levanté una ceja y acepté la moneda con suspicacia. Sabía que después de haber estado con Juliet mis instintos podían fallarme.

—¿Qué pretendes con esto?

—Déjame pasar. Tenemos que hablar. —No me aparté, no iba a ceder tan fácilmente, entregarme esa moneda podía ser una treta para obligarme a bajar la guardia y no tenía ninguna intención de que un policía de Nueva York, por mucho pasado que compartiéramos, me arrestase esa mañana—. Sé quién mató a Emmett.

Me aparté de inmediato.

—Pasa.

Jack entró. El interior de mi casa debió de sorprenderle. Estaba llena de libros y encajaba más con un profesor o un bibliotecario que conmigo, pero no iba a darle explicaciones.

—Siéntate, nos serviré una copa. Intuyo que nos va a hacer falta.

—Gracias.

A mí sí me hacía falta. Cuando Jack había dicho que había descubierto la identidad del asesino de Emmett me había sentido culpable y miserable. Culpable, porque la muerte de ese hombre que hacía años me salvó de la mía se me había olvidado, y miserable, porque durante un segundo había pensado que, si Jack me estaba diciendo la verdad, podía volver a Chicago cuanto antes.

—El hombre que mató a Emmett tiene un tatuaje muy peculiar en la nuca; una cola de sirena —empezó Jack.

Suspiré un poco aliviado, eso ya lo sabía, Siena me lo había contado y, antes de irme a Chicago, había investigado esa pista.

—Lo sé, Siena me lo contó y también me dijo que se lo había dicho a la policía.

—Encontré al tatuador pero no sirvió de nada —prosiguió Jack.

—También lo sé, yo también fui a hablar con él.

Los dos bebimos un poco, buscamos cómo definir de nuevo una amistad que tal vez no había desaparecido del todo. Sentí el peso de la moneda en el bolsillo del pantalón y en cierto modo compensó el del collar que me colgaba del cuello. No eran sentimientos comparables, pero me reconfortaba pensar que, aunque el amor que simbolizaba el anillo lo había perdido para siempre hacía años, quizá consiguiera hacer las paces con el amigo que se escondía tras esa moneda.

—Un preso de la prisión del condado tiene el mismo tatuaje —dijo Jack consiguiendo atrapar mi atención—. Se llama Ripoli y ayer fui a hablar con él, ¿eso también lo sabías?

—No, no lo sabía.

—Le pregunté por qué había elegido ese tatuaje en concreto y me habló de un antiguo compañero de celda.

—¿Te dio su nombre?

—Sí.

Los dos necesitábamos beber un poco más.

—¿Cuál es?

—Fabrizio Tabone.

Tenía que ponerme en pie, mi vida se había convertido en la jodida máquina del tiempo de H.G. Wells.

—Es imposible —afirmé rotundo—. Tu padre murió hace años.

Yo estaba allí, lo vi en el bar de los irlandeses. Sin embargo sabía que era imposible que Jack lo supiera. Tal como anticiparon tanto Anderson como Cavalcanti, nunca nadie había tenido noticia de que yo estuviera en esa matanza.

—¿Cómo lo sabes? —La inteligencia que tanto había admirado en Jack de pequeños asomó en sus ojos.

—Joder, Jack, lo sé igual que tú. Murió en ese bar irlandés —le contesté sin mentirle y sin decirle toda la verdad.

—Los cadáveres eran imposibles de identificar, la gran mayoría de identificaciones se basaron en hechos circunstanciales como la altura o el reloj que llevaban en las muñecas. Es más que posible que Fabrizio no estuviese allí o que estuviese y sobreviviese.

Esa noche iba a perseguirme siempre. Imágenes de las llamas que devoraron la barra del bar reaparecieron claramente en mi mente, el cuerpo de Juliet en medio de ese charco de sangre, hombres corriendo a nuestro alrededor.

—Y también es más que posible que ese jodido preso te mintiese, detective, o que haya más de un hombre con una cola de sirena tatuada en la nuca. —Soné tosco y furioso, lo sabía y no pude evitarlo. Esa noche era mi infierno particular.

—Es él, Nick, estoy seguro.

El tono de Jack era como el de hacía años, como cuando éramos amigos. Eso me desarmó.

—¿Cómo lo sabes?

Él respiró profundamente y buscó algo en el bolsillo de la americana.

—Mira.

Jack me ofreció algo, una fotografía, y yo la acepté. Presentí que eso era importante. Jack era detective y tenía a su disposición a toda la policía de Nueva York, probablemente incluso el manipulador de Anderson acudiría a ayudarle y sin embargo estaba allí, en mi casa, enseñándome una fotografía.

—Son Emmett Belcastro, los hermanos Cavalcanti y Fabrizio —los reconocí y mi mente empezó a atar cabos—. Mierda, Jack, ¿dónde la has encontrado?

—Estaba escondida en la butaca que Emmett tenía en su despacho.

—Mierda. —Le devolví la fotografía y el gesto le cogió por sorpresa. Sonrió y fue como si los dos volviésemos a tener dieciséis años y a confiar nuestra vida en el otro. Quizá era lo que había hecho él enseñándome esa fotografía.

—El asesinato de Emmett fue personal, el hombre que lo mató no le disparó desde diez metros de distancia ni voló por los aires su casa. Se acercó a él, habló con él y le degolló. Esperó a sentir cómo la vida de Emmett le empapaba la mano de sangre antes de irse.

—Sí, yo también lo creo.

—Esta fotografía es la clave, Nick. Lo sé.

Caminé hasta el mueble bar y volví junto a Jack con la botella de whisky. Llené los vasos.

—¿Por qué has venido a contarme esto?

—Porque quiero hablar con Luciano Cavalcanti.

Observé a Jack. Estaba diciendo la verdad, lo sabía con absoluta certeza a pesar de mis dudas. El señor Cavalcanti tenía que estar de regreso de Chicago, después de la cena con Kelly y sus inversores los dos decidimos que lo mejor sería volver a Nueva York unos días. Él volvería a negociar con las familias de la Mafia en breve y yo... yo no sé si volvería a Chicago o si seguiría escondiéndome. «No pienses en Juliet, ella te ha destrozado la vida, piensa en Emmett, él te la salvó»:

—No se lo has contado a la policía —adiviné.

—No.

—¿Por qué?

Estos días había aprendido que las acciones en sí mismas no servían de mucho, lo verdaderamente importante era los motivos por los que nos decidíamos a llevarlas a cabo.

—Porque Fabrizio Tabone era mi padre y quiero saber la verdad. De los hombres que aparecen en esa fotografía, Luciano Cavalcanti es el único al que tengo acceso. Quiero hablar con él, preguntarle qué sabe de Fabrizio. Nada más.

—¿No quieres preguntarle por sus negocios o por su viaje a Chicago?

El fiscal Murphy había estado dispuesto a utilizar a su hija para sonsacarme información, no iba a descartar que Jack quisiera lo mismo así como así.

—No, solo quiero saber si existe la posibilidad de que Fabrizio esté vivo y, si es así, qué motivos podía tener para matar a Emmett Belcastro.

Demasiados, pensé. Emmett conocía el pasado de todos los miembros de la Mafia de Little Italy y tenía buena memoria, por no mencionar que solía guardar pruebas de todo.

—No creo que el señor Cavalcanti acceda a verte. —Antes teníamos que asegurarnos de que Jack estaba diciendo la verdad.

—Dile que tiene dos opciones. Puede hablar conmigo en su casa o puede hablar con el superintendente Anderson en la comisaría después de que le fotografíe toda la prensa.

Anderson, ya sabía yo que ese hombre algún día reaparecería en mi vida. A juzgar por cómo Jack me había tratado desde su regreso a Little Italy, el superintendente, antes capitán, no le había contado a su detective que nos conocíamos.

—Veo que sigues siendo un cabrón, Jack. —No pude evitar sonreír—. Veré qué puedo hacer.

—Gracias. —Se terminó la bebida y dejó el vaso en la mesa—. Y gracias por el whisky.

—De nada.

—Será mejor que me vaya.

—Sí, será lo mejor. —Tenía que reunirme con Cavalcanti lo antes posible y trabar una estrategia—. Si alguien se entera de que has estado aquí, mi reputación quedará por los suelos —bromeé para disimular mi inquietud.

—Creo que tu reputación podrá soportarlo —Jack también bromeó y durante un segundo me sentí tentado de hablarle de Juliet. Él me diría que me estoy comportando como un imbécil sin espina dorsal y me obligaría a reaccionar. No lo hice, no solo porque Jack y yo aún no habíamos llegado a ese punto, seguía odiándole por haberse alistado en la academia de policía, sino porque no quería que nadie me obligara a reconocer que lo que estoy haciendo con Juliet no tiene sentido y terminará matándome—. Dile a Cavalcanti que tiene de tiempo hasta mañana. No puedo ocultarle esta información a mi gente durante más tiempo.

—Se lo diré.

«Y dejaré de pensar en Juliet a todas horas. Joder, tengo que centrarme».

Era evidente que Jack tenía que irse. Lo acompañé hasta la puerta. Los dos nos quedamos mirándonos. Era extraño

que en esos pocos días tantas partes de mi pasado hubieran vuelto a la superficie y me hubieran sacudido tanto.
—Nos vemos, Nick.
Jack abrió la puerta con tranquilidad y salió a la calle. Al verlo allí de pie y con la moneda que llevábamos años mandándonos por correo en mi bolsillo tuve la certeza de que efectivamente volveríamos a vernos. Y a Sandy también. Quizá incluso me apiadara de Jack y le contara dónde estaba Sandy.
—Eso, nos vemos, Jack.
Tras la partida de Jack abandoné la casa y me dirigí a la residencia de los Cavalcanti. Luciano me había hablado en alguna ocasión de sus hermanos; el padre de Siena había muerto a manos de unos enemigos de la familia que lo habían asesinado junto a su esposa, la madre de Siena, haciendo volar por los aires su coche. Adelpho Cavalcanti era, sin embargo, otro tema. El mayor de los Cavalcanti se había quedado en Italia, donde era temido por el monstruo que era. Luciano había roto su relación con Adelpho hacía años, los dos hermanos se enfrentaban constantemente y no compartían la misma visión del mundo de los negocios o de la Mafia. Yo nunca había conocido a Adelpho, aunque el mayor de los Cavalcanti había visitado América en alguna ocasión, Luciano había insistido en que me mantuviese alejado de él. Comprendí entonces que me había protegido y supe que por ese mismo motivo yo iba a protegerlo a él.
No como a Emmett.
Saludé a Toni al entrar y le felicité por haber mantenido a salvo a Siena durante mi ausencia. Después me dirigí al despacho del señor Cavalcanti para hablar con él.
—Buenos días, Nick. Me alegro de verte. —Estaba bebiendo una taza de café y leyendo el periódico.
—Buenos días, espero que tuvieras un buen viaje de regreso.

—Mi partida fue precipitada, me temo. Voy a tener que volver a Chicago lo antes posible.

Me acerqué a la mesa y me senté en cuanto Cavalcanti señaló el asiento.

—Ha venido a verme Jack Tabone, el detective que lleva el asesinato de Emmett. —Cavalcanti me escuchó atento—. Ha encontrado una fotografía en el despacho de Emmett en Verona.

—¿Una fotografía?

—Es una vieja fotografía de Italia, en ella aparece Emmett, tu hermano Adelpho, Fabrizio Tabone y tú.

—Emmett y sus sentimentalismos. —Se apoyó en el respaldo de la silla—. Le dije que algún día nos traerían problemas. ¿Qué quería Tabone? Dices que ha venido a verte, pero dudo que solo pretendiera enseñarte una vieja fotografía que en realidad no demuestra nada.

—Tabone cree que su padre sigue vivo. Le he dicho que es imposible, le vi en el bar de los irlandeses, pero los dos sabemos que no sería el primero en salir vivo de allí.

—¿Qué sucedió con Juliet?

—No quiero hablar de ello. Además, tenemos que resolver esto. La policía de Nueva York está husmeando y cualquier paso en falso puede estropear las negociaciones de Chicago.

—Tienes razón, pero en algún momento tendrás que enfrentarte a Juliet, créeme. ¿Qué quería Tabone?

—Tabone está convencido de que su padre sigue vivo y que es el autor del asesinato de Belcastro.

—Dios mío. —Cavalcanti se frotó la mandíbula—. Maldita sea. Tendría sentido. Tabone nos odiaba a mí y a Belcastro por algo que había sucedido hace años, algo que también afecta a tu amigo Jack.

—¿El qué?

—Un secreto del pasado, algo que ahora no tiene importancia, pero que encajaría con las sospechas de tu amigo el detective.

—El pasado tendría que quedarse atrás, allí es donde se supone que tiene que estar. Maldita sea.

—Cierto —Cavalcanti sonrió—, pero en ocasiones es maravilloso tener una segunda oportunidad, un verdadero milagro.

—¿Por qué lo dices? Te aseguro que lo de Juliet no es ningún jodido milagro, es una tortura, la peor que nadie podría infligirme.

—Necesitas resolver el pasado, Valenti, eres un hijo de puta con suerte por poder hacerlo, pero no estaba hablando solo de ti. ¿Tabone puede demostrar que Fabrizio está vivo?

—No lo sé. Jack quiere hablar contigo. Tienes de tiempo hasta mañana. Si no, le enseñará la fotografía a la policía.

—¿Confías en él?

Me quedé en silencio unos segundos y lo pensé. En Chicago había llegado a la conclusión de que sí, de que, a pesar del pasado, confiaba en Jack.

—Sí.

—Entonces iré a hablar con él.

—De acuerdo, yo mientras veré qué puedo averiguar sobre Fabrizio Tabone. Si el padre de Jack está vivo y mató a Emmett, alguien tiene que haberle visto. —Vi que el señor Cavalcanti me observaba de un modo peculiar—. ¿Sucede algo?

—Hoy puedes quedarte aquí, pero mañana —soltó el aliento— necesito que vuelvas a Chicago.

CAPÍTULO 23

Nick

Volvía a estar en la carretera.

Podía huir e irme a cualquier parte. Si conseguía cruzar la frontera de Canadá, y no dudaba de que lo consiguiera, nadie lograría encontrarme jamás.

No tomé la carretera que conducía a Canadá, seguí el trayecto que mis ojos empezaban a reconocer y busqué las señales que me llevarían hasta Chicago.

La noche anterior, antes de partir, el señor Cavalcanti me pidió que acompañase a su sobrina Siena a casa de Jack. Yo había estado tan preocupado por Juliet que ni siquiera me había dado cuenta de que existía algo entre Siena y Jack. Tenía sentido, el día que se conocieron en la librería de Emmett presentí que estaba presenciando algo, cierto paralelismo entre ese instante y el que nos unió a Juliet y a mí por primera vez también en esa librería.

Llevé a Siena a casa de Jack y la esperé abajo en el coche. Ella volvió una hora más tarde tal como habíamos acordado con los ojos llenos de lágrimas y entró en la parte posterior del mismo vehículo en el que estaba ahora sin decir nada. Tendría que haberla dejado llorar en silencio, pero no pude, esa chica era mi amiga. Jamás había existido ninguna atracción entre nosotros —qué fácil habrían sido nuestras vidas si hubiese aparecido esa chispa— y no sentía que fuese parte de mi sangre como lo era Sandy a la que quería como a una hermana, pero Siena era mi amiga y a pesar de que seguro que ella creía que yo carecía de un sentimiento tan básico como la empatía no me gustaba verla sufrir.

—¿Estás bien, Siena?

—No.

Sonreí y envidié su sinceridad.

—¿Quieres contármelo?

—Ha dejado que me fuera, Valenti —sollozó y tragó saliva para recuperar cierta calma—. Jack ha dejado que me fuera.

Pensé en Juliet, fue inevitable. Ella también había dejado que me fuera, pero entonces recordé las lágrimas de ella al explicarme lo que había sucedido esa noche y recordé su dolorosa confesión sobre las vidas que ella me había imaginado estar viviendo.

«Estos años te he imaginado viviendo en San Francisco, casado con una preciosa chica italiana, con dos o tres niños y trabajando de arquitecto. También te he imaginado en Seattle, allí estudiabas para convertirte en ingeniero y tenías una prometida que leía novelas contigo. También... también te he imaginado en Boston, allí te dedicabas a... a dar clases y tenías dos niñas preciosas a las que bautizabas con nombres de Shakespeare».

—Quizá sea lo único que Jack puede hacer ahora —le dije sorprendiéndome por cómo dolía en mi interior esa posibilidad. Quizá Juliet no había podido hacer otra cosa, quizá se había sentido atrapada y había muerto para poder huir—. Quizá sea lo mejor para todos, lo mejor para ti.

Siena entrecerró los ojos, la vi por el retrovisor y pensé en lo mucho que se parecía a su tío.

—Mis padres murieron porque mi tío Adelpho se quedó con un cargamento de droga de la familia Asienti y los Asienti creyeron, erróneamente, que matando a su hermano y a su cuñada le harían daño. A Adelpho ninguno de nosotros le importábamos lo más mínimo. Ese día yo también estaba en el coche, yo también habría muerto, pero me había dejado el violín y volví corriendo a casa para buscarlo. El coche estalló cuando yo estaba en la escalera.

—Dios mío, Siena, lo siento mucho.

—Estoy viva, Valenti, y les prometí a mis padres, de pie frente a sus tumbas, que viviría. No voy a permitir que mi tío vuelva a encerrarme en casa y te aseguro que no voy a permitir que Jack niegue lo que ha sucedido entre los dos o que lo convierta en algo sórdido. Quiero entenderlo, quiero ayudarle. Pero no voy a obligarle a que confíe en mí cuando es más que evidente que de momento no está dispuesto a hacerlo.

—Tal vez no lo esté nunca, Siena —le dije con la voz ronca porque su breve y honesto discurso logró sacudirme.

Recordé la conversación con Siena. Yo podía llegar a Chicago, asistir a las reuniones con los representantes de las familias, con los políticos de turno, incluso con el fiscal Murphy sin ver a Juliet. Pero ella estaba viva y yo tenía dos opciones: olvidarme de ella y seguir creyendo que estaba muerta o intentar entenderla y confiar en nosotros.

La segunda opción era una temeridad, quizá incluso sería preferible que estrellase directamente el coche contra la próxima gasolinera que se cruzase en mi camino.

Llegué al hotel exhausto y pedí al recepcionista que me diese la misma habitación que había ocupado la última vez; quería estar en el mismo lugar donde había vuelto a tener a Juliet en brazos aunque fuese el método más eficaz para asegurarme noches de insomnio. Era pronto y yo estaba impaciente por seguir adelante. Me duché para sacudirme de encima el polvo y el cansancio de la carretera y volví a vestirme.

Habían arreglado el azulejo de la ducha, en mis nudillos había quedado una pequeña cicatriz de aquel día.

Fui a cumplir con el primer encargo del señor Cavalcanti: reunirme con el fiscal Murphy, el padre de Juliet.

Cavalcanti llevaba meses negociando con las familias de la Mafia su alejamiento del negocio. Por fin había llegado el momento de cortar cualquier vínculo con ellos y de dedicarnos únicamente a nuestros proyectos legales. El horror al que a veces había sucumbido Luciano, y al que yo me había visto obligado a acompañarle, ya no encajaba con él. Había sucedido algo, quizá había sido esa mujer de la que él se negaba a hablar, pero Cavalcanti había dicho basta.

El día que me comunicó su decisión de retirarse noté que un enorme peso desaparecía de encima de mi pecho.

Los dos sabíamos que no iba a ser fácil. Trazamos un elaborado plan desde el principio. Nos aseguraríamos de hacerles ricos; las familias de la Mafia amaban el dinero y el poder por encima de todo. Les haríamos tan ricos y tan poderosos que no les importaría perdernos de vista, lo preferirían.

Llevábamos meses invirtiendo para esas familias, enriqueciéndolas, quizá tendríamos que habernos sentidos culpables porque estábamos financiando las arcas del crimen, pero tanto el señor Cavalcanti como yo reservábamos la culpabilidad para asuntos más personales. El plan había funcionado, había funcionado demasiado bien, la Mafia estaba dispuesta a dejarnos partir.

La fiscalía de Chicago no.

Nuestras inversiones habían captado la atención del fiscal Murphy y sus hombres y él habían empezado a desmontarlas, a olisquearlas igual que un perro cazador. Teníamos que detenerlos. Por eso iba a reunirme con Murphy, para contarle una verdad que él sin duda se negaría a creer.

Llegué a la fiscalía, subí los escalones y me obligué a controlar el impulso de dirigirme a la puerta tras la que sabía que se encontraba Juliet.

«Aún no».

El despacho del fiscal general Murphy se encontraba en el primer piso. Había una recepción con un policía y varias mesas con mujeres y hombres trabajando.

—Buenos días —saludé al agente de la ley—, soy Nick Valenti —reconoció mi nombre y se llevó una mano al revólver que colgaba de su cintura. Me abstuve de sonreír para no provocarle—. Me gustaría hablar con el señor Murphy, ¿sabe si está disponible?

El hombre parpadeó varias veces.

—¿Tiene una cita concertada con el fiscal, señor Valenti? —intervino una señorita, a ella mi presencia también la había puesto nerviosa, pero conseguía disimularlo mejor.

—No, señorita. Puedo esperar aquí si lo prefiere mientras usted le pregunta al señor fiscal si puede recibirme.

—Claro, por supuesto. —Se dio media vuelta y se golpeó con una mesa de camino al despacho del fiscal.

El agente de policía seguía con la mano en la pistola. Quizá debería decirle que yo no iba armado. No, preferí dejarle sufrir un rato.

—El fiscal le recibirá ahora, señor Valenti. —La chica reapareció al cabo de unos minutos. Me aparté de la mesa del policía saludándole con dos dedos en la frente y me dirigí hacia el despacho de Murphy.

Tendría que haber sabido que ella estaría allí. De lo contrario, el destino habría decidido darme un descanso. Juliet estaba en pie frente a la mesa que ocupaba su padre.

Murphy se levantó al verme y salió a mi encuentro. Se colocó entre su hija y yo, quizá pensó que así la protegería.

—No lo esperaba, señor Valenti.

No me tendió la mano. La frialdad no me intimidó, ya la esperaba.

—Dudo mucho que eso sea cierto, señor Murphy, lleva meses intentando captar nuestra atención. —Desvié la mirada por encima del hombro del fiscal—. Hola, Juliet, te dije que volvería.

—Sí, así es.

—Y he vuelto, yo no miento.

Ella retrocedió un poco y apretó los papeles que tenía en las manos. Yo contuve el impulso de disculparme y de abrazarla.

—Volveré al trabajo.

—Por supuesto, hija. —Murphy la acompañó hasta la puerta—. Nos vemos más tarde, Taylor nos llevará a casa.

El fiscal era astuto. Fingí no entender sus advertencias y respondí en consecuencia.

—Hasta luego, Juliet.

—Adiós, Nick.

«Nada de adiós».

El fiscal cerró la puerta y yo mantuve el rostro impasible. Esa reunión no iba a ser fácil y no iba a darle a ese hombre más munición con la que atacarme.

—¿Qué pretende con esta visita, señor Valenti?

—¿Puedo sentarme?

—Por favor. —Señaló la silla de piel negra que había frente al escritorio y él volvió a ocupar su lugar.

—El señor Cavalcanti ha negociado con las familias de la Mafia su despedida. Ni él ni yo ni ninguno de sus allegados volveremos a estar relacionados con ese entorno.

—¿Qué entorno?

—No perdamos el tiempo, señor Murphy, y le aconsejo

que si quiere conseguir algo de todo esto no insulte mi inteligencia.

—¿Qué cree que quiero conseguir?

Le tenía, tanto él como yo lo sabíamos.

—Sé que quiere pruebas contra el alcalde y la financiación de su partido. —Murphy entrecerró los ojos y no negó mi afirmación—. Sé que quiere saber qué policías, jueces, fiscales de la ciudad son de fiar y cuáles aceptan sobornos o trabajan directamente para la Mafia. Sé que quiere todo eso más y yo puedo dárselo.

—¿A cambio de qué, Valenti? No permitiré que me chantajee.

—Lo sé. De lo contrario usted estaría en la lista que tengo intención de proporcionarle.

—¿Me la dará sin más?

Los dos sonreímos. Me negué a recordar que ese hombre me había visto llorar no una sino dos veces. Murphy me había visto en mi peor momento y aun así en ese instante sentí que en cierto modo me respetaba.

—No, sin más no. Se la daré a cambio de que acepte de una vez por todas que no encontrará pruebas en contra del señor Cavalcanti ni de mí o de su organización.

—¿Tan seguro está de que no voy a encontrarlas?

—Sí, lo estoy. No va a encontrarlas porque no existen.

Yo me había asegurado de ello. Trazar planes y descifrar números, leyes, fórmulas matemáticas, horarios de puertos... ningún acertijo con una raíz numérica o lógica se me resistía. «Porque eres solo cerebro, nada emoción», me acusó Belcastro en una ocasión.

—A ver si lo he entendido. Usted sabe que no existe ninguna posibilidad de que encontremos ninguna prueba en contra de usted o del señor Cavalcanti y aun así ha venido aquí a ofrecerme una lista de hombres corruptos a cambio de que deje de investigar. No tiene sentido, Valenti. Quizá lo único que pretende es que dude de mis propios agentes, de mi alcalde, de las instituciones que defiendo porque estoy demasiado cerca de esas pruebas que según usted no existen.

Sonreí, ahora por fin Murphy estaba exactamente donde yo quería. Si le hubiese enseñado antes el documento que llevaba en el bolsillo, no se lo habría creído o quizá ni siquiera lo hubiera leído.

—Léalo, encontrará todo lo que necesita para arrestar a uno de los hombres de confianza de Kelly—. Dejé el sobre encima de la mesa y me puse en pie—. Estaré en el hotel Drake, venga a verme cuando esté dispuesto a hacer un trato.

Me di media vuelta y caminé hacia la puerta.

—¿Por qué hace esto? Podría sustituir a Cavalcanti dentro de la Mafia y todo seguiría igual.

—Esta jamás ha sido mi vida. —Abrí la puerta y me giré a mirarlo—. Piense bien en lo que le he ofrecido, señor Murphy. Esos hombres, los que llevan años jugando entre su bando y el mío, quizá no sabrán quién les ha delatado, pero sí sabrán quién les ha arrestado y encerrado en la cárcel. Si decide seguir adelante, su vida tal y como la conoce ahora cambiará.

—La Mafia lleva años amenazándome, no voy a asustarme.

—No es de la Mafia de la que debe tener miedo, señor Murphy. Buenos días, estaré en el Drake si decide hablar conmigo.

Había empezado. El proceso para alejarnos para siempre de la Mafia y asegurarnos de que la justicia dejaba de perseguirnos estaba en marcha. No me hacía ilusiones, nada en mi vida había resultado fácil, así que eso no iba a ser distinto, pero mientras bajaba la escalera sentí algo parecido al alivio y un atisbo de alegría.

Aceleré el paso guiado por un sentimiento del pasado y por la necesidad de compartir aquel instante con la única persona posible. Abrí la puerta y me detuve. Vi a Juliet, estaba de pie al lado de su mesa, estaba hablando con otra chica, una mujer de aspecto amable que parecía estar preguntándole algo. Juliet le sonrió. A mí se me detuvo el corazón porque desde que nos habíamos reencontrado no me había sonreído así. Juliet movió la mano, estaba respondiendo a su amiga y gesticulaba.

Se detuvo, la mano paró en medio del aire y ella se giró hacia mí. Me vio mirándola, no tenía intención de negarlo, y los ojos de Juliet se abrieron aún más. Seguían siendo azules, preciosos, del color que adquiría el cielo justo antes de oscurecer. El color más bonito del universo, mi universo. Quise odiarla, era lo que más deseaba en este mundo. Quise ser capaz de protegerme, pero sabía que sin ella a mi lado no tenía nada que perder, nada que proteger. Juliet me sonrió, empezó despacio, en la comisura de esos labios que ella no me dejaba besarle y se extendió lentamente por el resto del rostro. Me apoyé en la pared, tuve que hacerlo porque me temblaron un poco las rodillas. Juliet me miró, me recorrió con la mirada de la cabeza a los pies, sentí que a ella se le aceleraba el pulso, lo adiviné porque se sonrojó. Mi respiración también se alteró y tragué saliva. Siempre que estaba cerca de ella mi cuerpo se hacía un lío entre respirar, pensar, o sencillamente ir a su lado. Juliet separó los labios e hizo eso que me volvía loco; se los humedeció.

Di un paso hacia ella y Juliet retrocedió.

Me dolió, fue como una sacudida. ¿Tanto miedo tenía de estar cerca de mí o era vergüenza? Di media vuelta y me fui. Creí oír un suspiro o quizá algo parecido a mi nombre, pero no me detuve a comprobarlo.

Juliet no corrió detrás de mí.

Entré en mi coche y conduje hacia mi siguiente cita. El

fiscal general no era el único hombre al que tenía que visitar si quería conseguir que el señor Cavalcanti y yo pudiésemos despedirnos para siempre de la Mafia. Además, el señor Clemenza probablemente me estaba esperando.

Don Augusto Clemenza era el capo que iba a ocupar la vacante del señor Cavalcanti. No era perfecto y sin duda no estaba a la altura de su predecesor, pero era inteligente y sabía que si echaba a perder lo que Cavalcanti había construido tendría problemas. Serios problemas.

Me reuní con Clemenza en el Palmer. Allí seguían celebrándose las reuniones entre las distintas familias, a nadie le había gustado que Cavalcanti se fuera antes de dar por concluidas todas las negociaciones, aunque lo habían respetado. Varios de ellos habían conocido a Emmett Belcastro y querían que su asesinato se resolviese cuanto antes. Además, Cavalcanti podía hacer lo que le viniese en gana y eso lo sabían todos.

La mayor baza a favor de Don Clemenza era su ambición y la peor, su ambición. Cavalcanti y yo éramos conscientes de esa dualidad y también de que era nuestra mejor opción.

—Buenas tardes, Don Clemenza —lo saludé respetuosamente en cuanto uno de sus hombres me acompañó hasta él—. El señor Cavalcanti le envía sus respetos.

—¿Han averiguado ya quién mató a Belcastro?

—Aún no, pero tenemos una pista fiable.

—Bien, me alegro. Cualquier cosa que necesites, pídesela a mis muchachos.

—Gracias, Don Clemenza.

—¿Qué tal tu visita a la fiscalía?

No me hice el sorprendido, en realidad era tranquilizador que Don Clemenza se comportase tal y como había previsto.

—Bien, gracias. Tal como prometió el señor Cavalcanti, nos iremos dejándoles ricos y sin problemas a su alrededor.

—Eso espero, Valenti, los problemas mal resueltos tienden a reaparecer, ¿me entiendes?

—Perfectamente Don Clemenza, por eso estoy aquí, para pedirle su ayuda.

El hombre se hinchó como un pavo real. Otro de los defectos de Don Clemenza era su ego, los hombres con ego son demasiado fáciles de manipular.

—Por supuesto, Valenti, dime qué puedo hacer por ti.

Le conté parte de nuestro plan, necesitaba que Clemenza me ayudase a hundir no solo a un juez del estado, sino también a Frankie Sivero, el otro gánster que había intentado ocupar el puesto del señor Cavalcanti y cuyos negocios y delitos no dejaban de aumentar en la zona de Las Vegas y Miami.

—Es peligroso, Valenti.

—Es necesario. ¿Cuento con usted y su discreción?

No estaba loco, sabía que no contaba completamente con el silencio de Don Clemenza y eso también formaba parte de mi plan.

—Por supuesto, Valenti, lo que sea para ayudar al señor Cavalcanti.

—Entonces me retiro. —Le estreché la mano con seriedad—. Vendré a verle muy pronto.

Conduje de regreso a mi hotel, ahora solo tenía que esperar y rezar para que no me matasen antes de tiempo.

CAPÍTULO 24

Nick

Salía de la ducha cuando llamaron a mi puerta.
—Un momento.
Me puse los pantalones y busqué mi pistola. Las armas no me gustaban, pero no era tan estúpido como para no saber que tras mis dos visitas de ese día podía llegar a necesitar una. Dejé la toalla a un lado y abrí la puerta despacio resguardándome detrás de la hoja de madera y con el arma bien amartillada.
Habría preferido enfrentarme a dos asesinos a sueldo que a la mujer que me encontré esperándome.
—Juliet.
Ella entró. No dijo nada y no dejó de mirarme, como si estuviera en trance o sumamente concentrada. No sabía si debía tocarla. Su silencio me electrizaba la piel. Empujé la puerta con la mano en la que no llevaba el arma y la cerré. Juliet siguió sin moverse, me siguió con la mirada cuando me aparté de ella para dejar la pistola encima de la mesilla de noche que había junto a la cama. Iba sin camisa, quizá

era eso lo que le inquietaba y yo, la verdad, tenía escalofríos y prefería vestirme. Me acerqué al armario, el servicio del hotel se había encargado de deshacerme la maleta y colgarme la ropa, cogí una camisa blanca, me daba igual esa que otra.

Juliet me tocó la espalda y fue peor que ser atravesado por un rayo. Peor, mucho peor. No pude contener el temblor que me recorrió el cuerpo. Cerré los ojos y dejé caer la cabeza hacia delante.

—Juliet...

Ella deslizó los dedos por la cadena que yo llevaba en el cuello. Pensé que iba a preguntarme qué era e intenté buscar una respuesta que estuviese lo más alejada posible de la verdad. No me hizo ninguna pregunta, se inclinó hacia delante y apoyó la frente en mi espalda. Me rodeó la cintura con los brazos y respiró despacio.

¿Qué tenía que hacer? ¿Cómo podía saber qué quería o que sentía ella cuando se mantenía tan lejos de mí?

«Arriesgándote».

—He pensado en ti. Estos días, y todos los demás, he pensado en ti.

Ella podía fingir que no me había oído o entendido, podía rechazarme. Movió la cabeza encima de mi espalda, su frente me acarició y sus dedos se flexionaron en la cintura del pantalón.

—Yo también he pensado en ti.

Coloqué una mano encima de una de las de Juliet y la levanté para acercármela a los labios. Besé los nudillos uno a uno, besé la muñeca y después la palma. Al terminar, volví a colocar la mano de Juliet en mi cintura y levanté la otra para besarla del mismo modo. Cuando terminé me di media vuelta y Juliet escondió de nuevo el rostro, esta vez en mi pecho. Pensé que iba a apartarse, pero separó los labios y me besó el esternón.

Los dos temblábamos. No podíamos ir despacio ni tampoco más rápido, nuestros cuerpos se romperían de lo mucho que nos deseábamos y necesitábamos. Le acaricié el pelo mientras ella me besaba el torso y me acariciaba la espalda. Era lento y sensual y, aunque quizá Juliet no lo supiera o no quisiera reconocerlo, muy romántico. Nunca nadie me había besado así ni me besaría así jamás.

«Pero sigue negándome sus labios».

Podría besarla, podría levantarle la cabeza y seducirla. Yo jamás la forzaría, pero ella me deseaba y yo sabía cómo utilizar ese deseo. No, no quería un beso de Juliet a ese precio.

No me limitaba a querer que Juliet me dejase besarla, quería que me lo pidiese, que me lo suplicase, que necesitase mis besos tanto como yo necesitaba los suyos.

Me negué a pensar en eso en aquel instante.

Agaché la cabeza y le besé el cuello, le aparté el pelo y acaricié la piel con los dedos antes de hacerlo con los labios. Juliet se estremeció y le fallaron las piernas. Yo la cogí en brazos y la pegué a mí y pensé en lo bien que encajaba. La llevé a la cama, la tumbé y me coloqué encima para seguir besando su cuello y desnudándola. Ella colocó las manos en el botón de mi pantalón y lo soltó. Yo no llevaba ropa interior, me había vestido con prisas y solo con el fin de no abrir la puerta desnudo. Notar su mano encima de mi sexo me enloqueció y tuve que apretar los dientes hasta hacerme daño para contenerme.

—Juliet. Tócame.

Necesitaba sus caricias, aunque me dolieran.

Le quité los zapatos y los dejé en el suelo mientras ella me acariciaba el torso. Deslicé las medias por sus piernas y después le desabroché y le quité el vestido. Su piel me excitaba. Tocarla, mirarla, olerla… me volvía loco y ella parecía estar igual de confusa, excitada y perdida que yo.

Quizá nuestros cuerpos se estaban vengando de nosotros, habían estado cerca el uno del otro durante años y los habíamos separado de repente sin que pudieran unirse como de verdad deseaban. Quizá era eso.

Quizá después podríamos alejarnos el uno del otro sin enloquecer.

Desnudé a Juliet. Le quité una a una todas las prendas que la cubrían como el más precioso de los regalos, ella se sonrojó y ver cómo el rubor se extendía por su piel me excitó aún más. Ella no dejaba de mirarme, de tocarme, de susurrar y gemir mi nombre tras todas y cada una de mis caricias.

Juliet me deseaba, pero no me quería. Iba a destrozarme, tenía que repetírmelo una y otra vez porque su voz, el modo en que respondía a mis manos, a mis labios, el modo en que me acariciaba el pelo y el rostro insistían en negármelo. Le besé los pechos, no me aparté de ellos hasta que las marcas de mi incipiente barba se marcaron en su piel. Después bajé hasta el ombligo y también lo besé. Entonces la luz de la habitación se reflejó en un modo extraño en su piel y me detuve.

La cicatriz de un disparo.

Me quedé helado. Comprendí que era la primera vez que la veía desnuda. Esa cicatriz, esa línea de piel rasgada que iba del centro del pecho derecho hasta el esternón cubría mi disparo, mi peor pecado.

—¿Nick?

No podía hablar, no podía abrir la boca porque me pondría a llorar o a gritar como un loco.

Juliet me acarició la mejilla y hundió los dedos en mi pelo.

—Nick, no pares. Te necesito.

La miré a los ojos. Juliet sabía perfectamente qué me estaba pasando. Asentí, recé para que ella me diese más adelante la oportunidad de volver a tocarla, de volver a estar así con ella. Le besé la cicatriz, la recorrí con mi lengua, apreté las manos en su cintura para retenerla allí conmigo, con vida. Siempre.

Juliet estaba viva y estaba temblando debajo de mí.

Fue más de lo que pude soportar. El control dejó de ser una posibilidad y mi cuerpo se comportó como el animal que llevaba años llorando porque había perdido la única criatura capaz de calmarlo.

Separé las piernas de Juliet y hundí el rostro entre ellas. La besé allí. Busqué sus secretos con los labios y con la lengua y cuando ella tensó la espalda devoré su orgasmo hasta que el cuerpo de Juliet se aflojó y derritió en la cama.

—Nicholas —susurró y me acarició la mejilla.

Me incorporé. No podía pensar, solo sabía que tenía que poseerla, que tenía que encontrar la manera de que mi cuerpo y el suyo fueran uno solo. Apoyé la mano izquierda en la cama junto a la cabeza de Juliet y con la derecha guie mi erección hacia la entrada de Juliet. En cuanto mi piel rozó la de su sexo, me estremecí de tal modo que pensé que bastaría para hacerme eyacular. Me contuve milagrosamente, el calor de Juliet era el canto de sirena que mi cuerpo no podía resistir, y me acerqué a ella despacio.

—Dime que me detenga —le supliqué.

—No, detente tú, si puedes —respondió ella. Tenía las mejillas sonrojadas y la frente cubierta de sudor.

—Por Dios, Juliet, detenme.

—Nicholas.

Separó las piernas y se acercó a mí. Mi pene entró un poco más en su cuerpo y Juliet cerró los ojos y se mordió los labios.

—Dios.

Mi cabeza cayó hacia delante y tuve que apoyar la otra mano también en la cama. Mis brazos y mis muslos temblaban y el sudor me cubría la espalda. Me sentía como un adolescente inexperto incapaz de dominar los instintos de mi cuerpo.

Tenía que besarla, lo necesitaba más que nada. Estaba dispuesto incluso a abandonar su cuerpo si con ello conseguía uno de sus besos. Agaché el rostro. Podía besarla, ella tenía los ojos cerrados. Me incliné un poco más.

«No. Así no».

—Joder —farfullé.

Escondí el rostro en el cuello de Juliet y lo lamí antes de morderla. Cuando mis dientes entraron en contacto con su piel la penetré y tras ser demolido por un placer como nunca antes había sentido me detuve.

—Eres virgen.

Sudaba tanto que gotas procedentes de mi pelo habían empezado a caer sobre los pechos de Juliet.

—Nick... yo... tú... No te apartes.

—Abre los ojos.

Necesitaba verla, necesitaba ver esos ojos que siempre habían sido mi universo. Juliet aflojó las manos con las que se estaba sujetando de mis antebrazos y abrió los ojos.

—¿Estás bien? —le pregunté.

—Sí, ya no me duele.

Me sentí como un hijo de puta por no haberme dado cuenta antes y no haber hecho nada para evitar hacerle daño. «Años atrás te habías pasado noches soñando con lo que harías esta noche».

—¿Estás segura? Si quieres, puedo...

—¡No! —Me acarició el rostro y yo giré la cabeza para besarle la muñeca—. Estoy segura.

Empecé a moverme despacio. La tensión que había apresado los muslos de Juliet se había aflojado y ahora solo notaba la presión y el calor con los que el interior de su cuerpo capturaba el mío. Ella suspiró y lentamente empezó a acariciarme el torso. Seguí moviéndome despacio, observando su rostro. Era preciosa.

El anillo que colgaba de mi cuello se balanceaba entre nosotros y me puso furioso. Aparté una mano de la cama para quitármelo por la cabeza, pero no pude, me conformé con echarlo hacia atrás y dejarlo en mi espalda. Por suerte, Juliet no abrió los ojos. Parecía muy concentrada en algo.

—¿Te estoy haciendo daño? —me obligué a preguntarle porque no podía soportar la idea de hacérselo.

—No.

Volví a levantar la mano, pero esta vez para acariciar la arruga que se había formado entre sus cejas.

—Entonces deja de pensar, mi vida.

Ella abrió los ojos de repente.

—Eso es, mírame.

Juliet separó los labios y gimió. Quizá iba a decirme algo pero el placer se lo impidió. No dejé de mirarla, le acaricié los pechos con una mano y después la guie por su estómago hasta llegar a su sexo. Allí la acaricié despacio, esperé que su cuerpo se adaptase al mío y me moví al ritmo que ella parecía necesitar. El cambio se produjo despacio, de repente el cuerpo de Juliet tomó el mando y su mente dejó de pensar. Juliet se rindió, se estremeció bajo mis manos, conmigo en su interior, y gritó mi nombre al sentir ese orgasmo que la sacudió por completo.

Entonces yo empecé a temblar. No fue bonito ni tranquilo, fue violento. Tuve que esconder el rostro en el cuello de Juliet y morderla para no arrebatarle uno de esos besos con los que me torturaba. La sujeté por los hombros, coloqué mis manos en ellos y hundí los dedos en su piel para retenerla debajo de mí y alargar ese doloroso placer al máximo. Cerré los ojos, los apreté con fuerza para así tener una excusa que justificase la lágrima que escapó de mis pestañas.

Fue el orgasmo más intenso de mi vida.
Juliet me había destruido y ni siquiera me había besado.
¿Qué iba a hacer ahora?
Me negué a mostrar miedo y a comportarme como si acabáramos de dar un paseo por el parque. No salí de dentro de ella, aflojé los dedos que tenía en los hombros y la atraje hacia mí mientras intercambiaba nuestras posturas; no quería aplastarla. Rodeé a Juliet con un brazo y con el otro tiré de la sábana hasta cubrirnos con ellas. Aunque había intentado ir con el todo el cuidado que me había sido posible, probablemente ella estaba dolorida así que me obligué a retirarme con suma delicadeza. No pude evitar gemir cuando mi cuerpo se separó por completo del suyo, incluso ese partida había sido sensual y erótica. Besé a Juliet en la frente y salí de la cama.

—Quédate aquí, no te muevas.

Ella me miró con la mirada aún dilatada por el deseo y no se opuso. Me apresuré, no quería darle tiempo de cambiar de opinión e irse. Aunque jamás la obligaría a quedarse, me mataría que en ese momento quisiera abandonarme. Volví a la cama con una toalla mojada de agua caliente y aparté la sábana para limpiar a Juliet con cuidado. Había rastros de sangre en sus muslos y algo se rompió en mi corazón al verlos.

—¿Te he hecho mucho daño?

—No —fue solo un susurro.

No insistí, seguí limpiándola con toda la delicadeza de la que fui capaz y después, cuando me sentí satisfecho y el cuerpo de Juliet estaba cubierto de rubor, dejé la toalla en el suelo y me metí en la cama con ella. La abracé y la estreché en mis brazos. Ella no opuso resistencia, pero tampoco me rodeó con sus brazos.

—¿Quieres irte? —Tragué saliva y esperé.

—Aún no.

No era un sí y no era un no. No quería conformarme con eso, pero tuve que hacerlo.

—Duerme un poco.

Le besé la cabeza e intenté respirar despacio. Juliet estaba tumbada en la cama, en el hueco que quedaba bajo mi axila y entre mi cuerpo y el brazo. Yo la abrazaba, pero ella en cierto modo mantenía las distancias. Cerré los ojos y me dije que tenía que tener paciencia. «Juliet está viva. Está viva. Está viva». Me conformaba con eso. Juliet estaba viva y me deseaba. Acabábamos de hacer el amor por primera vez y ella había sido virgen.

Se me encogió el corazón.

Juliet se movió en la cama y me preparé para su partida. No iba a detenerla, iba a dejar que se fuera y esperaría. Juliet no salió de la cama, ni siquiera se levantó del colchón, se acercó a mí y me rodeó la cintura con un brazo. En cuanto nuestros cuerpos quedaron unidos de este modo, los dos respiramos mejor y nos quedamos dormidos.

Cuando desperté, Juliet seguía dormida a mi lado. Estaba boca abajo con el rostro en dirección opuesta al mío y con un brazo por encima de mi estómago. Seguía desnuda, los dos lo estábamos, me giré hacia ella y apoyé un codo en la cama para incorporarme y poder mirarla. Era preciosa, su belleza iba mucho más allá de la superficie, provenía del interior. Juliet me había hecho daño, muchísimo, y sin embargo yo era incapaz de mirarla y no recordar las noches que habíamos pasado juntos hablando de libros y de nuestros sueños, la cantidad de veces que ella había insistido en que yo podía hacer cualquier cosa que me propusiera y llegar lejos, muy lejos... con ella a mi lado. No podía mirarla y no recordar ese día en el puente de Brooklyn, nuestro primer beso, el último, el que le di la última noche que me colé en su habitación. No podía mirarla y no preguntarme por qué había decidido hacerme tanto daño y desaparecer de mi vida.

Ella suspiró, seguía dormida pero pronunció mi nombre.

Levanté la mano y le acaricié la espalda, dibujé mi nombre, letra a letra, encima de su piel con mi dedo índice. Busqué con la mirada una cicatriz y al no encontrarla se me encogió el corazón y deduje que la bala se había quedado dentro y que habían tenido que quitársela en el hospital. No pude soportarlo. Me incorporé intentando no despertarla, separé las piernas y me coloqué encima de las piernas de Juliet con cuidado de no apoyar mi peso en ella. Le aparté el pelo de la nuca y me agaché para besarla. Después, besé la primera vértebra, y la segunda, y la tercera... Luego, la siguiente y cada centímetro de piel que encontraba.

—¿Nick? —me llamó medio dormida, suspirando y con el deseo despertándose en su voz.

—Sí —contesté sin apartarme dándole otro beso, uno más. Separaba los labios y dejaba que mi aliento le acariciase la piel.

—¿Qué estás haciendo?

—Besándote. —Me detuve y levanté la vista. Vi que ella seguía con la cabeza hacia un lado pero la tenía un poco levantada y nuestras miradas se encontraron—. Te estoy besando.

No oculté lo que estaba sintiendo. Dejé que mis ojos mostrasen la frustración y el dolor que me causaba su prohibición de besarla en los labios y esperé. Juliet tembló. Lo vi y lo sentí porque tenía las manos en su espalda, y después soltó el aliento y dejó caer de nuevo la cabeza en la almohada.

Volví a besarla, le besé toda la espalda, las nalgas más perfectas que había visto nunca, la parte trasera de los muslos... Fui despacio, fui concienzudo y recorrí con mis labios todo su cuerpo. Cada vez que Juliet suspiraba me detenía, esperaba unos segundos, la acariciaba, movía las manos por esa zona que había conseguido hacerla estremecer y después volvía a besarla. Estuve horas, no las suficientes.

—Quiero hacerte el amor —confesé cuando mi erección llegó a tal extremo que me provocaba dolor.

—Sí... por favor.

Juliet temblaba, se movía suavemente, poco porque mi peso se lo impedía y mis manos no dejaban de tocarla. Tenía los ojos cerrados y los labios entreabiertos, suspiraba y gemía y yo había aprendido a reconocer esos sonidos; me deseaba.

Después de la noche anterior, no quería hacerle daño.

«No pienses en que te entregó su virginidad. No intentes buscarle un significado porque luego quizá no podrás soportar la verdad».

No quería hacerle daño, pero los dos necesitábamos hacer el amor, no podíamos seguir ni un segundo más sin unir nuestros cuerpos. Busqué una almohada, la mía había caído al suelo y alargué un brazo para recuperarla. Levanté con cuidado las caderas de Juliet y coloqué allí la almohada. Ella abrió los ojos entre sorprendida y excitada.

—Confía en mí —le pedí y en cuanto las palabras salieron de mi boca supe que no se referían únicamente a ese acto—. Confía en mí.

Juliet cerró los ojos y volvió a colocar la cabeza en la cama. Suspiró y su cuerpo se relajó bajo las palmas de mis manos. Le acaricié la espalda de nuevo igual de despacio que antes y, cuando mis dedos rozaron los laterales de sus pechos, gimió mi nombre.

Entré en ella lentamente, observando sus reacciones, esperando a que su cuerpo cediese poco a poco al mío hasta encajar el uno con el otro. Empecé a moverme despacio, coloqué las manos en las caderas de Juliet e intenté que ella no se moviera. Si Juliet se movía, yo perdería el control y quería que ese instante, nuestra unión durase eternamente.

Solté el aire por entre los dientes. Notar que Juliet se apretaba alrededor de mi erección era maravilloso, adictivo, perfecto, pero no lo era todo. Tenía los labios secos de las ganas que tenía de besarla, los humedecía, llegué a morderme el labio inferior, pero nada parecía calmarme.

Juliet se movió y empujó las caderas hacia atrás en busca de mi cuerpo.

—Juliet, maldita sea, quieta.

Aparté las manos de su cintura y mi cuerpo cayó hacia delante hasta cubrir el de ella por completo. Eso me tranquilizó unos segundos, sentir la piel de Juliet bajo la mía... estábamos unidos del cuello hasta los pies, dos seres humanos no podían estar más cerca el uno del otro de lo que lo estábamos Juliet y yo en ese momento.

«Si pudiera besarla...»

Busqué las manos de Juliet con las mías y entrelacé nuestros dedos. Moví las caderas más rápido. El deseo corría espeso por mi sangre. Mi sudor y el de Juliet hacían que nuestros cuerpos resbalasen y se pegasen el uno al otro.

—Nicholas, por favor.

Hundí el rostro en la nuca de Juliet. Mi frente estaba apoyada en su pelo, el olor me hizo enloquecer. Me moví sin control y sin ninguna delicadeza, solo era un hombre desesperado por perderse dentro de su mujer y no salir jamás. Juliet levantó entonces un poco la cabeza. A mí se me detuvo el corazón porque pensé, soñé, que buscaría mis labios. No lo hizo, empujé furioso durante un segundo por haberse atrevido a torturarme de esa manera, pero entonces Juliet tiró de su mano derecha, entrelazada con la mía, hacia ella y besó mis dedos con los labios abiertos.

Fue el orgasmo más cruel de mi vida. Me destruyó.

Juliet me destruyó por completo.

Ella gritó mi nombre, yo no grité el suyo porque tuve que besarle el cuello y el hombro para contener el impulso de enredar mi otra mano en su pelo, girarle el rostro, y poseer sus labios. Besé el hombro derecho igual que habría besado su boca, succioné sin importarme si le dejaba una marca, y después besé esa piel hasta que mi cuerpo dejó de estremecerse.

El orgasmo de Juliet fue largo, sentí que se apretaba, que temblaba debajo de mí y que su sexo exigía al mío que se quedase con ella hasta el final. Yo no deseaba nada más que eso. Al terminar, Juliet suspiró y vi que tenía una lágrima en la mejilla. Me acerqué a ella sin decirle nada y besé esa lágrima. Ella, también en silencio, volvió a acercar mi mano a sus labios y también la besó.

No quería salir de ella, quería seguir dentro de su cuerpo y fingir que si me quedaba allí encontraría la manera de recuperarla, de besarla, de entender por qué ella me había hecho tanto daño. Pero yo ya no era un niño y sabía que si quería tener la menor oportunidad con Juliet teníamos que hablar.

Salí despacio, le acaricié la espalda y le deposité varios besos en la nuca y en el resto de la piel antes de alejarme del todo. Caminé con piernas inseguras hasta el baño y volví con una toalla para cuidar de Juliet. La giré despacio, para mí no había nada más precioso que ella, y vi que tenía otra lágrima.

—¿Te he hecho daño?
—No.

Se abrazó a mí sin decir ni una palabra y no tardó en quedarse dormida.

CAPÍTULO 25

Juliet

El sonido del agua me despertó y cuando vi que estaba desnuda en la cama y recordé lo que habíamos hecho antes de que yo volviese a quedarme dormida me sonrojé. Había ido al hotel de Nick para decirle que lo que había sucedido la última vez había sido un error y que no podíamos volver a repetirlo.

Ni yo me lo creía, lo sé, pero intentaba creérmelo.

Había ido al Drake para hablar con Nick. Quería decirle que me alegraba de que hubiese decidido dejar la Mafia y que le deseaba lo mejor en el futuro, pero que, por favor, no volviese a buscarme. Los dos teníamos que seguir adelante por separado. De lo contrario yo me volvería loca porque tendría que asumir que ocho años atrás había cometido el peor error de mi vida.

Pero Nick abrió la puerta casi desnudo y mi cerebro dejó de pensar. Nick era perfecto, era el hombre más fuerte y hermoso del mundo. Nunca había creído que un hombre pudiese ser hermoso, esa palabra quizá sonaba poco apropiada para un hombre cuyo cuerpo recordaba al de los guerreros del pasado, pero definía a Nick.

Nick siempre había sido perfecto, demasiado perfecto. Por eso yo sabía que no podíamos estar juntos y por eso yo no habría soportado que él entregase su bondad, su alma, todo su ser a la Mafia.

No quería explicarle a Nick toda la verdad, ni sabía cómo hacerlo y tenía un miedo atroz de que él intentase convencerme de que me había equivocado. Solo quería hablar con él, hacer en cierto modo las paces y asegurarle que podíamos coincidir en Chicago y ser ¿amigos? Pero él abrió la puerta con el torso desnudo y yo tuve que tocarle y después necesité que él me tocase. Sabía que le había hecho daño y que mis caricias no bastarían jamás para compensarle, pero tenía miedo de darle el resto de mí.

Me dolían los labios de lo mucho que me los había mordido para no besarlo. Era una estúpida, tenía que confiar en él, sabía que podía confiar en Nick, en quien no confiaba era en mí.

La puerta del baño se abrió y apareció Nick vestido y con el pelo mojado. Estaba preocupado, pude verlo en el modo en que apretaba los dientes y arrugaba las comisuras de los ojos.

—Hola —lo saludé desde la cama.

Él se giró hacia mí y su rostro se relajó un poco.

—Buenos días, creía que seguías durmiendo. He intentado no hacer ruido.

Caminó hasta la cama y se sentó a la altura de mis rodillas, levantó una mano y me acarició la cara con tanta ternura que presentí la amenaza de las lágrimas.

—¿Estás bien?

—Sí, perfectamente.

Nick soltó el aliento por entre los dientes y se inclinó despacio hacia mí. Pensé que iba a besarme hasta que recordé que Nick jamás me arrebataría un beso. Agachó la cabeza y me besó en la mejilla y después en el cuello. Se me puso la piel de gallina.

—Tengo que irme —susurró él sonando molesto de verdad—. Lo siento.

—¿Adónde vas? —Me mordí la lengua, quizá a él le molestase que se lo preguntase. Podía decirme que no tenía derecho a hacerle esas preguntas y yo no podría enfadarme.

Nick me miró a los ojos antes de contestarme y cuando lo hizo supe que estaba estableciendo otro reto entre los dos. Él confiaba en mí, ¿estaba yo dispuesta a hacer lo mismo con él?

—Tengo una cita con el juez Sonheim.

—De acuerdo —me humedecí los labios y Nick apartó la mirada y se puso en pie. Le cogí la mano antes de que se apartase—. ¿Quieres... te gustaría venir a cenar a mi casa esta noche?

No pudo contener la sorpresa y entrecerró los ojos, pero entonces volvió a hacer eso por lo que yo tanto le admiraba, se arriesgó y fue sincero.

—Me encantaría ir a cenar a tu casa esta noche.

Sonreí y le solté la mano. Nick se apartó y cogió el sombrero que había encima de la mesa y después el abrigo que se colgó del antebrazo. Volvió a mirarme y tras dudar un segundo se acercó a mí de nuevo y me besó en la frente.

—Lamento tener que irme. Nadie va a molestarte. —Me sonrojé al pensar qué clase de instrucciones había dado Nick a los empleados del hotel—. Quédate cuanto quieras.

Asentí, no podía decir nada, y él llegó a la puerta.

—Ten cuidado, Nick —susurré sin mirarle.

—Lo tendré, esta noche tengo una cita contigo.

No vi su sonrisa, pero la sentí extendiéndose por mi piel. Esos instantes en los que aparecía el Nick que yo recordaba, el que yo había destruido sin proponérmelo, me dolían y me robaban el aliento. Oí que la puerta se cerraba y me quedé tumbada en la cama unos minutos. La sábana olía a Nick y a nosotros, sentí un escalofrío y tuve que salir para no ponerme a llorar. Fui al baño, no sé qué habría hecho si el perfume de Nick no me hubiese sorprendido y rodeado de esa manera, pero me aseé lo mejor que pude y me vestí. Abandoné el hotel sin mirar a nadie. No me avergonzaba de haberme acostado con Nick, «Quiero hacerte el amor», de haber hecho el amor con Nick. A pesar de las consecuencias que eso pudiera tener en mi vida, en mi reputación, en lo que fuera, no me arrepentía de haber estado con él de esa manera. Tuve la sensación de que uno de los botones me seguía por la calle, pero el chico desapareció tras dos esquinas y me reí de mí misma por estar tan nerviosa.

Hoy llegaría tarde a la fiscalía, no podía ir allí sin antes pasar por mi apartamento y bañarme y cambiarme de ropa. Olía a Nick, era como tener sus dedos y sus labios aún encima de mi piel y seguro que no sería capaz de concentrarme —ni de mantenerme en pie— si no eliminaba su perfume de mi cuerpo. Su recuerdo me lo quedaría para siempre. Saqué la llave de la cerradura y tras cerrar la puerta oí la voz de Rita.

—¿Qué tal has pasado la noche, querida?

Sé que ella pretendía sonar alegre y despreocupada, quizá incluso pícara, pero yo me puse a llorar y ella se acercó a abrazarme.

—¿Qué ha sucedido, tesoro?

Las manos arrugadas de Rita me acariciaron el pelo y sentí que ella podría entenderme. Desconocía muchos detalles del pasado de mi casera, pero algo me decía que tenía experiencia en eso de enamorarse del peor, o del mejor —como era mi caso— hombre posible.

—He estado con Nick —confesé entre sollozos.

—¿Y te ha hecho daño?
Lloré desconsolada.
—No, él ha sido maravilloso. Siempre lo es. Lo era. Lo es. Dios mío, Rita, ¿qué he hecho?

Rita me consoló y escuchó mi nada articulada explicación sobre lo que había sucedido años atrás y la noche anterior. Cuando terminé, ella siguió acariciándome el pelo igual que habría hecho con una niña pequeña y esperó a que me tranquilizase.

—Ve a cambiarte, date un baño, vístete y ve a trabajar. Todo se arreglará.

Sonreí por entre las últimas lágrimas.

—¿Este es tu gran consejo? ¿Ve a trabajar y todo se arreglará?

—No. Mi consejo es que seas valiente y que admitas lo que sientes. Puedes mentirle a todo el mundo, Juliet, Dios sabe que yo me he ganado la vida haciendo precisamente eso, pero mentirte a ti misma es muy peligroso. Pero eso tú lo sabes mejor que nadie, ¿no?

Asentí, oír la verdad no me resultaba fácil.

—Sí, lo sé.

—Entonces, deja de hacerlo. Ese es mi consejo, ya que tanto insistes en que te dé uno. Deja de mentirte a ti y deja de mentirle a Nick.

—Tengo miedo.

—Lo sé, las emociones desnudas, las más crudas, las que salen de aquí dentro —me colocó una mano en el estómago— dan miedo. Pero eres más valiente de lo que crees, ya verás.

—Iré a cambiarme.

Las frases de Rita me estaban obligando a reaccionar, a inspeccionar mis decisiones desde la verdad y el resultado era doloroso y cruel.

—Esta noche, cuando Nick venga aquí, no te escondas.

Yo ya había dado dos pasos y estaba en el pasillo que conducía al baño y a los dormitorios.

—No lo haré.

Rita me sonrió con tristeza.

—Sentirás el impulso de hacerlo, es solo un instinto. No cedas y recuerda todo lo que has sentido estos años que has estado sin él, eso debería darte fuerzas para seguir adelante. —Agachó la cabeza y suspiró. En ese suspiro vi los ochenta años que tenía, el cansancio y los recuerdos que se amontonaban en el interior de esa mujer tan diminuta.

—¿Te encuentras bien, Rita?

—Sí, estoy bien. —Me miró con una nueva sonrisa—. Creo que iré a dar un paseo, tal vez me quedaré a pasar el día con Claire.

—¿Quieres que te acompañe? Puedo darme prisa, además en la fiscalía deben de estar preguntándose dónde estoy.

—Siempre es un placer pasear contigo, pero puedo ir sola.

—No, espérame, por favor. —Rita era muy orgullosa y nunca me pediría directamente que la acompañase. No rechazar directamente mi ofrecimiento era su modo rebuscado de aceptarlo—. Si no recuerdo mal, la casa de Claire está de paso. Me gustaría ir contigo.

—De acuerdo, iré a pintarme los labios mientras tú te arreglas. Es injusto que en lo que yo tardo en maquillar una pequeña zona de mi rostro tú puedas cambiarte entera. La edad es muy cruel, te lo advierto, princesa.

Sonreí aliviada al ver que Rita volvía a ser la de siempre. De todos modos me di prisa y me aseguré de distraerla durante el camino a casa de su vieja amiga. Me despedí de las dos con besos en las mejillas y fui a la fiscalía. Tal como esperaba, mi padre había preguntado por mí y estaba esperándome.

Subí la escalera que conducía al despacho de mi padre con nervios en el estómago. Yo sabía que mi madre y él habían sufrido mucho por mí durante el invierno que pasamos en Canadá y no solo porque querían que me recuperase del disparo. En Canadá, me apagué, me encerré dentro de mí, y eché tanto de menos a Nick que quise volver a Nueva York a buscarlo y suplicarle que me perdonase por lo que había hecho. Mi padre, que hasta entonces no me había hablado de él porque yo se lo había prohibido, me contó que Nick se había esfumado, era como si se hubiese desvanecido de la faz de la tierra.

—Es mejor así, Juliet —recordé la voz de mi padre abrazándome—. Tú y él jamás habríais podido ser felices juntos.

Mi madre también me consoló, me habló del amor, me dijo que era una emoción profunda y pausada, una caricia y no disparos y promesas hechas a escondidas. No la creí, me negué a creer que lo que había sucedido entre Nick y yo por equivocado que estuviese no fuese amor, pero me resigné. Un amor como el que yo sentía por Nick era demasiado intenso, él era el sol y no solo para mí. Había sido una ingenua al creer que podría quedármelo. Y que a él le bastaría conmigo.Nick no lo veía, sus orígenes, la falta de cariño de su familia, su falta de egoísmo, se lo impedían, pero Nick era como el astro más brillante del universo. Del mío y de cualquiera que se acercara a él.

Llamé a la puerta del despacho y esperé. Nunca había entrado sin avisar. Abrí en cuanto oí la voz de mi padre y cerré detrás de mí.

—Estaba preocupado por ti.

Mi padre se puso en pie y se acercó a mí.

—Estoy bien, solo me he dormido. Lo siento, no volverá a suceder.

—Lo sé, siempre has sido muy responsable.

Sí, responsable y cobarde.

Mi padre volvió a sentarse tras su escritorio y me indicó que ocupase la butaca que había delante.

—¿Nick Valenti ha vuelto a ponerse en contacto contigo?

—No —le mentí. No sabía si lo hacía porque tenía miedo por mí o porque quería proteger a Nick.

—Me alegro. Si lo hace, quiero que me lo cuentes. Sé que te pedí que te acercaras a él para averiguar sus intenciones y lo lamento. Fue un error, no tendría que haberte sometido a tanta presión después de lo que él te hizo.

—Nick no me hizo nada. —No pude contenerme—. Fui yo la que se lo hizo a él. Nick nunca hizo nada.

Mi padre entrecerró los ojos, me sentí observada, pero aguanté el escrutinio, pasara lo que pasase entre Nick y yo, aunque él se fuese y no volviese nunca más, jamás le convertiría en culpable de nuestro pasado.

—En cualquier caso, lo siento. Además, el señor Valenti vino a verme ayer y me comunicó cuáles son sus planes.

—¿Sus planes?

—Sí, pero, bueno, tú no te preocupes por eso. Me alegra ver que estás bien y que su visita no te ha alterado. Tu madre y yo estamos preocupados.

—¿Por qué?

—En Canadá estabas decidida a ir tras él y cuando te dije que nadie sabía dónde estaba te hundiste. Tardaste mucho tiempo en recuperarte.

—Estoy bien, de verdad. Papá, ¿puedo preguntarte algo?

—Claro. —Dejó la estilográfica en la mesa.

—¿Crees que Nick habría entrado en la Mafia si yo no hubiese estado esa noche en ese bar, si él no hubiese creído que me había matado?

Me aterrorizaba esa respuesta, la posibilidad de que yo hubiese condenado a Nick cuando en realidad quería liberarle.

—No te tortures con eso, hija. La verdad es que nadie puede saber qué habría pasado.

—Tú le viste en el hospital. Le viste. Dime qué crees que habría pasado si en lugar de decirle que yo había muerto le hubieras dicho que aunque estaba en el quirófano iba a recuperarme.

—Ese chico... ese chico habría corrido a tu lado. Eso, aunque me gustaría poder negarlo, tengo que reconocerlo. Pero ¿después qué, Juliet? Nick estaba en ese bar, estaba allí con una arma e iba a disparar a un policía. Anderson habría tenido que arrestarlo, la Mafia habría ido a buscarle para hablar con él y asegurarse de que no delataba a quien no debía. ¿Qué habrías hecho tú entonces?

—Estar a su lado.

—¿Estás segura?

La pregunta de mi padre me dolió y él lo vio.

—No pretendía ser cruel, hija —siguió él—, pero tienes que ver el pasado como era. Tú tenías dieciocho años, ¿qué habrías hecho? ¿Le habrías esperado mientras él iba a la cárcel? ¿Habrías renunciado a tu sueño de estudiar para convertirte en la esposa de un delincuente? Ni él ni tú teníais ningún futuro.

Alguien llamó a la puerta y aunque me sobresalté y una lágrima aprovechó entonces para escaparse de mi férreo control. Suspiré aliviada.

—Adelante.

—Lamento interrumpirle, señor —era la secretaria de mi padre—, pero su visita ha llegado.

—Yo ya me iba. —Me puse en pie y me acerqué a mi padre para darle un beso en la mejilla—. No te preocupes por mí, papá. Estoy bien.

—¿Vendrás a cenar esta noche a casa? Taylor puede pasar a recogerte y a tu madre y a mí nos encantará verte.

—Esta noche no puedo, Rita ha invitado a unas amigas y quiere que esté con ellas. ¿Puedo ir mañana?

—Por supuesto, hija.

No me gustó mentirle, me dije que lo había hecho porque esa misma noche resolvería los temas pendientes con Nick y entonces les contaría la verdad a mi madre y a él.

Pasé el resto del día trabajando, cada vez que se abría la puerta de la fiscalía levantaba la cabeza con la esperanza de encontrar a Nick en ella. Era absurdo lo decepcionada que me sentía cuando comprobaba que el visitante era cualquiera excepto él.

Llegó la hora de salir. Estaba tan nerviosa e impaciente que sentía un nudo oprimiéndome el estómago. Había trazado una especie de plan, se me encogió el corazón cuando recordé que Nick y yo habíamos hecho uno juntos y que yo lo había echado a perder.

Entré en el apartamento y tras colgar el abrigo y dejar el bolso me dirigí a la cocina. Había estado tan sumida en mis dudas y mis remordimientos que no había pensado en qué iba a preparar para cenar. Ese detalle tan obvio me había pasado por alto. Quizá lo mejor sería ir a un restaurante. Me detuve al ver una bandeja con lo que parecía ser un delicioso asado. Frente había una nota: *Claire es una romántica. Sé valiente. Besos, Rita.*

Sonreí y suspiré aliviada, Rita era sin duda comparable al hada madrina de los cuentos, o a la nodriza de Romeo y Julieta, la tragedia que sin buscarlo siempre había estado unida a Nick y a mí. No podía pensar en eso ahora, nada de finales trágicos, tenía que ser valiente, tal como me ordenaba Rita en su nota. Abandoné la cocina y fui a mi dormitorio. Elegí un sencillo vestido azul marino. Me sentía cómoda llevándolo y esa noche ya iba a tener demasiados motivos por los que estar nerviosa como para añadir el de mi vestuario. No sabía qué hacer con mi pelo, Nick siempre me lo apartaba de la nuca y de los hombros... Llamaron a la puerta.

Corrí a abrirla sin los zapatos y con la melena cayendo a mi espalda.

—Hola —verle me robó el poco aliento que me quedaba.

Nick llevaba un delicado ramo de flores rosas en la mano. Eran las mismas rosas diminutas que me había regalado años atrás. El detalle, quizá inconsciente por parte de Nick, me aceleró el corazón.

—Hola, te he traído flores.

Parecía cansado y nervioso y sus ojos no acababan de decidir dónde detenerse.

—Gracias, son preciosas. —Acepté el ramo y lo acerqué a mi rostro para oler la suave fragancia. El pelo me cayó en la cara y comprendí que iba descalza y sin peinar—. Lo siento, pasa, yo tengo que... tengo que ponerme zapatos.

—¿Puedes dejar el ramo, por favor?

Lo miré confusa, pero me giré un poco sin moverme de donde estaba y deposité el ramo encima del mueble que teníamos junto a la puerta.

—Llevo todo el día deseando hacer esto.

Nick me atrajo hacia él y me abrazó, su cuerpo me envolvió. Colocó el mentón encima de mi cabeza y respiró profundamente al mismo tiempo que apretaba los brazos a mi alrededor. Después, soltó el aliento y besó mi pelo. Sentí la tensión que acumulaban sus hombros, y él bajó el rostro hacia mi cuello y besó esa zona de la que él se había apropiado y que a mí me convertía en su esclava.

—Yo también he pensado en ti —confesé.

—¿Ah, sí? —él susurró encima de mi piel y me erizó la de todo el cuerpo.

—Sí. Mucho.

CAPÍTULO 26

Juliet

Había pensado mucho en él, no solo durante ese día sino todos y cada uno de los días de mi vida. Le había hecho daño y si no reunía el valor suficiente para ser sincera con él volvería a hacérselo, y todo porque tenía miedo de no ser suficiente para él. Esa era la horrible y egoísta verdad.

—Ven conmigo —le cogí de la mano y tiré de él hacia el interior del apartamento. Lo guie hasta mi dormitorio y allí volví a abrazarle. ¿Cómo había podido estar sin él todo este tiempo?

—Juliet, ¿sucede algo?

Allí estaba de nuevo, una prueba más de lo extraordinario que era ese hombre.

—No, nada.

Él no se relajó. Sabía que yo le estaba ocultando algo, pero no insistió y esperó. Me acarició la espalda y el pelo y dejó que yo me tomase mi tiempo. Tenerlo tan cerca, notar el calor que desprendía su cuerpo, la fuerza de sus brazos y de sus piernas, una fuerza que él mantenía bajo control siempre que estaba conmigo, tanto ahora como antes, hizo que una emoción sobrecogedora me nublase la mente.

Giré el rostro y besé el torso de Nick por encima de la camisa. A él se le aceleró el corazón, lo noté bajo mis labios. Quería tenerlo más cerca, mucho más. Aflojé las manos para poder ir en busca de los botones de la prenda. Iba a desabrochar el primero cuando Nick me sujetó las muñecas.

—¿Estás segura de que no sucede nada? Creía que me habías invitado a cenar para que pudiésemos hablar.

Él estaba excitado, yo no tenía mucha experiencia y toda la había adquirido con él, pero distinguía perfectamente el brillo que Nick tenía en los ojos y la erección que se presionaba contra mi estómago.

—Quiero hablar contigo —confesé—, pero... —conseguí desabrochar un botón—... necesito estar cerca de ti. —Me sonrojé avergonzada—. Lo siento, yo....

Mi necesidad por él era tan profunda que ni siquiera podía pensar o hablar.

Nick me soltó las muñecas, cerré los ojos un segundo para prepararme para el paso que él iba a dar hacia atrás. Era lo más acertado, teníamos que hablar y no volver a desnudarnos.

—Yo también necesito estar cerca de ti —susurró él besándome el cuello—. Podemos hablar después.

Nick se dispuso a desabrochar los botones que mi vestido tenía en la espalda y yo me ocupé ansiosa de los de su camisa. Cuando separé los dos extremos de tela me encontré con un collar, lo había visto las anteriores veces que había estado con él, aunque Nick siempre había intentado evitarlo. Capturé el anillo que colgaba de la cadena entre dos dedos y lo miré, era precioso.

—¿Qué es?

Nick volvió a besarme el cuello y dijo una sola palabra.

—Después.

No podía soltar el collar, el que Nick llevase un anillo colgando del cuello me provocaba tantos celos que incluso me escocían los ojos.

—¿Es de Sandy?

Nick se detuvo y tras otro beso en el cuello se apartó y me miró a los ojos.

—No.

Sentí tal alivio que me fallaron las piernas. Nick deslizó un pulgar por mi labio inferior, él tenía ahora los ojos fijos en él, en cómo mi aliento rozaba la piel de su dedo. Entreabrió los labios. Yo podía sentir su sabor en los míos. Quería pedirle que me besara, quería suplicárselo, pero ese anillo me detuvo. Ese anillo y todos mis miedos.

—Nick... —suspiré su nombre, el corazón me latía muy rápido y todo mi cuerpo estaba pendiente de un hilo que se enredaba en los dedos de Nick.

—Después.

Agachó la cabeza y volvió a besarme el cuello. El vestido se deslizó por mi cuerpo hasta el suelo y Nick me apartó el pelo para poder recorrer con la lengua el hombro. Yo le quité la camisa, él tuvo que ayudarme con los pantalones y con el resto. Cuando Nick estuvo desnudo, volví a sujetar el collar. Él apartó mis dedos y se los llevó a los labios para besarlos.

—Después —repitió—. Ahora necesitamos hacer el amor.

Me levantó en brazos a pesar de que apenas nos separaban unos pasos de la cama y me tumbó con cuidado. Recorrió mi cuerpo con los labios, me acarició hasta que tuve miedo de morir si no seguía haciéndolo y entonces entró lentamente en mi interior. Podía sentirlo dentro de mi cuerpo. La sensación ya no me sorprendió, pero esa vez, esa entrega, era distinta. Podía sentir a Nick en mi corazón, en la punta de los dedos de los pies, en mi mente, en la curva de mi espalda, en el pequeño hueco que queda entre la clavícula y el cuello, en todas partes.

—Juliet, me estás matando.

Levanté una mano para acariciarle el rostro, le aparté un mechón de pelo que el sudor le había pegado a la frente y él apretó los dientes y empujó con más fuerza. Gemí su nombre, eché la cabeza hacia atrás y mi cuerpo buscó desesperado la piel de Nick.

Nick recorrió mi garganta expuesta con la lengua y después capturó uno de mis pechos. El placer creó un fuego en mi estómago que se propagó sin clemencia. Levanté una rodilla para retener a Nick, le acaricié la espalda con una mano y con la otra me sujeté de la sábana. Me sentí naufragar en medio del deseo y del placer y Nick era lo único que podía salvarme de morir ahogada.

—Nicholas... yo...

—Estoy aquí, contigo.

Nick empujó hacia delante, su cuerpo resbalaba encima del mío, el collar con ese anillo me rozaba la piel sumando otro temblor. Colocó una mano en mi cadera y la otra en mi pelo para que nuestros cuerpos no se movieran. Respiró entre dientes. Ver cómo se obligaba a controlarse me robó el corazón y me di cuenta de que no quería que lo hiciera, quería darle lo que él me daba a mí, la libertad para sentir lo imposible.

Moví la cabeza hasta que él me soltó el pelo y cuando me miró a los ojos tiré del collar hacia mí y busqué esa misma parte del cuello que a él tanto le gustaba besarme.

Nick rugió mi nombre, cada letra retumbó dentro de su pecho y el mío respondió temblando. Le besé el cuello, la zona de debajo la oreja, el mentón, el pómulo, pero cuando iba a acercarme a sus labios no pude porque mi interior estalló en mil pedazos.

—Nick —sonó casi en silencio, retumbó en mis oídos y supe que para mí jamás existiría otro hombre como él.

Nuestros cuerpos volvieron a recomponerse despacio, Nick se tumbó de espaldas y me llevó con él para abrazarme a su lado. Sentí que me besaba el pelo y la frente, y nos cubrió con la sábana. Quería hablar con él, quería contarle lo que me había sucedido, lo cobarde que había sido. Quería preguntarle qué le había sucedido durante esos ocho años, qué significaba ese anillo y qué quería hacer de ahora en adelante. Los párpados me pesaban, aún sentía las caricias de Nick recorriéndome la piel.

Abrí los ojos y vi a Nick completamente vestido frente a mí, la luz entraba como una ladrona por la ventana y me apresuré a sentarme. Me cubrí con la sábana. No sabía por dónde empezar, la noche se había evaporado y Nick y yo aún no habíamos hablado.

—Tengo que volver a Nueva York.

Me quedé helada. ¿Tan pronto? ¿Por qué? No conseguí decirle nada.

—Iba a dejarte una nota, no me habría ido sin decirte nada.

Vi entonces que tenía una hoja de papel en la mano, la dejó encima del tocador.

—¿Te vas ahora mismo?

—Sí, ha sucedido algo y tengo que volver. Quería decírtelo ayer, pero... —Se frotó la nuca—. Emmett, el señor Belcastro, el propietario de la librería Verona, fue asesinado hace unas semanas.

—Dios mío, lo siento mucho, Nick.

Yo sabía lo mucho que ese hombre había significado para él de pequeño y era lógico suponer que tras mi muerte había seguido jugando un gran papel en la vida de Nick.

—Sí, bueno, Jack es el detective encargado del caso y parece que ha hecho un descubrimiento importante. El señor Cavalcanti me ha pedido que vuelva porque teme por la seguridad de Siena y no puedo fallarle.

Esas frases cortas y precisas contenían tanta información sobre Nick y su vida, esa de la que yo me había encargado de excluirme, que me costó asimilarlas.

—¿Jack? ¿Tu amigo Jack es policía y ha vuelto a Little Italy? ¿Le has visto? ¿Has hablado con él?

Recordaba perfectamente la noche en que Nick se coló en mi dormitorio con el rostro magullado porque se había peleado con su mejor amigo.

—Sí, el mismo, y sí, he hablado con él.

—¿Y habéis hecho las paces?

Sentí como si estuviéramos en la ventana de mi antiguo dormitorio en la calle Rutgers. Él me hablaba de sus amigos como si yo también los conociera y me pedía consejo. Tuve ganas de llorar por haber perdido todo eso, por no haber sabido cuidarlo. Las contuve, pero a Nick debió de sucederle algo parecido porque de repente dio un paso hacia atrás.

—No lo llamaría así. No me iría si el señor Cavalcanti no me lo hubiese pedido, Siena es muy importante para él.

«¿Y para ti?».

—¿Quién es Siena?

—La sobrina del señor Cavalcanti.

¿Era Siena la misteriosa propietaria de ese anillo? Mi padre había dicho que Nick y yo no teníamos futuro, pero Nick y la sobrina de Cavalcanti, la heredera de su imperio, seguro que sí. Intenté dominar los celos, Nick y yo no nos habíamos prometido nada. Dios, yo ni siquiera había sido completamente sincera con él.

«Arriésgate. Él ha dicho que no se iría si el señor Cavalcanti no se lo hubiese pedido».

—¿Volverás?

—Sí, aunque no sé cuánto tardaré. ¿Me echarás de menos? —Intentó sonreír, pero no acabó de conseguirlo.

—Te echaré de menos.

Nick abrió la puerta del dormitorio solo unos centímetros y me miró.

—Quiero besarte, Juliet. Me muero por besarte. Sueño con tus labios a todas horas, me pregunto si tienen el mismo sabor que antes, si aún tiemblan justo antes de separarse y de dejar que mi lengua se deslice entre ellos. Dios mío, Juliet, estaría dispuesto a no volver a hacer el amor contigo nunca más a cambio de uno solo de tus besos. Uno solo. Sé que debería odiarte por lo que me hiciste. Me destrozaste, Juliet. Pero no puedo. No puedo odiarte. Necesito besarte, necesito volver a sentir cómo me late el corazón al tener tu boca en la mía. Me pasé años solo besándote y ahora que no puedo hacerlo me estoy volviendo loco. Quiero tus besos, Juliet. Lo quiero todo de ti. ¿Por qué no dejas que te bese?

Él no se había movido, apretaba la puerta con tanta fuerza que tenía los nudillos blancos, casi podía oírla crujir desde la cama.

—Yo... tengo miedo. —Noté una lágrima en la mejilla y me apresuré a secarla.

—¿De mí?

—No, no, no —sacudí la cabeza—, de ti no. De mí.

—Yo no tengo miedo, Juliet, puedo ser valiente por los dos. Solo necesito que me beses.

No podía controlar las lágrimas.

—Es demasiado.

—No, nada es demasiado para ti y para mí. ¿Acaso no te has dado cuenta de que tú y yo podemos tenerlo todo? ¿Recuerdas el plan que hicimos hace años? Yo aún creo en él. Creía que no, creía que lo había enterrado, pero te he encontrado de nuevo y me da igual lo que sucediera hace años. Me da igual que tengamos que enfrentarnos al mundo entero o a todos tus miedos. Tú y yo podemos tenerlo todo, Juliet. Yo lo quiero todo de ti, Juliet.

—Nicholas...

Me cubrí los ojos con las manos. Él se alejó de la puerta, oí sus pasos. Se acercó a mí y me acarició el pelo. Estaba temblando.

—Volveré dentro de unos días.

Asentí y él se agachó y me besó en el cuello. Lloré con más fuerza, ni en ese estado me arrebató ese beso que tanto necesitábamos los dos. Nick quería que yo lo besase, que yo asumiese la responsabilidad de ese beso y de su significado.

Nick abandonó el apartamento sin decirme nada más. Yo me abracé a la almohada en la que él había dormido y lloré. No dejaba de oír la voz de Nick en mi cabeza, cada una de sus palabras permanecería conmigo para siempre.

«Quiero tus besos, Juliet. Lo quiero todo de ti».

¿Por qué nos estaba haciendo eso? Él no era el único que sufría, yo ansiaba aún más esos besos que él me demandaba. Había creído que si no lo besaba conseguiría proteger una parte de mí. Había sido una estúpida. No existía ninguna parte de mí a la que Nick no tuviese acceso. Tenía que serenarme, tenía que salir de la cama e ir al trabajo. Esa misma noche hablaría con mis padres, les contaría que Nick había vuelto a mi vida y que si él me lo permitía jamás volvería a apartarme de él.

Me sequé las lágrimas ansiosa por seguir adelante. Nick había dicho que volvería y yo confiaba en él. Dios, era una estúpida. Confiaba tanto en él que le había entregado mi cuerpo y le había negado mis besos en un acto egoísta e infantil y muy cobarde. Abandoné la cama y me dirigí al baño. Seguiría con mi vida, echaría de menos a Nick y esperaría su regreso. «¿Y si no vuelve?». Sacudí la cabeza. No, eso no era posible. Nick iba a volver. De los dos no era él el que incumplía promesas.

Iba a confiar en Nick y no iba a dejar que las dudas o mis inseguridades se interpusieran de nuevo. Me detuve frente al tocador. Iba a agarrar el papel que él había dejado allí antes solo por el mero hecho de sujetar un objeto que él también había tocado. Vi que había algo escrito y separé los extremos para leerlo: *El anillo era para ti.*

CAPÍTULO 27

Nick

Hacer el amor con Juliet había acabado conmigo. Había sido incapaz de seguir callando. No podía volver a hacerle el amor, entregarme a ella de esa manera, sentir que ella se entregaba a mí y no besarla. Sus lágrimas habían estado a punto de derrumbarme. Había tenido que clavar los pies en el suelo para no correr a su lado y decirle que no importaba, que podía vivir sin sus besos. Mis labios jamás habrían podido pronunciar tal mentira.

Había cumplido con mi misión en Chicago. Había tendido la trampa para el juez Sonheim y pronto, gracias a la ayuda nada desinteresada de Don Clemenza, tendría en mi poder las pruebas necesarias para garantizar que la fiscalía del estado se mantuviera alejada del señor Cavalcanti y de mí. Quería explicarle todo aquello a Juliet y asegurarle que nuestro plan, ese que habíamos trazado cuando nos enamoramos por primera vez, aún era posible.

Pero antes ella tenía que besarme.

La llamada del señor Cavalcanti me había pillado por

sorpresa. Yo sabía que él confiaba en mí y en el resto de sus hombres, así que cuando me pidió que volviese para estar a su lado y al de Siena en el recital que esta iba a ofrecer en la biblioteca de Nueva York no pude negarme. Yo no estaría vivo si Luciano Cavalcanti y Emmett Belcastro no hubiesen insistido en ello. Alejarme de Juliet después de la noche que habíamos pasado juntos había sido muy doloroso, aunque también me había dado el empujón necesario para decirle cómo me sentía. O parte de lo que sentía.

Llegué a Nueva York y fui a mi casa. Tenía una carta de Sandy y la leí solo para alegrarme, intuía que mi amiga iba a contarme buenas noticias. Yo le escribiría más tarde con mi relato, seguro que a ella le sorprendería saber que Juliet estaba viva y que Jack también había reaparecido en nuestras vidas. Preparé una pequeña bolsa con algo de equipaje, el señor Cavalcanti siempre había respetado mis deseos de no vivir en su casa como hacía Toni, pero aún no estaba al tanto de los últimos descubrimientos sobre el caso de Emmett y quería estar preparado por si al final decidía quedarme allí.

—Buenas tardes, Toni.

—Buenas tardes, Valenti, el señor Cavalcanti te está esperando en su despacho.

Caminamos juntos hacia allí y vi que yo no era el único que estaba exhausto.

—¿Cómo han ido las cosas, Toni?

—Bien, Valenti, pero no me gusta. Hay demasiada tensión en el aire.

—¿Demasiada tensión? —No me burlé de él, Toni tenía antepasados gitanos y sus presentimientos debían ser tenidos en cuenta.

—El señor Cavalcanti está más callado y tenso que de costumbre. Sé que lo de Chicago es importante, pero hay algo más. La señorita Siena —se frotó el rostro.

—¿Qué pasa con la señorita Siena?
—No me gusta cotillear.
—No estás cotilleando, Toni. Soy tu jefe y te he preguntado por tu trabajo.
—La señorita Siena y ese detective, Jack Tabone, ha sucedido algo entre ellos. Ella parecía contenta —añadió antes de que yo pudiera hacerle una pregunta— hasta que dejó de estarlo y ahora se parece más a su tío que nunca.
—No te preocupes, Toni. A veces estas cosas necesitan su tiempo. —No tenía ni idea de lo que estaba diciendo, pero recordaba lo bastante a mi amigo de la infancia como para saber que, si de verdad sentía algo por Siena, no tardaría en hacer algo al respecto.
—No sé, Valenti, a veces el tiempo solo sirve para infectar una herida.
Nos detuvimos frente a la puerta de Cavalcanti.
—Centrémonos en resolver el asesinato de Emmett Belcastro y en Chicago, ¿de acuerdo?
—De acuerdo —aceptó con cierto alivio—. Estaré en la cocina si me necesitas.
Esperé unos segundos a que Toni se alejase, caminaba más ligero ahora que había compartido sus preocupaciones conmigo o quizá se debía a que se dirigía a la cocina, donde lo esperaba su prometida.
Llamé a la puerta y esperé a escuchar la voz de Cavalcanti. Cuando entré estaba sentado detrás de la mesa y no pude evitar compararlo con el fiscal Murphy, el padre de Juliet. Esos dos hombres no eran tan distintos como creían.
—Ah, Valenti, me alegro de que hayas llegado. Lamento haberte llamado. Sé que tenías intención de quedarte más días en Chicago.
—Ni lo mencione, señor Cavalcanti.
Él me dirigió una sonrisa cansada.
—Tú y tu sentido de la formalidad que viene y va. Sién-

tate. ¿Cómo están las cosas con el juez y con Don Clemenza?

—Todas las piezas están en su sitio.

—¿Y el fiscal Murphy ha aceptado jugar con nosotros?

—Sí, con sus condiciones, obviamente.

—Obviamente. ¿Y tú? ¿Has podido ver a Juliet?

—No sé si estoy listo para tener esta conversación.

Cavalcanti se levantó y fue a servir dos vasos de whisky.

—¿Te has preguntado alguna vez por qué quiero retirarme precisamente ahora? —Me entregó uno de los vasos—. Podría haberlo hecho hace un par de años o cinco.

—Había dado por hecho que lo hacía por Siena.

—Sí, sin duda mi sobrina es importante, pero no solo lo hago por ella. También lo hago por mí, porque ya no puedo más.

—¿Está cansado, enfermo?

Esa opción ni se me había pasado por la cabeza.

—No, o sí, según se mire. Estoy cansado de no estar con la mujer que amo.

Apreté el vaso, Cavalcanti nunca me había hablado con tanta sinceridad y la verdad era que no sabía qué contestarle.

—He visto a Juliet, pero no sé si podremos estar juntos alguna vez. —Vacié la copa y opté por hablar sin tapujos—. No sé si ella quiere que volvamos a estar juntos.

—Mi Julieta es Catalina —confesó entonces él—, ella me dejó hace años y yo fui demasiado orgulloso para ir tras ella y para demostrarle que se equivocaba conmigo.

—¿La profesora de violín de Siena? —Me lo había imaginado, había demasiadas pistas para no deducirlo, aun así me sorprendió.

—La misma, ella no quiere tener nada que ver conmigo. No sé si me dará una oportunidad una vez la Mafia desaparezca de mi vida, y la triste realidad es que, aunque deje el cargo en Chicago y separe nuestros negocios, ellos siempre sabrán dónde encontrarme.

Se me heló la sangre, a mí me sucedería lo mismo.

—Entonces, ¿por qué lo hace?

—Porque no puedo no intentarlo. Mi sobrina me ha enseñado esto. Me ha enseñado que hay que luchar por ser feliz, que la felicidad no te la entrega nadie en una bandeja de plata, así que voy a luchar. He luchado por huir de mi hermano Adelpho, por llegar a América y por construir un imperio. Ahora voy a luchar por recuperar a la mujer que amo. Y anticipo que será la lucha más peligrosa de todas. Lo de Chicago puede salir mal, lo del juez puede no funcionar y Sivero puede mandar a sus hombres a por nosotros.

—Lo sé, señor. Es muy peligroso.

—Puedes negarte a continuar, Nick. Puedes volver a Chicago en cuanto termine el recital de Siena y estoy seguro de que Clemenza te recibirá con los brazos abiertos, o puedes ir a Chicago, coger a tu chica y desaparecer, viajar a Canadá y cambiarte de nombre.

—Lo sé, señor.

—Si lo haces, le diré a todo el mundo que has muerto.

—Gracias, señor, sé que puedo contar con usted.

—Entonces, ¿por qué no te largas? Mírame, esto puede ser lo que te espera.

Lo hice. Le miré porque sabía que Luciano Cavalcanti no respetaría una decisión precipitada o por conveniencia. Lo miré y supe qué iba a contestarle.

—Voy a quedarme, voy a asegurarme de que todo sale bien en el recital de Siena. No voy a desaparecer. Estaré a su lado, resolveremos el asesinato de Emmett y nos despediremos de la Mafia. Usted, tú, evitaste que me volase la cabeza hace años cuando no tenía ningún motivo para vivir. Gracias a ti he podido estar de nuevo con Juliet y gracias a ti y a Emmett he conseguido hacer realidad parte de mis sueños. Sí, no fui a la universidad con una beca ni he trabajado en un taller, pero sé distinguir entre un buen hombre y un mal hombre, entre un hombre valiente y con honor y uno cobarde y sin principios. Y es gracias a ti. Así que voy a quedarme, señor. Y, si eso es todo, creo que iré a ver a Siena, quiero asegurarme de que mi amigo de la infancia no ha cometido un error del que tenga que arrepentirse.

Cavalcanti se quedó mirándome. Probablemente estaba sorprendido por mi emotiva y extensa respuesta. No me arrepentía de lo que había dicho, eran mis convicciones más profundas. Sin Cavalcanti, yo no estaría vivo y jamás habría sido la clase de hombre capaz de volver a ver a Juliet y de reconocer que a pesar de sus errores seguía amándola.

—Eso es todo, Nick.

Asentí y me di media vuelta con intención de abandonar el despacho.

—Un momento, Valenti.

Me detuve y me giré. Cavalcanti estaba de pie, seguía detrás del escritorio y me observaba con respeto.

—¿Sí?

—Gracias.

—De nada, señor.

Fui a ver a Siena y no averigüé demasiado, excepto que Jack se había comportado como un mártir y que no se merecía, como yo, una mujer como esa. Decidí que podía volver a mi casa, Toni tenía la situación bajo control y yo allí no podía hacer nada. Llegó el día del recital de violín en la biblioteca de Nueva York. Siena estaba serena, se enfrentaba a ese concierto como un homenaje a sus padres. Su madre también había sido músico, y su tío, el temible y respetado Luciano Cavalcanti, estaba tan orgulloso de su sobrina que parecía un pavo real.

Cavalcanti seguía sin haber confesado la profundidad de

sus sentimientos a Catalina, la profesora de violín. Yo no era quién para juzgarle, yo tampoco había sido aún completamente sincero con Juliet, pero eso no impidió que me atreviese a torturar a mi jefe ofreciéndole el brazo a Catalina de camino al concierto.

Echaba de menos a Juliet, pensaba en ella a todas horas y había estado a punto de llamar a la fiscalía solo para oír su voz. No lo había hecho porque esa separación me había ayudado a recopilar los pequeños gestos que se me habían escapado en Chicago; todas las veces que ella me había acariciado el rostro, el modo en que me miraba, los celos que sentía Juliet e intentaba ocultarme sin conseguirlo.

Deseaba que a ella le estuviese ocurriendo lo mismo y que no pudiese dejar de pensar en lo que yo le había dicho justo antes de abandonar la ciudad. Quería sus besos, quería que ella quisiera besarme.

Fuimos a la biblioteca de Nueva York en dos vehículos, el señor Cavalcanti viajó con Siena y Toni en el primero y yo los seguí en otro con Catalina. Apenas hablamos, la señorita Moretti parecía preocupada y yo estaba atento observando los coches que nos seguían y la gente que paseaba por la calle. Eran días difíciles y Toni tenía razón, la tensión se palpaba en el aire.

Llegamos al majestuoso edificio sin ningún incidente. Al subir la escalinata y leer el nombre del acto en el elegante cartel hecho para la ocasión se me cerró la garganta:

Presentación de la colección privada Cosimo y Juliette Cavalcanti.

La madre de Siena era francesa y su nombre se escribía distinto al de mi Juliet, que procedía del fuego de Irlanda, aun así las semejanzas me trajeron la imagen de Juliet a la mente y sentí un agudo dolor recorriéndome el cuerpo de lo mucho que la necesitaba a mi lado.

Ocupé mi silla al lado del señor Cavalcanti y empezó el

concierto. De repente estalló el infierno y el terror me paralizó: lo que estaba sucediendo delante de mí no tenía nada que ver con lo que había sucedido años atrás en el bar de los irlandeses, sin embargo el miedo era el mismo y ante mis ojos Siena se transformó en Juliet.

Un hombre sujetó a Siena por el cuello y colocó un puñal afilado en su yugular. No era un hombre cualquiera, era Fabrizio Tabone, el padre de Jack. Jack, que también apareció de la nada, desenfundó un arma y le apuntó. Yo solo vi a Juliet lanzándose frente a Hearst justo en el mismo instante en el que yo disparé.

Oí un disparo y el corazón me golpeó las costillas.

Jack había disparado, Fabrizio estaba en el suelo malherido y Siena se había precipitado con él.

Para mí era Juliet, Juliet volvía a estar en el suelo en medio de un charco de sangre.

Luciano corrió al lado de Juliet, no, era Siena. Corrió a su lado y se arrodilló igual que había hecho yo esa noche, desesperado porque acababa de matar a la chica a la que amaba. Por fin reaccioné, no podía fallarles a Luciano y a Siena, eran mi familia. Corrí a su lado y levanté a Siena en brazos para llevármela de allí. Conduje como un loco hasta el hospital. Nos seguían dos coches negros, probablemente Jack iba dentro de uno de ellos con los dos tipos que lo habían arrancado del lado de Siena. Igual que a mí tuvieron que arrancarme del lado de Juliet.

Llegamos al hospital, ni Luciano ni yo habíamos dicho nada durante el trayecto. Cavalcanti había estado concentrado en su sobrina, le había hablado y había presionado la herida del cuello, y le había suplicado que no lo abandonase. Siena iba a ponerse bien, apenas había sangre, pero se había golpeado la cabeza en el suelo al caer. Las similitudes, sin embargo, seguían asaltándome y paralizándome. Detuve el coche ante la puerta del hospital y saqué a Siena en brazos, no tardaron en aparecer unas enfermeras atraídas por el alboroto y en seguida se ocuparon de ella. Cavalcanti, obviamente las siguió y Jack apareció corriendo y con el rostro completamente desencajado.

No intenté detenerlo, sabía que no serviría de nada.

Bajé la vista hacia mis manos y al ver la sangre empecé a temblar como una hoja de árbol en medio de una tormenta.

—Tiene que sentarse —me dijo una voz—, o acabará cayendo al suelo. O vomitando, eso también es posible.

Me di media vuelta y me encontré cara a cara con el rostro de un hombre que había marcado mi vida años atrás.

—Anderson.

—El mismo. Venga conmigo, Valenti, está a punto de tener un infarto y no sé si me atrevería a auxiliarle.

Le seguí hasta la calle y allí Anderson me guio hasta dejarme sentado en los escalones de la entrada del hospital. Extrañamente, él se sentó a mi lado. La situación era tan confusa que cerré los ojos unos segundos y dejé caer la cabeza hacia delante.

—Respire despacio.

Le hice caso y poco a poco el mareo despareció y mis manos dejaron de temblar tan rápido, persistía un pequeño temblor, pero podía dominarlo.

—¿Qué hace aquí, Anderson?

—Jack es uno de mis hombres, teníamos la sospecha de que Fabrizio Tabone podía intentar algo contra la señorita Cavalcanti.

—A mí me ha parecido que Jack actuaba solo. —Las imágenes empezaban a esclarecerse en mi mente.

—Digamos que el detective Tabone tiene un comportamiento peculiar.

—Usted nunca ha llegado a contarle a Jack lo que sucedió esa noche en el bar de los irlandeses. Jack no sabe que yo estaba allí ni que usted me dejó encerrado en una celda en un calabozo para después soltarme sin acusarme de nada.

—Veo que lo tiene usted todo muy claro. No he oído ninguna pregunta en su pequeño discurso.

—¿Quiere una pregunta? Aquí la tiene, ¿por qué?

Me giré a mirarlo. Anderson, tenía que reconocerlo, había envejecido muy bien con los años y seguía siendo un hombre formidable que sin duda ocultaba demasiados secretos.

—Porque era una de las condiciones de Jack y porque no podía hacerle eso a Juliet. ¿Le he confundido, Valenti?

—Explíquese.

Anderson me evaluó antes de seguir adelante.

—No voy a contarle por qué Jack entró en la academia de policía, eso tiene que preguntárselo a él, pero le diré que solo puso una condición para seguir adelante, que usted y Sandy gozasen de cierta protección policial y no fuesen a la cárcel a no ser que cometiesen un delito grave.

—Yo maté a Juliet.

—Creo que los dos sabemos, señor Valenti, que Juliet está viva.

—Yo entonces no lo sabía, nadie me lo dijo. Además, en esa celda le dije que iba a matar a un policía.

—A un policía corrupto que le gustaba pegar a las mujeres y a los niños. Lo sé. Me lo dijo. Ese fue el instante en que supe que usted era diferente. Siempre me había preguntado cómo era posible que Jack les defendiese tanto, a usted y a Sandy. Le confieso que le creía un iluso por creer y defender esa clase de amistad. Pero cuando les conocí lo entendí todo. Jack, Sandy y usted son hermanos y lo cierto es que entre los tres poseen un código del honor más que admirable. No se lo diga a Jack, ya es bastante insoportable. Esa noche, cuando vi claramente que usted estaba dispuesto a morir porque creía haber matado a la chica a la que amaba, supe que no era la clase de hombre que tenía que encerrar en la cárcel. Además, Juliet, aunque no iba a contárselo, jamás me lo habría perdonado y esa chica es como una sobrina para mí.

—Pero me dejó encerrado una semana.

—Para protegerle. Esa semana fue la más sanguinaria de la historia de Little Italy. Los irlandeses aprovecharon para ajustar todas sus cuentas pendientes y los pequeños grupos de gánsteres como el de su viejo conocido Silvio hicieron lo mismo. Imperó la ley de la vendetta y si no hubiese sido por Luciano Cavalcanti quizá habría durado mucho más. No sé qué hizo ese hombre exactamente, pero los asesinatos cesaron y él tomó el mando.

—Luciano Cavalcanti no es un asesino.

—Reconozco que eso no he podido demostrarlo.

—Me dejó esa semana en el calabozo para que nadie supiese que yo había estado en el bar de los irlandeses.

—Exacto. Cumplí con la promesa que le había hecho a Jack y me aseguré de que Juliet no quisiera matarme en una cena de Navidad.

—Gracias. —La palabra escapó de mis labios.

—Diría que de nada, pero le mentiría.

Comprendí entonces lo brillante que era la mente de ese hombre.

—¿Qué quiere pedirme? Jamás traicionaré a Cavalcanti.

—No voy a pedirle nada, de momento, y en cuanto a Cavalcanti, no se preocupe, empiezo a entender que su jefe y yo tenemos objetivos bastante similares. Váyase a casa, Valenti, tiene un aspecto lamentable. Quizá algún día vaya a buscarle y le pida que haga algo por mí, pero ese día aún no ha llegado.

—¿Está seguro? Quizá no vuelva a verme nunca más.

—Tengo el presentimiento, Valenti, de que sucederá

todo lo contrario. —Me puse en pie y observé que Anderson no se levantaba, el hombre sacó una pitillera y se encendió un cigarro—. Vaya a ver a su amigo antes de irse, ¿quiere? Creo que usted podrá entender mejor que yo por lo que está pasando.

Entré en el hospital y fue a sentarme al lado de mi mejor amigo y a decirle que no íbamos a permitir que perdiera a la mujer a la que amaba.

Era lo que él habría hecho por mí la noche del bar de los irlandeses.

CAPÍTULO 28

Juliet

Nick llevaba una semana en Nueva York y cada día que pasaba sin él le echaba más de menos. Deseaba haberle besado esa última mañana, aunque sabía que no habría tenido el valor y el significado que él pretendía.

Nick había visto más allá de mis defensas y de mis excusas y había tenido el valor de pedirme lo que de verdad quería y necesitaba. Ahora me correspondía a mí hacer lo mismo. El día de la partida de Nick fui a cenar a casa de mis padres tal como había prometido que haría. Mamá siempre se alegraba de mis visitas y cuando estaba allí sentía cierta nostalgia por haberme ido. Esa noche yo estaba nerviosa, no eran unos nervios infantiles, sino los de una mujer que estaba decidida a seguir adelante con la decisión que había tomado y estaba dispuesta a asumir las consecuencias. En el hospital de Nueva York, la noche que recibí el disparo, papá me habló de lo difícil que podía resultar eso y no le entendí. Ojalá lo hubiera hecho.

—Papá, mamá, quiero deciros algo —empecé así y los dos me miraron preocupados.

—¿Qué sucede, Juliet? —Mamá se sentó a mi lado y me cogió una mano.

—Vi a Nick cuando él estuvo en Chicago.

—Oh, Dios mío, Juliet, ten cuidado. —Me apretó los dedos.

—Nick jamás me haría daño, mamá. En realidad aquí la única que ha hecho daño a alguien he sido yo.

—Apenas eras una niña —intervino mi padre— y tomaste la decisión acertada.

—Quizá la decisión fuese la acertada, pero no los motivos por los que la tomé. —No seguí, no me pareció justo que ellos supieran la verdad antes que el propio Nick—. No sé qué sucederá de aquí en adelante. Nick está ahora en Nueva York y no sé cuándo volverá. Pero no quiero volver a verle a escondidas como cuando éramos niños. Nick no se merece que le esconda y no voy a hacerlo.

—¿Estás segura de que volverá? Cariño, quizá él...

—Volverá —interrumpí a mi madre—. Confío en él.

—¿Y qué sucederá cuando vuelva? —Mi padre paseó de un lado a otro del salón—. Dime, ¿qué crees que sucederá? Tú sigues siendo una abogada recién licenciada que trabaja en la fiscalía de Chicago y él sigue siendo un gánster. ¿Qué crees que sucederá cuando Valenti vuelva?

—No lo sé, papá, pero quiero, no, necesito averiguarlo. Además, Nick no es solo un gánster y el que lo sea es en gran parte culpa mía. Tú hablaste con él el otro día, tienes que haberte dado cuenta de que no es un delincuente.

—Nick es peligroso, Juliet, la vida a su lado será muy peligrosa.

—Es mi vida, papá, y si Nick está en ella estaré viva. ¿Acaso no veis que llevo ocho años muerta? Esa bala no me mató, lo hice yo al alejarme de Nick. Creía... —me sequé una lágrima— ... creía que así me ahorraría mucho dolor, que él sería feliz y que yo me recuperaría, pero no ha sido así. No ha sido así.

—Oh, cariño.
Mi madre se acercó a mí y me abrazó.
—El día en que Valenti vino a mi despacho me ofreció su ayuda para destapar a los cargos corruptos del ayuntamiento de Chicago —me explicó mi padre—. A cambio de eso, quiere que la fiscalía deje de husmear entre los negocios legítimos que Luciano Cavalcanti y él poseen. Me aseguró que de todos modos era una pérdida de tiempo.
—¿Lo ves? Nick está intentado hacer lo correcto.
—Nick puede conseguir que le maten, Juliet. Los hombres de los que estamos hablando no se tomarán nada bien que Valenti les estropee el negocio y la Mafia —papá sonrió—, la Mafia no es demasiado compresiva con sus desertores. Valenti está jugando a un juego muy peligroso.
—Confío en él.
—Pues tendrás que perdonarme si yo no, hija.
Me aparté de mi madre y me puse en pie. Limpié las lágrimas de mi rostro antes de volver a hablar:
—Mamá, papá, os quiero mucho. Vosotros me salvasteis la vida en Canadá, me ayudasteis a seguir adelante cuando creía que no podía soportarlo. Quiero a Nick —sonreí con tristeza—, él aún no lo sabe y lo más probable es que no quiera volver a verme, pero tengo intención de decírselo y de pedirle que me dé una segunda oportunidad. No quiero perderos y me niego a renunciar a mi vida sin luchar antes por ella.
—Está bien, hija, está bien.
—De acuerdo, cariño. Tu padre y yo estamos de tu parte. —Mamá volvió a abrazarme—. Te queremos y no queremos verte llorar o sin ganas de seguir adelante como te sucedió en Canadá.
—Tú misma has dicho que Nick aún no ha vuelto y que tienes muchas cosas que hablar con él —intervino mi padre—. No adelantemos acontecimientos, ¿de acuerdo? Te

agradecemos que nos lo hayas contado y sí, tienes razón, no tienes que esconder tu relación con Nick. No debes hacerlo, no te hemos educado para que te avergüences de tus sentimientos. No te pedimos que lo hagas. Lo único que te pedimos es que tengas cuidado y que si ves algo sospechoso acudas a mí. Tu madre y yo confiamos en ti, confía tú en nosotros.

—Lo haré. Gracias, papá y mamá.

Los tres nos abrazamos y después cenamos sin hablar del tema. Esa cena me recordó la noche del baile de Saint Patrick y tuve un mal presentimiento. Intenté quitármelo de encima, una situación no tenía nada que ver con la otra. Nick ahora era un hombre fuerte y con recursos que no se dejaría arrastrar por nadie a una situación tan peligrosa como lo que sucedió en el bar de los irlandeses. Yo era una mujer que aunque seguía teniendo miedo iba a enfrentarme a él y no iba a huir solo para evitar que Nick pudiese hacerme daño más adelante. Mis padres no estaban encantados con mi elección y yo en cierto modo podía entenderlo, pero estaban dispuestos a escucharme e iban a darle una oportunidad a Nick.

Cuando volviera.

Quería preguntarle a mi padre si Anderson o él sabían algo de Nick, si habían recibido alguna clase de noticia desde Nueva York. No me atreví porque sabía que aunque papá había dicho que estaba dispuesto a aceptar a Nick no ayudaría a nuestra causa que le recordase que era un gánster. Esperé, le eché de menos, y cada día y cada noche que transcurría sin él recordaba más detalles de las noches que habíamos pasado hablando (y besándonos) en mi habitación de la calle Rutgers y de lo que había sucedido allí en Chicago.

Se cumplían diez días exactos de su partida cuando volví a ver a Nick. Yo salía de la fiscalía como de costumbre. Eran las cinco de la tarde y en Chicago soplaba un viento de los mil demonios. Me sujeté el sombrero al poner un pie en la calle, ladeé la cabeza para evitar que el pelo me tapase los ojos y lo vi allí de pie, apoyado en la pared, esperándome.

Nick levantó entonces la mirada y también me vio. Me sonrió. Le sonreí y se me aceleró el corazón. Él se apartó de la pared y caminó hacia mí porque yo, como siempre que él me sorprendía de esa manera, era incapaz de moverme.

—Hola —me dijo con la misma sonrisa de antes.

—Hola. Has vuelto.

—Sí. Te dije que volvería.

No podía dejar de mirarle los labios y él no apartaba los ojos de los míos. Los dos estábamos nerviosos y algo inseguros y ver que él tampoco sabía qué esperar de nuestro encuentro me aflojó un poco el nudo que tenía en el estómago.

—¿Cómo han ido las cosas por Nueva York?

—Han acabado bien. Tenía muchas ganas de verte, te he echado de menos.

—Yo también, Nick. Te he echado mucho de menos. —Levanté una mano y le acaricié la mejilla en medio de la calle sin importarme quién pudiera vernos—. Pareces cansado.

—He venido aquí directamente, ni siquiera he ido al hotel.

—¿Quieres que te acompañe? —Me sonrojé al terminar la pregunta—. O puedo ir a mi casa y después vamos a cenar o mañana... me imagino que estás muy ocupado con...

—Quiero que me acompañes al hotel, Juliet.

Él tenía que saber lo mucho que me afectaba oírle pronunciar mi nombre de esa manera. Le miré y al verle sonreír supe que me estaba leyendo la mente. Cómo le había echado de menos. Nick me puso una mano en la cintura y sin apartarla me guio hasta su coche. Me abrió la puerta del acompañante y después entró y se colocó tras el volante. Volvía a estar hospedado en el Drake, un botones lo saludó al entrar y en él reconocí al chico que me había seguido ese último día. Estaba segura de que Nick se lo había pedido y el chico había aceptado a cambio de una propina, y había sido muy generosa a juzgar por las reverencias que Nick había recibido en la entrada.

Fuimos a la habitación, Nick abrió la puerta y me dejó entrar delante de él. Apenas nos habíamos dicho nada durante el trayecto, yo no podía quitarme de la cabeza lo que me había dicho él esa última mañana. «Quiero tus besos, Juliet. Lo quiero todo de ti». Yo también lo quería todo de él. Por fin tenía el valor de reconocerlo, pero estaba tan nerviosa que no sabía cómo pedírselo o cómo cogerlo a pesar de que probablemente lo tenía al alcance de la mano.

Nick cerró la puerta y me dejó en esa especie de antesala para ir al dormitorio propiamente dicho a dejar la maleta. Quizá él también necesitaba unos segundos para tranquilizarse.

—¿Te apetece beber algo? —me ofreció en cuanto volvió.

Le miré mientras caminaba despacio hacia mí.

—No, gracias.

No quería que ningún sabor mancillara el de nuestros labios. Nick me observó y soltó el aliento, le tembló el torso y yo supe que si esperaba el momento perfecto este se me escurriría por entre los dedos.

Todos los momentos con Nick eran perfectos y llenos de defectos. Eran nuestros momentos.

Levanté una mano y le acaricié la mejilla. Yo estaba temblando y él también. Nick se quedó inmóvil, cerró los ojos y dejó que le recorriese la cara con los dedos. Dibujé las cejas, los pómulos, la nariz y también el mentón. Llevé los dedos hasta su pelo y los pasé por los gruesos mechones, noté la respiración de Nick en la piel de mis brazos y me puse de puntillas.

Deposité mis labios en los de Nick.

Nick abrió los ojos al instante y llevó las manos a mi cintura. Me sujetó. Sentí que su cuerpo se tensaba. Aparté ligeramente los labios y volví a besarle. Fue tierno, solo le acaricié la boca con la mía y él flexionó los dedos.

Sus ojos, mis ojos, se oscurecieron.

Volví a besarle, le acaricié el pelo y separé un poco los labios, lo justo para poder deslizar la lengua entre ellos y recorrer con ella la boca de Nick.

Nick rugió, perdió completamente el control, me pegó a él y por fin separó los labios y me besó de verdad. Su lengua entró en mi boca, la poseyó igual que había poseído mi cuerpo y mi alma desde su regreso. Yo hice lo mismo. Jamás me cansaría de su sabor, del modo en que sus dientes rozaban los míos cuando los dos nos dejábamos llevar, de cómo su labio inferior, más carnoso, se curvaba hacia arriba cuando sonreía a mitad de un beso. Las manos de Nick abandonaron mi cuerpo y aparecieron en mi rostro, me acarició las mejillas y presionó ligeramente para profundizar el beso. Estaba devorándome.

Le sujeté las muñecas y le aparté un poco. No lo conseguí. Ninguno de los dos queríamos dejar de besarnos. Uníamos un beso con otro, los había apasionados, otros era tiernos como si empezasen en mitad de la noche medio dormidos, otros eran violentos y otros sencillamente susurraban «te quiero, te he echado de menos, no vuelvas a dejarme».

—Nick.

—Juliet.

Otro beso, lento y que después nos dominó con su fuerza.

—Nunca dejaré de besarte —afirmó Nick—. Creía que iba a volverme loco.

—Lo siento, Nick. Lo siento mucho.

Hablamos entre besos, sujetándonos la cara solo el instante en el que nos decíamos algo y al terminar nos besábamos el rostro, los ojos, los labios. Ahora que mi estúpida norma había desaparecido nuestros labios eran incansables.

—¿Por qué, Juliet? ¿De qué tenías miedo?

—De... oh, Nick. —Los ojos se me llenaron de lágrimas—. De lo mismo de lo que me asusté hace años.

—¿De qué? Dímelo, amor, y te prometo que intentaré arreglarlo. Somos tú y yo contra el mundo, ¿recuerdas?

Me temblaban los labios cuando volví a besarle. Él separó los suyos y dejó que le transmitiese todo mi amor con los míos.

—Tenía miedo porque tú puedes hacer todo lo que propongas. —Nick me miró realmente confuso—. Sé que no lo entiendes y eso te hace aún más maravilloso.

—No debo de serlo tanto si te alejaste de mí de esa manera tan cruel.

—Siento muchísimo haberte hecho daño, Nicholas. Daría lo que fuera por volver atrás y evitarlo. Lo que fuera, pero no puedo.

—Puedes explicarme por qué. —Me secó una lágrima con el pulgar—. Pero no importa lo que me digas, amor, porque yo estaré aquí, contigo. Nada, excepto que tú me lo pidas, podrá separarme de ti.

—Tenía miedo de que te conformaras conmigo, de que te resignaras, de ser un lastre. —Nick se quedó petrificado, incluso su hermoso rostro perdió toda señal de vida—. Tú podías hacer lo que te propusieras. Tú no te veías cuando hablabas de libros o de los edificios y puentes que te gustaría construir, ni cuando te pasabas horas contándome cosas de las estrellas y de las máquinas que algún día se construirían para llegar a ellas. Y tampoco te veías cuando te colabas en mi dormitorio después de haber hecho dos turnos en el garaje y uno en el restaurante. O cuando me decías que ibas a dar todo el dinero que tenías ahorrado a tus padres para ayudarles. Tú no te veías, Nick, yo sí. Yo te veía y lo quería todo para ti, quería que tuvieras tus puentes, tus edificios, tus estrellas.

—Yo solo te quería a ti.

—¿Lo ves? Por eso me asusté, tenía miedo de que por mi culpa no pudieras tener nada más. Sé que hacíamos planes, pero si yo desaparecía de la ecuación todo era mucho más fácil.

—No, eso no es verdad. Jamás te dije nada parecido y jamás te lo hice sentir.

—No, tienes razón, tú jamás hiciste nada de eso.

—¿Entonces? No tiene sentido, Juliet.

—Si yo no estaba, tú podías irte a cualquier parte, a cualquier otra ciudad y empezar de cero. Podías irte de Nueva York y dejar atrás a Silvio y a tus padres, a Little Italy entero. Yo te retenía allí.

—¿Y por eso dejaste que creyera que te había matado? Me mandaste al infierno, Juliet. Tuve que aprender a vivir en un mundo sin ti. Hubo un momento en que no quise hacerlo, Juliet. Durante los primeros años lo único que quise fue morirme y volver a estar contigo.

—Tenía celos de Sandy, tú acababas de dejarme plantada y mi padre me había dicho que el capitán Anderson, su mejor amigo, tenía una carpeta llena de información sobre ti.

La confesión de Nick era tan dura, tan real, que mi justificación sonaba aún más patética. Pero años atrás había tenido sentido. Me odié por ello, por haberle encontrado sentido a algo que ahora comprendía que no lo tenía. Y Nick se dio cuenta.

—¿Y por qué no me lo dijiste? Podríamos haber solucionado las cosas. Quiero a Sandy como a una hermana, jamás la he deseado y te juro que ella tampoco tiene esa clase de sentimientos hacia mí. Confía en mí.

—Confío en ti, en quién no confiaba era en mí. Fui a ese bar porque quería avisarte de que mi padre y Anderson iban a hacer allí una redada. Mi intención era avisarte, salir de allí y romper contigo. Iba a decirte que estarías mejor solo o con una chica a la que no le importase salir con un delincuente.

—Fui allí porque quería que Silvio desapareciese de mi vida para siempre. Me dijo que, si mataba a Hearst, la deuda de mi padre se esfumaría.

—Él jamás habría cumplido con su parte del trato.

—Lo sé, yo tampoco tenía intención de cumplir con la mía. Iba a herir a Hearst, Jack y yo teníamos mucha puntería, y después llamaría a la policía para denunciarlo, ese hombre era policía y aceptaba sobornos de Silvio.

—No ibas a matarlo —afirmó incrédula.

—Estuve tentado de hacerlo, pero sabía que tú jamás me lo perdonarías y no sabía si yo sería capaz de vivir con eso.

—Pensé que me habías abandonado, que habías decidido ceder y trabajar para Silvio y que Sandy encajaba mejor en tu vida. También pensé que sin mí lograrías huir de Little Italy, que si yo no estaba a tu lado no tendrías que preocuparte por ganar dinero y conseguirías alcanzar antes tus sueños. Pensé muchas tonterías y el motivo por el que lo hice es porque tenía miedo de que me dejaras o de que siguieras conmigo toda la vida por lástima o por cumplir con tu propio código de honor.

Nick se apartó un segundo y me observó. Mi explicación le había hecho daño y ciertas partes le habían puesto de muy mal humor, pero estaba intentando desmontarla en pequeñas piezas más fáciles de digerir.

—¿Por qué me prohibiste que te besara?

—Porque pensé que lo único que sentíamos el uno por

el otro era deseo y me dije que si me besabas corría el riesgo de volver a enamorarme de ti.

—Y te dolería cuando yo te abandonase.

—Sí, así es.

—El problema en tu razonamiento, Juliet, tanto de hace años como de ahora es que yo jamás voy a abandonarte. Tú jamás has sido un lastre para mí, ni un ancla, ni un remordimiento, ni una resignación. Jamás. Tú siempre has sido el motivo por el que he luchado, la creadora de mis sueños y de mis esperanzas y la única mujer a la que he deseado nunca. No iba a dejarte hace años y no voy a dejarte ahora. Solo me separaré de ti si tú me lo pides y lo cierto es que si lo haces intentaré convencerte de lo contrario.

—Oh, Nick, por mi culpa tú empezaste a trabajar para Cavalcanti...

—Cavalcanti me salvó la vida, Juliet. Después de perderte a ti quería morir y, si no llega a ser por Emmett y por Luciano, lo habría conseguido.

—Lo siento, Nick. Te he hecho tanto daño...

—Probablemente una parte de mí nunca entenderá que pudieras hacérmelo, pero no quiero pasarme la vida entera sin ti intentando averiguarlo. El día que te conocí en la librería del señor Belcastro comprendí que había venido al mundo para verme a través de tus ojos. No sé qué hice para asustarte, quizá éramos demasiado jóvenes o quizá sentíamos demasiado. Lo único que sé es que estás aquí y que por fin has dejado que te besara.

—No fue culpa tuya, fueron mis inseguridades las que me llevaron a comportarme como una cobarde. Hui, Nick, y te hice daño. Y lo siento, lo siento tanto.

—Eh, tranquila. No llores. No llores y bésame.

Me puse de puntillas y le abracé por el cuello.

—Bésame tú a mí.

Nick sonrió y me besó.

CAPÍTULO 29

Nick

Estaba besando a Juliet.

Estaba besando a Juliet y no iba a parar jamás.

Su sabor corría por mis venas y era el único veneno por el que estaba dispuesto a morir jamás.

—Prométeme que nunca dejarás de besarme —le pedí.

—Te lo prometo.

Juliet terminó la promesa con un beso y no volvimos a separarnos. La desnudé mientras ella hacía lo mismo conmigo. El deseo y la atracción que había marcado nuestros anteriores encuentros seguía entre nosotros, los besos no habían hecho más que aumentarlos. Caímos en la cama hechos un enredo de piernas y brazos, los dos sonreímos al mirarnos y en ese instante comprendí por qué jamás había superado la muerte de Juliet.

No era porque yo hubiese sido el autor del disparo que la había matado, aunque eso me destrozaba. No era porque hubiese sido la primera chica de la que me enamoré ni porque hubiese sido la primera a la que había besado.

Era porque era Juliet, mi Juliet, mi universo era ella.

No sabía cómo decírselo, confesarle que la amaba, frase que aún no había salido de mis labios, me parecía poco. No la amaba, no la necesitaba, no la quería, no la deseaba, era todo eso y muchísimo más.

—Juliet —susurré su nombre temblando. No era la primera vez que estaba así con ella. Ahora conocía su cuerpo y había aprendido qué la hacía temblar, qué la hacía estremecerse, sin embargo era profundamente distinta a las anteriores. Me olvidé de todo, del dolor que había sufrido, de las mujeres con las que había estado en un intento absurdo por desquitarme, de mis tanteos con la muerte y de la ambición, que era lo único que me había impulsado a seguir adelante. Me olvidé de todo y solo quedó ella—. Juliet. Mírame.

Juliet estaba debajo de mí y yo me eché hacia atrás para que nuestros ojos se encontrasen a medio camino. Mi cuerpo y el suyo estaban unidos. Estaba en su interior y jamás había sentido tanto placer como en el instante en que entré en Juliet mientras ella me besaba. La miré, mi cerebro intentó abrirse paso por entre los latidos del corazón y la necesidad de mover las caderas para alcanzar ese lugar del que nadie podía arrancarme, y no lo consiguió.

Juliet me miraba a los ojos, los de ella brillaban, tenía los labios húmedos de nuestros besos. Levanté una mano para acariciarlos con el pulgar, los había echado muchísimo de menos. Ella también levantó una mano, la pasó por mi pelo y después bajó por mi mejilla y el cuello. Enredó los dedos en la cadena y yo supe cómo decirle lo que no conseguía expresar con palabras.

Tiré de la cadena hasta romperla, el delicado hilo de oro que había colgado de mi cuello durante esos años de soledad cayó sobre la sábana y me quedé con el anillo; el aguamarina palidecía comparada con la belleza de los ojos de

Juliet. Apoyé mi cuerpo en el de ella, el gesto consiguió que los dos gimiéramos y tuviéramos que respirar despacio unos segundos para detener la implacable reacción de nuestros cuerpos.

Aguanté el anillo y con la otra mano levanté la de Juliet. Los dos temblábamos, pero el aguamarina se deslizó hasta encajar en el único lugar donde podía estar.

—Juliet —susurré—, tienes mi corazón, mi vida, mi universo en tus manos.

—Nicholas...

No pude más. Ver el anillo y el amor en los ojos de Juliet derribó el último vestigio de cordura que quedaba dentro de mí y me aferré a lo único que podía salvarme; sus labios. Besé a Juliet, ella me besó, nuestros labios se separaron, nuestros cuerpos se fundieron el uno con el otro y sin separarnos, sin existir en ninguna otra parte excepto allí, hicimos el amor.

—Cuando me recuperé de la operación, nos fuimos a Canadá —la voz de Juliet sonó ronca en medio de la oscuridad de la habitación del hotel. Habíamos hecho el amor varias veces, nos habíamos besado de todas las manera imaginables y habíamos estado horas acariciándonos, dejando que nuestros cuerpos se reencontrasen sin ninguna barrera ni límite entre ellos.

Me tensé, intenté ocultárselo, pero ella debió de darse cuenta porque me acarició el pecho. Juliet estaba acurrucada a mi lado, tenía un brazo encima de mí y la melena esparcida por mi hombro. Giré la cabeza y deposité un beso en su pelo.

—Mi padre tenía que irse de la ciudad, lo que sucedió en ese bar, en el bar de los irlandeses —tembló y la abracé a mí con más fuerza—, puso en peligro el caso en el que estaba trabajando. El capitán Anderson y él decidieron que lo mejor que podía hacer era irse y estar lejos de la ciudad durante un tiempo. Fuimos a Canadá. Yo les prohibí que me hablasen de ti, no quería saber nada porque tenía miedo de salir a buscarte y sabía, creía, que no podía hacerlo.

—Tú siempre puedes venir a buscarme, Juliet. Soy tuyo.

Juliet se apoyó en mi pecho y se acercó a darme un beso en los labios.

—Tenía celos y miedo. Tenía miedo de que te conformaras conmigo. Y no podía soportar que hubieras decidido entrar en la Mafia, me sentí traicionada y dolida. Me asusté, Nick, pero también sabía que si hablaba contigo y me enfrentaba a ti, tú lograrías convencerme de que estaba equivocada.

—Bueno, te aseguro que lo habría intentado con todas mis fuerzas. Jamás has tenido motivos para estar celosa de Sandy ni de nadie.

—Oh, ya, bueno...

—¿Qué sucede? Dime qué estás pensando. No quiero que vuelva a haber secretos o medias verdades entre nosotros.

Coloqué un dedo bajo su mentón y le levanté el rostro, ahora me tocó a mí besarla.

—Yo era virgen, pero tú... —Se sonrojó de la cabeza a los pies.

—Yo también en lo que de verdad es importante. —Ella enarcó una ceja y me quedó claro lo que pensaba de mi respuesta. Sonreí, había echado de menos a esa Juliet, la que me plantaba cara y me besaba—. Sí, he estado con mujeres antes de estar contigo, y todas después de que tú.... —no pude terminar esa frase-... quería que mi primera vez fuese contigo. —Tragué saliva y continué—: Creía que habías muerto y hubo una época en la que nada me importaba, buscaba la manera de exorcizarte de mi cuerpo y lo cierto es que solo logré empeorar las cosas. Además, el hecho de que sea incapaz de recordar ningún detalle, ninguno, de ninguna de esas mujeres debería dejarte claro lo poco que significaron para mí. En cambio de ti, Juliet, incluso el más pequeño detalle de tus besos, de tu mirada, de tus caricias, de ti, lo tengo grabado en el alma.

—Tú también estás grabado en la mía.

Volvimos a besarnos. Empezó despacio, como si ese beso hubiese sido uno de tantos en medio de otras caricias, pero poco a poco fue ganando intensidad y Juliet se colocó encima de mí.

—No solo estás grabado en mi alma, Nicholas —susurró pegada a mis labios—. Te amo.

—Juliet. —Le sujeté el rostro entre las manos y la besé temblando con todo el amor que sentía por ella—. Necesito estar dentro de ti, por favor. Ahora. Por favor.

Juliet separó las piernas y correspondió a mi súplica. Cuando entré en ella sentí que por fin podía respirar.

—Nick, te amo —repitió ella poniéndome a prueba.

—Dios mío, Juliet, yo también te amo. Te amo tanto. Tanto.

La besé. Mi cuerpo, tal como le había asegurado antes a ella, no recordaba ninguna otra mujer y solo sabía que tenía que entregarse a ella, a Juliet. Siempre había creído que el amor de Juliet me había destruido, cuando ella murió, cuando reapareció, la primera vez que hicimos el amor, siempre tenía la sensación de que Juliet me destruía. Ahora comprendía que era necesario porque ella era la única que sabía unir todas las piezas, la única que le daba sentido a los días y a las noches, a la luz y a la oscuridad, a todo.

—Te amo, Juliet.

—Nicholas.

Nos besamos, nos abrazamos, los dos terminamos con lágrimas a los ojos porque los dos sabíamos lo que era vivir sin el otro a nuestro lado. Después, con la piel aún húmeda y la certeza de que jamás amaría a nadie como la amaba a ella, le levanté la mano y besé el anillo.

—Compré este anillo hace años, me acompañó el señor Belcastro.

—Siento tanto que esté muerto, Nick.

—Yo también. Iba a dártelo la noche del baile de Saint Patrick, iba a pedirte que aceptaras ser mi prometida, o mi futura prometida, me habría conformado con cualquiera de las dos opciones. Sabía que éramos muy jóvenes y tú querías estudiar y yo... yo tenía que encontrar la manera de quitarme a Silvio de encima y ayudar a mis padres. No sabía cómo íbamos a lograrlo, pero sabía que te necesitaba y te quería a mi lado. Jamás fuiste un lastre para mí, Juliet. Tú siempre has sido mis alas, mi universo. Por ti creía que podía conseguir todo lo que me proponía, sin ti... Sin ti dejé de intentarlo.

—¿Qué pasó la noche del bar de los irlandeses? No hace falta que me lo cuentes ahora, si no quieres. Pero cuando estaba en Canadá me desmoroné, dejé de comer, de dormir, solo quería volver a Nueva York y buscarte. Papá me dijo que nadie sabía dónde estabas, que habías desaparecido. Entonces pensé que quizá había hecho lo correcto, pensé que te habías ido a otra ciudad a empezar de cero y, aunque odié que estuvieras sin mí, en cierto modo me consolaba imaginarte en una universidad aprendiendo a diseñar edificios o en una gran empresa construyendo máquinas del futuro.

Oírla hablar así de mí, del futuro que me había imaginado, me emocionó. Le acaricié el pelo durante unos minutos, los que necesité para recuperar la voz y contener las lágrimas que se amontonaban en mi garganta.

—Anderson me tuvo encerrado una semana. Hasta hace unos días creía que lo había hecho para darme una lección; en el hospital, la noche que... —no pude seguir—, me peleé con los cuatro policías que intentaron arrestarme. Al final tuvieron que dejarme KO para sacarme de allí. Necesitaba verte, no podía soportar la idea de no volver a verte. —Juliet me besó en el pecho—. Cuando Anderson me soltó, las cosas habían cambiado mucho en Little Italy. Silvio y sus hombres estaban muertos, los irlandeses prácticamente se habían matado todos entre ellos y nadie, absolutamente nadie, sabía que yo había estado allí, en ese maldito bar. Yo solo sabía que tú ya no estabas y, francamente, todo me importaba una mierda. Fui al puente de Brooklyn, te veía allí el día de tu cumpleaños. Fui a tu casa, encontré el libro de *Romeo y Julieta*. Vivir era un tortura sin ti. Estuve un año así, incapaz de vivir e incapaz de acabar con mi vida porque sentía que no podía hacerlo.

—Oh, Nick, no.

La cogí en brazos y volví a besarla porque los besos eran lo único que anulaba ese dolor.

—Belcastro y Cavalcanti me encontraron un día en mi peor momento y me obligaron a enfrentarme a la realidad. Sin ellos hoy no estaría aquí. Emmett me dijo que me quedase a vivir con él hasta que me recuperase y Cavalcanti me obligó a ir a trabajar con él, pero no como matón ni nada por el estilo. Me obligó a aprender, a utilizar mi cerebro, él jamás me ha pedido que hiciera algo en contra de mi voluntad y lo cierto es que he aprendido mucho con él.

—Pero es un gánster.

—Sí, lo es, y no todos sus negocios son legales, pero es un buen hombre y me salvó la vida.

—¿Qué vamos a hacer ahora, Nick?

—Ahora vamos a estar juntos. Siempre. Cavalcanti va a retirarse. Él y yo hemos trazado un plan para conseguirlo, para separar nuestros intereses de los de la Mafia definitivamente. Es arriesgado, no voy a engañarte, pero sé que podemos hacerlo.

—Confío en ti, Nick.

Esa mujer quería acabar conmigo.

—¿De verdad?
—Claro. Tú y yo contra el mundo, ¿no?
—Sí, tú y yo contra el mundo.
Volví a besarla y a hacerle el amor.

La mañana siguiente, Juliet tuvo que volver a su apartamento para cambiarse e ir a la fiscalía. No me gustó despedirme de ella y solo me resigné a soltarla porque sabía que volvería a verla esa misma noche. Yo me quedé en el hotel, probablemente sonriendo como un idiota, y llamé a Nueva York para asegurarme de que Siena había abandonado ya el hospital y de que Jack había decidido dejar de comportarse como un mártir e ir tras ella. Toni atendió mi llamada y me aseguró que efectivamente las cosas en casa de los Cavalcanti habían empezado a cambiar. Siena y Jack se habían reconciliado y el señor Cavalcanti había invitado a Catalina a cenar en dos ocasiones. Catalina, según Toni, aún se resistía y torturaba al señor Cavalcanti, para deleite de todos, pero este había sonreído por primera vez en años.

Abandoné el hotel para ir a reunirme con Don Clemenza. La trampa que le habíamos tendido al juez Sonheim consistía en un falso soborno que, si nos salía bien, eliminaría dos pájaros de un tiro. Uno de los hombres de confianza de Clemenza había visitado al juez en varias ocasiones fingiendo trabajar para Frankie Sivero. Sivero traficaba con droga de pésima calidad, la importaba a través de Cuba y ya dominaba Miami y Los Ángeles. Cavalcanti y yo nunca habíamos hecho negocios de esa clase, los dos creíamos que ciertas líneas era mejor no cruzarlas y Cavalcanti sabía que las drogas podían causar mil y un infiernos. Yo siempre había respetado su decisión y, si Cavalcanti hubiese entrado en esa clase de negocios, me habría alejado de él. Sivero, sin embargo, carecía de esos principios, no era el único dentro de la Mafia, pero sí el que poseía el sistema de distribución más sanguinario. A Cavalcanti no le gustaba Sivero, a mí me daba asco, así que eliminar a Sivero junto con el juez Sonheim me parecía la mejor manera de despedirme de la Mafia.

El hombre de Clemenza había convencido al juez de que Sivero, su jefe ficticio, sería extremadamente generoso con él si conseguía sacar de la cárcel a ciertos individuos y si encontraba la manera de que ciertos juicios no llegasen a celebrarse nunca. Sonheim, como buen judío, era un gran hombre de negocios y, aunque se había hecho de rogar y había tomado muchas medidas de precaución, al final había picado el anzuelo.

Las pruebas ya estaban en mi poder. Tenía fotografías de Sonheim aceptando el dinero de Clemenza. Tenía los nombres de los agentes de la ley que supuestamente iban a seguir las órdenes de Sonheim y liberar a los hombres de Sivero. Tenía las rutas de Sivero detalladas en un mapa; los puntos de entrega, de almacenamiento, incluso las direcciones de sus informantes y de los pisos donde guardaban las armas y el dinero.

Lo único que me faltaba era reunirme con el fiscal Murphy, el padre de Juliet, y entregarle la documentación. Y confiar en que él cumpliría con su palabra y no aprovecharía para encerrarme y deshacerse del hombre que sin duda amaba a su hija, pero no se la merecía.

Todo fue muy rápido.

Demasiado rápido.

Injustamente rápido.

Conduje hasta la fiscalía. Tenía la mente tan llena de Juliet y de nuestro futuro juntos que no tomé las medidas de precaución que habían guiado mi vida durante años. Detuve el coche en una calle cualquiera y anduve el resto del camino hasta el edificio donde me esperaba Murphy. Le vi bajarse de un vehículo. Al volante iba un agente de policía y otro le abría la puerta. Entonces sucedió todo.

Otro coche se detuvo en mitad de la calle, dos más se detuvieron detrás para evitar que alguien, la policía, pudiese acercarse. Bajó un tipo con un metralleta y apuntó.

Corrí, jamás había corrido tanto. No iba a permitir que el padre de Juliet sufriese ningún daño. Ella jamás se recuperaría y jamás podría mirarme a los ojos si por mi culpa él moría. Caí, un dolor me atravesó la espalda, pero mi cuerpo no golpeó el suelo sino que cayó encima del de Murphy completamente ileso.

—No se mueva —le ordené apretando los dientes.

Saqué el arma y apunté tanto como pude, apenas podía levantar el otro brazo. Uno de mis disparos derribó a uno de los pistoleros, eran tres y parecían tener una reserva inagotable de armas cargadas. Los dos policías que acompañaban a Murphy estaban muertos, el cristal del coche estaba hecho añicos y completamente salpicado de sangre. Si no llegaba alguien a ayudarnos, moriríamos en cuestión de minutos.

«Lo siento, Juliet».

—Saldré a la calle —le dije al fiscal—. Me apuntarán, son los hombres de Sivero. —Había reconocido a dos—. Me conocen y estarán encantados de matarme. Su jefe les recompensará por ello. Alguien se ha ido de la lengua. Maldita sea. Tenga —le entregué el sobre—, aquí tiene cuanto necesita para arrestar a Sonheim y encerrar a Sivero, hágalo. Cuando se giren hacia mí, usted corra hacia la esquina, allí el ángulo es muy difícil y no podrán dispararle.

—No haga estupideces, Valenti.

Estalló la ventanilla del coche que utilizábamos como barricada.

—Usted sabe que no es ninguna estupidez, Murphy.

—Le matarán.

—Usted corra, deje que yo me preocupe por mí.

—Está bien —asintió y yo suspiré aliviado.

—Dígale a Juliet que la quiero.

Salí a la calle y los disparos se mezclaron con el sonido de los coches de la ciudad.
Caí al suelo.
Al menos moría con la certeza de que Juliet me había amado y besado de verdad.

CAPÍTULO 30

Juliet

Cuando vi que Anderson entraba en la fiscalía, supe que algo iba mal, muy mal. Mi primer impulso fue pensar en papá, pero en cuanto vi los ojos del superintendente supe que no.

«Nick».

Negué con la cabeza. Quizá si Anderson no llegaba a detenerse delante de mí y a comunicarme lo que sin duda iba a decirme no sería verdad.

—No, no, no —balbuceé.

—Tienes que venir conmigo, Juliet. Quizá no dispongas de demasiado tiempo.

William Anderson había sido una figura constante y misteriosa en mi vida. Era el mejor amigo de papá desde que habían estudiado juntos en la universidad, pero apenas sabía nada de él como persona. Era policía. Había empezado en la calle, patrullando Nueva York, y ahora era el superintendente de esa ciudad. Anderson, sin embargo, era mucho más. Ese hombre mantenía una cruzada personal contra la Mafia y por algún motivo que yo desconocía mi padre estaba dispuesto a ayudarle.

—¿Adónde vamos?

Quizá estaba equivocada, quizá no tenía nada de qué preocuparme, intenté engañarme.

—Al Mercy —citó el nombre de un hospital y tuve que apretar los dientes—. No tenemos mucho tiempo.

Vi que Anderson tenía las manos manchadas de sangre y al llegar a la calle me encontré con un coche negro esperándonos. El conductor arrancó en cuanto cerramos las puertas y recé para despertarme. Esto tenía que ser una pesadilla.

—Maldita sea —farfulló Anderson casi hablando para sí mismo—. ¿Por qué insiste todo el mundo en actuar a mis espaldas?

—¿Qué... qué ha pasado?

La necesidad por saber fue superior al miedo.

—Tu padre iba a reunirse esta mañana con Valenti y alguien les ha delatado. Si Cavalcanti no me hubiese informado, no habríamos llegado a tiempo.

¿Cavalcanti había informado a Anderson?

—¿Papá... Nick?

—Tu padre está bien, Valenti le ha salvado.

Empecé a llorar.

—¿Nick está...?

—Estaba muy malherido, tu padre se ha quedado con él. Yo me he saltado todas las normas que existen y he decidido ir a buscarte. Creo que ese chico y tú os merecéis despediros.

«No, no, no. NO».

El coche se detuvo ante la entrada del Mercy y un agente de policía me abrió la puerta. Salí tan rápido que apenas me fijé en que el chico aún llevaba el arma desenfundada como si anticiparan otro ataque.

Corrí por el pasillo, una enfermera me miró asombrada, no sabía adónde iba. Podía oír los latidos de mi corazón en los oídos y no dejaba de tocarme el anillo que Nick me había puesto anoche como si así pudiese retenerle a mi lado.

—¡Juliet!

Era la voz de mi padre. Me detuve en seco y lo busqué con la mirada desenfocada. Le encontré frente a mí con el rostro magullado y la camisa y las manos empapadas de sangre.

Él tiró de mí y me abrazó.

—Lo siento mucho.

—Nick no puede estar muerto, papá. No puede.

—Él está muy malherido, no sé si saldrá de esta, hija. —Estrechó los brazos cuando llena de rabia y dolor empecé a golpearle el torso—. Lamento tanto haberle juzgado mal. Se colocó encima de mí y me protegió, no lo dudó ni un segundo. Me pidió...

—¡No, no me lo digas! Por favor, no me lo digas. Quiero que me lo diga Nick. Por favor, cállate.

—Está bien, hija. Está bien.

Lloré sin ningún control. Lloré por los años que habíamos perdido por mi culpa y por haberle hecho sentir a Nick durante todo ese tiempo que era el culpable de mi muerte. Lloré porque le había hecho sentir a ese hombre maravilloso que no era lo suficiente cuando en realidad él lo era todo. Absolutamente todo.

Lloré hasta que no quedaron lágrimas dentro de mí y mi voluntad se desvaneció. Solo era un cuerpo exhausto y vacío. Mi padre me guio hasta unas sillas y me obligó a sentarme en una. Llegó mi madre y también me abrazó, me acarició el pelo y se sentó a mi lado sin decirme nada. En ese silencio, sin embargo, entendí que me concedía su apoyo y su bendición incondicional si Nick salía de esta.

Cuando Nick salga de esta.

Anderson también apareció, habló unos minutos con mi padre. No entendí demasiado lo que decían, el dolor y la angustia me impedían pensar, pero supe que los hombres que habían disparado a Nick y a papá estaban muertos y que habían arrestado a los que habían ordenado ese ataque.

No sentí ningún alivio, lo único que quería era que se abriera la puerta que conducía a los quirófanos y que alguien me dijera que Nick estaba bien.

Pasaron las horas, se hizo de noche y entonces apareció un hombre tan misterioso e intimidante como Anderson. El desconocido se detuvo ante mí y se presentó.

—Soy Luciano Cavalcanti, señorita Murphy, y solo quiero decirle que si existe un hombre capaz de sobrevivir a un ataque como este es Nick Valenti. Es el hombre más valiente y honesto que conozco y sé que ahora que usted ha vuelto a su vida luchará para sobrevivir.

—Gracias —balbuceé.

Él asintió y se sentó al lado de Anderson como si estuviesen en le mismo bando. A mí me habría gustado odiarle, ese hombre era un gánster, pero no pude. Recordé a Nick la noche anterior hablándome de él, explicándome lo que Cavalcanti había significado en su vida y comprendí, quizá demasiado tarde, que la bondad y la honradez, la valentía, se encontraban a veces en los lugares más insospechados.

La puerta se abrió, apareció un hombre con un delantal blanco manchado de sangre. «La sangre de Nick». Nos pusimos en pie.

—¿Cómo está, doctor? —la voz pertenecía a Cavalcanti y sonó igual a la de un padre que pregunta por su hijo.

—Hemos detenido las hemorragias y extraído las balas. El señor Valenti había perdido mucha sangre. Ahora está en manos de Dios.

—No me fío de Dios —dijo Anderson.

—¿Puedo verlo? —Sacudí la cabeza y rectifiqué—. Voy a verlo. Dígame dónde está.

El doctor me miró y Cavalcanti me puso una mano en el brazo.

—Me alegro de que Nick tenga a alguien como usted. Dígale que no le perdono que me haya obligado a visitar mi segundo hospital en cuestión de días. Siena y él conseguirán lo que no han conseguido mis enemigos, matarme. Vaya con él.

Miré a mi padre y a mi madre y ellos me ofrecieron sus sonrisas de ánimo. Seguí al doctor hasta una puerta blanca. Desconocía el funcionamiento del Mercy, aunque sabía lo suficiente para deducir que las atenciones que estaba recibiendo Nick eran gracias a mi padre y a Anderson, y quizá también a Cavalcanti.

—Es aquí, señorita. Me temo que debo decirle que se prepare para lo peor.

—Gracias, doctor. Le avisaré cuando Nick se despierte.

El hombre me miró con lástima y se fue.

Nick era un hombre enorme y sin embargo el olor a sangre y a hospital le empequeñecieron en medio de las sábanas blancas de esa cama de hierro también blanca. Estaba pálido, casi transparente, y tenía la frente y el pelo empapados de sudor helado. Tenía el torso vendado y el vendaje, aunque estaba limpio, mostraba rastros de sangre. Tenía arañazos en la cara igual que papá, probablemente de cuando se había lanzado encima de él para protegerlo, y los nudillos ensangrentados.

No podía ni imaginarme el dolor que estaba sintiendo.

Me tumbé a su lado con cuidado de no hacerle daño y me abracé a él. No iba a permitir que la muerte me lo arrebatase sin luchar. Si ella quería llevárselo, antes tendría que enfrentarse conmigo.

No me separé de Nick en ningún momento. El médico

y mis padres intentaron que me fuese a casa o que pasease un rato para descansar. Me negué, no iba a soltarlo nunca. Me tumbé a su lado y le hablé de lo mucho que le había echado de menos todos esos años, de lo muchísimo que me arrepentía de haberle mentido y haberme comportado con tanta cobardía y crueldad. Le expliqué todo lo que haríamos juntos cuando se despertase, los planes que retomaríamos de nuestra infancia y los nuevos. Cuando me dolía la voz de tanto hablar y los ojos de tanto llorar, le apretaba la mano y le recordaba que seguía a su lado. Le besaba en los labios, que empezaban a estar fríos, pero por los que seguía respirando.

—No me dejes, Nicholas. Por favor.

Le besaba siempre; las manos, la frente, los pómulos, los ojos que él se negaba a abrir. Los labios. Me arrepentía de haber echado a perder tantos besos.

El segundo día, Cavalcanti vino un rato y me trajo un libro; el ejemplar de *Romeo y Julieta* que Nick me había regalado ese día en la librería Verona. Lo abrí y empecé a leérselo.

—«Y, no obstante, ya tengo lo que anhelo: mi corazón es ancho como el mar, y mi amor, tan profundo; cuanto más doy, más tengo; los dos son infinitos».

Me detuve porque las lágrimas me atragantaron.

—Mi... mi nombre —la voz ronca y dolorida de Nick me sobresaltó. Durante unos segundos pensé que me la había imaginado—. Nicholas es el patrón de los marineros.

—Nicholas. —Giré el rostro hacia él. Yo había estado leyendo tumbada a su lado, y vi que tenía los ojos entreabiertos. Estaban algo encharcados de sangre, pero Nick estaba vivo—. Oh, Nicholas.

Lo abracé, llené su rostro de besos y de lágrimas y él intentó abrazarme.

—Iré a buscar a un médico —susurré besándolo en los labios. Él solo asintió.

El médico y las enfermeras me impidieron ver a Nick durante unas horas. Mis padres y Rita, que también había acudido al hospital, me obligaron a irme a casa a descansar un poco y a cambiarme. Cavalcanti, al ver mi reticencia, me prometió que él no se apartaría de Nick y que mandaría a uno de sus hombres, un joven llamado Toni que también parecía sentir verdadero afecto por Nick, a buscarme.

Volví al hospital un poco más tarde y en cuanto entré en la habitación presentí el cambio de Nick. No me dejé amedrentar, no habíamos superado tantos obstáculos para que ahora el miedo o la necesidad que Nick siempre había sentido de protegerme nos separase. Caminé hasta la cama y sin decirle nada me tumbé a su lado y lo abracé.

Él se tensó.

—Deberías irte —me dijo. Aún no había recuperado su voz pero estaba un paso más cerca.

—No voy a irme a ninguna parte.

Nick tragó saliva, vi cómo la nuez subía y bajaba por la garganta.

—Hace años me dejaste, me hiciste creer que habías muerto. Ahora te resultará más fácil, no tendrás que fingir nada.

—Supongo que tarde o temprano tenías que echármelo en cara y sé que me lo merezco. Puedes atacarme tanto como quieras con esto, no voy a irme a ninguna parte.

—Maldita sea, Juliet. Vete. Vete de una vez y déjame en paz. Joder. No quiero estar contigo. No quiero.

La autoridad con la que hablaba, la rabia que había en sus palabras, me hirió. No podía negarlo.

—Hace unos días me acusaste de no estar diciéndote la verdad, Nicholas. —Me obligué a ser fuerte por los dos, a hacer lo que él llevaba días, años, haciendo—. Tenías razón. Ahora tú estás haciendo lo mismo. Dime la verdad. Dime qué te pasa para que podamos hablar de ello. Tú y yo contra el mundo, ¿recuerdas?

—No, joder, Juliet. NO.
—Sí, Nicholas.
—Vete, no te quiero. No te amo. Vete.
Me dije que había esperado esa reacción, pero el dolor me atravesó de todos modos.
—No es verdad. Me quieres tanto como yo te quiero a ti y no voy a irme a ninguna parte.
Le sujeté el rostro por el mentón y lo giré hacia mí para besarlo. Él mantuvo los labios apretados unos segundos y tuve miedo de que hubiese estado diciéndome la verdad, pero entonces gimió y levantó las manos para sujetarme la cara y devolverme el beso con todas sus fuerzas. Estaba enfadado, furioso, me quería. Me besó apasionadamente, hundió la lengua en mi boca como si quisiera poseerme. No le hacía falta, yo ya era completamente suya.
—Nick.
Interrumpí el beso y apoyé la frente en la de él.
—Juliet, esto es solo el principio.
—Lo sé, amor mío.
—Esos hombres, los que intentaron matarme, volverán. No puedo dejar que corras esa clase de peligro. No puedo. No me lo pidas. Por favor.
—No te lo pido, Nick. Te lo exijo. No vas a conseguir echarme de tu lado. Hace años me asusté de nuestro amor, pero ya no. Nunca más. Te quiero, te amo, y sé que tú sientes lo mismo por mí.
—Dios santo, Juliet, te amo.
Lo besé, sequé las lágrimas que tenía en las mejillas y lo besé otra vez.
—Vas a recuperarte y vamos a seguir adelante. Vamos a luchar juntos por nuestro sueño, ¿de acuerdo?
—De acuerdo.
Me acarició el rostro y buscó mis labios con ternura y pasión.

—No he prestado demasiada atención a lo que sucedía estos días a mi alrededor, pero papá y Anderson han arrestado a mucha gente y Cavalcanti no deja de hablar con ellos. Quizá ha llegado el momento de hacer las cosas juntos, ¿no crees?

Nick soltó el aliento y me abrazó.

—Hace unos segundos he hecho lo más difícil que he hecho nunca, Juliet; decirte que no te amo. He tenido que arrancarme el corazón para pedirte que te fueras y así me sentía en Chicago cada día que tenía que despedirme de ti; como si me arrancasen el corazón. Abandonar la Mafia, construir un puente, ayudar a Anderson y a Murphy, son tareas ridículas al lado de lo que quiero hacer el resto de mi vida.

—¿Qué quieres hacer, Nicholas?

—Crear un universo contigo.

Besé a Nick. Le dije que le amaba y que le amaría siempre.

Él sonrió y me besó.

En los besos de Nicholas se reflejaba todo su amor.

EPÍLOGO

Nick
Rutgers Street, 1942

Nunca olvidaría el día que decidí comprar la casa de los Murphy. Emmett me dijo que no lo hiciera, que no ayudaría en nada a mis problemas y que ningún mausoleo, porque según él eso era lo que yo quería hacer con esa casa, haría volver a Juliet.

Emmett tenía razón en parte. Los motivos por los que quería comprar esa casa no eran los correctos: quería comprarla para derribarla. Conseguir la propiedad no me resultó difícil. Tardé unos años, quería que el dinero proviniera de mi trabajo y que no tuviera nada que ver con la Mafia. El día que recibí las llaves curiosamente también recibí la moneda de Jack. En esa época, él seguía en la Academia y recuerdo que pensé en escribirle y contarle lo que me había sucedido, pero descarté la idea. Él había elegido su camino y yo el mío y pensé que nunca volverían a cruzarse. Tarde o temprano uno de nosotros dejaría de mandar la moneda, la perdería o se le olvidaría.

Guardé la moneda en el bolsillo. Hoy también estaba en mi poder, aunque ahora a Jack podía entregársela en persona si así lo deseaba. Él se había mudado a Little Italy. Se había casado con Siena, la sobrina de Cavalcanti y todos sentíamos que formábamos parte de algo mucho más importante que nuestros planes rotos o nuestros sueños hechos realidad. Era difícil y aún teníamos que enfrentarnos a muchos problemas, algunos de los cuales probablemente intentarían matarnos, pero ninguno de nosotros estábamos solos y teníamos mucho por lo que luchar.

—¿Qué estás haciendo aquí?

Me di media vuelta y vi a Juliet, mi Juliet, sonriéndome desde el marco de la puerta de la que había sido su habitación.

—Estoy mirando las estrellas. Ven, siéntate a mi lado. —Golpeé la madera de la ventana. Estaba sentado con los pies apoyados en la rama más cercana del olmo. Era de noche y el cielo de la noche de Nueva York me recordaba lo cerca que había estado de perderlo todo—. Ten cuidado.

Cogí a Juliet de la mano y la ayudé a sentarse. Ella me dio un beso en los labios.

—¿Qué estás haciendo aquí? —repitió.

—Creía que estabas dormida. —Le coloqué bien el chal con el que se había abrigado y me acerqué para besarla de nuevo—. He tenido una pesadilla y no quería despertarte.

Estar con Juliet no me había resultado tan fácil como habría deseado. Durante ocho años, la había creído muerta y había sido yo el autor del disparo que la había matado. Nadie se recupera de ese infierno sin pagar un precio y el mío eran las pesadillas. Juliet se sentía culpable, me había pedido perdón y me había explicado por qué nuestro amor le había asustado y por qué creía que abandonándome me estaba dando la libertad, una libertad que según ella yo iba a utilizar para conseguir todos aquellos sueños que estando con ella no podía alcanzar.

Yo la había perdonado. Una parte de mí quizá incluso había logrado entenderla. La amaba y ella me amaba a mí, pero no podía arrancarme de la cabeza el dolor de esos años. Yo sabía lo que me sucedería si Juliet volvía a morir, y mi vida, aunque estaba intentado cambiarla, era muy peligrosa.

—¿Qué sucedía esta vez?

Al principio me había negado a contarle a Juliet mis pesadillas. La hacían sentirse culpable de nuevo por todo lo que había sucedido, y una noche, semanas atrás, una noche que no quiero recordar, discutimos y nos dijimos cosas horribles. Pero incluso esa discusión, y la reconciliación que la siguió, era preferible a los secretos. Si queríamos sobrevivir a lo que nos esperaba y seguir juntos, teníamos que confiar el uno en el otro. Y yo estaba dispuesto a todo para estar con Juliet y hacerla feliz.

—No quiero hablar de ello ahora. —Le cogí las manos entre las mías—. Prometo contártelo luego, ¿de acuerdo?

—De acuerdo.

Estábamos sentados en la ventana que nos había visto crecer, en el lugar donde me di cuenta por primera vez de que estaba enamorado de Juliet y de que siempre lo estaría. Ni la muerte había conseguido que dejara de amarla.

—Recuerdo la primera vez que trepé por este árbol —le dije en voz baja—, y la primera noche que nos sentamos aquí para ver las estrellas juntos.

Juliet apoyó la cabeza en mi hombro.

—Yo también lo recuerdo. Aún no puedo creerme que comprases la casa.

—Me alegro de haberlo hecho —solté el aliento—, durante un tiempo no fue así, pero ahora no puedo imaginarnos en ningún otro lugar.

—Yo solía imaginarte aquí.

—¿Cuándo?

—Cuando me fui, cuando estuve en Canadá. Cuando me instalé en Chicago. Siempre.

—Yo no podía imaginarte. Cuando pensaba en ti, solo te veía en medio de un charco de sangre.

—Oh, Nicholas... —se soltó una mano y me acarició el rostro—, lo siento tanto.

La capturé de nuevo y besé la palma y después el dedo donde llevaba mi anillo con el aguamarina.

—Ahora estamos juntos.

—Sí, para siempre.

Se acercó a mí con la cabeza levantada para besarme. La abracé para protegerla del frío y porque quería tenerla lo más cerca posible. Nuestros labios se separaron en cuanto se rozaron y ninguna de las estrellas que había en el cielo y que antes habían conseguido hipnotizarme logró igualar el brillo que vi en los ojos de Juliet antes de que se cerraran.

La besé, dejé que mi lengua descubriera todos los rincones de su boca, bebí sus suspiros e intenté darle los míos acompañados de todo el amor que sentía por ella. Juliet me besó del mismo modo, pero con esa ternura mezclada con pasión y atrevimiento que era solo propia de ella y que me convertía a mí en un chaval inexperto o en un animal sin ningún atisbo de control.

Ese beso que había empezado con ternura allí bajo las estrellas estaba a punto de convertirse en mucho más, igual que sucedía siempre entre nosotros. Pero Juliet se apartó y me miró con los ojos abiertos de par en par y unas lágrimas silenciosas en las comisuras. Antes de que yo pudiera preguntarle qué sucedía, me cogió una mano y la colocó encima de su camisón.

—Se ha movido.

—Dios mío, Juliet. —Temblé y coloqué la otra mano

junto a la que ella retenía. Íbamos a ser padres dentro de pocos meses y yo, aunque no se lo había dicho, intuía que ese era el motivo por el que mis pesadillas habían vuelto con tanta fuerza. Si antes tenía miedo de perder a Juliet, ahora estaba aterrorizado—. ¿Estás bien?

No sabía qué decirle. Por un lado, quería besarla, cogerla en brazos, tumbarla en el suelo de esa habitación y entrar dentro de ella. Y por otro lado quería besarla (siempre quiero besar a Juliet), envolverla entre algodones y llevármela lo más lejos de allí posible, quizá Australia o China. Cualquier lugar donde nadie de mi antigua vida pudiera encontrarnos. Se lo había dicho a ella, Juliet se había negado. Había insistido en que nuestra hija —quiere volverme loco y por eso insiste en que vamos a tener una niña— tenía que crecer cerca de su familia, de sus abuelos y de sus tíos y primos.

Juliet no ha vuelto a asustarse. Ella se arrepiente más de lo que debe por lo que nos hizo y quizá por eso es ahora tan valiente. Juliet no solo no quiere esconderse, sino que no duda en afirmar ante quien sea que Luciano Cavalcanti ejercerá de abuelo de nuestra hija y Siena, de madrina. De hecho lo demostró cuando le pidió a Siena que estuviese a su lado como dama de honor cuando nos casamos. Sandy no pudo acompañarnos ese día, pero nos visitó poco tiempo después, cuando logró convencer a todo el mundo de que no corría peligro, y por fin abrazó a Juliet. Ellas dos serán grandes amigas cuando Sandy recupere su vida.

Juliet me ha obligado a quedarme, a afrontar mis miedos y a seguir luchando por nuestros sueños. Durante el día, soy valiente, pero supongo que de noche me doy cuenta de que soy el hombre más afortunado del mundo y tengo miedo de volver a ser ese desgraciado al que el destino se lo arrebató todo.

—Estoy perfectamente.

La miré a los ojos y sentí un amor tan fuerte, tan sólido, tan sensual y profundo que supe sin lugar a duda que nada podría interponerse jamás entre nosotros.

—¿Te he dicho alguna vez que en tus ojos encontré todo mi universo?

Juliet se sonrojó y el rubor llegó acompañado de una sonrisa muy tentadora.

—No.

Agaché la cabeza y deposité un beso entre mis manos, encima del camisón que cubría la barriga de Juliet.

—Tú eres mi universo, Juliet.

Me quedé allí unos segundos, ella me acarició el pelo y tarareó una suave melodía irlandesa. Iba a tener que pedirle a Sandy o a Siena que nos enseñasen algunas canciones italianas. O quizá a la señora Micaela, quien extrañamente conoce al superintendente Anderson. Es curioso, pienso allí escuchando la voz de Juliet, el odio que sentía por la Mafia ha desaparecido igual que el desprecio que me generaba la policía. Su lugar lo ha ocupado el respeto que siento por las personas en las que confío, estén donde estén, y el inacabable amor que vivo con esta mujer.

—Tú también eres mi universo, Nicholas. ¿Entramos? —Alejó la mano de mi pelo y se abrigó con el chal—. Quiero besarte en nuestra cama.

Nota de la autora

Supongo que te has dado cuenta de que en *El universo en tus ojos* la trágica historia de Romeo y Julieta tiene cierto protagonismo, así que voy a confesarte que este detalle es la verdadera «chispa» que dio origen a esta novela y también a *Vanderbilt Avenue*, la novela donde puedes encontrar la historia de amor de Jack y Siena que aquí aparecen como secundarios.

Todos sabemos que *Romeo y Julieta* es una tragedia, quizá es la mayor tragedia romántica de todos los tiempo y seguro que si alguien nos pregunta que nombremos una historia de amor que acabe mal es la primera que nos viene a la cabeza.

A mí *Romeo y Julieta* siempre me ha hecho llorar a mares y tanto si la leo como si veo una de las versiones cinematográficas que se han hecho de la obra maestra de Shakespeare acabo hecha un mar de lágrimas. Es una historia que me obsesiona porque no importa la cantidad de veces que la lea o cómo la analice siempre llego a la misma conclusión: ¿de verdad es tan cruel el destino que se atreve a separar a estos dos amantes? La respuesta es sí, el destino puede ser, y es, muy cruel.

Por eso decidí escribir *Vanderbilt Avenue*, *El universo en tus ojos*, y la novela de Sandy (te pido perdón por no poder decirte aquí su título), porque quería contar las historias de tres parejas que el destino se empeña en separar de la manera más trágica posible, pero cuyo amor es tan fuerte, tan real, tan suyo, que consiguen derrotarlo y estar juntos.

Gracias por leer *El universo en tus ojos*, espero que hayas sentido todas las emociones que sienten Nick y Juliet al enamorarse. Si quieres conocer la historia de Jack y Siena puedes encontrarla en Vanderbilt Avenue, te prometo que también te enamorará.

Antes de despedirme quiero dar las gracias a todos los que leéis y que vivís los libros. GRACIAS. Sin vosotros nada de esto sería posible.

Gracias también a todo el equipo de HarperCollins Ibérica, ellos son unos verdaderos héroes porque consiguen dar forma física y real a las historias que los demás intentamos contar.

Últimos títulos publicados en Top Novel

Nada más verte / Nunca es tarde – Isabel Keats
Amor en cadena – Lorraine Cocó
Una rosa en la batalla – Brenda Joyce
Tormenta inminente – Lori Foster
Las dos historias de Eloisse – Claudia Velasco
Una casa junto al mar – Susan Wiggs
El camino más largo – Diana Palmer
Un lugar escondido – Robyn Carr
Te quiero, baby – Isabel Keats
Carlos, Paula y compañía – Fernando Alcalá
En tierra de fuego – Mayelen Fouler
En busca de una dama – Laura Lee Guhrke
Vanderbilt Avenue – Anna Casanovas
Regalo de boda – Cara Connelly
La dama del paso – Marisa Sicilia
A salvo en sus brazos – Stephanie Laurens
Si solo una hora tuviera – Caroline March
Cócteles – Varios autores
Mujer soltera busca pianista – Kat French
Pasión encubierta – Lori Foster
Una tentación para el duque – Lorraine Heath
Ojos Verdes – Claudia Velasco
Un pacto audaz – Laura Lee Guhrke
El camino del encuentro – Diana Palmer
A salvo con tu amor – Stephanie Laurens
Los Stanislaski – Nora Roberts

www.ingramcontent.com/pod-product-compliance
Lightning Source LLC
LaVergne TN
LVHW030335070526
838199LV00067B/6293